勤　著

月·八记

陕西师范大学出版总社·西安

图书代号　WX24N0894

图书在版编目（CIP）数据

岁月·八记 / 薛保勤著. -- 西安：陕西师范大学出版
总社有限公司, 2024. 7. -- ISBN 978-7-5695-4492-3

Ⅰ. I217.2

中国国家版本馆CIP数据核字第2024PC6036号

岁月·八记
SUIYUE·BA JI

薛保勤　著

出 版 人　刘东风
责任编辑　焦　凌
责任校对　宋媛媛
特约编辑　赵文青
封面设计　观止堂_未氓
出版发行　陕西师范大学出版总社
　　　　　（西安市长安南路199号　邮编 710062）
网　　址　http://www.snupg.com
印　　刷　陕西龙山海天艺术印务有限公司
开　　本　700 mm×1000 mm　1/16
印　　张　31
插　　页　12
字　　数　477千
版　　次　2024年7月第1版
印　　次　2024年7月第1次印刷
书　　号　ISBN 978-7-5695-4492-3
定　　价　99.00元

读者购书、书店添货或发现印装质量问题，请与本公司营销部联系、调换。

电话：（029）85307864　85303629　　传真：（029）85303879

目录

一
人物札记

二
山水札记

四 诗歌札记

春风风人

回忆常是温煦的，也自具一种拣选过滤的功能。就在动笔前，我试图往记忆之海中打捞与保勤兄的初次相识，时序虽难系定，却清晰记得他那明爽的笑声，使在场者深受感染。古语不有"白头如新，倾盖如故"吗？以喻我俩的交往也觉贴切。我们都出生于20世纪50年代，都是"文革"后考入大学，曾在报刊出版等岗位上历练，也都是任职时不废读写、退休后益发专注，过得充实而愉悦。他的身份是多重的，最为世人称扬的乃"行吟诗人"，留下许多佳篇妙句，如《送你一个长安》，哈，谁个出手有这般豪壮阔绰、这等顾盼自雄？

保勤兄擅诗，亦擅为文，其诗其文皆力道内蕴，美善充盈，尤重在抒写真情。约在10天前，他发来新作《岁月·八记》的文档，嘱为书序，亟阅读一过，又带着赴舟山参会期间抽空细读，感佩与感慨均多。这是他精选历年文章的结集，以"人物""思想""教育""生态"等厘为八辑，而拈取"岁月"二字为总题，又不独记录个人的生命感悟，应也包括所述及的各界人士。他写贺敬之、柳青、陈忠实、雷抒雁、刘文西等文学艺术界名家，爱敬凝注，较多引用他们的原话，致力于凸显其胸襟性情。略如："我们那批人健在的已经不多了，但延安哺育了我们，这个不了情，不能忘"，是贺敬之说的，满含对革命岁月的回忆，以及对圣地延安的思念；"我一吃饭，常常会想起困难时期过年的豆腐、粉条馅的白面包子，一想起来都能闻到那个味儿，那个香啊"，则出自陈忠实之口，说的是一段艰辛岁月，也携带着白鹿原的泥土气息。最让我感动的是柳青，在哥哥引导下走出陕北的山沟，走上革命道路，新中国成立后在京任职，却毅然请辞，自愿从京城返回家乡，又辞去县领导的职务，到长安县皇甫村落户，借住旧庙，一身黄土两腿泥。为何？乃因他有一份情怀、一缕乡愁、一个文学的梦。就在这块厚土上，柳青沉潜于农民之中，共同投入并见证了那场轰轰烈烈的合作化运动，也写出了旷世巨作《创业史》。保勤写道：

> 1961年困难时期，他又毅然将《创业史》所得的16065元稿
> 费捐给公社，而自己和家人则节衣缩食，吃糠咽菜。柳青说：
> "要想写作，就先生活。要想塑造英雄人物，就先塑造自己。"

这种境界与这份坚忍，真令人崇敬和叹息。这是柳青的岁月，一个真正的共产党员的岁月，一个人民作家的岁月。

了解保勤的朋友也包括我，都认可他的仁厚醇正和有情有义，质于此，其笔下有一种由内而发的明朗纯净，有着抉发真善美的敏锐。保勤写柳青，自问："我们向柳青学习什么？""如何用文学滋润自己的灵魂？"在机舱中偶遇的一个娶了西安姑娘的德国小伙子，听他碎碎叨叨说开去，也像被引燃了满满的幸福感；住在小镇，遇到《卖西瓜的小女孩》，问询间不免心疼，感慨"一个懂事的孩子，小小年纪就有了家的责任和珍贵的担当"，竟也在离开时冒雨再去买瓜；而写深圳大学一个勤工俭学的学生，描述了其家境之贫寒，更对其奋发自强的做法赞誉有加。保勤时时在观察、问询、倾听、记述，一些文章可称现实社会的实录。他的《师情》，记述一个农村老师悄悄为贫困生交了学费，使之免于休学，由于老师很快因事离校，该生在37年后才找到老师一幕，极为动人。我在电话中问起，始知这个学生已成

为一名副部级干部，仍念念不忘师恩，而帮助四处查询、陪其前往看望的就是保勤本人。"情生文欤？文生情欤？"是汤显祖《牡丹亭》引发的千古慨叹，而薛保勤的重情义，亦能追步汤翁。

本书也内蕴着强烈的反省意识。如《从"红色革命"到"绿色革命"》，先写已故周总理重返延安的场景：

> 24年后，当周恩来回到这块令他魂牵梦绕的土地时，他哭了，含泪帮助制定延安的脱贫计划。严酷的现实促使我们提出这个命题：武装革命与我们今天所进行的"革命"有着不同的内涵，应有不同的"斗争"方式和评价标准。

后来庙沟的村民自觉"退耕还林，以果致富"，渐渐改变了面貌，"山绿了，路通了，林成了，果熟了，人富了"。再后来又有了一个人进深山沟植树的郭志清，有了更多的人投身其中，有了一场席卷陕北的"绿色革命"。

《愧对渭河》，是保勤领衔撰写的全程考察报告。渭河为黄河最大的支流，穿越甘陕两省，接纳众水，蜿蜒800余公里入黄河。这是一条历史名河，曾经水源丰沛，不仅可满足两岸的农业灌溉，内河航运也发达便捷，为千年古都的交通生命线，而今上游水源枯竭，中游水体污染，下游淤积堵塞。2004年夏，保勤兄与几位志同道合者从渭河源头、甘肃省渭源县的鸟鼠山开始，"顺水而下，千里踏访，最终停留在陕西潼关吊桥村东的土崖畔，目送着浊浪翻腾的渭河融入黄河"，他写道，"内心深处升起一种难言的自责，我们愧对渭河！"

依据调查报告的惯例，该文也写了中央与地方政府在治理上的努力，而诗人气质使之大发兴慨："渭河，曾经是一条多么浩荡而神气的河啊！隋大业年间，隋炀帝西巡，从渭河源头的浊源河浩浩摆渡，留下'惊涛鸣涧石，澄岸泻崖楼'的诗句。明洪武年间，明代将领徐达率军西征，在渭河源头的清源河修了灞陵桥方才通行车马。""渭河的水源问题及生态平衡问题，归根结底是人与自然关系失衡的问题。渭河，让我们看到人类的渺小、无知、贪婪。人类愚弄大自然，结果反被大自然所愚弄。"读后怅然久之，心情沉重，不由得升腾起一股愧疚，也再一次领悟到"绿水青山就是金山银山"的含义。

"春风风人"，出自刘向《说苑·贵德》。说的是梁国宰相孟简子势蹙投齐，身边只跟着三个随从，齐相管仲略加询问，得知此三人皆曾受孟简子大恩，遂发感慨：

> 嗟乎！我穷必矣。吾不能以春风风人，吾不能以夏雨雨人，吾穷必矣。

可译为："唉，可悲啊！我将来命运不好是注定的了。我既不能像春风般温暖别人，也不能像夏雨那样滋润别人，今后注定会命运不济的。"书缺有间，故而我们不了解管仲与孟简子是怎样的交情，不知道他会如何安置落难的邻国大员。但由这段记述，我们见识了一代贤相的内省态度：没有去谴责孟简子那四散的三千门客，也没有赞扬忠诚相随的三人，而是想到身居相位应施惠于民，感到自己做得远远不够。

自此以后，"春风风人"常与"夏雨雨人"连用，以表述温煦、润泽之意。以我个人的感觉，以我阅读本书的感受，春风夏雨，颇与保勤的品格性情相契合，也与他写到的人物和论题相契合，因借以为题。

是为序。

卜　键

2023年冬月于京北两棠轩

建构精神上的"长安塔"

　　薛保勤的《岁月·八记》（以下略为《岁月》）彰显了作者人生经历和文化创造的丰富多彩，也许可以说是"以言立象"，真切地呈现出作者深度介入人文世界的八个"面相"或八个"维度"，从而建构起一个令人肃然起敬的"长安塔"式的俊伟而又挺拔的当代文人形象。或者进一步可以说，《岁月》在带有某种总结性的精心选编中，业已在精神文化层面为作者也为读者建构了一座可观可赏的"长安塔"。西安世园会园址中的长安塔静立无语，世园会的主题歌《送你一个长安》依然在传唱、吟诵……而《岁月》建构的精神上的"长安塔"却与时俱进、言说不断，是生活经历和实感的纪录，也是时代演进、奋斗人生的长卷。我曾言可敬的陈忠实用生命建构了一座精神不朽的"白鹿塔"，现在则要说，作为长安颇具影响力的当代文人代表之一，薛保勤也用心血和勤奋为建构一座可瞻、可仰的"长安塔"做着自己特有的贡献。

　　窃以为，对古代文人"立德立功立言"传统的承传和重构，使现当代中国文人在古今中外文化磨合过程中树立了"立人立家立象"的人生目标，建构了重个性、重家国、重创造的人文格局。据此观照许多现当代文人，都可以领略到不同的人生追求、人生格局及相应的人文气象。而所谓"新三立"之说显然是相对于传统的"旧三立"而言的。传统的"旧三立"是传统封建文化体系主要对士大夫文人（扩大点说是古代读书人）的整体要求，即"立德立功立言"，其重要性不言而喻，谓之为"三不朽"。这种传统意义上的"三立三不朽"实质是古代贤者建构的伟大人生理论，且能够与时俱进地在现代意义上进行重构和弘扬，并成为中国式现代文化格局中具有巨大励志作用的人生理论。由此而来的以现代人学包括社会主义核心价值观中的相关人论，则表明在现代文化语境中生成的"新三立"即"立人立家立象"，恰是在继承优秀传统文化前提下的积极重构。

我本人坚信"文学是人学"且必然要"文以载道"。但其人其道皆要具体分析、细加阐释。由此我曾长期致力于现代文学大家（如鲁迅、郭沫若、茅盾等）研究，从他们也许并不那么圆满的人生中，也能领略到他们在"古今中外化成现代"的历史发展趋势、文化磨合过程中形塑的自我形象。比如，我曾在有关文章中这样言说鲁迅：鲁迅的人生追求，实际确立了既关联又有异于古代文人"旧三立"（封建文化价值观制约下的立德立功立言）的"新三立"（现代文化价值观重构中的立人立家立象）境界。不少人都以为鲁迅仅仅是"破坏型人物"，缺少"立得住的东西"，其实，鲁迅在"立人"（倡导现代人的充分自觉）、"立家"（眷顾个人、集体、国家乃至人类之家）和"立象"（创造以文学、学术及书法/书写等为代表的形象化、符号化世界）方面，贡献了许多标志性的重要成果，留下了丰富的烙有鲁迅深深印记的文化遗产。至于其他有成就、有影响的现当代重要文人作家，如我时或论及的郭沫若、茅盾、沈从文、柯仲平、张爱玲、柳青、路遥、陈忠实、贾平凹、阿来等，无疑也都有能够"立得住的东西"，从而达到了贯通古今中外的"新三立"的人生境界。

在我看来，薛保勤数十年持续的努力，也在建构着具有多个侧面且具有复合性的"新三立"的人生样态。这里虽然不能详述，却可以从"立言—立象"的视角，结合这本《岁月》，简要陈述一下我的印象或观感。

古代文人向来重视"立言"，现当代文人其实也是如此，并且将"立言"建基于为人民、为人类书写的基础上，且在更为丰富的古今中外会通的资源中进行综合创新，其言文之间往往具有更为丰富的意涵。《岁月》即是如此。该书有"八记"，分别是人物札记、山水札记、阅读札记、诗歌札记、思想札记、职场札记、教育笔记、生态笔记，笔到之处，虽并非都"威风八面"，却也都能真切入微。恰如作者谈及写作时所说的那样：生活是一本五颜六色的书，一本酸甜苦辣的书……生活还是一本充满诱惑和魅力的书，一本真善美与假恶丑交织的书。信奉"文章千古，笔墨春秋"，可见作者是一位有高度自觉的当代"立言者"。而"立言"的追求其实仅仅是人生"立象"的一个部分，因为"以言立象"只是创造人生和文化的一种方式。人的"符号化"不仅体现在书写上，还体现在其他言谈举止、具体工作以及衣食住行等众多方面。从这本书写生活诸多方面的书中，不仅可以看出时代社会及生活的丰富与复杂，也可看出作者本人强烈的现实关怀、人文情怀，从中映现出的恰恰是一个纯正、高尚、热情、勤勉、精进、挺拔的"大我"形象。

薛保勤丰富多彩的人生实践取得了诸多重要的成就。对此媒体进行了许多报道，学术界也有了较多的研究，诸多名家如陈忠实、贾平凹、肖云儒、卜键、陈彦、孔明等也多有称扬，这里不必赘言。仅就这本即将问世的著作而言，也有以下突出的特点：

其一，真切呈现了生活与人生的多重面相。作者真切意识到生活原本就是一本五颜六色的书，因此不可能仅仅书写一种颜色的生活与人生；生活原本就是丰饶的，我们既要从中汲取营养并让自己丰满成熟起来，也要担负起张扬高尚、传承崇高的使命，同时要有鞭挞丑恶、杜绝没落的责任。须知在世人所谓的庙堂之上，习惯于在台上照本宣科的人往往连偶尔的"口误"都提心吊胆，哪有勇气和诚心去面对复杂多样的人生。由此看来，《岁月》的作者能够坚持几十年如一日，着实不易。而《岁月》正是作者数十年阅读生活、反思生活、感悟生活、提炼生活、表达生活的历史记录和见证。岁月承载并记录了作者在生活中的见闻和思考，而作者本人在生活与工作中角色的递进、转换，使他自然而然接触到了生活与人生的多重面相。这里不妨仅仅展示一下《岁月》"八记"中每一记中的第一篇:《我是一个离开了延安的延安人》(人物札记)、《西湖晨思》(山水札记)、《道德不能包治百病但能匡正人生》(阅读札记)、《诗说中国说》(诗歌札记)、《精神的力量》(思想札记)、《健康文化产业的新期待:理性发展》(职场札记)、《大学之"大"》(教育笔记)、《从"红色革命"到"绿色革命"》(生态笔记)。仅仅从这"八记"每一记中第一篇的篇名,我们就可以窥见《岁月》沧桑中的多重面相,且与作者的人生履历息息相关:他曾是上山下乡的知青,酷爱文学的青少年,学霸级别的77级大学生,一丝不苟的编辑,多领域多岗位的中高层管理者,持之以恒的书写者,等等。其中,自认是"杂家"的作者倾情投入的神圣劳动便是通过具有文学性或带有文学性的文字书写,真切地呈现了生活与人生的多重面相,从而给读者带来与时俱进、积极进取的有益启示。

其二,充分显示了思想与务实的价值和力量。真切呈现生活的面相无疑也要有思想的烛照,也要有目的和追求以及价值导向。从实事求是的角度讲,书写生活会有各种各样的选择。事实上,某些书写者有意无意地会陷入"另类"或"消解"式书写之中,对社会发展抑或中国式现代化进程并无裨益或很少有促进的作用,相反还会不时添乱或有某种负面作用。但《岁月》作者的众多文章,却能充分显示出深刻思想与实干精神的价值和力量,并且达到了很高的思想境界和人生境界。在前述的现代文人"新三立"人生追求中,作为来自不同地域的读书人或逐渐成长的文化人,其实都会受到地域文化、传统文化的熏陶。比如,在陕西就有陕北的延安文艺传统、注重古典和史诗的诗文传统、崇尚李杜诗风和美刺统一传统、欣赏歌与诗以及诗与诵的统一传统、强调修身济世的关学传统等,都会对陕西文化人产生深刻的影响。这些优秀的传统文化元素在薛保勤《岁月》里也有一些明显的烙印。比如就在作者跨界的有用于世的书写过程中,那种关学"四为"的文化基因或"影因"就渗入其字里行间。薛保勤的这种文化自觉与担当,从他自勉的"文章千古,笔墨春秋"的追求中,就能感受到他的良苦用心。宏观言之，就是要有力地弘扬真善美，鞭挞假恶丑，杜绝堕落，抗拒消沉；微观言之，则不妨以《岁月》中"八记"中每一单元的最后一篇为例，亦可窥见一二："人物札记"的《卖西瓜的小女孩》，使人容易想起《卖火柴的小女孩》，但此小女孩非彼小女孩，作者不是在写童话，而是在忧思现实和弘扬善美；"山水札记"中的《大山的力量》写的是名山，开篇即礼赞大山力量，但其重心却在写农村老妇人的信仰和坚强，突出了另一种"大山的力量"；"阅读札记"中的《一种激情 一种大爱》讲述了一位视事业如生命、数十年为党和人民无私奉献的老共产党员的事迹；"诗歌札记"中《带着诗歌去远方》，仅是一次普及诗歌教育的致辞，但借此却传播了有关诗歌的重要观点，并鼓励孩子们带着诗歌去远方，读此文时也如观2024龙年春晚西安分会场"李白"的驾临，以动人心弦的诗歌朗诵，传扬着诗歌经典的无限魅力，豪迈诗歌由此走向了更远的地方；"思想札记"中的《提升西安城市历史文化品位的几点建议》，就如何实施"西安城市历史遗存复兴工程"进行了深入的思考，给出了行之有效的建议，其热切的西安情结也会激发读者对西安城市定位和发展的进一步探讨，笔者就很关心"长安学／西安学""古都／废都""中心城市／直辖市"等命题的持续研究；"职场札记"中的《精神 责任 情怀》呈现的是一次别开生面的"党课"内容，结合宣传工作进行了生动且有意味的讲述，也体现了广义思政课应有的深度和魅力；"教育笔记"中的《我在悉尼当"部长"》格外强调了启发式教学的重要性，并在比较教育及文明互鉴的意义上给出了有益的提示：有着灌输式教育传统的中国式教育似乎应该从中汲取点什么；"生态笔记"中的《愧对渭河》则以强烈的责任感对渭河的生态危机进行了实地考察和精准分析，并给出了整治渭河的建议，作者也实际弘扬了当代"大禹精神"。仅从这"八记"中的八篇尾文即可看出作者善于思考、积极介入的思想者和实干家的人文品格。这也就是说：读薛保勤的诗文，最要紧的是能够读出他的思想及促进现实改善的可能性。

其三，始终贯穿了"文心雕龙"的文学命脉。薛保勤公务繁忙，却在时间的夹缝中极其勤奋地抓住"业余"，投入到构思和写作中。如今他已经著作等身。尤其是他注重诗文与事业的结合、诗文与声音的结合，故能在文化创造中获得具有结合形态、复合美态的成果。之所以能够如此的一个重要原因，即在于他有一颗总在热烈跳动的诗心、文心以及执着为文的诚心。在我有限的阅读中，就总能感受到他行文中蕴含的深情、热情以及由此生成的文心。即使在听他作词（也是诗）的歌曲时，我也总在留意领略他的那些动人的心思和情思。基于此，在打开《岁月》电子文本时，我其实已经有了"先入为主"的看法。我预感到《岁月》不仅可以继续强化他的诗人形象，而且可以集中展示一下他作为散文家的形象。在阅读中，我是将《岁月》视为"大散文"文本来看待的。这种"大散文"的视域和相应的书写恰恰是接续和创化中国古代散文传统的当代实践。古代文章文体多样，书写内容丰富，古代哲论、策论、政论、驳论、杂记、序跋皆可成为妙文、雅文。《文心雕龙》和《昭明文选》就为后世揭示或提供了广阔为文、文心雕龙、代有佳作的学理根据和经典文本。在薛保勤的《岁月》中，也有多种文体的呈现，有狭义的写人写景写事写情的艺术散文，也有思想随笔、阅读笔记、著作序言、采访报道、报告文学等，总体看可谓精彩纷呈、妙笔生花、笔带情思、深入人心。几乎每一篇文章都能看出作者的精心构思和对字句的考究，几乎每一篇都值得细读和深究细研。倘若用所谓的纯文学观念来束缚、来理解薛保勤，都容易产生错位现象。尽管薛保勤也非常看重文学性、审美性，热衷于创作具有浓郁诗意的诗文，但几乎同时他的笔触也实际进入到广义创意写作的领域——只要国家和人民有如此这般的现实需要，只要工作岗位赋予了他使命需求，他就会欣然命笔或默然走笔，认真地面对每一篇诗文、序跋、札记及报告，不会忽略每一个字词及符号。迄今，我们通常只是特别强调薛保勤的诗人身份，甚至只在特定语境中才言及他的学者及管理者身份，但事实上，薛保勤是个复合体的多面手，自带多种笔墨，书写千秋万事，尽道人间冷暖。因此，这次作者从千余篇文章中选编的这部厚重的文选《岁月》，也许就可以有力地证明他还是一位用心用力甚多且早已硕果累累的散文家。自然，学术界较多关注诗人薛保勤的情况仍当继续，但从"大文学""大散文"的角度来深入细致研究薛保勤的"人文世界"，也是非常必要的，也可以为未来必将问世的《薛保勤传》《薛保勤评论集》之类的著作提供重要的参考。

阅读《岁月》，断续月余，点点滴滴，入怀入心，增人感受，启人深思，亦有千言万语要说。岁月悠悠，岁月有情，岁月如梦，岁月如歌，也引起我这个"西迁"西安40余载的"西迁人"（西安市2019年评选出的践行"西迁精神"优秀代表50名之一）的一些回忆和感慨。

记得我在20世纪80年代初期从苏北来西安读研，虽然进的是陕西师范大学且学习还算认真，心中向往的却是西北大学，经常找机会向西大的老师们请教，也常去西大听讲座并进西大图书馆查资料。由此也就从西大师友那里听到了许多西大故事或传奇，且喜欢与西大人交朋友。有的朋友还是薛保勤的同班同学。近期就曾与当初是同事、后来远去美国的陈瑞琳联络，除了谈及陕西文学及其批评、陕西文学馆、《文化中国学刊》编辑等事项，还谈及薛保勤这个人。陈瑞琳是西北大学毕业的本科生和研究生，如今已是世界华文文学领域兼擅创作和评论的领军人物，她的直觉判断大多非常精准，且经常可以从直觉印象升华为长篇论文。她就在微信中说："保勤兄人特别好，曾经担任我们的班长，他心地善良，又充满浪漫气息，内心充满正义，又激情满怀，真是一个奇妙的组合。"类似的好口碑，我也从党圣元、陈学超、周燕芬等好友那里听到，加之早就多次品读过他的诗歌，聆听过他现场朗诵诗歌，倾听过由他写词的众多歌曲，也看过一些有关他的报道和论文，心里早就有了对薛保勤兄的敬佩之情及亲切之感。我还推荐发表过冯鸽教授论薛保勤与"颂诗"传统的长文，鼓动白若凡博士写过论薛保勤《风从千年来》的短文，也曾在知网、读秀、百度上广泛搜集相关资料，甚至还计划要写一篇关于薛保勤传承、创化传统文化的长文，其中也有文化磨合、创意书写等方面的具体分析。

遗憾序不宜长，只能就此打住了。正所谓：千言万语说不尽，《岁月》悠悠留余音。《岁月》的精华尽在本书中，请读者诸君自觅阅读，必能展卷有益，慰藉自我，升华认知。

是为序。

李继凯
写毕于2024年正月初二凌晨启夏斋

我是一个离开了延安的延安人

　　我是怀着神往的、惴惴不安的心情去拜访贺敬之老人的。一直以来，在我心目中，他是一个可望不可即的人物。"初识"贺敬之，是20世纪60年代初，依稀记得面对小学课本诵读诗歌《回延安》的情景。

　　延安来人了，激动！昨晚都没睡好觉。

　　贺敬之是从延安成长起来的文学大家，是中国当代文学史上一位不能不提的标志性人物。他的作品随着抗日战争的风烟和延安的烽火而诞生，伴着共和国的脚步而成熟。英雄自古出少年，他的成长道路颇具传奇色彩。1938年，14岁的他，逃离被日寇侵占的山东老家，流离颠沛到湖北、四川求学，参加抗日救亡活动。1940年，他几经辗转来到延安，成为鲁迅艺术学院的一名学员。1945年，21岁的他与丁毅一起创作了蜚声中外的歌剧《白毛女》。这部作品成为我国新歌剧发展的里程碑。他不是战场上的英雄，却独具魅力，是一个为民族而歌、为祖国而歌、为正义而歌的文化战士。他的《南泥湾》《桂林山水歌》《西去列车的窗口》《三门峡——梳妆台》《雷锋之歌》等一批经典作品紧贴时代的脉搏，随着祖国的前进步伐而生，影响了新中国的几代人。

我是和延安市委的同志一道去拜访贺老的。老人家已经95岁了。95岁的老人身体如何？我们的拜访会不会添乱？敲开门，老人已衣饰整齐、笑容可掬地迎在门口，和我们一一握手，连声说："欢迎！欢迎！欢迎啊！"刚刚落座，老人便说："前两天就说你们要来，延安来人了！我还有点激动，昨晚都没有睡好觉，真是有点激动！"

"盼着延安好！延安能够好！延安必须好！"

环顾客厅，四壁挂满各具特色的书画，洋溢着浓浓的书卷气。我发现沙发对面的半壁墙上挂着一幅延安革命纪念馆送的，由延河、宝塔和贺敬之头像剪影构成的大幅剪纸。这幅作品所挂的位置印证着延安在主人心中的位置。老人饱含热望，深情地回忆着延安，缓缓地一板一眼地表达着他的感动：从一个粗通世事的文学少年成长为一名文艺工作者，是因为延安；从一个文艺工作者成为一名坚定的文艺战士，是因为延安；从一个文学耕耘者成长为有一定文学成就的诗人还是因为延安。从1945年离开延安，到1956年再返延安，热泪长流的贺敬之用心用情写就了传诵至今的经典之作《回延安》。

我们如数家珍地介绍着延安的变化：延安的山、延安的水、延安的绿，延安的油气开发与耕地保护、延安老城与新城，延安的红枣、延安的小米。我们还特意告诉他，延安漫山遍野的280万亩优质苹果，中国人吃的苹果中每7个就有1个产自延安……老人听得津津有味，一种欣慰、一种喜悦、一种释然。他说："好啊！盼着延安好！延安能够好！延安必须好！今天的延安已经好了！"这一连串的"好"，言语中充盈着对延安深情的记挂与祝福。我们给老人送了套由我们创作并拍摄的大型历史文献片《延安记忆》的音像资料，他特意叮嘱身边的工作人员："每天晚上安排我看两集，别忘了，我一定认真看。"

"不要谢我，我真的要谢延安呢！"

"几回回梦里回延安。"和老人的交流，我们不时地表达着老人对延安的独特贡献。他反复说："不要谢我，我真的要谢延安呢！我们当年那批奔赴延安的年轻人都要感谢延安。如今，我们那批人健在的已经不多了，但延安哺育了我们，这个不了情，不能忘！历史证明，我们当年投奔延安的路是走对了。是延安让我们真正地理解了革命、理想、文学、文化，把自己的命运和祖国的命运、民族的命运融合在了一起，有了家国情怀的自觉。没有延安就没有我后来的文学成就，就没有我的今天。"

老人接着说："听说你们把'几回回梦里回延安'刻到宝塔山下了，我心里很不安！"老人一再表示，像他这样的，在延安、在鲁艺还有很多同志，还有他的老师们那一辈人，他们对革命的贡献都比他大。延安的"名气大"是因为宝塔山、延河水、延安文艺座谈会、延安精神，他个人微不足道。老人说："千万不要把我当外人。多少年了，我人虽然离开延安了，但心没有离开。我就是一个离开了延安的延安人。"我明白了老人为什么因我们的到来而激动，甚至失眠。

你目中无"人"，读者就会离你远去了。

老人对当代文学依然满怀着热望。言及目前文学创作中的一些不正常的现象，老人流露出深深的忧虑。他说，中国的文艺往哪里走？如何用正确的理论指导文学艺术？这些问题看似空泛，实则重要。文学艺术要百家争鸣，但必须要有主旋律。目前有一种情况，文学评论只能表扬不能批评，这不利于文学的成长，也不利于文学生态的建设，要允许批评，不能一批评就说是打棍子，该表扬的要表扬，该批评的要批评，表扬是爱护，批评也是爱护。文艺评论家要真正承担起匡正文学发展方向的使命。

想起20世纪80年代上大学时，反复研读老人作品的情景，我跟老爷子说，我是读着他的诗，学习诗歌、写作诗歌的，还当场背诵了能够记得的《西去列车的窗口》开头的几句。老人家微微地笑着，认真地听着，听得专注。我说："我是您的粉丝。"老人开怀地笑了，幽默地说："现在年龄大了，不出门了，真粉丝、假粉丝都见不到了。喜欢就好！"

言及现在诗歌创作不时出现的无病呻吟、孤芳自赏、自娱自乐，离读者越来越远的倾向。老人说："文学文艺要群众化、大众化，但也不能绝对化。历史上有一些作品不能在当时马上被接受，这受到读者的文化程度和客观条件的限制，但不管怎样，应以作者的不胡言乱语为前提。我们的文学艺术要百花齐放，更要有主旋律。那些孤芳自赏的创作应该允许存在，但不宜提倡。文学艺术不能脱离生活、脱离社会、脱离读者。否则，你目中无'人'，人（读者）也就离你远去了。我以为，关键是作者的立场、观点、思想。"

一个半小时过去了，已经超过了预定的见面时间。想起老人言谈中，念念不忘2001年，他77岁时回延安的所见所闻所感。我对老人说："再回趟延安吧，创造一个奇迹！"他哈哈大笑："身体不允许喽。我是唯物主义者，现在每过一年都有一种危机感。今天你们来了，我就很高兴！"我们起身告辞，老人坚持自己走路，把我们送到了门口。一一握手，一一告别。

回来的路上，老人的那句话始终在我的耳畔回荡："我是延安人，不要把我当外人。我人虽然离开了延安，但心没有离开！"

（原载于《中国青年报》2021年11月30日）

"走出去"与"沉下来"

　　10月下旬，陕北，从吴堡县城出发，车沿着大山的夹缝蜿蜒行驶两个小时，我们来到吴堡县张家山镇寺沟村。这里是著名作家柳青当年生活的地方，是曾被外国人称之为不具备人类生存条件的陕北高原最为贫瘠的一隅。

　　站在柳青故居的窑洞前，脚下是乱石密布。极目远望，目之所及皆为皱纹密布的山。当年，少年柳青，就是从这里，一步一步走出大山的。

　　我的视线被那些深深浅浅的脚印所牵引。我看到他怀揣着追求知识、追求文明、追求真理的梦想，从这里走进县城，走到榆林，走到西安，走到延安，走到东北，走到北京；我看到他苦心研读，投入学潮，编辑杂志，参与土改，忘我工作，笔耕不辍；我看到他从一个陕北娃娃最终成长为有着坚定信仰和文化担当的作家。最初，是理想引领他走出大山，投身革命，投身文学，支撑着他从中国最落后的乡村走向最发达的城市，他却没有就此打住。理想，又引领他毅然走出京城，回到陕西，落脚农村，一待就是14年。这14年，他像老农民一样活着，汲取大地的营养，提炼生活的精髓，把握时代的脉搏。他与乡亲们水乳交融，他说："我就是农民。"后来，这个"老农民"写出了具有史诗品质的《创业史》。他用自己的行动印证，火热的生活就是文学艺术的源泉；他用自己以人民为本的文学追求，丰满着自己的人生。

柳青说："人生的道路虽然漫长，但紧要处常常只有几步。"这句朴素的名言至今仍在广为流传。在柳青的人生道路上，他的"走出去"与"沉下来"，告诉了我们"紧要处"的内涵。

1952年，执着于从生活和大地汲取养分的柳青从北京来到陕西长安皇甫村落户，扎根农村，扎根人民，开始了他的劳动、写作生涯，以实际行动践行着毛泽东《在延安文艺座谈会上的讲话》精神。从北京的洋楼小院到皇甫村的旧庙一座、孤灯一盏，从舒适优越的生活到一身黄土两腿泥的农村磨炼，从声名鹊起到毅然请辞，繁华落尽、铅华尽洗。在这块土地上，他体察着农民的疾苦，倾听着农民的心声，丈量着黄土的厚度，感受着生活的脉动，想乡亲所想，念乡亲所念，欢乐着农民的欢乐，忧患着农民的忧患，共同投入并见证了中国农村所发生的那场轰轰烈烈的合作化运动。在皇甫村人眼中，柳青早已是一个地地道道的农民，"脚上穿着烂皮鞋，裤腿上满是泥点子，手里拿着哮喘喷雾器，没日没夜在村里和田里转"。柳青是这段历史的亲历者、见证者，也是书写者和记载者。他面向时代、面向人民、面向生活，用笔作犁铧，以纸为沃土，倾尽毕生的精力，书写探索中国农民历史命运和生活道路的火热历程，肯定了一切劳动者和创造者应该享有的人格尊严和追求幸福、获取幸福的权利。他真正地沉了下来，融了进去，唯其如此，梁生宝、梁三、郭振山、郭世富、姚士杰等人物形象才会如此鲜活灵动、栩栩如生；唯其如此，他才打磨出了堪称"我国社会主义革命的一面镜子"的史诗性巨著《创业史》。他以高度的历史使命感和责任感对《创业史》增删数次，第二部下卷更是其在病榻上口述修改的。1961年困难时期，他又毅然将《创业史》所得的16065元稿费捐给公社，而自己和家人则节衣缩食，吃糠咽菜。柳青说："要想写作，就先生活。要想塑造英雄人物，就先塑造自己。"他是这样说的，也是这样做的。他秉承并实践着自己的创作观，以60年为一个单元，苦心经营着"愚人的事业"。

当下，是一个众声喧哗的时代，也是一个异常浮躁的时代，"价值""意义"时常被搁置，"理想""崇高"不时被边缘化。今天，我们重讲柳青，就是呼唤那种对文学的虔诚，呼唤对人民、对土地的深情。鲁迅说："文艺是国民精神所发的火光，同时也是引导国民精神的前途的灯火。"我们应该向柳青学习什么？如何用文学滋润自己的灵魂？如何用文学引领自己的人生？如何用文学反映生活、服务人民？

"人生的道路虽然漫长，但紧要处常常只有几步。""走出去"是紧要处，"沉下来"亦是紧要处。

（原载于《人民日报》2015年1月7日）

先生，您还欠我一套书

　　忠实先生离开我们已经1年了，每每想起他，总有一种难言的深深的记挂。先生是一座山，他巍峨，他傲岸；先生是一本书，他深邃，他丰满；先生是兄长，他可亲，他可敬，他可爱。他的睿智，他的真实，他的倔强，他的坦诚，他的低调，他的淡定，他的平和，他的平实，他的平易近人，构成了思念的点点滴滴。

　　我和先生过从不密，他年长我一轮。相见常常是在省里各种研讨会、座谈会、首发式、公益活动以及文化人相聚的场合。见面每每这样开头，他笑着握着我的手："我们又见了，好吧？"我说："好！你也好吧？"先生会说："我也好！咱们都好！好！就好！"接着是彼此爽朗地一笑。我们是淡如水的君子之交，却有着君子的情谊，平静的水面往往也会有别样的浪花。

　　2015年11月底，人民文学出版社听说先生病重，非常重视，派周绚隆副总编带着《白鹿原》的三代责任编辑专程来西安看望先生。他们还带来即将出版的《陈忠实文集》的样书，请先生过目，打算请先生吃顿便饭聊表慰问。

先生已经安排第二天再次住院化疗，听说人民文学出版社的同志们来了，他推迟住院，执意要请人民文学出版社的同志吃顿饭。餐前，我问他的病情，他说："还平稳，按大夫的要求治疗。听大夫的，还好，还好。"我说："今天的饭你别买单了，大家都想买单，你参加就好。"先生不允，说："必须我请，人民文学出版社是有恩于我的，这次人家又为我远道而来，我必须请人家！"说着说着他拉着我的手说："人民文学出版社正在出我的文集，他们要送我60套，等书出来了，我一定送你一套。"我感到他的手很有力。

他是忍着病痛来赴宴的。坐在餐桌前的他，平静、平和，不失热情，不忘对老朋友们的问候、寒暄、交流。我说："老爷子，听说我们今天要和你吃饭，连酒店的老板都从外地赶回来看你呢。"大家笑了，老爷子也笑了。他知道我在逗他，说："再不要哄老汉了。"大家笑了，他也笑了。

那是一顿难忘的晚餐，大家能够感到他平静背后强忍着的痛，口腔溃疡已影响了正常进餐和说话。他话不多，却得体、周到，淡定的表情背后是古道热肠的暖。这背后是一种对友情、友谊的尊重和珍重。

我知道他请人，是不喜欢别人买单的，也听说过他为别人买了他的单而发脾气的故事。那天的单是我买的，我之所以买单，是因为我也是人民文学出版社的作者，想请老爷子，也想请出版社的同志。先生张罗结账时，发现单让我买了，冲着我说："今天是我请客，保勤，你咋能这样弄呢？你咋能买呢？你让我咋办呀？唉，这个保勤！"言语中我能感觉到他的真诚与不甘，也感到了他对我们君子之交委婉的谢意。老爷子是个重情义的人，我剥夺了他表达感情的机会。我说："我和你要了好多幅字呢，你从不要钱，就当我买了你的字。"先生笑了，我也笑了。

晚餐结束时，外边下了小雨，我们打伞送他上车。上车前，他不忘一一告别、一一握手，手很有力。车走了，没想到这却是我和老爷子最后一次见面。此后，我曾多次联系去医院看他，他总是捎话说："谢谢，现在不方便看，以后再看。"

谁能想到"以后"呢！我还在等着先生您送我的那套书呢。谁能想到，书没见到，您已经走了。先生，您说话从来是算数的！先生，您还欠我一套书呢！怎么就走了？！

10年前，我的长篇诗歌《青春的备忘——知青往事追怀》要出版，我惴惴不安地请先生作序，他欣然应允，对我说："我可以写，但我对诗歌没有研究，我怕写不好呢。"3个月后，他把《序》转到我手上，3600多字，挥挥洒洒一气呵成。从他联系作品对那段不堪回首的岁月的回望、认知与思考中，可以知道他认真审读了这本书；从卷面修改的一笔一画的痕迹中，能感受到他的认真，他的字斟句酌与良苦用心。

省里一位退下来的老领导要出书，想请先生写序，不好开口，找到了我，希望我给先生讲讲，我揽了传话的差事。先生说："人家是大领导，又是有文字功底的行家，我写合适不合适？"我说："人家是领导，更是你的粉丝，他的儿子和孙女也是你的粉丝。"先生在电话那头想了想，说："那我就写吧，不要辜负了人家。"

过了一段时间，领导问我忠实先生的序。

我给先生打电话，先生说："书稿我看了，文字很好，不是附庸风雅的文章。领导的序，要写好呢，我不知道从哪儿下笔。"我说："人家就是想要你的序。"电话那头的他笑了，说："'老老汉'把'小老汉'给罟住了，这个任务我必须完成。"（"老老汉"指年长于他的书的作者，"小老汉"指他本人）

书出版了，"老老汉"为了表达对"小老汉"的谢意，设家宴请"小老汉"。那天"老老汉"一家早早地等待着"小老汉"的到来，

"小老汉"来了，"老老汉"迎上，两位老人的手久久地握着。"老老汉"反复表达着："忠实，谢谢你！谢谢忠实！""小老汉"满脸刀刻般的皱纹弥漫着笑："你是我们的老领导，不谢，不谢！你的书写得好，凝结着你一辈子的心血。应该，应该！""老老汉"在美国留学的孙女听说爷爷要请先生吃饭，专程从美国飞回西安，还买了《白鹿原》的书，请先生签名。家宴结束了，"老老汉"一大家子簇拥着和"小老汉"合影。老爷子写序辛苦了，他也感受到了老领导家祖孙三代对他的爱戴，对文化的尊重，对文学的尊重。这印证了先生的那句老话："文学依然神圣！"

老爷子是从苦难中走来的，他始终保持着他的朴素和节俭的本色。我不止一次地听他说起，现在的生活好的，是我们过去想都不敢想的。我不止一次地听他说："我一吃饭，常常会想起困难时期过年的豆腐、粉条馅的白面包子，一想起来都能闻到那个味儿，那个香啊。可惜，这种包子当时也只能过年吃到。"由此，可窥见其不忘曾经的情怀。

一度社会上出现了一种把精神文化产品的生产等同于物质产品生产的倾向，层层规划批量生产文化精品。有一次，我针对这种现象问先生："精神文化产品和物质文化产品的生产规律一样吗？"先生坚决地摇摇头说："文化精品的生产不是规划出来的，它的生产有其特有的规律。我们不能把精神文化产品的生产产业化甚至庸俗化。精神文化产品的生产，应该有追求、有目标、有理想，但不能强求，还是遵循它特有的规律好。什么是精品？精品不是你说了算，我说了算，也不是规划者说了算。精品必须有两个要素，一是得到根植于生活的广大读者的认同，二是要经过一定时间的检验。"我问他："你还能再写一本《白鹿原》不？"他肯定地说："再也不可能了，那是可遇不可求的，但我的写作不会停止，谁让咱是文化人呢！"

2016年5月4日是先生遗体告别仪式的前一天，我给老爷子写了一首诗叫《您走的时候……》，我就用这首诗作为本文的结尾：

白鹿走的时候　留下了一片原

您走的时候　留下了一座山

您在的时候　我们读书

读您的沧桑　读您的厚重

读一个民族的苦难

挥挥洒洒　溢光流斓

您走的时候　我们读人

读您的刚正　读您的坦诚

读一座山的伟岸

星星点点　风光无限

为了文学的神圣

几十年　夜静更深灯火阑珊

当巨大的荣耀来临

却耻于陶醉迷人的光环

面对光荣昭示平凡

用平凡维护大师的尊严

写书　书文学的丰碑

做人　做好人的典范

您是同仁心中可亲的老陈

您是读者心中可敬的老汉

不慕浮华　不用浅薄消费光荣

清醒恬淡　迎接世俗的考验

沟壑纵横的脸

洋溢着曾经沧海仍为水的质朴

一板一眼

践行着忠与实对世事的冷眼旁观

白鹿走了　我们看原

览大师风采　看百姓风范

忠实走了　我们观山

领略山之巍峨　丈量山之傲岸

（原载于《西安晚报》2017年4月30日）

雁的追思

　　雷抒雁先生离我们而去了。几个月前，在西安我们一起吃饭，他还兴致勃勃地谈诗歌，谈孔子的身世，谈他的国学理想。那么一个生动鲜活、活力四射的人怎么就走了？让人唏嘘！令人惋惜！

　　如果说郭小川、闻捷、李季、贺敬之是新中国诗人的杰出代表的话，雷先生无疑是我国新时期诗歌领军的"大雁"。

　　大雁是大自然的精灵，它的迁徙昭示着季节的流动。正如他的《那只雁是我》：

　　　　那只雁是我，
　　　　是我的灵魂从秋林上飞过；
　　　　我依然追求着理想，
　　　　唱着热情的和忧伤的歌。

　　　　那只雁是我，
　　　　是美的灵魂逃脱了丑的躯壳；

躲过猎人和狐狸的追捕，

我唱着热情的和忧伤的歌。

飞过三月暮雨，是我！

飞过五更晓月，是我！

一片片撕下带血的羽毛，

我唱着热情的和忧伤的歌。

从诗中我们能够感受到雁的追求、雁的忧伤、雁的情怀、雁的坚强。

我依然记得《小草在歌唱》于1979年发表之后，在西北大学校园里，我们中文系的同学拿着诗互相传阅的情景。我依然清晰地记得，大约是在1980年夏天，我用所发表的第一首诗所得的三块四毛钱稿费买了一套袖珍诗丛，这套书共10本，其中就有雷抒雁的，我曾认真地咀嚼研读。

如今诗人走了，他的作品和创作轨迹给我们留下了无尽追思，这种追思对我们后来者既是启示，也是昭示，我以为至少有三点值得汲取：

一是可贵的引领。如果说诗歌是号角，那么，《小草在歌唱》在改革开放初期的中国，无疑发挥了诗歌非凡的引领时代的作用。它所达到的艺术高度和思想深度，至今让我们崇尚。在西北大学举办的雷抒雁先生追思会上，几位同学又一次深情地朗诵了这首诗。我们依然震撼，依然感动。它好像不是发表在30多年前，而是写在昨天。它道人欲道而未道，发人欲发而未发。面对"文化大革命"后的中国，它发出了哀之不幸的反思而不是谩骂，怒之不幸的深刻而不是尖刻，呼之崛起的深情而不是抱怨，盼之成熟的呼唤而不是奚落。他的笔是火热的，是灵动的，是深刻的，是深情的。《小草在歌唱》载入了史册。

二是观照的情怀。雷先生曾深情地向我回忆起他的儿时——他随着母亲从关中泾阳县到秦岭山中商洛外婆家的经历："现在，从泾阳到商洛大约两个多小时就到了。那时交通极其不便，我们带着干粮，坐着马拉车，睡大车店，三天三夜，腿坐肿了，屁股也坐肿了……那时的苦，现在的年轻人恐怕想都想不到！"他以一个从苦难中走出来的关中赤子的情怀，观照这块土地，观照这块土地上的人民，观照民生，观照社会，观照民族，观照祖国。看看他的《母亲》，读读他的《泾河，渭河》，品品他的《远方》《不是没有疲劳》《掌上的心》，再翻翻他的多本诗集，你能强烈地感到他的赤子情怀、国家情怀、民族情怀。大概正是基于这些，几十年来，他自觉贴近生活，贴近社会，贴近人生，贴近读者，以贴近的姿态鼓与呼。让你清醒，让你感动，让你忧思，让你奋发，让你深刻，让你提升境界，进而用他的作品滋润你的灵魂。而不是让你读不懂的悬而又悬，自娱自乐的孤芳自赏，云里雾里的懵懵懂懂。离读者越来越远的诗歌应该从这种观照中汲取营养。

三是自觉的担当。雷抒雁成名之后，并没有陶醉在已有的荣誉簿里。他以自己不断的创作，以自己10多本诗集的实绩，在诗歌离读者和生活渐渐疏离的背景下，为扭转诗歌的不景气做着自己不懈的努力。他以诗歌的名义奔走在全国各地，演讲、报告、举办诗歌朗诵会，以诗歌名义为诗歌招"魂"。我依然清晰地记得，有一次，我陪着他观看西安的一场诗歌朗诵会，演出中间，有几个小朋友拿着小本请大诗人签名，他并没有签上名字就算了事，而是沉思片刻才给每个孩子写上一句充满灵性和励志的诗句，并不时侧过身来问我："怎么样？"他的这种情怀，他的这种爱心，他的这种对诗歌的担当，令我们肃然。

雷先生离我们而去了。他做人、做文、做事的风范应该是我们的标杆。

（原载于《中国新闻出版报》2013年3月19日）

这块土地 这座城

　　刘文西先生是老陕北，他对陕北的这种"老"是一般人所无法理解的。他曾自豪地对我说："我在陕西五六十年，90多次到陕北，30余次在陕北过年。我的艺术灵感常常来自这里。"说到陕北的沟沟岔岔、山山峁峁、村村镇镇，他如数家珍。刘文西和他所创立的"黄土画派"就是根植于这块土地，独树一帜地生长、发扬、光大的。

　　从20多岁的小伙子到80岁的耄耋老人，从江南学子到国画大师，刘文西与陕北有着剪不断理还乱的情缘。每每说起陕北，他就止不住地激情满怀，他牵挂莽莽苍苍的高原，怀念群山环烧的窑洞，心仪老乡头上的白羊肚手巾。他说，这是陕北艺术中独有的文化元素。

　　我们一起聊历史，聊陕北的文化，聊陕北文化遗产的保护，他滔滔不绝。他喜欢穿羊皮袄、扎白羊肚手巾的陕北。他惋惜，现在老羊皮袄没人穿了，白羊肚手巾也没人扎了，在陕北连窑洞上也贴了不伦不类的白瓷片。历史是必然要前进的，让今天的陕北人再穿羊皮袄、再扎白毛巾，似乎不合时宜。但先生的这种浓浓的陕北情结让我感动。作为一种文化，作为一种历史，作为一种千百年来人们养成的生活习俗，我们这代人有保护的责任和义务，即使不能大面积保留，在有些重点村落把"根"留住，还是必要的。我们要保留不要破坏，留住历史。这是先生的良好愿望。

"铜吴堡，铁葭州，生铁铸的绥德州。"这是历史上人们对三座陕北古城的赞美。我们的交流聚焦在吴堡石城。石城和先生有缘。早在1964年，他就曾慕名长途跋涉五六天到吴堡去画石城。那时的石城还有几十户村民，他就住在城内的石窑里。当时黄河发大水，波涛汹涌，石城高耸在黄河岸边。这一情景对他产生了至今难以忘怀的震撼。他说："我当时画了好几十幅速写。太壮美了。这个石城保护下来，将会是中国第一，也可以说是世界第一。"老爷子激情满怀，我从他难以自抑的情感表达中，感受到这座"城"在他心中的位置。今天，这三座古城的现状如何？先生说："绥德和佳县已被'现代化'了，吴堡石城虽然破旧但尚且完整。"令人欣慰的是，石城除了自然风蚀外，少有人为破坏。

我从他打不住的话匣子里，能感到他对这座城、这块土地的深情。他后来又多次到吴堡写生，以当年扳船送毛主席东渡黄河的川口村薛海玉为原型创作的国画，曾在《人民日报》发表。后来，为了当地小学的艺术教育，他还到川口小学给孩子们讲美术，并给小学的几个七八岁的"山丹丹"画了像。

吴堡石城历史久远，文物价值高，是全国重点文物保护单位。保护好石城，我们有共同的责任。刘老说，保护不好对不起老祖先——再也不要在石城里随意附加新东西了，要让人看到原汁原味，进而引起对历史的真实的追怀和敬意。没有历史就没有今天，不尊重历史就是不尊重祖先。保护石城的当务之急是政府依法行政，按照国家《文物保护法》实施保护，坚持修旧如旧，千万不能走以保护古遗址为名，无知地伪造历史、破坏历史的歪路。

是啊，对历史遗存的保护是个老话题了。这种保护在许多地方做得不尽如人意。对于历史而言，保护比发展更重要，想发展还有时间，保护不好，毁掉了，就不可能再有了。它需要政府，需要民间，需要各方有识之士，需要社会各界的"保护自觉"。

（原载于《吴堡石城》，慕明媛、慕生树编著，陕西人民出版社2014年2月出版）

永远的吴天明

吴天明走了！一个彪悍、生动、敢想敢说、敢作敢为、敢爱敢恨、敢于担当的关中汉子，怎么说走就走了呢？

毋庸置疑，吴天明代表着一个时代，代表着属于中国电影、中国西部电影以及西安电影制片厂的辉煌时代。

在中国电影界，吴天明无疑是一个传奇式的人物。他没有文凭，勤学苦练，自学成才。他执掌西影，让西影辉煌，誉满神州；他执导电影，佳作不断，蜚声中外；他培育新人，人才辈出，领军潮流。即使辞职重新创业，他也精彩不断，惊世骇俗。

在吴天明的身上，洋溢着一个关中汉子的血性、活力和激情。

2007年，吴天明获得了中国影协终身成就奖。在获奖仪式上，他郑重地表示，他所获得的国内外众多奖项中，最看重的就是这个奖。因为，这是中国电影界自己同行评的。他得到了中国电影人的认同，也得到了中国广大电影观众的信任与喜爱，更得到了陕西电影界尤其是有着深厚文化底蕴的陕西观众的认可。

而今，吴天明真的走了，留给我的，是无尽的思念和回忆。

我依然清晰地记得，那是 1984 年初夏的一天，当时我作为中央某报的记者去采访他，他正打点行装，准备乘当日的飞机去美国领奖。说明来意后，他欣然接受了采访。然而由于时间关系，采访不得不草草结束。于是我们相约，等他从美国回来后继续我们的采访。

我清晰地记得，吴天明曾跟我说过两件事。一件是，有一年春节的大年初一，一大早，吴天明就接到职工的电话，怒气冲冲地对他说："厂长，过年了，你来看看我们宿舍楼里的人是咋过年的！"

对方大有兴师问罪之意。吴天明大惑不解，在对方的要求下，他只好赶到宿舍楼去查看究竟。不见不知道，一见吓一跳。一到宿舍楼，呈现在吴天明眼前的景象几乎让他窒息：由于宿舍楼厕所的下水道堵塞，粪便从一位住户家的厕所中溢了出来，并漫过他家的房间，一直溢到楼道和楼外，拖出一条几十米长的恶臭扑鼻的冰带。

吴天明惊呆了，他二话没说，当即给主管宿舍楼的负责人、相关处室的负责人以及其他厂级领导打电话，让他们马上赶来开现场会。

现场的污水和粪便积了约有1寸厚，住户们出入都是踩着污秽物中的砖头踮脚行走，在场的厂领导和处室负责人面露难色，面面相觑，不愿前行。

"跟我走，我怎么走，你们就怎么走！"吴天明斩钉截铁地说。

走在前面的吴天明并没有踩着砖头行走，而是穿着锃亮的皮鞋，直接在污秽物中行走。看到吴天明的样子，在场的大小领导只得跟在他后面"蹚浑水"。

"如果我们每个人都能负责一点，认真一点；如果我们的每个工作环节都能认真一点，负责一点；如果我们每一个同志都把职工的要求当回事儿，这样的事情还会发生吗？"在随后召开的大会上，吴天明带着自责说道。

"这事首先得从我罚起，罚1个月的工资！各位副厂长和责任处长也跟着我一起受罚！要从我罚起、从我做起、从我改起！"吴天明的话里没有半点回旋余地。

最后，通过举一反三，这件事情得到了彻底解决，西影厂的工作作风也春风化雨，由此发生了整体转变。

第二件事是，吴天明曾在机关的一次大会上说，有的人不实事求是地告状，道听途说地写反映信。

吴天明说："在我们厂，绝大多数职工是默默无闻、勤勤恳恳、任劳任怨的。他们吃的是草，挤出来的是奶，像负重的老黄牛，拉着西影往前走。但也有人像猪，他们养尊处优，不思进取，只吃不做瞎哼哼。"

讲到激动处，吴天明说："在我们厂，还有个别的'狗'，只吃不干，到处乱咬。我们要在西影厂掀起一场'打狗'运动，树正气、打歪风，决不能对这种邪门歪道放任自流。"讲到这里，他话锋一转："当然了，我们工作中如果有做得不好的地方，还是欢迎和鼓励大家通过正常的渠道反映问题，我做得不对的地方，也欢迎大家'批判'。"

事情过去几十年了，这两件事一直留在我的记忆中，让我看到了一个有情怀、有担当、有责任、有爱心、一身正气的吴天明；看到了一个疾恶如仇、顶天立地的吴天明；一个有着浪漫情怀和实干精神的吴天明，一个永远的吴天明。

（原载于《光明日报》2014年3月12日）

大师的平凡

——赵季平"二三事"

　　我的桌前放着《赵季平音乐作品选集》，煌煌18卷，卷卷精致、精美、经典，让人爱不释手，这其中渗透了他的多少心血和追求。

　　在中国当代音乐史上，赵季平是一个不可逾越的经典作曲家，他的作品影响了至少两代人。作为中国当代音乐的一张名片，他以其生生不息的创造和源源不断的作品，在中国的影视音乐、交响乐、民族管弦乐和歌曲创作中，都留下了深深的印迹。我有幸和他相识、相处、相知，不仅有着工作的交集、作品的合作，还有着思想的碰撞与交流，留下了许多美好的记忆。

上了"贼船"的合作

　　2018年，我担任大型历史文献片《延安记忆》的总撰稿，作品完稿后，我为这部文献片写了一首主题歌。北京导演团队的老师们建议，最好请赵季平老师谱曲。我联系他，表达了我们的请求，他回复："很抱歉！我正在北京担任'一带一路'国家领导人会议大型文艺演出的音乐总监，实在难以脱身。"演出结束了，我们有机会相聚，我又和他谈起此事。我说："赵老师，我原来是这部片子的顾问，后来这部片子一直没选定撰稿人，我就被迫成了撰稿人。本子写了大半年，拍了近1年，10集已在做后期，共约450分钟。我们觉得应该有一首歌为片子增色，就写了这首主题歌《天爷爷打翻了酒一坛》。用今天的话说，'炒股（顾问）的炒成股东（撰稿）了，抓贼的变成贼了'。"他听了开怀大笑："那我就把你这个'贼船'推一把。"于是，我们就有了这首歌的合作。

赵老师很认真，虽然歌词仅有几句，他拿着词和我反复推敲，字斟句酌，商量着对歌词细部的微调，末了，告诉我打算用陕北信天游风格去写。他让身边的陕北同志用陕北话读了好几遍词，又自言自语地用陕北话模仿了几遍。我知道，他在琢磨怎么把这首歌和陕北的历史、陕北的风情、陕北的语言、陕北的音乐元素有机地结合起来。

两个月后，我出差青海，他的电话来了，说作品基本成型了，他想让王二妮唱。我说男声不行吗？他说，你的歌里有"红军哥哥点了一把火"，王二妮是女性，又是陕北人，还有很好的演唱基础。为了3分钟的录制，年逾七旬的他亲赴北京。他告诉我，为了保证演唱质量，录音前还专门把王二妮叫来，给王二妮上了两个小时的"辅导课"，指出她音域的不足，鼓励她对歌曲融会贯通，挑战自己，超越自己。3分钟的歌，录了4个小时。

歌曲制作完毕，他把我叫到他家，我们在他的工作室细细品听。连听了几遍，然后说："还不错！"我感觉已经很好了，谁料，他拿起手机给在北京的儿子赵麟打电话："第42小节、第47小节音不准，请迅速调整。"这种止于至善的态度，至今印在我的脑海中。

联想到我俩合作的另一首歌《安康》，我的歌词在他的钢琴上放了两个多月，他一直在酝酿，一天半夜突然有了想法，爬起来一气呵成。联想到我俩为黄帝陵写的《风从千年来》："你的歌词在我这放了11个月，我酝酿了近1年，这必将是首今天好听、10年后依然会好听的歌！"他后来告诉我，说得很自信。他的"自信"最终得到了印证，《风从千年来》MV正式发布后，一个半月点击量达1.2亿。我分享着他"收获"的喜悦，同时也体味着他"二句三年得，一吟双泪流""吟安一个字，捻断数茎须"的精益求精的执着。

严厉的父亲

赵老师的儿子赵麟毕业于中央音乐学院作曲系，是总政歌舞团的创研室主任，已成长为我国新生代作曲家中的代表人物。赵老师平时对孩子的教育比较严格。我和赵麟、雷佳曾经共同创作过一首叫作《城》的歌，合作间隙，我问他："赵麟，你长大了，现在还定期给父亲汇报工作吗？"他说："要汇报的，我每年至少要认真地汇报一次。"我笑着问："你害怕父亲吗？"他说："不能说害怕，但心里还是很'怵火'的，每次汇报都要认真想想，不敢打马虎眼。"当我和赵老师聊起赵麟每年给他"汇报思想"时，他说："我也是认真的，作为一个艺术家要像一个艺术家的样子，作为一个音乐工作者要有音乐工作者的基本操守和基本修养，要以优秀的作品立身。认真是最基础的，做人是最基础的。"他又说："娃是很努力的，我很少当面表扬他。"

他当面"批评"儿子，实际上背后却在分享儿子的成绩。记得一次他不经意地跟我说："我儿子现在已是大校了，任命状是习近平主席签发的。儿子说，当年他爷爷在西北局任职的任命书是毛主席签发的，你儿子的任命书是习主席签发的，一家两代人这样的情况不多。"我看他在给我讲这个故事的时候，言语中洋溢着欣慰和自豪。

2019年年初赵老师参加全国人民代表大会，他以"中华文化走出去"为题，在分组会上发言。他说："我刚刚收到一个朋友的短信，我们国内作曲家创作的交响乐《逍遥游》，由著名大提琴演奏家马友友携手琵琶独奏家吴蛮在美国纽约的林肯艺术中心隆重演出。一共演了4场，场场爆满。"他说，这就是我们中国文化实实在在走出去，在当地产生影响的、有意义的事件。《逍遥游》的作者是谁呢？他没有说，就是那个"刚刚发来短信的朋友"，他叫赵麟。观看了这场演出的广州交响乐团的一位指挥后来告诉我："演出非常成功！谢幕的时间最长的一次达13分钟！"

他时常告诫儿子，有了一定社会影响，有了一定成就，要自知、自重，要不慕虚荣、不图热闹、不赶场子，一定要有生产能留下来、能传下去作品的专业理想。有名气了不要翘尾巴，翘尾巴丢掉了前途，翘尾巴毁了声誉，翘尾巴影响人生的例子比比皆是，到什么时候都不能翘尾巴。

这种"父训"蕴含着家学传承。赵老师的父亲国画大师赵望云先生也曾叮嘱他"踏踏实实地拜民间音乐为师，到生活中去寻找创作素材，写我们民族的音乐作品"。赵老师的艺术审美和音乐追求，直接受到了父亲的影响。他曾直言："我的音乐观是来自我父亲的这种以人民为中心的艺术美学观。1972年，他给我画了一本册页，封面上写着：生活实践是艺术的源泉。这句话让我受益终生。"

有一次赵老师邀我参观他父亲赵望云先生的遗作展。100多幅作品，无论是鸿篇巨制，还是斗方小品，都极为精致、精彩、精美。我说我的观感："一丝不苟，溢彩流光。"赵老师动情了："老父亲的认真近乎苛刻，渗透在采风、写生、构思、创作的每一个环节！不仅需要我学习，也需要赵麟他们继承和传扬。"这也是一个普通父亲对儿子的要求和期盼！

低调的"主席"

2009年12月16日，赵老师作为陕西省文联主席、西安音乐学院院长，当选中国音乐家协会第七届主席，这是陕西文化界的大事。会议结束，他返回西安。我受领导委托，代表省委宣传部到机场去迎接他。我看到他一个人从出口孤零零地走出来。我问："你怎么一个人回来呀？"他说："我就是一个人呀。"我说："你的随行呢？"他说："我在京有事，回来晚一天，让他们先走了。"我笑着说："你得有个人跟着，你现在是主席了。"他说："麻烦，前呼后拥的，不好！主席也是普通人呀。"

他这种"普通"贯穿在他的日常生活中。联想到我们经常不张不扬地找一个不起眼的餐馆小聚；他和陕西音乐界的同仁谈笑风生、水乳交融；他对影响老百姓日常生活的交通问题、物价问题甚是关注。2019年5月23日，央视"经典咏流传"在延安搞实况录制，那期节目有赵老师和我合作的歌曲，邀请我们参加。我俩一同往西安火车北站，在车上，他笑着问我："你会换票吗？"我说："没问题，常换呢。"他也笑了："我也会换！"没想到此次活动的组织方没有订到公务座，只能委屈他坐二等座了。候车不能进贵宾室，让大师在候车大厅等了20多分钟。因为他是我代为邀请的，我也有些不好意思。善解人意的他却说："没事，没事，在哪等都是等。人家忙，我们两个能到就行了。"记得那次演出结束后，我们乘车返回西安，他和我商量："我们在路上吃饭就不麻烦地方了，随便找个地方解决一下就行了。"

他就是这样，始终把自己看成一个普通的老百姓。他曾在回首赵望云先生的时候说，老先生的作品都和老百姓的生活息息相关，老百姓就是他的视觉中心，他观察老百姓的视角是一种温暖、一种热爱的视角。赵望云老师如是，赵季平老师亦如是，普通的老百姓在他这儿充满着爱和友善。

精神的追求

赵老师对延安有着特别的情结，他曾动情地给我讲第一次到延安的情形。1963年他在西安音乐学院附中学习，首次去延安，到的时候是下午，夕阳的余晖把宝塔染得通红。他说："我们一车年轻人欢呼雀跃，感动得很。"我戏问："是真感动还是假感动？"他说："那是发自内心的感动，那是真的！那种感动今天想起来依然很清晰。那是第一次接触陕北民歌、陕北道情、陕北说书。我们待了一个多月，步行从市场沟去杨家岭和枣园，虽然艰苦但对陕北民歌的博大精深有了全面的了解，也对毛主席《在延安文艺座谈会上的讲话》艺术来自生活，艺术要为人民有了进一步的理解。""延安元素"直观地反映在了赵老师的艺术创作中，为人民抒写、为人民抒情、为人民抒怀始终是他不变的文化坚守，他在自我述评中曾说道："我是人民的儿子，是民族音乐的儿子，当我从事创作的时候，眼前就浮现出人民大众那佝偻身影和期盼眼神。"

他不仅用延安精神要求自己，还积极地用延安精神鼓励别人。一次他到南方某音乐学院讲课，院方问他对学校的建设还有什么建议。他说关键是教育，关键是管理，关键是理想，我们的音乐教育工作者要有理想和情怀。现在学校的教学设施已经好得不能再好了，但是我们缺的是一种音乐责任、音乐担当、音乐情怀和有价值的精神追求。硬件不是出精品的必要条件，关键是要有理想和情怀、责任，如果没有，条件再好学都办不好。我想起《黄河大合唱》的创作是在延安一间破窑里完成的，组织上为了鼓励冼星海的创作，"奖励"他二斤白糖，他手指蘸着糖边吃边写，就这样七天七夜，一部划时代的音乐作品诞生了，这在今天似乎难以想象。

谈起文艺界的追名逐利，赵老师痛心疾首。他说，不要追求名头，名头会毁了艺术，有名头的歌手并不一定比没名气的歌手唱得好。现在有些人要名不要实，要利不要义，甚至要钱不要脸，长此以往，怎么得了！每个学音乐、做音乐的都应该有艺术家的情怀和担当。音乐是精神文化产品，精神文化产品的生产者要有精神涵养，要有精神格局，要有精神境界，要有精神追求。

赵老师曾说：“我和音乐结缘是天作之合。不是我选择了音乐，而是音乐选择了我。我的音乐作品，都是我对生我的这方土地、对养我的衣食父母、对教我爱我的祖国赤子情怀的倾诉和表达；我写的每一个音符、每一句旋律、每一个乐章，都是我童真率性的心语，都是我生命苦恋的歌吟……”

这位行吟诗人，谱出各种人生况味：欢欣喜悦、苍凉悲悯、哀愁苦涩、从容达观……就像他所说的这样，他的作品来源于生活最深处，是升腾于大地中的悦动，是生命之声的真诚流淌。不矫揉、不刻意、不拖沓，有风骨、有个性、有神采，正如他的直率坦荡，赤诚平和。艺术之树根深叶茂，这参天大树的源头，是艺术家从未改变的一片冰心。

（原载于《美文》2022年1月上半月刊）

一个领导干部的"旅游攻略"

这是我经历的一件往事，每每忆及，每每心动。

今年大年初四的早晨，听说北京的毛同志（化名）来西安了，我托有关同志设法联系，希望能为他做一些服务工作。

联系的同志回复：来了好几天了，他是私人度假，给谁都没打招呼。他11点离开宾馆，赴机场返京。

"那我们去送一下吧，顺便报告一下工作。"

老毛起初不允，几经商量，勉强同意我们送他到机场。

见到他是在东郊一个不起眼的酒店大堂，老毛提着行李，夫人正在结账。

寒暄之后，我们共同赶往机场。我们不经意地交谈着。他客气、平和、睿智、松弛，有一种接地气的平实。

"到西安，也不给我们打招呼……"我话未说完，便被他打断了："那哪行啊！我是私事，你们放假呢，这不添乱吗？"早就听朋友说起过，多年来，老毛小长假常和夫人外出旅游，从不给基层打招呼。夫人插话了：“我俩过节，经常自助游，他负责研究旅游攻略，我负责买单。寻山问古，自得其乐。”于是，我们知道了他们多年旅游中的许多趣事。

成都的川菜与司机

说起到成都旅游的感想，老毛说：“成都的出租司机好，但川菜‘不好’。”我问怎么回事。原来，多年前到成都，他们从双流机场坐出租车到预订的宾馆，出租司机说自己熟悉路线，但由于修路，路线变了，车多绕了好多路。到宾馆的时候，他们给司机按计价器付费，司机说多跑的路怨他，多给的钱不要。他们说：“你也辛苦了，就全收了吧。”司机说：“坚决不能要，我们有规定。”老毛回忆，这个司机一路上可热情了，这种美好一直留到今天。

抵达当晚，他们到号称最好的川菜馆吃川菜，那里只卖套餐，一人120元。问服务员吃不了可否选几样，服务员态度生硬，要吃就吃，不吃就算了，不行。我说：“您是记者出身，为什么不写成文章？表彰司机，批评‘川菜’，小中见大，有抑有扬，蛮生动的。”他说，不写了，写了对当地不好，私下里批评批评就好了。况且，经历有限，难免以偏概全。实际上，私下好几次见四川的领导，他都半开玩笑地谈了谈自己的看法：成都的出租车司机好！“川菜”不好！中国最好的川菜在北京！因为北京的服务态度好！这是批评，是转告，也是一个普通游客的感受。

下次来的时候，我还想为你们服务！

大约10年前，老毛夫妇到杭州，一天300元包了一辆出租车去绍兴玩。

在鲁迅纪念馆，碰到了认识他的部下。有人叫他：“领导，您怎么在这儿呢，需要我们做什么服务？”他机智地回答：“我在陪客人，没事。"中午，他们两口子和司机在咸亨酒店大堂吃简餐。结果又被浙江省的同志发现了。他们请他到包间去，说省里的领导同志在陪有关部委的同志吃饭，一块吃吧。他客气却坚决地拒绝了。"不过不好，虽然我没去，但结账时，我的餐费让人家买了。"虽然钱不多，说起这件事，老毛还是有着"耿耿于怀"的遗憾。

那天晚上回到杭州，司机不要钱，说："你是大领导，能坐我的车，是我的福气。"坚决不收。两口子把钱硬是塞给了司机。司机感慨："下一次您来的时候，一定给我打电话，我还想为你们服务。"临走的时候说了一句话："你们真是大好人！"

"我们搞特殊，让人家看着像耍猴的一样"

老毛生动而诙谐地说起在西安的所见所闻。

大年初二，夫人的姐姐和姐夫早晨6点半就去陕西历史博物馆排队领票。"还好，到10点的时候，他们竟然把票领到了。"老毛说道。"竟然"时，流露出一种庆幸，一种普通旅游者领到票的喜悦。

看了展览后，他们又花了300元买了两张壁画厅的票。老毛说："要知道，这票因为过节打5折呢！我们看了很久很久，壁画厅真好呀！"夫人告诉我，他们看博物馆是真看，带着干粮和矿泉水，一看好几个小时。老毛说，这个博物馆现在看来太小了，过节人太多，像自由市场一样。我告诉他，新馆址已经初选好了，将来会好的。我话题一转，说："首长，我们可以到博物馆事先给您联系两张票，多简单呀。"老毛说："再简单也不行，人家排那么长的队在等票，我们搞特殊，让人家看着像耍猴的一样。"

"你们西安很有意思。"老毛又给我讲起了坐出租车的经历。初三晚上，他和夫人到曲江寒窑参观后返回，等出租半个多小时没有等到，于是乘公交车到大雁塔，又等了15分钟来了一辆出租车。车上有人，但可以拼座。拼座的那位老兄友好、健谈，见他们上来了谈兴很浓："西安的出租车打不上，关键是起步价定得太低，年轻人都抢着坐，我们这些老人怎么能抢上呢？"他认为，起步价提高就不挤了，出租车是给老同志坐的，不是给年轻人坐的。这位老同志说着，还看着老毛说："你说是不是，老同志。"老毛笑了："车友，我不是西安人，没有发言权嘛！"说到这里，老毛笑了："这位老同志很有意思！好像是一所大学的教授。"

和老毛交流很享受：平实、平静、平常。一个国家公职人员的平民意识，一个普通游客的所见所感。他不是以官员的身份深入生活，而是作为一个普通人在走进生活，感受生活，进而咀嚼生活。等车，没有等了半小时不见车的不平，没有对一个城市交通拥堵不负责任的抱怨。平和地面对生活中的不如意，达观地审视着这些社会现象。一个很快领到票的"竟然"，让我感受到一个普通游客的喜出望外。一番对川菜和司机的评价，让我感受到了他的睿智和清醒。一句"像耍猴的一样"，让我感到了他对有些人搞特权的嗤之以鼻。

他的"旅游攻略"，没有特权，没有张扬，没有显摆，没有方便了自己麻烦了别人。一部让人心仪的攻略，一部让人欣慰的攻略，一部耐人寻味的攻略。老毛离开西安很久了，但我依然记着他和他的"旅游攻略"。

看了我的记述，有人可能会以为，老毛是一位退休的老同志。我这里要说的是，他是一位在职的正部级高级干部。他并不知道我会写这么一篇与他有关的文章，况且，他如若知道我要写这些，是断然不会同意的。为了避免给他带来不必要的麻烦，我用了化名。

我们的领导干部队伍中，的确有一批廉洁自律的好官，他们的风范我们应该传扬。

（原载于《新华每日电讯》2014年5月30日）

东风的出版情怀

我和东风曾经是同行，后来又是陕师大出版总社的作者，我们因工作而相识，因工作而相知，得知他获得第十三届韬奋出版奖，由衷地为他高兴。这是对他坚守出版30年的鼓励，也是对他为出版事业所作贡献的肯定。

东风是一位有着浓浓的出版理想的出版人。这种理想体现在他能够把自己的爱好、自己所从事的职业和自己心仪的事业有机地融为一体，成为思想自觉、行动自觉、价值自觉，体现在他甘于"为人作嫁"、甘于"坐冷板凳"的执着与追求。这种理想是高尚的，也是朴素的。这来源于他幼时爱书、借书、买书、盼书的特殊情结，也来源于书籍改变命运的特殊经历，于是就有了他由爱书到编书、出书的乐此不疲的出版情怀。

大学毕业至今，东风在出版行业浸淫30年，从一名普通编辑逐步成长为陕师大出版总社这艘大船的"掌舵人"。他始终坚守着"刊书载道、立社弘文"的宗旨，既低头拉车又抬头看路，既立足本社又放眼世界，进而形成了自己特有的经营思想，明确了陕师大出版总社以教育出版为主体、人文学术出版和教育文化服务为两翼的定位，提出了"坚守事业、挺拔主业、延伸产业、壮大基业"的经营思路和"精品立社、内容为本、作者为先、读者为重"的发展理念，勾勒出了"建百年名社、立文化大业"的办社理想，鲜明地提出"倾心出版是陕师大出版人的理想、敢为人先是陕师大出版人的风格、求新求变是陕师大出版人的作为、开放包容是陕师大出版人的气质、团结协作是陕师大出版人的品格、无私奉献是陕师大出版人的本色、追求卓越是陕师大出版人的价值"的别具出版特色的企业文化。这些理念无不饱含着刘东风经营团队的智慧与火花，对企业的发展和职工的成长至关重要。

如今，陕师大出版总社已由创业初期的生产总值仅几百万元，成长为今天生产总值6.25亿元，销售收入2.08亿元，资产总额2.95亿元，净资产2.12亿元，位居大学出版社前列的，在全国有重要影响的出版单位，并获得国家和省上授予的全国版权示范单位、中国版权年度最具影响力企业、陕西省版权示范单位、陕西省数字出版转型示范单位等众多荣誉称号。东风是这一历程的见证者、参与者和建设者。他献身出版，出版也成就了他。他先后被评为全国新闻出版行业领军人才、中宣部文化名家暨"四个一批"人才、陕西省宣传文化系统"六个一批"人才、2019年度中国十大出版人物，还两次被评为陕西省优秀图书编辑。

我曾经是陕师大出版总社的好几种图书的作者和主编，也有幸参加过他们隆重的"感恩出版、致敬作者"年度优秀作者表彰会，深深地感觉到他们对作者的尊重。他们通过表彰会这种形式将"作者至上、内容为王"，有好作者才有好作品，尊重作者就是尊重读者，落实得淋漓尽致。这样的表彰会开成了图书选题会、思想交流会、新书发布会、作品分享会，俨然是一场声势浩大的别具一格的"作者节"。很多出版火花和选题策划就这样产生了。陕师大出版总社这些年来好书不断，策划了一批、生产了一批、储备了一批，毫无疑问和他们尊重作者、服务作者有着密切的关系。

出版人应该有以精品立身、精品立业、精品立社的价值追求。有精品才有读者，才有市场。东风不仅号召大家重视精品，而且自己率先垂范抓精品生产，带着大家研究市场、把握市场，贴近读者、引领读者，出了一大批精品出版物。近年来，陕师大出版总社的图书先后荣获全国图书金钥匙奖、中华优秀出版物奖、鲁迅文学奖、冰心散文奖、全国优秀畅销书、陕西"五个一工程"图书奖、陕西图书奖等奖项，多个项目入选国家重点图书出版规划、国家出版基金。他所带的团队在连续四届的韬奋杯全国出版社青年编校大赛中，获得编辑个人一、二、三等奖，团体一、二、三等奖，成为出版业的一支强军劲旅。我和李浩先生主编了他们出版的"诗说中国"丛书，我们团队的作者有山东的、上海的、重庆的、江苏的、北京的、陕西的，等等，遍布全国，聚集了这个领域的优秀作者。我们前前后后开过10多次会议，每一次会议东风都要带着他的编辑团队从头参加到尾，和我们一起挑灯夜战，一道殚精竭虑。

我写过一篇《文章千古　笔墨春秋》的随笔，大意是文章千古事、出版载春秋。我以为，东风有着"千古"的意识和"春秋"的情怀。在文化产业日新月异的今天，我们需要有一批高质量的，记载时代、滋润灵魂的，属于中国、也属于世界的好书。一本好书的背后一定会有一个好编辑，一个好的出版社的背后应该有一批以"千古"和"春秋"为终身追求的团队，刘东风就是他们中的一员。

（原载于《迈入出版家行列——韬奋出版奖获奖者小传之一》，

中国出版协会、韬奋基金会编，线装书局2021年7月出版）

师　情

　　秦岭北麓，终南山下。长安，在这块文化积淀丰厚的土地上，著名作家柳青曾写下了这样脍炙人口的名句："人生的道路是漫长的，紧要处只有那么几步。"多少年过去了，还是在长安，一个来自北京的中年人费尽周折终于找到了37年前帮助自己度过人生紧要处那么几步的恩师。圆了他魂牵梦绕多少年的寻师梦。由此，记者发现了一个平凡而又感人的故事。

　　寻师者叫韩亨林，52岁，著名书法家，中央国家机关某部门局级干部；被寻者叫潘桂茹，66岁，长安区五星乡五星小学退休教师，现居五星村，过着普通而平静的农家生活。

　　1952年，韩亨林出生在陕北靖边县王渠则乡贫困山区一个农民家庭。他自幼家贫，6岁丧父。面对恶劣的生存环境和一贫如洗的家境，万般无奈的孤儿寡母相依为命，不得不几度外出乞讨聊以为生。亨林该上学了，含辛茹苦的母亲节衣缩食，咬牙将他送进了学校。亨林一上学就显示出了极好的天赋。面对这个品学兼优而又极度贫困的学生，办学条件并不好的王渠则乡中心小学为了留住他曾多次减免学费。即便这样，家庭生活都难以为继的他，仍然经常陷入辍学的边缘。

1964年，小学6年级的他，还有3个月就要毕业了，又不得不选择辍学。亨林说，那是一个残酷而痛苦的决定。家太穷了，每天连饭都吃不饱，哪有钱读书啊，与其说那是母亲从牙缝里挤出的钱，不如说是母亲以生命为代价挤出的血。虽说离小学毕业还有几个月，但他却度日如年，最愁的是每月还要缴住读的3块钱伙食费。眼看着该交伙食费了，可家里却分文没有。看着母亲愁苦的面容，母亲太苦了！不能再给母亲增加负担了，粗通世事的他毅然决定退学。

正当师生们为一个好学生的辍学而惋惜时，喜从天降。管伙食的老师高兴地叫来他："你不用退学了！有人给你交了伙食费。"哪有这样的好事，诚实的他纳闷地望着老师说："我没交。"老师说："你别管谁交的，也别问谁交的，人家不让问，你先上学。"看着老师肯定的神情，亨林糊里糊涂地走进了课堂。

就这样，有人默默地给亨林缴了3个月的伙食费。万分感动之余，他多方打听，才知道这钱是他的数学老师潘桂茹出的。潘老师那时还是一个20出头中专刚毕业的年轻姑娘。亨林的困境她看在眼里记在心上，就悄悄地做着这件事。亨林说："当时我的确很感动，但并没有意识到，这3个月伙食费对我的人生的分量。"现在看，那几个月的伙食费，可解决了他的大问题，帮他度过了人生最为困顿、最为艰难、也最为关键的一段时光。使他终于能够小学毕业，而后终于考上了中学，终于上了大学，终于……苦难是一笔珍贵的财富，关爱也会成为无形的力量。他说："那是涉及我人生关键几步的关键帮助啊！"

然而，潘老师建立不久的家庭却遇到了不幸。为了改变恶劣的生存环境，她不得不投亲靠友，设法调回了丈夫的家乡长安，继续教书的生涯。与这个她付出了青春、热血和爱的，而又让她伤透了心的地方断绝了联系。

年幼的亨林，告别了潘老师，告别了贫穷偏僻的家乡，考进了县城中学。老师家所发生的变故，他并不十分清楚。他只记得毕业时他去感谢老师，潘老师对他说，穷孩子、苦孩子更要努力学习，要争气呢！一次放暑假，他按惯例去看老师时，才得知老师已调走了，才知道了老师所遭受的一切。为此他痛悔不已，尚未成年的他抱怨自己的粗心，自己的无能，他多想能为老师分一点忧啊！从此，他和潘老师失去了联系。和老师失去联系愈久，这种牵挂就愈强；自己的日子过得愈好，对老师的感激之情就愈浓；他的成长愈顺利，就愈想见老师。这成了他的心病。

为了找到潘老师，他时断时续打听了多年。他曾托自己小学的老师，中学的老师，在西安工作的朋友，凡是有可能与潘老师有联系的人，多方打听她的下落。人托人，人找人，最终知道了老师落脚到长安区的五星乡。

2002年早春的一个周末，亨林专程从北京赶到长安，终于见到了魂牵梦绕的恩师。从电话中得知亨林要来的潘老师早早站在家门口，亨林急忙迎上。双手紧紧地握着老师的手，一声憋了几十年的"老师好"脱口而出，便语不成声。当年年轻、活泼、漂亮的老师，如今已两鬓斑斑，皱纹密布了。"潘老师，你还认得我吗？"也许老师经历太多了，也许老师觉得这样的事太平常了。她平静地摇摇头："名字还记得呢，人却不认得了。不过我知道，你是韩亨林。"他们寒暄着簇拥着进了老师的家。

看到老师家那外贴马赛克的2层小楼，家中的摆设虽显简单但干净得体。老师似乎看出了亨林的心思。潘老师说："虽然老伴后来平反了，可去世得早，但3个儿女都已长大成人。我和儿子过，每月还有几百元的退休金。日子完全过得去。"看到亨林又要感谢她。潘老师高兴地责怪道："那么点事，还要你大老远跑来。学生只要还记得老师，我就知足了。"亨林马上答道："当年，全凭您的……"潘老师马上打断他的话："快别说了，当老师的看见学生辍学，就难受，给你那么一点点帮助，是我这当老师的完全应该做的。"亨林说："一日为师，终身为母。"老师说："我一辈子，带了几千个学生，哪能都让人家感谢，这是我的职业。"当这对师生意识到他们在争论时，都会心地笑了。继而话锋一转，几十年的风风雨雨，几十年的生离死别。从事业到家庭，从同学到亲人，从衣食住行，到成长轨迹……

　　师情殷殷，师意切切。终南山下的这个农家小院笼罩着一片浓浓亲情。

（原载于《陕西日报》2003年2月20日）

在平凡与不平凡之间

在纪检监察战线，她是默默无闻的一员。在现实生活中，她是位普普通通的女性。

她说："我太平常了。"

她的确是平凡的，在家中她要为人妻、为人母、为人媳；在单位她是部下、是主任、还是同事。她几乎承担着所有职业女性都要承担的多重角色。她用她羸弱的肩膀无怨无悔地挑起了这一切，家里人爱她、敬她；单位的人称她"女中豪杰""知心大姐"。

她有着一个温馨却清贫的家。母亲、婆婆多病，一双儿女正在上学，日子过得紧紧巴巴。有人送上了500元，"意味深长"地说："这是小意思，你放一码，事成之后还有重谢！"她太需要钱了，但她深知她所负责的案件审理工作的分量，它关乎着查处案件的质量，失之毫厘，差之千里，稍有差池都会给党和国家的形象造成损失。她发怒了："我怎么能拿原则、纪律作交易，你走开！"她斩钉截铁。送钱者灰溜溜地走了。有人送上了金戒指，有人送上了金项链，面对她的一身正气，

——碰壁而归。于是有人说，要给她送钱、送物，没门。母亲说："你干的是整人的工作，要钱没钱，换个工作吧！"她说："妈，女儿整的是坏人，是替国家挖蛀虫的，这工作要是谁都不愿意干，国家成什么样了。"

1981年，不幸的阴影走进了她的生活。那天她到铜川办案，发现有血尿，并感到腰疼，浑身无力，她没当回事，继续四处奔波。但血尿越来越严重，半月后无情地检查结果出来了，她患的是膀胱肿瘤。无情的病魔吞噬着她的肌体，她一次次跌倒，又一次次坚强地爬起来，她说，人倒了，心不能倒，志不能丢。18年来，她以常人难以理解的坚韧，边工作边治疗。她先后动了12次大小手术。为了给国家多省一些钱，她常常简化疗程，每次电切手术后插管冲洗必须1周，她嫌贵、费钱，只冲3天，好几次她总是管子一拔就赶回办公室上班，丈夫终于火了，电话打到办公室："没见过你这样的病人！你不要命了？！"知情的同志动情地劝她："大姐，你都成这样了，还干什么工作，您就回医院吧！"丈夫劝她不要拼命了，她则说："咱经常住院，欠账太多太多了，知恩要图报呢！"并叮嘱丈夫："我的病要保密，不要再麻烦组织和同志们了。"多少年，她拖着重病之躯，没有休过1天年假，常常节假日加班。忘我的工作，使她的病情一次次复发，她硬是挺了过来。直到今天单位里许多同志还不知道她的病情。

她的生活是清苦的，一家4口人长期住在婆婆家那套35平方米的住房里。三代同堂，儿女长大了，迎接高考学习紧张，但家里却没有属于孩子的地方，甚至连单独放书、放文具的地方都没有，为此她常常感到内疚。儿子上中学时，每晚都要赶到姥姥家去住，直到考上大学。孩子们多么盼望这个家能有一张属于自己的写字台、自己的床。1994年单位分房，按规定她可以分三室一厅，全家高兴得像过年一样。买房没钱，上大学的儿子将家里给的生活费节省下来寄给母亲。

拿着儿子寄来的钱，她流泪了，她想起暑期在火车站送儿子返校时的情景，在儿子跨入车厢的一刹那，她突然发现儿子脚上破旧的塑料凉鞋，鞋带竟然是用旧布条连着的。见此她哭了，怨自己粗心，不称职。后来，她和丈夫咬牙给儿子买一双100多元的凉皮鞋。如今，房子总算有了，儿子回家再也不用睡地铺睡沙发了。她总算凑足了2万元的买房钱，正准备搬家时，有人误把她婆婆家的住房当成她的住房，反映她身为纪检干部不应占二套住房。传言没有道理，可她坐不住了，她想：虽然这反映与事实不符，却说明房子太紧张，满足不了大家的需求。自己在婆婆家10多年都过来了，还能凑合着住。思来想去，与丈夫一块儿去房管办退了房证。她的女儿为此哭了，哭得好伤心。有人说："什么年代了，还有这么傻的人。"她听后一笑了之。在自己与他人之间，她把天平倾斜给了他人。

同室的老周快退休了，可仍未住上合适的房子。她一趟趟地跑，向各方面反映老周的实际困难，老周的房子终于落实了。在欢送小杨的联欢会上，轻易不掉泪的小杨哭了，他动情地说，主任为别人的事情操碎了心，而她自己却仍是无房户！而她则吹起了心爱的口琴，一曲《送战友》表达了她对同事的离别之情。

49岁的人生经历，22年的纪检监察生涯，一段平凡的人生历程，她留下了一串串不平凡的脚印。她以病弱之躯完成着一个常人都难以完成的人生任务。近乎残酷的辛勤耕耘，得到了丰厚的回报。从1993年—1998年，由她担任主任的案件审理室连续5年荣获郑州铁路局案件质量评审第一名，1996年她被铁道部评为全路办案有功先进个人。面对病痛和繁重的工作，她始终没有放弃学习。她先后取得了电大专科和中央党校的本科文凭，去年，48岁的她顺利通过了研究生论文答辩。眼下，她还正在撰写一部指导案件审理工作的专著。更让她感到欣慰的是，儿子清华大学毕业后以全额奖学金被国外一所大学录取为研究生，女儿也已进入大学就读。

有一家新闻单位得知她的事迹后，要采访她，她真诚地拒绝说：
"我的所作所为绝不是为了被表扬、宣传，我只想做一个平平淡淡、
普普通通但对社会还有一点贡献的人。"当我们问及此事，还是那句
老话，她说："我觉得我太平常了。"

　　是的，她是平凡的，她又是不平凡的，在平凡与不平凡之间，她
交了一份圆满的答卷。我想我们共和国"不平凡"的大厦，就是由
她和他这样平凡的人们用自己的执着和赤诚默默地支撑起来的。他们
是我们中华民族的脊梁，是我们纪检监察战线的骄傲。

　　让我们还是把她介绍给大家，她叫韩敏莹，西安铁路分局纪律检
查委员会审理室主任。

（原载于《党风与廉政》1999年第5期）

大　海

——一个德国小伙子的西安情结

　　认识他是在土耳其代尼兹利飞往伊斯坦布尔的飞机上。我登机晚了，邻座是一个外国年轻人，落座时我礼节性地招呼"How are you"。没想到，他的回答似乎早有准备："你好！你好！我很好，你好吗？"流利、语速极快的汉语。哦——一个有着外国面孔的中国通。"你在中国留过学？在哪个城市？哪所大学？"我急切地想知道。小伙子狡黠地一笑："我没在中国留过学，我是在中国自学的汉语。用你们中国话说叫自学成才。"这是一个"见面熟"。

　　交流从询问开始。他叫大海，是土耳其裔德国人，大学毕业以后，不顾父母的反对，只身从德国来到中国的绍兴，从和人聊天学汉语开始，接着给商家当德语翻译。8年时间，从打工仔一直做到服装贸易公司的老板。大海现在回到德国，他和朋友合开了一家公司，做服装的国际贸易。公司初具规模，共有120多名员工。他到代尼兹利就是谈服装加工生意的。哦，这是一个有想法有追求的德国小伙儿。

"我告诉你一个秘密。"他神秘地冲我说，"我老婆是中国人。""哪个城市的？""是中国西安的。"我笑了："我也告诉你一个小秘密，我就是西安人。"他显得异常兴奋："真的吗？让我看看您的身份证。"当他看了我的身份证之后，兴奋地要给夫人打电话，告诉她这里有一个她的西安老乡。

　　他和夫人是在绍兴工作时"自由恋爱"的。说起媳妇，他得意之情溢于言表："她漂亮，ok！学习拔尖，ok！在学校得过很多第一，ok！工作以后，经常受奖，ok！"我问他："你们两个是谁追求谁的？"他说："彼此彼此吧。""那总有一个先后嘛！""那就是我先表达我的意思，算我追吧。"他的夫人在绍兴的一家银行工作，他经常到银行去转账，发现了她，漂亮、优雅、干练、敬业……他们在工作中相遇、相识、相交、相爱，恋爱6年，结婚2年，如今孩子已经1岁半了。

　　"不过，现在漂亮已经不重要了，关键人漂亮不如心漂亮。她的心很漂亮，我们很幸福。"半年前，夫人辞职了，半个月以前，夫人到柏林定居了。我问他为什么才去柏林？他说："我对她有承诺，要让她一到柏林就住上我自己买的装修好的房子。我必须兑现我的承诺！"现在，一切都实现了。他买房没有向父母借钱，全靠自己的努力。

　　大海共有两个哥哥、两个妹妹。他告诉我，父母把他们养大不容易了，再不能给他们添负担了。接着话锋一转："我的父母很喜欢我媳妇，她和我的两个妹妹相处得也很好。"我说："她刚去，想家吗？""我看还可以，但心里怎么想的我还不清楚，心里流泪是看不见的。她是独生子女，远离父母，异国他乡，和我生活很不容易，我要善待她。"说起西安，他滔滔不绝，喜欢之情溢于言表。"我喜欢西安，这个城市很好！我喜欢吃那里的羊肉泡馍、胡辣汤、凉皮、锅盔、小米粥、柿子饼……他如数家珍。西安我已经去了10多次了，一回去就到回民街，西安人好，厚道、真诚、热心，和他们是可以交朋友的。"相比较南方人，他认为南方人精明，打交道有点费劲，但南方人勤劳。"西安这个城市很好，但交通有些拥堵，空气质量有点问题，如果空气好了，交通好了，那就是一个很好的城市。"他打算在西安买房，也有退休以后在西安居住的打算。他说那是以后的事了。

"从西安到欧洲的出国手续怎么办？需要多少费用？"他反复问我。原来，他想接他的岳父母到德国去看一看，住一住："我老婆是独生子女，抚养父母是儿女的责任。老婆有责任，我也有责任。我曾经给老婆说过，我会像她一样关心她的父母的。我想先让他们在德国住一段时间，让他们对女儿在德国的生活放心。"

"我们说了这么长时间，我还不知道你叫什么名字？"我说。"我叫大海。"他加重了海的发音。我说："噢，中国还有一个加拿大人叫大山。"他笑了："我知道，我知道。"我说你的名字起得好，他又笑了。

飞机落地了，他真诚地问我："有人接吗？没人接，我送你。"我说"有。"他又说："在土耳其有困难了，一定要打电话给我．我一定帮忙。"我热诚地欢迎他回西安，请他吃羊肉泡馍，望着他渐渐远去的魁梧、敦实的背影，感慨世界真大、世界真小。人类关于真善美的理解其实是相近的。大海是一个有志向的德国青年，一个自强、善良、孝敬、有责任、有担当的西安女婿。

（原载于《东方商旅》2018年5月下半月刊）

孩子，你长大了

　　孩子要出嫁了，这是一件让人纠结的喜事。我从未想过孩子要离开这个家。理智告诉我，孩子长大了，必须从家出发。

　　在某种意义上，父母是为孩子们活着的。

　　你们的希望就是我们的希望，你们的成就就是我们的成就，你们的酸楚就是我们的酸楚，你们的喜悦就是我们的喜悦，你们的未来就是我们的未来。

　　孩子，你曾寄托了我们多少期盼，多少希望，多少牵挂。从呱呱坠地到牙牙学语，从步履蹒跚到亦步亦趋，从"爸爸，天是硬的，还是软的？"到"我要上天，看月亮"。小时候，看着你无助，我纠结；看到你受伤害，我愤怒；看着你长大，我喜悦；看着你上进，我欣慰；看着你纯正，我坦然。

　　孩子，你长大了。记得还是上初一的时候，你随我骑车放学回家，突然一个半大小子骑车从侧面斜坡冲了过来，你被撞倒了，膝盖鲜血直流，疼痛难忍，你抱着腿坐在地上哭着。一股护犊之气愤然而起，我失态地怒斥着那个不长眼的小子，小伙子手足无措。见此，你流着泪，却抱怨地瞪着我："爸，别那么厉害，他不是故意的。"孩子长大了，我知道你善良。

孩子，你长大了。记得你读硕士时，曾参加中国青年代表团到韩国访问。回国当晚，你给我一张当地的报纸，让我看看。我说："韩语，看不懂。"你说："你再看看。"我突然发现，报纸头版头条的那幅大照片上，你站在胡锦涛总书记身后。我忘形地和你开玩笑："哈哈，我女儿都和国家主席照相了。"你小脸一板："低调，不就照个相嘛，稳重一点。"孩子长大了，我知道你低调。实际上，你在学校获得的优秀研究生，取得的多个奖学金，我和你妈也从侧面知道，心里高兴，你不说，我们也不说。

孩子，你长大了。记得你上高三的时候，妈妈的一位好学生，考上研究生，却因交不起学费，要放弃读研。为此，妈妈好几天惋惜不已，你却给妈妈说："妈妈，你们给我的压岁钱我从没花过，有1万多元，我可不可以赞助这个哥哥交学费。"尽管，后来这笔钱你没出，这个孩子最终也读了研。但我知道，孩子，你长大了。你不仅承接了父母的爱，懂得了爱父母，爱家人，也有了关爱他人的大爱情怀。

孩子，你长大了。记得多年前的一个除夕，夜半，我带着你从外婆家回家。楼道的灯坏了，漆黑一团，你搀着我下楼，不停地说："爸，小心！小心！别踩空。"而你自己却踩空了。人倒了，头撞到墙上，你忍不住哭了，哭声撞在墙上，也撞在我的心里。我忙把你拉起来。你忍住哭声，带着哭腔，却问我："爸，你没事吧？"事情过去好久好久了，每当想起，我的心就揪着疼，但我没说。孩子长大了，我知道你孝顺。

如今，你找到了你人生的另一半。他是一个好孩子，勤学、勤思、勤恳、上进、懂事、善良。从今天开始，你们就要建设自己的小家。相爱容易相守难。爱情和家庭，不仅需要播种，更需要耕耘，灌溉，除草，它需要你们终生地呵护。记住：你们的和谐就是我们的和谐，你们的和睦就是我们的和睦，你们的幸福就是我们的幸福。

孩子们，你们长大了。希望你们学会生活，学会相处，学会工作。生活中相敬相爱，和美和好，彼此包容孝敬彼此的老人，常回家看看。干干净净做人，勤勤恳恳工作，脚踏实地做事。自强、自立、自省、自重。不虚，不浮，不飘，不摇。不求你们光宗耀祖，努力就好，上进就好，平安就好，和谐就好，健康就好。记住：我们永远是你们的大后方。

孩子，你们长大了。将从家出发，既然选择了一路同行，愿你们相濡以沫，彼此珍重；既然选择了共同的人生，愿你们忠贞不渝，风雨兼程。

送你们一个长安，长长久久，平平安安！

你们的爸爸

（原载于《沙哑的短笛》，薛保勤著，人民教育出版社2014年10月出版）

卖西瓜的小女孩

大中午，天热！汤峪镇的街上行人稀少。偶见一两只狗伸出舌头卧在墙角哈喇着喘气。

汤峪疗养院家属区门前，路边有一瓜棚，一堆西瓜后边坐着一个身着宽大的白色圆领T恤的小姑娘。小姑娘单薄的身材，黢黑的脸庞，挺挺的鼻梁，雪白的牙齿，一双有神的圆圆的眼睛。我心想：这孩子太小了！这么多瓜，家长也放心？我问："这瓜多少钱一斤？"孩子规规矩矩地站了起来："6毛一斤。您要，还可以便宜。"回答羞涩，还有几分腼腆。"好吃吗？"我问。姑娘真诚地打开自己的饭盒："好吃！您尝尝，这是我妈来前给我带的，多尝点，没事。"

我买了瓜，和小姑娘聊起来。小姑娘今年12岁，小学刚毕业，放假了，帮助父母卖瓜。"你的学习还好吧？"姑娘有点不好意思："还好吧。"我问："帮父母卖瓜，早出晚归，不影响学习？""放假了，今年我小学升初中，正好假期没作业，我就帮父母多干点活。我已经在这儿卖了20多天了。"一个懂事的孩子，小小年纪就有了家的责任和珍贵的担当。"你对未来怎么想的？"姑娘不好意思了："我还没想呢？先帮着父母干点事。"小姑娘告诉我，父母挺辛苦的，在高堡开了一个小书店，在那里还有一个瓜摊，家里还种了苞谷、南瓜、红薯……

说起今年的瓜怎么这么便宜，小姑娘说，今年行情不好，去年瓜产量不高，在地头的收购价，每斤要1块多。今年瓜丰收了，却卖不上价。地头的收购价每斤才4毛钱，他们自己在镇上卖，每斤可多卖两毛钱。"这两天卖得好吗？""不好，昨天两个瓜摊，才卖了400元。"言语间流露出隐隐的忧愁。瓜贱伤农，也伤了孩子。说话间，旁边的小餐馆有人送来一小碗麻辣粉。小姑娘说："这是我的中午饭。""赶快吃吧。"我说。姑娘刚端起碗，有人要买瓜了。她帮买主选了1个，买主只要半个。小姑娘人小力薄，拿起刀费力地把这个大约有20斤的西瓜切开、称重、算账、装入塑料袋，然后坐下来接着吃。

离开时，我问："小姑娘，明天在这儿卖吗？我回西安，在你这儿买几个瓜。"孩子说："在，我们家离这儿有几里路，不远，早上6点半，就出摊。"

第二天中午，回西安前，突然下起了瓢泼大雨，记起给孩子的"承诺"。我们开车来到瓜棚前，街上雨水横流，瓜摊依然在，却没人。路对面一个中年妇女打着伞走过来："是不是买瓜呢？女儿说有个爷爷，昨天给她拍了照片，还说今天要来买瓜。谢谢你们，还真来了！""娃说你们今天要来，要跟过来。我说人家就是一句话，不一定来。下雨了，我没让来。"我买了6个大西瓜。小姑娘热诚的父亲又送了1个。我说："你们不易，不要了。"他们告诉我，日子还好，家里的5亩西瓜还能收回成本，家里还种有其他经济作物，也有收入。现在政策好，娃上小学、中学也不收费。乐观、热诚的他们执意把瓜送到车上："慢点，雨大，路上小心。"

小姑娘的名字叫赵文。她妈妈说："娃懂事、勤快，家里的事，能干的都干，可操心了！"想起城里这么大的小升初的孩子，这个假期，有多少正在随着父母旅游……

　　"懂事"的赵文！

（原载于《陕西阳光报》2023年8月9日）

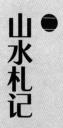

西湖晨思

夜宿西湖。

雨，淅淅沥沥地下了一夜，时大时小，时轻时重。天放亮的时候，我迫不及待地打开窗户。淡淡的雾霭，袅袅地飘摇着，一股带着湿气的清新扑面而来。抬眼望去，水天一色，烟雨迷蒙，透过婀娜柳丝的缝隙，晓雾中，几只乌篷船，时快时慢，时隐时现，在水面上"悠"着。

我撑起伞，雨中沿湖漫步，品着湖边一波又一波拍岸的涌，看着曾经繁茂而今凋零的荷，瞅着柳丝上随着微风摇曳着的诗意的水珠，听着湖边树丛中鸟的喧闹，打量着一拨拨伞下匆匆而过的男女……西湖的雨晨并不寂寞。

雨中的西湖有诗。悠长的、散淡的、迷离的、凄美的、昂然的、激越的、不紧不慢的、不温不火的，淡淡的忧伤，浓浓的闲适……它会依照不同人的心境，不同人的需求，给你不同的"诗"。美需要发现的眼睛，需要认知的情怀，需要感受的心灵。

西湖的美是多姿多彩的，晴有晴的美，阴有阴的美。西湖的景是有灵性的，西湖的美是含蓄的。然而，西湖的美不仅限于此。

我很惊奇，在这样一个有限的范围里，"云集""交织"了那么多人文景观。西湖是一本奇妙的"读图时代"的书。一经接触，就让你走进了历史。它帮着你看"图"解"文"。

出杭州宾馆沿湖西行百多米，武义士墓、苏小小墓、秋瑾墓、西泠印社、中国篆刻博物馆、浙江博物馆、平湖秋月、断桥残雪……还有关于吴昌硕的、黄宾虹的、启功的……"壮志饥餐胡虏肉"的岳飞，"秋风秋雨愁煞人"的秋瑾……

环顾西湖，由此生发开来，你可如数家珍——断桥残雪的许仙、白娘子，长桥送别的梁祝，修建白堤苏堤的白居易、苏东坡，"欲把西湖比西子"的欧阳修，"要留清白在人间"的于谦，"我劝天公重抖擞"的龚自珍，红顶商人胡雪岩，特立独行的章太炎，毛泽东"别了"的司徒雷登，"俯首甘为孺子牛"的鲁迅，为真理而战的马寅初，还有遗臭万年的秦桧……气势恢宏的、气宇轩昂的、柔美凄切的、哀婉绵长的、风流倜傥的、千夫所指的，真实的、传说的，古代的、近代的、现代的，政治的、经济的、文学艺术的、宗教神话的，金戈壮士、民族脊梁、硕儒大师、红尘女子……

山水一旦附加了人文价值，就会有点石成金的妙用。西湖，让我们心仪的不仅是自然。一草一木总关"情"，一楼一台总关"事"，似乎它的每一个角落，都藏有故事，每一座院落，都藏有人生。它的周边"浓缩"了多少中国经典，浓缩了太多的"人"与"文"。这种"自然"与"人文"交融，使西湖的美，多了一层耐人寻味的意蕴。这西湖山水就给了你"别有一番滋味在心头"的慨叹。

景是支撑，文是魂。西湖是有文化的。它的文化不是急功近利的，不是为利而造、为名而编、为"功"而建的。它的文化，来自多少代西湖人坚持不懈地文化创造、文化开掘、文化梳理、文化积累、文化传承。这种文化有根、有缘、有境、有界。它是丰富的、丰满的、丰厚的，它是儒雅的、经典的、脱俗的，又是大众的、草根的。它是博大的、多元的、包容的。它源于生活又"高于"生活，它源于西湖又"观照"着西湖。它属于英雄，也属于百姓。这种文化，是源远流长的，"水"到"渠"成的，天衣无缝的。

我很惊奇，雨中的西湖竟然"云集"了那么多人，目睹一把把彩伞下那一双双"含婪"的眼睛，你也会顿生一种"游西湖"的渴望。一顶顶"伞"乐此不疲地"走"着。西湖的边宛如镶上了一个巨大的流动的彩色项链。我在看景，亦融入了景，成了景中之景。

伞在"流动"着，"景"在流动着，人在流动着，文在流动着，思想也在流动着。西湖留给你的绝不仅仅是风景。

（原载于《解放军报》2013年4月2日）

爱之说（三题）

爱鱼说

总是想起友人办公室的那缸鱼，想鱼在水缸中的模样，呼啦啦一片鲜红，忽悠悠一缸灵动。我在想鱼。

想鱼的漂亮：飘逸、潇洒、艳丽、空灵，多姿、多彩、多情……

想鱼的姿态：自如的、自在的、自我的，舒缓的、奔放的、欢腾的，寂寥的、落寞的、惊慌的、柔韧的……

想鱼的游刃有余，收放有度，风华正茂，风度翩翩，风花雪月，风情万种。

想鱼水的世界：鱼水之情，鱼水之乐，鱼水之欢，鱼水之美，鱼水之融，鱼水之疯，鱼水之梦……

想鱼，想水。是鱼之水？是水之鱼？是鱼之乐？是水之乐？是养者之乐？是观者之乐？抑或物我两忘皆乐？……。

由乐想及养鱼的人，爱生活、爱生灵、爱万物、爱自然……

爱鱼者，养鱼。然养鱼者是否想鱼之所想，好鱼之所好，爱鱼之所爱？鱼悦乎？鱼是自由的，却是被框在风景中的自由；鱼是潇洒的，却是温室中的潇洒；景是美的，却是爱鱼者制造的。这风景，这温室，这假象，鱼知否？鱼喜乎？

爱鱼者，当知鱼之乐，当知鱼之需。爱鱼者以己之乐度鱼之乐，鱼乐乎？爱鱼者为己之乐而忘鱼之乐，鱼乐乎？爱鱼者以己之需为鱼之需，鱼需乎？鱼之乐，是大江大河中流击水弄潮乐？还是温床里怡然自得游弋乐？

鱼是应该回归江湖的。然，经驯化之"温室鱼"，还有寻找自由的理想吗？还有搏击风浪的勇气吗？还有适应江河的能力吗？我知道，当已不知何为自由与搏击时，妄说自由是没有意义的。联想到现实中被社会和父母以爱的名义千辛万苦、千方百计驯化的孩子们，许多已无在"江河"中搏击生存的能力，屡见不鲜地靠老，心安理得地啃老。别怪孩子们，这也是一种被"爱"的无可奈何。

想起胡适先生的一句话：一个能够独立生存的人才会有真正的自由。由爱鱼者想到爱儿者，由养鱼者言及养儿者。我们要学会爱，学会养。养和爱真是一门大学问。

我在想鱼。想鱼的人在做梦。我想多了。

因为，我是真的爱鱼的。我想，真心爱鱼的人，鱼也是会懂的。

爱梅说

冬日的暖阳斜斜地挂在天上。雪地里，我站在梅的身旁。枝头绽放着别样的辉煌。

不知道是什么时候记住的梅。是小学教室里的那幅梅？是课堂上老师描摹的那片梅？是友人家中怒放的那盆梅？是办公室窗外那树料峭的梅？是冬日屋后那抹含笑的梅？是久违了的那缕带着冷香的梅？

是"零落成泥碾作尘，只有香如故"的梅？还是"疏影横斜水清浅，暗香浮动月黄昏"的梅？抑或是"已是悬崖百丈冰，犹有花枝俏"的梅？是，又不全是。

不知道什么时候专注的梅。是隆冬公园里那片金黄，是寒风中昂然的那簇蓓蕾，是扶疏枝头的遒劲，是飞雪粉红的陶醉，是萧瑟中绽放的生机，是凛冽中释放的温暖，是寂寥中孤独的蓬勃，是沮丧时提神的灿烂……是，又不全是。

不知道是什么时候走进了梅。是傲岸，是傲骨，是傲然；是温润，是温和，是温暖；是淡定，是淡泊，是淡然。是，又不全是。

噢，是不知道什么时候牵挂的梅。是花？是香？是蕊？是默默报春的风范？是花丛一笑的风流？是不媚不俗的风骨？是不惊不乍的风味？

不知道什么时候爱上了梅，是风范，是风流，是风骨，是风味。

冬日，夕阳下，雪地里，我站在梅旁……

爱书说

小时候，书是一沓有字的纸，它告诉我：字，有大小多少。

长高了，书是一对欲飞的翅膀，它昭示我：插翅，天地就无比广阔。

上学了，书是一望无际的海，它告诉我：世界就是你看到和看不到的，搏击就会有迷人的收获。

成人了，书是一组做人的坐标，它告诫我：人不仅要物质的活着，还要有精神的生活。

工作了，书是一排阶梯，它引导我：人生的路是一步一步、脚踏实地走出来的。

顺利了，书是一种清醒：告诉我人生不仅有得意，还常会有挫折，得与失才是完整的生活。

失意了，书是一位挚友，循循善诱：生命应该有坚韧的底色，奇迹的背后常常有超乎寻常的劳作。

倦怠了，书是良师，拍拍肩膀亲切地说："振作，要经得起冷落，要耐得住寂寞。"

面对灯红酒绿的诱惑，书是淡定，常常发出必须坚守的忠告。

面对追名逐利的浮华，书是良药，大声疾呼："不要，不要！不要向往虚幻的光，不要追求满足虚荣的'火'。"

面对患得患失的纠结，书不屑一顾：小家子气，"小女人"的精明，"小男人"的浅薄！

面对友人的误解，书大度地说："心有多大，天有多阔，包容宽厚朋友多。"

爱书吧！书说："我不会满足虚荣，我会带你走进缤纷的殿堂，我会让你走出井底之蛙的困惑。"

爱书吧！书说："书中没有黄金屋，却有理想、有境界、有情怀，有属于人的价值追求和心态平和。"

爱书吧！书说："书中没有颜如玉，却有智慧的花朵，生命的磅礴。"

爱书吧！书是让你愉悦的朋友，书是给你幸福的伴侣。它永远不会背叛你和我。

于是，我在看书，书在看我；我在想书，书也在想我。于是，就有了这篇我理解的关于爱书的"学说"。

（原载于《博览群书》2013年第2期）

大山里的"高贵"

那是隆冬的陕北，汽车在大山的夹缝中蜿蜒北上。

车拐进延川通往清涧袁家沟的一条峡谷，两边是一片片依山而建的原生态窑洞群落，沧桑、凝重、拙朴、端庄，宛若一幅幅黄土风情画。画随着车的行进流动着，绵延着。

突然，路对面一排挂满红辣椒的窑洞映入眼帘。停车，拿起相机，下坡，穿过一条结了冰的小河，走进这座没有围墙的院落。院子已很是沧桑了，老旧的窑洞，剥蚀的窑面，残破的门窗、碾子、磨子、筐子、石桌、石凳、驴圈、柴草，还有鲜艳的辣椒，一幅绝美的怀旧风情照！

这时，一孔窑洞的门帘被掀开，一位慈眉善目的老人走了出来。我有些不好意思，怎么解释呢？不想，老人家先搭话了："照吧，照吧，看上哪儿照哪儿。"浓重的口音，古道热肠。

我心里一热，细细地打量着老人：一米五五的样子，黑红的脸膛，刀刻似的皱纹，黑白相间的胡须，头戴土灰色绒线帽，身着表皮已剥蚀了的皮夹克，足蹬沾满泥泞的黄解放鞋。老人背微驼，尚显硬朗。"拍拍您可以吗？老人家。""我有啥可拍的？想拍就拍吧。"老人严肃了，认真地对着镜头。我让他表情放松些："笑一笑，笑一笑。"他笑了，带着笑声。我让他看拍好的照片，伸出拇指说："帅！"老人有些茫然，好像不懂，我又说："漂亮！"他不好意思了："老汉家了，还好看呢？"看院子里拍得差不多了，老人说："我还有驴呢，你要照的话我给你拉来。"拍了驴，他又说："我还有羊呢。"

折腾了半个小时，我们要走了。我过意不去，给了他几十块钱，老人死活不要："这咋能要钱呢？！你们是贵客，请都请不来呢，不能要！"很坚决。推让了半天，终于把钱塞到了他的手上，他撵着我边走边说："怎么能要钱呢？！"又自言自语地看着钱："这要买多少个白面馍馍呢？"我们走了，下了坡，过了河，上了车，他依然站在那里，一手握着钱，一手招着手，远远地看着我们，拖着沙哑的长音："再来噢。"

我是大山里走出来的儿子，我曾奋斗、努力，千方百计走出大山，常常因走出封闭、脱离落后、走出贫困而自慰。我为今天所享有的优裕而自足，每每走进大山，常常自觉不自觉地以居高临下的姿态看着山和山里的人们。采访变成了采风，采风变成了欣赏，变成了玩味，甚至变成了怀旧式猎奇，忘却了曾经的根，忘却了大山的儿子应有的担当和责任。我们不曾想过，自己在追求知识、追求文明、追求文化、追求发达的跋涉中，不知不觉地丢掉了大山曾经赋予我们的善良、质朴、忠厚、真诚、坚韧、达观……我突然发现在这大山的褶皱里，这种质朴、忠诚、坦诚，面对清贫的达观依然闪烁着夺目的光芒。它绽放在贫瘠的土壤里，它盛开在沧桑的窑洞旁，这不正是我们今天仍然需要的吗？

此时，我的眼前又浮现出老人忠厚的笑容，那笑容是如此的绚烂；我的耳畔又响起了老人沙哑的笑声，那笑声是如此悦耳。

这位79岁、身体尚显硬朗的老人，他家的门前挂着贫困户的标志，还有那一串串艳丽的红辣椒。刀刻的皱纹也会绽放沁人的芬芳，这是一位高贵的老汉。

（原载于《光明日报》2017年8月18日）

澳大利亚的海（三题）

　　也许是久居内陆，我对海始终怀有一种特殊而异样的情感。但凡出差，只要是有海的地方我总要一游，或临风凭海，或踏礁望海，或赤脚赶海，或静坐悟海，或乘舟嬉海……海的温柔、海的细腻、海的含蓄、海的博大、海的汹涌，海的波澜不兴、海的惊涛拍岸、海的回肠荡气、海的潮起潮落……似乎人生的所有感受都可以从你对海的感受中得到。

　　然而，在澳大利亚，我对海、对人、对海与人，又有了新的理解。

　　哦，澳大利亚人。

一

　　一位久居澳大利亚的澳籍华人感慨地对我说："澳大利亚人与海的关系，我们华人是无法理解的。我们与海打交道，不过是游游泳、划划船、打打鱼。澳大利亚人是将海当作自己生命的一部分对待的。澳大利亚人的粗犷、豪爽、执着、浪漫、开放、大度、勇于冒险这样一些可贵的性格特征与海有着千丝万缕的联系。"

对此，一个中国内陆人的理解毕竟有限。在澳大利亚的黄金海岸市，实地感受海、静观面对海，我有了属于自己的感受。

黄金海岸市坐落在维多利亚省的西南方向，呈长条形，由数十个美丽的沙滩组成，绵延42公里，是一座世界驰名的海滨旅游度假城市。这里地处亚热带，终年阳光普照，首尾相连的海滩形成了一条金黄色的玉带，景色优美壮观，是举世闻名的冲浪者的天堂。

到黄金海岸市的那个时辰，原本是阳光灿烂的，谁知这里的气候，说变就变，几分钟后眼前就一片雾雨迷蒙。正午时分恍如黄昏，整个城市沉浸在一片烟雨之中。车窗外宛如一幅流动的水墨画。然而，这个城市留给我们最初的强烈印象，不是迷茫的街景而是船。平生从未见过这么多船。街心花园摆满了船，路两边充斥着船，排成长龙的汽车上拉着船，一望无际满街的船，似乎可以放船的地方都堆着船。导游介绍，这里正在举办澳大利亚一年一度的划船锦标赛。这些参赛者都是自费，或单独、或结伴，从几百里甚至几千里之外赶来参赛的。

二

"这么恶劣的天气，还能够比赛？"到了宾馆，顾不得休息，抑制不住内心的好奇，我们直奔比赛现场。这时天气骤变，狂风大作，站在观看比赛的看台上，那是怎样的一幅场面啊，天空大块大块的乌云几乎压到海面上，它们相互挤对着、蠕动着、撕扯着、翻滚着。风打着张狂的呼哨，不时掠过，几乎要将临时搭建的看台顶棚掀翻。风裹着雨、雨携着风，肆无忌惮地扑向铅灰色的海面。海面上浪借风势，风助浪威，浪，扭曲的、痛苦的、张扬的、愤怒的、无所顾忌的、耀武扬威的，威风凛凛、穷凶极恶的，不住气地扑向海边。风雨中的海边，则是另外一番景象，大小一样的船一字排开，不是一两只、三五只，也不是三五十只……而是一眼望不到边的船。面对风的肆虐、雨的无情、浪的疯狂，它们似一支整装待发、庞大威武的舰队。沙滩上的人们则显得若无其事，他们聚精会神、不紧不慢、有条不紊地做着赛前的各项准备工作。风雨中，高音喇叭里比赛的组织者在喋喋不休着。

第一组参赛的船队要出发了，参赛者迅速各就各位。随着砰的一声枪响，鲜红的信号弹划破了乌云密布的天空。只见数百个壮汉如离弦的箭，扑向各自的船，他们10多个人一组，奋力将船推向海里。狂怒的海岂能容小船的进入。船一接触海就被一个接一个的呼号着的小山似的巨浪掀到了一边。

"这样恶劣的天气，怎么可以出海，太危险了！"我的确有些担心。可是，不服输的壮汉们，在一次次几乎被打翻的船上怒目圆睁，仰起高傲的头，鼓起发达的肌肉，暴露着青筋，齐心协力、不屈不挠、奋力地舞动着手中的桨，迎着翻腾的小山似的浪冲上去。

船冲上去了，浪又无情地推了回来，人的坚强与海的愤怒在波峰浪谷间反复较量着。远远看去，船冲上去了，终于冲上去了，可又被不羁的浪打了回来。船，寻找着海的破绽，浪的间隙，坚韧不拔、蓄势又发……海面上响彻着无所畏惧的号子。不屈的人与狂怒的海就这样僵持着，几十条船就这样与海与浪你来我往僵持着，海咆哮着，浪汹涌着，船撞击着……终于，海浪支撑不住了，不屈的船冲破了海的第一道防线，攻破了她的第二道波峰，进入了她的波涛澎湃的怀抱。

海在磨砺着人，人在冲撞着海，人似乎感动了海，进而征服了海，终于，坚强的人被博大的海接受了。船艰难但却自如地在波峰浪谷中起伏着游弋着前进着，海与人达成了一种新的默契与和谐。人似乎成为海的有机的一部分，一副绝妙的海人合一图。

三

数十艘船向着远处的目标昂首前进，最先到达目标的，掉转头迅速向岸边疾驰。人们像迎接英雄似的，迎接最先凯旋的船只。"英雄！英雄！"岸边成千上万的人们发出山呼海啸般的欢呼声，压倒了风声，压倒了雨声，压倒了海浪的呼啸声。是的，他们的确是英雄，他们的英雄不仅在于他们克服了常人几乎无法克服的困难，更在于他们在与困难搏斗的过程中，所显示出的百折不挠、一往无前的意志品质。旁边的一位澳大利亚老人怀抱自己大约三四岁的孙子，尽管他们被雨淋得透湿，老人却抑制不住内心的激动，兴奋地对我说："我看重的不光是英雄们战胜困难回来了，更看重他们战胜困难所体现的精神，这是我们澳大利亚人所特有的精神。我已无法参加比赛了，但我每年都要不远千里来观看比赛。"

老人的话是生动的，也许，它可以作为澳大利亚人与海的关系的理性注脚。它是浅显的，又是深邃的。

比赛还在紧张进行着。天晴了，雨住了，风轻了，浪小了，西天高挂着一道迷人的彩虹。我松了一口气："这下可以放心比赛了。"谁知旁边的澳大利亚朋友很不以为然："没有风险，没有挑战性，就没有必要比赛了，这对我们澳大利亚人来说还有什么意思？！"

入夜，黄金海岸的各式酒馆饭店，灯火辉煌，人满为患，街头弥漫着欢歌笑语。友人介绍，今晚酒店的生意有可能做通宵。来自各地的参赛选手都要庆贺他们今天的比赛。不管是成功者还是落伍者，成功者庆贺成功，落伍者庆贺勇敢、庆贺参与。

哦，这就是澳大利亚人。

四

惊心动魄的海，威武不屈的人，感受这人与海的搏斗所洋溢的难以言表的精神，我的内心深处掀起了阵阵波澜。澳大利亚作为发达国家之一，国人用自己勤劳的双手创造了现代化的舒适生活，但是，舒适的生活并没有泯灭他们面对自然、征服自然的勇敢、顽强与强悍。这种看似原始的运动，也恰恰体现了这个国家人民所追求的一种攻无不克、无坚不摧的精神。

这种精神，作为人类文明所共有的精神财富，恰恰也是我们所应汲取和借鉴的（当然，也是我们民族已有的，只不过表现形式不一样）。特别是当中国正在启动自己的现代化航船的关键时刻，这种精神就显得尤为重要。

记得一位科普作家在一篇科普小说中表达过这样的意思：随着现代文明的进程，现代人与传统人相比，除了大脑进化以外，其他功能都出现了不同程度的退化。这话讲得似乎有些耸人听闻，却不无道理。对人而言，猴子掰苞谷式的"前进"毕竟是一种缺憾。联想到我们的现实生活中一些"新新人类"，在现代生活的"滋润"下，在父母无微不至的呵护中，精神疲软、能力退化。我很担心他们将人类本来所具有的勤劳、勇敢、刚毅、顽强在不知不觉中丢失。也许，这是杞人忧天。

弄　潮

晨曦将一座座乳白色、乳黄色的高楼映衬得玲珑剔透。黄金海岸的早晨是迷人的。

我们去赶海，住所距海边仅百十米。友人告诉我们，宾馆修得离海这么近，就是为了方便客人看海、赶海。按这里的习惯，你们只要穿着游泳衣裤，每人裹一条浴巾，就可以到海边去了。

清晨的海，一改昨日的暴怒，一脸温顺。朝阳将海面涂抹成一片温柔的金黄。海滩是热闹的，嬉水的、划水的、冲浪的、撑帆的、垂钓的、拣海鲜的……更多的人则是双手提着鞋，三三五五沿着长长的海滩急行。人们各得其所。

"在冲浪者的天堂，怎么也得到海里感受一下。"我们加入了弄潮的人群。迎着不时轻柔地扑向海滩的潮，我们小心翼翼地一步一顿地走进了海。对于第一次赤条条进入海里的我，虽说会游泳，但内心多少还是没有把握。

海是友好的。深秋季节的海并不"冰凉"。她不时轻轻地抚摸着你，似乎在抚慰你、鼓励你、引导你走进她的怀抱。你顿时有了一些亲切感。但海的友好绝不是温情脉脉，不是一味温柔。水没脚了、水到膝了，水的温柔变得有力了；水及大腿了，海有些不友好了，涌动的潮，似乎要将你连"根"拔起，脚底有些不听使唤，你有些不由自主，不过汹涌的潮又好像在扶着你，怕你倒下；水及腹部了，海有些不客气了，潮变成了半米多高的浪，乘你不备向你兜头扑来，尚未进入角色的你，糊里糊涂，措手不及。当像落汤鸡似的你回头看去，浪早已跑到海的深处，远远的变成了一条泛白的、缓缓向岸边再次游移的水波。海再次聚集力量，渐渐地形成了新的波涛，涌向岸边。她似乎显得欺生、显得无礼。

弄潮绝不仅仅是玩，要真正进入弄潮的境界，你必须感受海、研究海，进而把握海。海中一同弄潮的澳人很是友好，他们丝毫不因我们对海的陌生与无措而幸灾乐祸，纷纷举着手欢迎你加入他们的行列，不时地伸出大拇指鼓励着你，接着主动辅导你。很快我们明白了，对于毫无弄潮经验的人，当浪向你扑来的时候，你必须紧闭着气、背对着浪，你就会安然无恙。否则，扑面的浪会让你连喝几口海水，呛得喘不过气来。有一定游泳技能者完全可以正对着浪，在浪即将接触你的一刹那，跳起从浪的下方钻到她的背后，然后稳稳地站住，看着新一轮的浪，远远地赶来。这时你会有一种"浪，你能奈我何"的感觉。

对弄潮者，你愈想感受弄潮的高境界，你就必须向海的深处挺进，水越深浪越大，你就越可能接受海的新的洗礼。

　　海是严厉的。起风了，潮汹涌了，浪澎湃了。我鼓励自己走进齐腰深的水里，海将你前后左右地推搡着，一人多高的浪将你拍打着，没有美感，感到的只是四顾不暇、孤立无援。远远看到在大海的深处舒展手臂潇洒畅游的泳者，听人讲，弄潮只有冲过浪的"第一冲击波"，你才会有一种进入自由王国的感觉。

　　我鼓起勇气，一个前冲式的潜水躲过扑来的浪，终于进入了浪与浪之间的波峰浪谷，成为为数不多的能够冲破第一层浪的弄潮者。一同弄潮的澳大利亚朋友不住地伸出拇指，赞赏着我。然而，好景不长，这里的生存环境更为恶劣。从大海深处涌来的浪刚刚袭过，冲到岸边的回浪又打了过来，水在没完没了地围追堵截，你像一片毫无自主权的任水"蹂躏"的树叶。更让我"恐惧"的是，海的巨大的磁力要将你拉向海的深处，它的力量太强大了，使你没有喘息的机会，没有立足的地方，没有整理思绪的空间。我终于无所作为了，唯一能做的就是，努力保持身体的平衡，强忍着不让水呛住。

　　我明白了，仅仅有在游泳池中开怀畅游的花架子本事，要驾驭汹涌的大海是远远不够的，甚至几乎是无用的；我明白了，尽管你是一个号称爱海的人，却从未身临其境、搏击过海浪，对海的认识和了解依然肤浅，以至于无知。而一个对海一无所知的人在海中只会寸步难行。我的脑际突然闪过这样一种可怕的念头：如果我回不到岸边怎么办？环顾四周，人似乎一瞬间都消失了，全是水，狂放不羁、张牙舞爪的水，一切都无济于事，只能靠自己了。置之死地而后生，我不顾一切，顶着一波波扑面而来的回浪，拼着全力向岸边划去。浪渐渐小了，涌渐渐弱了，我终于松了一口气，当我再一次站在水中时，水仅及我的大腿，颇有"虚惊一场"的味道。面对汹涌的海我终于无可奈何地退缩了，但她给了我一段特殊的经历和身临其境的珍贵的感受。

　　海的确是严厉的，有时甚至是无礼的。但海又是宽厚的、宽容的。她绝不强迫你。懦弱的人，不愿承受任何风浪的人，不愿承担一丝风险的人，习惯于当看客的人，你完全可以站在海的仅及脚面的边沿，去观海、去看海，去分享人家嬉海的乐趣，去欣赏弄潮人不慎造成的难堪，去评点弄潮儿水平的优劣。你没有任何风险的威胁，但你永远无法享受到弄潮者的喜悦。因为，看客毕竟是看客。

老人·孩子与海

我总是忘不了悉尼远郊的那处海湾，那幅别致的让人产生丰富联想的画面：澳大利亚特有的新鲜而亮丽的阳光下，一望无际的湛蓝湛蓝的海，几艘火红火红的救生艇穿梭其间，泛着白的浪花轻轻地亲吻着海滩；一位老人，一位富态的身着泳衣的老奶奶，牵着一个身高不足1米的小孩，他们远离嬉海的人群，久久地伫立在海边，继而走进大海。

画面进入了记忆，但画面背后那个看似平淡，却隽永的诗意却挥之不去。

大海泛着白沫欢快地涌上海滩，蹒跚学步的孩子在老人的搀扶下笑着、跳着，往前挣着去找海；老人使劲儿拽着，小心翼翼地呵护着，只怕孩子摔倒；孩子终于探着了海，温柔的海水不时舔着她的脚丫，孩子高兴得直跺脚，水花被小脚跺得四处飞溅。孩子似乎对她的"壮举"很是得意，抬起头顽皮地看着老奶奶，老人欣慰地笑了，她的眼神一刻也不离开孩子，目光中洋溢着慈祥与温柔。

善解人意的海将一颗海螺从沙滩里冲出，孩子蹲下将海螺捡起，高高地举起，炫耀着自己的发现，奶奶赞赏地点点头。一不留神孩子摔倒了，脸碰到了松软的沙滩上，老人欣赏地看着孩子，孩子自己爬了起来，咯咯咯咧着小嘴笑着，跌跌撞撞地又跑向前去。

海水似乎通人性，刚才孩子前边还溢满了涌上来的潮，当孩子走去的时候，水却悄悄地退了，孩子面前展开了一片开阔的沙滩。当潮再次涌上来时，孩子顽皮地躲开水的拥抱，好奇地观察着潮水泛起的白沫。

这时，慈祥的老人不让孩子"自由"了，她迎着一波又一波涌来的潮，紧紧拉着孩子坚定向大海走去。海，去掉了温柔的面纱。海水没到了孩子的小腿弯了，孩子有些耍赖，停住了脚步，乞求地看着老人，屁股向后撅着，竭力退缩着。老人似乎有些不通情理，双手几乎提着孩子强迫她继续往前。水到孩子的腰部了，不客气的潮水掀起的浪花，几乎没及孩子的脖子，孩子舔着发苦的海水，哇哇直哭。老人终于作罢，微笑着抱起孩子返回岸边。

远远地看着老人拉着蹒跚的孩子走来，我迎了上去，逗着孩子，脸上还挂着泪珠的孩子竟然咧着小嘴，笑了。乘着我们和老人说话的间隙，孩子坐在身边的一泓小水滩中，旁若无人地自己玩去了。与热情的老人几句友好的寒暄之后，我们得知，这小女孩是老人的外孙女，出生刚刚13个月。

"她太小了！"

老人笑了："别看她小，她特别喜欢水，可只喜欢在海边的小水滩中玩。"说着慈爱地看了看脚下的孩子。

"把她放到海里，会把她吓坏的。"看着玩得专心致志的孩子，我们有些担心。

老人挺认真："来到海边，不能光让她玩。我就是要让她早早地感受一下真正的海，感受一下来自海的风险。我才不希望我的孙子将来是一个爱海而不懂海，爱谈风险而不懂风险，更经受不了风险的人。这是我们澳大利亚人的风格。"老人的言谈中蕴含着哲理、洋溢着一种自豪。

"你们就在海边生活，有的是让孩子锻炼的机会，现在就让孩子到海里边去有点早了。"我们和老人商量着。

"记得我刚记事的时候，我的父亲就常常带我到这里，把我往海里推。依稀记得我也是既怕又怨。你们别看这孩子小，让她早点接触风险，总比晚接触好。经常接触她就适应了。"

老人走了，她拉着不安分的孩子走了。望着他们远去的背影，咀嚼老人朴素的话语，我陷入久久地沉思。老人的爱是无私的，但她往往包含着严厉；母亲的胸襟是宽阔的，但她常常容不得懦弱与胆小；海的胸怀是博大的，但她首先包容的是弄潮儿。海边的孩子大约就是在这样的特殊呵护中成长起来的。

哦，老人、孩子与海。我总是记着那幅充满诗意的画面。

（原载于《我在悉尼当"部长"》，薛保勤著，陕西人民出版社2005年7月出版）

匠心独具的索弗伦

——古镇印象

      人文景观资源不足，是澳大利亚旅游业的缺憾。澳大利亚的旅游管理者们在注重自然景观开发、保护的同时，特别注重人文景观的修整、发掘和建设。他们在几乎没有文物的土地上开发出了一批具有一定历史文化品位和历史文化含量的人文景点，并且在旅游市场上成了气候。

一

      从旅游的角度审视澳大利亚，她的自然景观应属世界一流。用一位业内人的话说，澳大利亚迥然不同的各种地形和生活方式，为旅游者提供了无与伦比的旅游资源和度假机会。

      的确如此。从昆士兰绵延千里的神奇的大堡礁，到黄金海岸由数十个海湾组成的白沙海滩；从令人魂牵梦绕一日数变的蓝山，到妙趣横生的野生动物园；从遍布全国的白帆点点、游艇如云的港湾，到星罗棋布、郁郁葱葱、野趣无穷的原始森林；还有一望无际、绿满天涯独具澳大利亚特色的大草原……

　　然而，人文景观作为旅游市场重要的有机组成部分，在澳大利亚却存在着天然的不足。作为一个建国仅百余年的年轻国家，尽管，澳大利亚对本国历史文化遗产的保护下了很大功夫——将50年以上的建筑都确定为文物，并从法律上给予保障，但这些年轻的文物显然对游客缺乏吸引力。的确，人文景观的缺乏是澳大利亚旅游业的缺陷，但是，澳大利亚人并没有因为自己占有世界上独此一份的自然风光而放弃对人文景观的营造，也没有因为这种先天不足，而放弃对这种缺陷的改造与弥补。

<h2 style="text-align:center">二</h2>

　　对墨尔本我是心仪已久的。

　　来此之前就听说，历史上墨尔本就因其特殊的地位、实力和悉尼为争澳大利亚的首都闹得不可开交，结果鹬蚌相争、渔翁得利。也许是澳大利亚当局为了回避矛盾，在城市之间搞平衡，首都最终设到了当时毫无名气的堪培拉。这从一个方面显示了墨尔本的"不同寻常"。

　　谁知到了墨尔本，我们仅在其独具韵味的市区游览了一天，接待方就打算安排去索弗伦金矿。余兴未尽，我们很有些"不同意见"。

　　索弗伦，一个陌生的名字。"不远万里来到这里，墨尔本有多少东西要考察，却去看一个已经废弃了的金矿，得不偿失。况且往返四五百公里，一天的时间都花在路上了。"大家决定和接待者商量可否改变考察行程

　　组织者却充满了自信："大家还是去看一看，肯定会不虚此行。"

　　在去金矿的路上，我们了解到：墨尔本不仅是澳大利亚牧羊业的发源地，而且曾经是澳大利亚著名的金矿。1851年这里发现了大金矿，当时就被冠以新金山的美名。金矿的发源地就在我们要去的索弗

伦。据史料记载，这个大金矿刚被发现就在全世界引起轰动。世界各地的淘金者蜂拥而至，淘金者最多时达到三四万人。可谓车水马龙、生机盎然、盛况空前。后来随着矿源的逐渐枯竭，淘金者各奔东西，这座巨大的矿区渐渐冷落，最终废置了。直到20多年前，这几乎被人遗忘的矿区被一家独具慧眼的公司看中，他们修旧利废办起了这座金矿博物馆。

重要固然重要，但这么短的历史也配作为人文景观开发？这种档次的景观又能有多少吸引力？作为来自兵马俑故乡的我们，始终将信将疑，抱着看看再说的态度，我们踏上了旅途。

金矿坐落在一片缓缓起伏的丘陵的斜坡上，进入大门是一组陈列室，金矿的历史背景、历史沿革，金矿在澳大利亚经济发展史上的特殊地位，世界各国淘金者为金矿所作的贡献，以及他们当时的生活境遇……条理细致、翔实、缜密。公允地说这是一个规范的有特色的博物馆。我们边走边看，一目了然。也许我们的眼光过于挑剔，所见所闻，不过尔尔。

然而，当我们走出陈列室，眼前豁然一亮：一座澳大利亚150年前的小型矿山城市展现在眼前。蜿蜒、泥泞向高山延伸的道路，道路两边古色古香的各式商埠，服饰各异的城镇居民，民政局、警察局、家具店、小酒馆、古玩店、花店、礼品店、医院、学校，一个城市所需要的元素这里几乎都有。随着铃铃的马铃声，几匹高头大马拉着高大的古典马车威武地沿街而去……俨然一幅别具澳大利亚特色的《清明上河图》。

沿街进入各式店铺，你会发现既有为贵族开的精品店，还有为蓝领开的大众店，也有为下人开的杂货店。不同档次的店中，站着身穿不同档次服饰的店员。只要你进了商店，他们一律地跟前跟后、一律地笑容可掬、一律地热情周到。不论你是否购物，服务质量一律不变。如果你希望和中间的某一位店员合影，她会主动地按照你的要求，摆出各种姿势友好地与你配合，包括年轻的女郎挽着你的手臂依偎着你做情侣状。当然，这种配合是不收费的。

三

一阵"叮当、叮当……"的打铁声引起了我们的注意，哦，那是在中国都已经很难见到的铁匠铺。见我们来了，一位老者带着几个年轻人打得更欢实了。随着铁锤的起落，铁砧上火花四溅，一派"欣欣向荣"。

通红的炉火，映照着老者黝黑发亮的脸庞。眼看着一把锋利的匕首就要打成了，老者抬起头友好地冲我们笑笑，示意助打的小伙子住手，埋头自顾自地敲打着，聚精会神地"精雕细刻"起来。铁匠铺的四面墙上挂满了他们手工制作的各种精美的铁制品，各种精致的灶具、各种古拙的农具、各种精巧的玩具。

也许是声音的吸引，也许是这古老的铸造技艺，这不大的铺面竟吸引了一拨又一拨顾客。热蒸现卖，柜台前挤满了购物的游人，铁匠们自产自销的产品大有脱销之势。

铁匠铺旁，一排正在工作的锅炉房引起了我们的注意。有什么用场？导游看出了我们的疑问："这就是当年矿山使用的动力。"原来，当年的矿山还没有电，人拉肩扛无法适应后山的生产。这锅炉可为金矿的开采立下了汗马功劳。原理极其简单，由锅炉产生蒸汽，蒸汽产生动力，动力逐级传导，最终拉动矿车的升降，使得矿车有足够的力量运送矿工和矿石。导游告诉我们，可别小看这不起眼的锅炉房，这可是矿山当年唯一的现代化设备。

突然，大街上一阵女人的惊叫声吸引了我们的目光。只见一个身穿西方古典黑色裙装，足蹬高腰皮靴，头裹白纱巾的中年女子，从一个小胡同里窜出，疯了似的追赶着前边的一个男人。这男的身穿一身藏蓝色的工装，一声不吭，在前边飞快但却踉踉跄跄地走着，不时回头看着。女的边跑边喊，怒不可遏，声嘶力竭，终于追上了男的。她愤怒地撕扯着男子，满街响彻着她的尖利而愤怒的声音。男的似乎喝多了，醉醺醺的，竭力推搡、躲避着，而女的则不依不饶。正当双方撕扯得不可开交之际，随着砰砰两声枪响，一位警察从警察局的大门冲出，手中的枪还冒着蓝烟。警察听了双方的陈述之后，一番劝解无效后将骂骂咧咧的男子带进了警察局，一场纠纷就此了结。哦，原来这是一场150多年前的治安案件的发生及其处理过程的再现。游客们恍然大悟，满街道响起了热烈的掌声。既为演员精彩的表演，也为管理者精巧地设计。

一个百多年前功能齐全的矿山城市，在这里变得丰富了、丰满了、有血有肉了、鲜活了。

四

见到这群孩子，是在一间酷似教堂的教室门口。

我们颇为诧异，他们没有时下澳大利亚孩子款式新颖、五颜六色的服装，一律的色彩单调、款式呆板、保守的老式装扮。女孩子扎着小辫，男孩子一人围一件黄牛皮制作的大围裙，每人戴一顶传统的"列宁式"圆帽，帽檐没神地耷拉着。对我们的到来，孩子们几乎没有反应，表情木然，不苟言笑，与我们在其他地方见到的人来疯式的叽叽喳喳、无法无天的澳大利亚孩子简直是天壤之别，整个一群受压抑之后被历史淘汰了的不幸的一代。

老师来了，年约40，身材修长，表情冷峻，身着月白色土布连衣裙。在这位女老师的带领下，孩子们悄悄地走进了教室。上课，游人是可以参观的。只见10多个孩子规规矩矩地坐在一张张没有漆皮的已经发黑的桌子后边，挺直腰板，目视前方。老师站在简陋的讲台上，不知道在说些什么。课堂秩序井然。

有了前边的经历，起先我以为，这些孩子也是金矿雇的工作人员，大约是充当道具的，无非是让游人观赏一下百多年前矿山小学的教学情况。担任导游的小姐告诉我："不完全是这样。孩子们在这里上学，的确有让游人们参观的成分。但这些孩子可不是雇佣人员，他们都是家长掏钱送到这里来学习的，这大概相当于我们中国的传统教育。你别看这些孩子看起来不生动，有些古板，他们是进入角色了。"孩子们是否进入了角色我没有考证，我只是觉得将生性活泼的孩子"整治"得循规蹈矩，近乎木讷，似乎有些不近人情。

旅游点的工作人员告诉我们，这些上课的孩子，都是家长从数百公里乃至一两千公里外的居住地送来的，而家长们则在矿山附近租房子住，在外边陪孩子。

孩子们一般要在这里吃、住、学习3到5天，学习这座金矿的历史、风情，当年这里在澳大利亚发展上的贡献以及当年矿工的工作与生活。让孩子们在学习历史的过程中走进历史，举一反三，了解澳大利亚、认识澳大利亚，学习前人的创业和奋斗精神。

我们没有时间进一步了解孩子们的学习情况，但景区的管理者将参观旅游与接受教育有机结合起来，让学习者就地入学的形式，无形中为旅游者展示了历史的真实。而家长不远千里送孩子来上学的举动，已经告诉了我们教育的吸引力，可谓一举两得，很值得我们借鉴。

五

我们在黑暗中摸索，在废弃了近150年的坑道深处前行，导游手中微弱的若明若暗的矿灯指引着我们。

踉踉跄跄，不知走了多长时间，巷道两边的壁灯亮了，导游说："刚才委屈大家了，主要是让大家适应并感受一下黑暗。现在我们已经到了地层深处。"导游是位中国留学生，无形中增加了亲切感。她边走边讲，每一处遗址的作用与功能，每一处遗址背后所曾有的故事，娓娓道来，如数家珍。如看图识字，当年的采矿生产流程形象了，矿工的井下生活具体了。

在一段露着丰富矿脉的地方，导游停了下来。这位中国姑娘指着坑墙上依然泛着金光的地方："就是在这里，曾经发生过一起华工遇难的惨剧。"这里曾经是当地人已经开采过的一截坑道，就是在这段别人已经废置的坑道里，一对在这里淘金的中国亲兄弟锲而不舍，终于发现了丰富的新矿脉。

多少年来，他们在这里拼死拼活却收入甚微，一贫如洗，无以为报，不敢回家看母亲。现在就要实现自己多年的淘金梦，想起还在祖国福建老家含辛茹苦、孤苦伶仃盼儿归的白发母，哥俩喜出望外抱头痛哭。就在这时，不幸的事情发生了，无情的塌方将哥哥吞噬了。弟弟呼天喊地痛不欲生。弟弟带着圆了的淘金梦和终生的痛楚离开了这个地方。

有心的金矿管理者将这个令人心酸的故事录制成了电视纪录片，并以坑道的墙壁为银幕，播放给我们。哥俩发现金矿时忘形的笑声，弟弟呼唤哥哥的悲啼声，老母站在海边呼儿归令人心碎的企盼声，久久在坑道内回荡。

站在这里，每一个有血性的中国人都心潮难平。这是当年1万多名华工充满血泪历史的真实再现。离开坑道时，我们的心情格外沉重。

六

淘金，是我们离开金矿的最后一个项目。导游介绍，这是一个很有情趣的参与式项目："过一会儿，你们就是黄金的拥有者了。"

"一个废置百年的金矿，能有什么金子，不会是作秀吧？"我有些将信将疑。

导游将我们带到一条约有1米宽的水沟旁。薄薄的一层水从沙石上缓缓流过。"这里怎么可能有金子呢？就是有，也让无数的游人淘光了。"我颇不以为然。

导游给我们拿来了一些盆子和铁锹，并示范着："你们一人拿一个盆子，用铁锹将水里的沙石放入盆中，然后倒入水，将盆子倾斜着来回摇摆，让沙石随水流出盆外。没水了再续上水，直到里边的沙石随水流光，这时你就可以在盆底残存的沙石中发现金黄色的发光的小金属片，那就是金子。"

按照导游的指示，我们一行10多人，在水沟两边一字排开，专心致志、一丝不苟、小心翼翼地劳作着。

"有了、有了，快看、快看，黄的，金子出来了！"有人发出了愉悦的叫声。"才几分钟，怎么可能呢？"我们纷纷凑上去，只见盆底的沙石中果真有几粒金黄色的小颗粒。

"看别人淘金有什么意思？抓紧时间淘自己的金。"于是，淘金现场一片寂静。"有了，我这儿也有了。""看，我这里更多！"

不久，小水沟两边，收获的喜悦此起彼伏。

有心的导游不知从哪儿搞来一个特制的小瓶子，帮助大家将淘出的所有金粒，小心地一一装入瓶中，再添入水，只见数十粒金片在瓶中翻飞，在阳光下熠熠生辉，煞是好看。

"好了，这是你们的劳动所得，物归其主，给你们作个纪念。"至此，导游也结束了自己的工作。我们知道手中的这些金子并不值钱，但大家却依然兴致盎然。我们知道淘到了金子并不重要，可淘金的经历和感受却让人难以忘怀。

参观金矿的时间是短暂的，参观感受是丰富的。离开索弗伦金矿时，我们的心情是轻松的、愉快的，当然有的则是沉重的。不在于我们收获了金子，而在于我们走进了历史，观察了历史，感受了历史，认识了历史，品味了历史。我们知道，这里曾经是澳大利亚历史上辉煌的一页。这就是这个历史并不长、似乎没有开发价值的人文景观所告诉我们的。

（原载于《我在悉尼当"部长"》，薛保勤著，陕西人民出版社2005年7月出版）

墨尔本写意

墨尔本，一个让人心动的城市。

这个澳大利亚的第二大城市，几乎完全掩映在一片浓荫之中。友人介绍，墨尔本城市人口250余万，可大大小小的公园就有145个之多，公园面积竟占到城市面积的四分之一。

站在摩天大楼的顶层，仰望蓝天、流云，俯视脚下斑斓的楼群、如织的公路、葱葱的绿树、蜿蜒的碧水，感受这盎然的绿意，品味这似锦的繁花，你恍如置身于童话王国。我原想，这样一座绿色城市，自然应该以无烟工业为主，否则生态绝不会这么好。谁知友人说，无知，墨尔本不仅是全国的金融之都，而且是全国的工业、贸易、交通中心，重型机械、纺织、造纸、电子、化工、汽车制造等已是其支柱产业，现代化程度相当高。眼前这高度生态文明与发达的工业文明的和谐与统一，不正是我们人类所向往和追求的吗？我想，为了这和谐与统一，墨尔本的数代管理者和建设者不知倾注了多少心血。是他们超前的眼光、智慧，造就了今天的墨尔本，他们应该成为我们的榜样。

墨尔本是繁华的，但不失优雅。她没有悉尼的热闹、嘈杂、喧哗，没有悉尼那浓浓的商业气息，却有着自己独特的静谧、安详的韵味和淡淡的书卷气。在前几年的国际旅游业排行榜上，墨尔本被列入"世界最适宜居住之城市"的前几名。友人很有感触地告诉我，这里真是一块学习的宝地。作为澳大利亚的重要的教育、科研基地，著名的墨尔本大学、墨尔本皇家理工大学就在这里。

入夜，伴着深秋硕大的一轮明月，我们在水波浩渺的湖边漫步，在古木参天的街心花园中流连。月色如银，湖光闪烁，微风拂面，树影婆娑，远处市中心的高大建筑群被灯光勾勒得金碧辉煌，宛若一幅美轮美奂的油画。偶尔有一两只不知名的动物从脚下窜过，一群夜宿枝头的不知名的鸟踢踢发出响声。都市里的野趣，真是别有一番滋味在心头。

那是离开墨尔本的前一天晚上，友人建议到市中心看一看。我有些犹豫，友人力促："看一看吧，不远万里来到这里，以后还不知有没有机会再来呢！夜幕下的墨尔本，千载难逢啊！"几近午夜，起风了，天上下起了牛毛细雨，树上的黄叶三三五五不时飘下，一丝寒意袭来，地上一片金黄。在唐人街附近，迎着蒙蒙的雾雨，我们下了车。各式霓虹灯依然敬业地变幻着花样，披"金"戴"银"的各式建筑沉浸在一片灿烂的迷茫之中。梦幻般的大街上几乎没有行人，寂静、空旷而宽敞的大街上，古老的有轨电车喤当、喤当不时飞驰而过，街边偶有三两行人低着头匆匆而行。一种久违的独具韵味的寂静。

"踢踏、踢踏……"一阵清脆的马蹄声由远及近。只见一辆由四匹高头大马拉着的豪华古典旅游马车威武地驶了过来。马车上游客坐的位子空着，驭手是一位金发碧眼的时髦女郎。她手持马鞭，脚蹬马靴，头戴鲜红的高檐礼帽，身着佩着金黄色绶带的鲜红的礼服。尽管是午夜、尽管车上已无乘客，但驭手却英姿不减、目不斜视、专心致志，不时向马发出指令。风大了，雨骤了，风裹着雨和残叶向驭手袭来，头顶无遮挡的女郎紧皱着眉头无奈地抬起手臂遮挡着，继而紧了紧缰绳，马车加速了。"踢踏、踢踏……"望着远去的马车，望着风雨飘摇中驭手火红而单薄的背影。我不由得生出一些感想，这女郎完全可以不影响驾驶退后一步，坐进能够遮风挡雨的客人的座位。她为什么不呢？为什么呆板地守着岗位，宁愿遭受风雨的肆虐。是呆板、是执着，还是敬业……挣钱不易啊！无论是在哪里，都应该是敬业致富。继而又生出深深的敬意，为这位在午夜的风雨中仍在辛勤劳作的时髦女郎，也为那团墨尔本的夜色中飘摇着的火。

冷寂的大街上也有热闹的去处，那就是不时出现的电子游戏厅。从外往里望去，我吃惊地发现，里边竟然热气腾腾、欣欣向荣。和中国一样，这里几乎全是年轻人。他们吃着、喝着、笑着、叫着、闹着，甚至跳着，所有的这些和这个城市，和这个充满诗意的晚上，是那么不和谐。深夜不归、夜不归宿，我很为这些年轻人担心。友人似乎看出了我的心思："这的确是这个社会不和谐的地方，青少年的许多犯罪倾向往往滋生于这里。社会是不提倡的，负责任的家长是绝不会让孩子到这种地方来的，况且是深夜。"我多少有些若有所失，即为这些孩子，也为这个社会，更为这个如诗的夜晚。

（原载于《陕西日报》2003年4月28日）

盖和他的牧场

　　盖是一个拥有10万亩土地的大牧场主，平时仅雇一个帮工经营牧场。如果在中国，盖可是标准的千万富翁了。可他没有一点儿大款的架势。那份热情，那份幽默，那份朴实，那份洒脱，那份认真，那份周到，那份一丝不苟，那份事必躬亲，那份创业的成就感……让人感动，让人难以忘怀。

　　盖说："对于我，钱永远不够用。"原来，澳大利亚人是不攒钱的。他们认为，钱不是财富，将钱变成资本，才是财富。

一

　　盖已经在等了，带着他心爱的狗。

　　我们到达牧场时，他站在车门口热情地和大家一一握手，不停地用汉语说："你好，你好！"说得挺地道。我们赞许地笑了，他也笑了。

　　盖的农场坐落在悉尼西北方向197公里的一个叫高本的小镇郊区。一栋浅红色U字形复式小楼，四周古树参天，翠绿的草坪环绕，各式花木点缀其间，这是盖的充满了诗意的家。

狗面对生人不停地叫着，同行中有人怕狗，不敢到跟前去。盖急忙走过去，亲昵地抱着狗并招着手："你们都过来，让它闻闻，它可不咬人。"

我们坐在浓荫覆盖的院子里，午后的阳光透过树叶斑斑点点地洒在人们身上。盖马上进入了角色" My name is guy（我的名字叫盖）"，怕我们听不懂，他不住地一字一顿地重复着"g–u–y"。看来，他有一定的接待外宾的经验。

盖长得极"有味"：深眼窝，蓝眼珠，黄睫毛，黄头发，高而挺的鼻子，线条分明的脸庞给人以木刻般的感觉。他身着浅黄色西式短袖，宝石蓝牛仔短裤，极富特色的草编长檐牛仔帽，配以修长、强健的身体。用同行的话说，绝对有美国大片西部牛仔的明星风度——酷。

"我养有5个孩子，7条狗，还有1只袋鼠。"人畜并养，他的幽默引起一片笑声。

他大约觉得孩子生得多了，连忙解释："孩子是有点多。在澳大利亚，人们都不愿生孩子，我不嫌多。因为我老婆喜欢生孩子，我就给她帮帮忙……"话没说完，他先乐了。

"不过，还有一个原因，这里的电视信号不好，看不清楚，业余生活单调。"大家会心地笑了。"但是家庭大，人多，热闹。"他又补充道。说着话题一转，指着桌上一大杯茶水，请大家喝："我不仅会生孩子，还会做柠檬茶，来，你们尝一尝。"

其实，盖"养"的远不止这些。他还养了1万只羊，800头牛；"养"了800公顷玉米（12000亩）。他的牧场共有土地6500公顷（97500亩）。

一个拥有10万亩土地的"大地主"需雇多少人经营？盖说，平时仅雇1人，牧场的工作主要是他和这个人干。忙时，如到剪羊毛季节，一般雇5个剪羊毛工人和4个帮工。

两个人管理这么多土地和牛羊，有些天方夜谭，能忙过来吗？有人开玩笑："我来给你打工吧。"盖不领情："你可能什么也干不了，大概只能给我看孩子。"说着戏谑地看着对方。

盖介绍说，他的确很忙，但自己完全可以应付过来。澳大利亚的牛羊均采用放养的饲养方式。他的10万亩草场用围栏分割为数十个草场，牛羊常年在牧场上露天放养，不必担心丢失。过一段他就开着车在牧场转一圈，掌握牲畜的基本情况。

"那牛羊的繁殖怎么办？"

"我不管，它们完全可以自己独自完成。"

我们很担心牛羊的成活率。盖解释说，它们的成活率为99%。由于盖特别注意牛羊的疾病预防，平时它们很少生病，因此也不要医生。他每年只是赶它们进5次圈，主要是为了定期清点牛羊的增加数、防疫、剪羊毛等。他的牧场每年可新增羊5000只，一般他通过挑选要卖掉5000只羊和一部分新增的牛。同时，还要为7000只羊剪毛。

看来，盖的收入不少。我们挺关心他的经营状况，谁知他一脸严肃："这个问题，我不回答，对于我，钱永远不够用。"说罢又热情地邀请我们参观他的家，楼上楼下，从会客室、游艺室，到办公室、卧室；从客房、厨房，到书房……他乐此不疲。

书房的书真多，几个大书架摆得满满的。盖说，他酷爱读书，酷爱上网。他的牛羊和羊毛交易，主要通过网上进行，效率极高。

我们看得出，盖的日子过得不错。在他的绿色住宅周围，有全塑胶的网球场、羽毛球场、斯诺克球台；还有设备考究的儿童蹦床，造型别致的滑梯，各式秋千，俨然一个小型儿童乐园。哦，远处还有一个跑马场，连同几栋色彩鲜艳的住宅。

盖的牧场是继承祖上的。他的家原来在1000公里以外的昆士兰州。1973年他大学毕业，移居到这里继承并经营了这个农场。当时的面积为2500公顷，在他经营期间，有了扩大再生产的资本，逐渐将面积扩大到6500公顷。从他的言谈中，可以感到他现在还有着扩大规模的强烈愿望。

一个受过高等教育的大学生，大学一毕业，就来到这"十里八乡"不见人的"穷乡僻壤"，专业思想那么稳定，那么执着，一干就是几十年。而且干得有滋有味，美在是一种境界。

当地的朋友告诉我们：澳大利亚人是不攒钱的。他们认为，钱不是财富，将钱变成资本，才是财富。难怪盖"钱永远不够用"。

二

论及年龄，盖说："我今年52岁了，在座的有没有上50岁的？"一听没有，他便神气了："你们还年轻，听老哥的。"

他虽已年过五旬，行动却矫健敏捷。记得他带我们到剪羊毛车间观看剪羊毛表演时，我们坐在车上，他在车前带路，车发动了，只见他像骑马一样飞身跃上他的四轮越野摩托车，一溜烟儿地在前边跑了，甚是潇洒。

盖的剪毛车间很气派，4台剪羊毛机器一字排开。那天，他特意雇了1个剪羊毛工，专门备了两只羊，为我们表演剪羊毛。在剪毛开始前，他嘴里不停地念叨：羊怎样进入车间，怎样把羊绊倒，怎样让羊听话，怎样检查羊是否健康，怎样鉴定羊毛的等级。从一个熟练的剪羊毛工一天可以剪150只羊，到他的牧场每年要为7000只羊剪毛……

在电剪的嚓嚓声中，一只美利奴羊的羊毛被剪下来。他用手一掂，对我们说，这些羊毛可以卖50澳元，约相当于250元人民币。说着指着羊告诉我们："一只羊剪了5次毛以后，我就把它卖了，或者杀掉。杀羊时我会对它说：'非常感谢，你把终生献给了我，对不起！我把你杀了。'羊会说：'你疯了！不够意思！'"

我们问盖，"为什么养7条狗？太多了。"对这一提问，盖很不理解。他让我们等一等，说着驾着摩托车突突突地走了。

几分钟后，一阵尖厉的狗叫声伴着摩托车声，由远及近。盖驾着车飞驰而来，摩托车后座上，虎视眈眈地卧着4条狗，它们汪汪地叫着，继而跳下，车前车后地跑着，盖一声吆喝，它们又规矩地跳上车，怒视前方，煞是威风。

盖将我们带到一个很大的羊围栏旁，邀请我们观看他如何指挥这几只牧羊犬"管理"羊群。只见围栏里散落着一大群羊，盖说一共是500多只。话音未落，只听他一声呼哨，四只狗狂叫着旋即跳入羊群。一时间烽烟四起，羊惊得四处乱窜，作鸟兽散。盖不停地变换着口令，叫着某一条狗的名字，几条狗不停地围着羊群转着大圈，并逐步缩小着包围。短短的时间，狗们就将这一大群羊团团聚在一个小小的范围内。接着，它们又按照盖的"指示"，将羊向一个指定方向驱赶。偶尔有几只羊不听指挥或动作慢了，狗便吠叫着扑上去，可怜的羊慌不择路，便跌跌撞撞地挤入羊群。几百只羊在盖的"统帅"和狗的努力下，很快乖乖地按确定方向进入另一个场地。

表演结束了，还真有些惊心动魄。这活儿要让几个人来干恐怕挺费劲，但一个人加几条狗却完成得这么漂亮。盖得意地说："这就是养狗的作用。狗不咬羊，羊主要怕狗的眼睛和叫声。要说牧羊，在有些方面，人还不如狗呢！它忠诚、听话、敏捷、迅速、不偷懒、业务熟、好用。"他指着其中的一条狗："这条狗都14岁了，比我的大女儿还大两岁呢！"挺自豪的。我们可以想象得出，一个"西部牛仔"开着车或骑着马带着牧羊犬驰骋牧场的雄姿，那份潇洒，那份豪放，当然，更多的是辛勤和劳顿。

盖得意地带领我们参观他的牧场。汽车沿着缓缓起伏的牧场简易公路前行，每当穿过一个用铁围栏圈着的小牧场，他总是迅速下车打开牧场的门，待汽车进入又关好门，如此反复好多次，总是事必躬亲。

我们发现远远的高坡处弥漫着一片片烟尘，烟尘中"流动着"一群群羊。"嗬！那么多羊！"有人感叹。翻译介绍，这是盖专门组织的欢迎我们的队伍，大约有1700多只。

站在制高点上，逶迤起伏的牧场尽收眼底。盖指着一望无际的原野，看着绿中泛黄的草场，流露出一丝担忧："天旱，好久没下雨了。"随之话题一转，自豪地说："你们能够看到的地方，全都是我的。"他颇有成就感。

有同行和他开玩笑："你的农场卖吗？卖多少钱？请你开个价吧。"盖故作沉思状，想了半天："900万（约4500万元人民币）吧。"有些勉强。"那加上你的房产和牧场设施呢？""那得1200万（约6000万元人民币）。""那好，我们成交！"有人干脆地答道。可盖反悔了："我不卖了，我估的价太低。"

友人告诉我，盖的农场经营得不错，他是属于有文化的一代牧场主。但他的生活水平在澳大利亚牧场主中属于中等，从他的资产状况看，他完全可以生活得更"奢侈"一些。何以如此？有人说，尽管他有那么多的家产，但并不是现金，当然如果他卖了牧场，他肯定是可以过无忧无虑的富翁生活。如果要继续经营牧场，要发展，要扩张，要不断积累财富，他就需要不断地付出，不断地投入，不断地劳动。我想，这样一种财富理念，这样一种致富理念，正是盖不断耕耘、不断创造的精神动力吧。感受着一个年过五旬的老者的勤勉与创造，我不禁对盖肃然起敬。

（原载于《西部大开发》2005年第7期）

在教授与农民之间

——若博·班特罕姆教授印象记

随着农业的乐而乐，随着农民的忧而忧。若博·班特罕姆，一个教授，一个对农学有着精深的研究、敬业而富有责任感的教授；一个农民，一个与土地有着不解之缘、让人敬重的老农民。

"我叫若博·班特罕姆，是悉尼大学农业经济系的副教授。我不仅是一个农业经济学家，我还是一个农民。"一走上讲台，班特罕姆教授就这样介绍自己。

"悉尼大学的教授，怎么会是农民呢？"课堂上一片窃窃私语。在我们的记忆里，教授和农民是怎么也画不上等号的。这大约是农学教授的幽默，对自己的戏称吧。

看着大家的神情，教授严肃了。他郑重声明："我在悉尼大学教了30多年书，同时……"他特别加重了语气："同时，我还经营了30多年自己的农场，种了30多年地。每年我都要用大量的业余时间回农场种地。"言语中洋溢着一种成就和自豪。

教授一再叮嘱我们，他讲课时，如听不懂，任何人都可以随时提问。他认为，这样便于教与学之间充分沟通。

教授身材高大、强健，面色红润，头微秃，鬓斑白，背微驼。你可以从他一丝不苟的治学态度、严谨流畅的表述、不同凡响的见解中，感受到他学者的睿智与威严；也可从他嘹亮浑厚的声音、干脆的语气和果敢的一招一式中，看到他农民大叔的豪爽和粗犷。

那天，教授给我们上了整整一天课。他的讲题是"澳大利亚的自然与经济地理（农业篇）"。从澳大利亚的自然地理、土壤种类及存在问题，到气候、温度、降雨、水资源；从澳大利亚的农业用地、农业耕作状况、农业发展的特点，到澳大利亚农业产业的比较优势、农业占国内生产总值比重的变化；从市场经济条件下生产、消费、交换、供给、需求、价格以及彼此的关系，到市场经济条件下的市场失败，以及政府在防止市场机制失败中的作用……教授旁征博引、深入浅出、纵横捭阖、挥洒自如、言古论今、一气呵成，给我们展示了一位资深学者的深厚学养和风采。

教授极敬业。每当有人提问，他总是专注地倾听，接着便滔滔不绝，生怕你没听懂。讲课中间，他专门为我们放了一套自己拍摄的关于澳大利亚农场的幻灯片。"为了加深你们对澳大利亚农业的印象，我现在带你们到一个虚拟的农场看一看。"他说。幻灯机的位置有些低，他不假思索，一条腿跪在地上，边放边讲，神情专注，达半个多小时。面对这位年过六旬的老者，我们不禁肃然，而他却像没事人一样。

看得出他对农业有着浓厚的情结，而对自己的农场则有着特殊的感情。每当我们提出农民问题或农场问题，他总是以他的农场为例进行回答。

今年65岁的若博教授，是一位二战老兵的后代。在他童年时代，他的父亲就战死在沙场。家里虽然一贫如洗，但当教师的母亲却让他受到了良好的教育。中学毕业后，他考上了悉尼大学，最终获得了农学博士学位。也许是他对土地的眷恋，也许是他深深的农民情结，30多年前，他买了现在的农场。现在这个农场共有土地1200公顷（约18000亩），有价值100多万（约合500万人民币）澳元的农业机械。

若博教授的农场离悉尼800公里。我们以为，农场有那么多土地，又那么远，他本人应该是农场的拥有者，所有权与经营权是分离的，他不参与具体管理，大约只是偶尔参加耕种。便问："您的农场雇几个人？"若博回答："雇一个人，就是我。""可能吗？"看到大家将信将疑的神情，若博解释说，澳大利亚典型的农场，一般耕作面积都在1000到1500公顷，耕作、管理人员通常也只有一人，是一人一场模式。农场主们一般不雇人，雇人的成本太高，只在农忙时雇少量的人。如果你到澳大利亚的农场参观，有可能见不到一个人。农场的耕作主要依靠的是高度现代化的农业机械。

"我每年要开车回农场干6个月。"若博教授又以他的农场为例现身说法。他耕地用的是加拿大350马力的拖拉机，耕地的犁铧幅宽15米，24小时可耕地200公顷。收割用的是美国的康拜因，一天可收小麦100多公顷。除草雇除草剂喷洒机，播种有时雇飞机播撒。由此我们可以看到澳大利亚农业现代化的一个侧面。

澳大利亚作为世界公认的高效农业生产国之一，其农业人口的人均产量可达3500吨左右。虽然，按单位面积算，亩产不如中国高，但澳大利亚地广人稀，人均耕作面积大，耕作现代化程度高，亩产虽然低，人均产量却远远超过中国，属于名副其实的广种"博"收。澳大利亚的农业人口仅占其总人口的10%左右，但其粮食产量除满足国内的需要外，80%供出口，小麦出口在其出口产品中排第三位。

事实上，澳大利亚的小麦生产者们早就盯上了中国市场。若博教授在讲课中提道："你们中国要加入WTO了，我们可以增加小麦出口。"

值得注意的是：随着澳大利亚农业劳动生产率的不断提高，农业的总产量在不断增加的同时，农业在国内生产总值的比重却在不断下降（1951年占73％，1994年占22％），目前仅占3％。这是个农业国家向工业国家过渡的必经阶段。若博教授认为：这是前进中的好事，中国也应该走这一步。

当问及澳大利亚农场的经营状况时，若博表情十分严肃。他说，别看农场的机械化程度高，产量大，但投入也大。由于市场需求的变化，这些年，许多农场往往亏损，有的农场最后只好破产。"一年辛苦到头，还要亏！"教授不住地摇着头，有些黯然。

若博说，他的农场也有亏损的时候。亏了以后只好借钱，来年以丰补歉。他说："我的农场之所以能够经营30多年，就在于我受过高等教育，我是农业经济学家，会管理。"说到这里，他又有些得意。

我问他："中国有句老话叫'子承父业'。你的农场将来传给谁？"若博有些不好意思："我的两个儿子小时候特别爱到农场，那里好玩。现在长大了，能干活了，不仅不愿去农场，现在连农场的事都不愿听。不过也没办法，他们现在一个搞计算机，一个当中学教师，我也不能强迫他们，实在不行，我就只好把农场卖了。"言语中流露出一丝无奈。

"不过，"他提高嗓门，"我现在是退休教授，享受政府的养老金，可以集中精力种地了。"他又有些满足和兴奋。

随着农业的乐而乐，随着农民的忧而忧。若博·班特罕姆，一个教授，一个对农学有着精深的研究、敬业而富有责任感的教授；一个农民，一个与土地有着不解之缘、让人敬重的老农民。

（原载于《陕西日报》2002年10月31日）

难忘的企鹅岛

　　我始终忘不了南太平洋的那个红色的黄昏：西天的晚霞，将海点染得一片通红，海面宛如一面铺到天际的"招展"的红旗，瑰丽、磅礴、壮观。我也始终忘不了在南太平洋那个小岛上看企鹅所遭遇的尴尬。

　　到墨尔本考察时，当地友人众口一词，向我们推荐企鹅岛，并说："你们肯定会不虚此行。"赞美之情溢于言表——在澳大利亚，那精灵似的企鹅与袋鼠一样同属"国粹"。

　　看企鹅一定要等到天擦黑，那个时辰正好是企鹅回巢的时候。企鹅岛坐落在墨尔本以南约200公里处，我们是掐着点赶到飞利浦岛自然公园（企鹅岛）的。

　　落日的余晖，渐渐被暗蓝色的暮色所笼罩。溢彩流光的游客中心已是人头攒动。走进接待大厅就算进入公园了，检票的工作人员告诫：为了保护企鹅的生存环境，也为了企鹅的身心健康不受影响，不许拍照，并给每一位带相机的游客发了一个黑色塑料袋，叮嘱务必将相机放入。我们沿着用木板搭建的高低起伏的专用通道，借着两边暗暗的灯光，向设在约千米之外海滩上的观看台进发。两侧高低起伏的沙丘密植着灌木，从大海归来的企鹅的洞穴就在这一望无际的灌木丛中。

起风了，数十束灯光，将看台前方的海面照得如同白昼。迎着南太平洋深秋凌厉的风，我们裹紧风衣，全神贯注地盯着雪白的一浪高过一浪的海潮，等待着企鹅的出现。

"出现了，你看！"看台上一阵喧哗。果然，企鹅们随着涌上海滩的潮水走上海滩，先是零散的一只二只、三只五只，继而一群二群、三群五群……它们簇拥着在海滩上绣成一团又一团。一时间，海滩上空弥漫着一片企鹅的咕咕咕的呼唤伙伴的鸣叫声。这些小生灵，不住地抖动身上的水珠，等齐自己的同伴，然后，不紧不慢地大摇大摆地亦步亦趋地迈过海滩，颇有"不管风吹浪打，胜似闲庭信步"的风度。伴着观众一阵阵笑声，神气地摇着小四方步走进灌木丛中。

导游介绍说，这里的企鹅，是每天早上太阳出山的时候出海，天麻麻黑的时候回家，常年如此。我的确有些惊奇，巴掌大的那么一个尤物，面对茫茫大海，面对拍岸的巨浪，那么自信、自如，那么守时，那么游刃有余，那么富有团队精神。

夜色苍茫中，余兴未尽的我们，沿着木板铺就的小路往回走，两边"蛙声"一片。友人说，这是走失的企鹅寻找伙伴的呼叫。两侧的灯光柔和而朦胧，灌木丛中密布着穿行的企鹅，它们有的神情专注"大步"向前，有的左顾右盼裹足不前，有的瞻前顾后一步三摇，有的目空一切怡然自得，那种娇憨，那种拙朴……令人忍俊不禁、流连忘返。

"快看、快看！这一对。"只见，柔柔的灯光下，一对企鹅背对着墨绿色的灌木，相互依偎着，时而扇动着翅膀，时而摇着头，时而相互厮磨。它们的举动，引来了诸多观看的人。

"多好的镜头，现场又没人管理，何不拍几张照片？"同伴劝我。瞅瞅自己不远万里带来的这部高档相机，看看这幅难得的生动的画面，我这个摄影发烧友心里的确有些痒痒。转念一想，决定还是不要违反公园的管理规则。

"没事。拍吧！""又没有管理人员，都是游客，谁管谁呢？""多好的机会，如果不拍你会后悔的！"

经不住同伴好心的"入情入理"的"循循善诱"，我终于动心了。环顾四周，真的全是专心致志看企鹅的游人。我蹲下来，悄悄地把相机从塑料袋中取出，靠近企鹅，调好焦距，对准目标。

正当我要按动快门，突然，一只手在我的肩上轻轻地一拍。"坏了！"我心里一阵发紧，"这下被人家抓住了，处罚事小，咱可丢不起这人！"好面子的我，迅速而又沮丧地收回相机。回头一看，"哦，不是管理人员。"我松了一口气。原来是一个约莫十五六岁的澳大利亚小姑娘，她头扎马尾辫，身背着双肩包，足蹬旅游鞋，显然也是旅游者。只见她板着稚气未脱的面孔，冲着我严肃地摇摇头，接着摆摆手，一句话没说，然后，扭身离去。望着渐渐远去的女孩的身影。我的脸一下腾得红了。一种难言的惭愧，一种比罚了款还难过的深深的惭愧油然而生。那天晚上，我不记得是怎么返回驻地的，但我却将"偷拍未遂"的前前后后"玩味"了许久，脸似乎一直红到了深夜。

精彩的企鹅岛之旅已经结束很久了。难忘企鹅，但在我记忆深处挥之不去的，却是那次让人惭愧的举动。

(原载于《我在悉尼当"部长"》，薛保勤著，陕西人民出版社2005年7月出版)

透过历史辉煌的烟尘

兵马俑，一本读不完的"书"。

久居西安，常为这"书"中展示的"灿烂"而自豪，每一次参观，对这"灿烂"都会有不同的感受。然而，不久前，当我再次"光顾"兵马俑，却有了另一种发现和感悟。在曾有的自豪中又多了一份发现后的骄傲和沉重。

那天，我们三步一回头地从一号坑整齐的军阵旁走过，绕过弯，眼前展现给我们的是俑坑中一行又一行、大大小小正在修复的"瓦砾"。考古学家说，这是被2000多年的岁月所摧残的，要恢复成军阵还需大量的人力、财力。"瓦砾"经过考古人员多年的精挖细扫已露端倪，观者见此，几番指点便离去了。我却不由得止住了脚步，久久地凝视着俑坑中这一堆又一堆密布的兵马俑的残骸，不由得怦然心动，浮想联翩，这是怎样的一幅景象啊！

断臂将军强撑着折了的腰，斜倚在坑墙上，怒视前方；断了双腿的士兵拿长矛直挺着腰仰天长啸，这里，他虽然头已落地身躯却挺得笔直；那里，那只手虽然离开了躯体但依然紧握着兵器……再看这马：马失前蹄的、中箭倒地的、骨肉分离的、支离破碎的……俑坑中，一个个头颅滚地相互碰撞，一截截残臂互相交织，一段段扭曲而不全的身躯交相叠落，一条条筋骨相连的腿彼此支撑，各种刀枪剑戟相互叮咣……交织的腿下的缝中露出了头，叠落的身下伸出了青筋暴露的手，扭曲了的几只手臂间露出了两只茫然的眼睛。最让人心动的是那残缺不全的头颅，它们流露的是怎样的一种表情？无可奈何的、怒发冲冠的、咬牙切齿的、四顾无援的、痛不欲生的、无所适从的、清纯可人天真无邪的、不通世事旁若无人的……眼睛是心灵的窗户，在这里最让人震撼的，是那一双双、一只只被泥土"污染"了的眼睛，眼神里弥漫着怎样的一种情绪？！迷茫的、企盼的、渴望的、痛楚的、哀怨的、凄凉的、不屈的、愤怒的、麻木的……

这就是历史？！是俑坑中的残肢碎体肢解了历史，还是历史肢解了这俑。我久久地伫立在这"瓦砾"旁，内心产生了一种从未有过的冲动。整饬一新的恢恢军阵，展示了一种辉煌与文明，这残骸瓦砾不也展示了一种悲壮、一种惨烈、一种"辉煌"与"文明"，我们看到了历史那令人惨不忍睹的另一面。由此，我想起了历史上数千年绵绵不绝的战争；想起了中国几千年的宫廷之争、诸侯割据、军阀混战、兵荒马乱、生灵涂炭；想起了秦始皇、汉武帝、唐太宗；想起了屈原、岳飞、林则徐、邓世昌……想起了推进历史到今天的那正义的、非正义的惨烈的一幕幕。

是的，历史的前进，从来都是要付出沉重代价的，历史前进的脚步，从来都是沉重的。我们能有今天的文明，正是因为有了那惨重的一笔笔代价。人们渴望和平，是因为他们遭受战争的伤害太深太深了；人们企盼光明，是因为他们在黑暗中徘徊得太久太久了；人们向往美好，是因为他们被假丑恶凌辱得太多太多了。于是，一次次的战争，流血与不流血的，正义与非正义的，光明与黑暗的，真善美与假恶丑的，进步与保守的，不绝如缕。

读史可以使人明智。今天，我们面对历史，不应仅仅面对辉煌。在某种意义上，历史的另一面：残酷的、悲壮的、黑暗的、野蛮的、蒙昧的、惨不忍睹的……也是一种财富，它留给后人的可能会更丰富、更全面、更完整，进而使人变得清醒。

历史不应该仅仅成为今人装点自身的漂亮标签。背上曾有的辉煌的包袱，一味地用昔日的辉煌遮盖今日的疵点是一种落后。懂得历史发展的艰难，明了现代文明的来之不易，才会加倍珍惜今天；懂得历史脚步的沉重，才能理智地创造未来。写到这里，我忽然想到，这尚未修复的兵马俑可否也像日本长崎和广岛的和平公园一样留下一片"废墟"，不仅仅是从考古的意义上，而是从更广泛的意义上让辉煌与沉重并存，文明与野蛮同在。这样，也许留给人们的启迪会更多。

（原载于《西安晚报》1997年8月15日）

北海观潮（三题）

观　潮

天黑了。远的、近的、博大的、莽莽苍苍的、烟波浩渺的……一切都隐入夜色。海风轻轻地吹拂，没有腥味，给人一种彻底的爽。

我在北海银滩漫步。

初睹大海，怀着儿时就有的神往和亲切，海是温柔的。我光着脚在海滩上一步一个脚印地走着。海滩绵绵的，脚底却有种坚实，它将你稳稳地托起。夜色中，海浪像小而细碎的银灰色的项链，由远及近向岸边涌来，一波接一波，一环扣一环，不时亲吻着你的脚面。我坐在海滩上，看着脚下的水"进"水"退"。一声声汽笛的鸣响，不时从大海深处传来。遥望茫茫夜色海面上斑斑点点的渔火，耳听如窃窃私语般的海声，我陷入久久的遐思，耳畔不禁响起杨朔的名句："小时候，我总爱坐在海边，看着潮涨潮落……"

看海，不就是看潮吗？可今天没有潮，也看不见潮涨潮落。想起钱塘潮的惊天动地、石破天惊、怒"发"冲"冠"，我不禁有些怅惘、失望。

《观潮》

忽然，一阵激越的、动人心扉、撼人心魄的交响乐从身后传来，在海滩上空弥漫。

只见一尊巨大的球体雕塑呈现在眼前。它坐落在海堤边的广场上，昂首于一座黑色的大理石基座上，在无数个彩色底灯的照耀下，熠熠生辉，斑斓夺目。我细细地审视着这巨大的不锈钢球体，它高达几层楼，周边被一条条弯弯曲曲的空间所镂空，形成一层层海的皱纹，如波涛，似海浪，我仿佛感到了扑面的风。球体外7个体态健美、造型各异的裸女，手拉手环绕一周。她们似在戏水，又似在弄潮，还像在进行着健美表演，着意展示着生命的美。这明珠，这少女，这波浪，这海涛，生动的组合，洋溢着独特的魅力，给人以丰富的联想空间。

友人告诉我，这雕塑叫《观潮》。好一个万人观望的《观潮》！我环顾着如织的人流，体味着这《观潮》。突然，音乐再起，继而分布在《观潮》四周的音乐喷泉，随着音乐的强弱与快慢舞动起来。这是亚洲第一喷泉，5250个喷嘴同时吐出色彩斑斓的水花。赤、橙、黄、绿、青、蓝、紫，时而如熠熠生辉的巨大花环，千百朵儿争奇斗艳；时而如勃勃升腾的小树，随风舞动；时而呈现出"东风夜放花千树""千树万树梨花开"的奇景，一片雪白；时而，又如千百个花子尽展娇媚。

40分钟的喷泉表演结束了，我仍沉浸在音乐潮的波涛中。

观　"潮"

我久久地伫立在广场上，心情难以平静。返回驻地的路上，已是午夜。市区一片灯的海洋，北海仍在喧哗之中。一片片造型别致的楼群、林立的商场、食府、宾馆金碧辉煌；霓虹灯将一座座摩天大楼装点得蔚为壮观，纵横交织的大街一片通明；俨然一副现代化都市的大气魄。

北海人是自豪的。他们说，这满满登登"一城人"，基本都是来自全国各地的洽谈商务的客人，这儿也是北海发达的标志。"无商不活嘛。"友人指着不远处海滩上一大片小别墅式的楼群，自豪地说："这些都是渔民的私人住宅。几年前，他们还是这里的贫困阶层，如今可是大不一样了，个个都是'大款'了。真是今非昔比哟！"言语中充满了北海人特有的自豪。

然而，局外人很难想象，改革开放前，这里还是一个仅有8万人的小镇。4年前，这里最高的楼不过3层半，以至于没有一座像样的宾馆、一条像样的路。从8万人到百万人，从仅能满足渔民生存需要的小渔港到现代化的国家重要的出海口，从3层楼到30层楼的高层楼群，从村镇小道到以宽达120米的疏港大道为代表的高规格市区公路网，从边陲小镇到我国大西南的大都市、大通道，这无异于天翻地覆！在这奇迹背后，凝聚了多少智慧与心血，蕴藏了多少奋争、拼搏与生生不息。

在北海的那天晚上，我失眠了。

（原载于《西安晚报》1997年1月17日）

钓　鱼

——析梦

微风习习，长柳依依，草木萋萋，葱茏长堤。

我坐堤边，芳草映绿，清风拂我，饮风钓鱼。

我在钓鱼。观鱼之徜徉，看鱼之寻觅，度鱼之思考，赏鱼之嬉戏。呵呵，鱼要上钩了。鱼在钩旁审视，鱼在钩尖蠕动，鱼在钩上美食，鱼在钩中沉溺。

我在看鱼，忘我，不忍惊扰鱼的得意。鱼在贪食，忘己，不知已身处险地。鱼在饕餮，摇头摆尾；鱼在品味，一心一意；鱼已脱钩，扬长而去。

孩子来了，一脸惊奇，鱼都跑了！你在钓鱼？鱼上钩了，为何放弃？

我笑了，钓鱼也要想鱼。鱼是生灵，生命也有意义。鱼要生活，要生息，还要拖儿带女。人不能只想着愉悦自己，不妨为鱼设身处地。

孩子更加疑惑，那你为什么还要钓鱼？

我摸着孩子的头，我在钓鱼，也在看流云、沐风雨，参天地、悟世理。人生就是这样：或得，或失，或得而复失，或失而复得，或得失兼具。我在看鱼、观鱼、悟鱼，想鱼的得，想鱼的失，想鱼的得失，想人的得到与鱼的失去。想如鱼的人生，想如人生的鱼。于是，钓鱼就成了别样的命题。我钓的是鱼，上钩的是思想，是道理，是情趣，是天与地。哈哈！

孩子说："爷爷，你老了，没喝酒就醉了，我听不懂。"

我说："傻孩子！你太小，还在冒傻气。人生有许多道理和钓鱼有关系，长大了你才能明白其中的奥秘。"

（原载于《沙哑的短笛》，薛保勤著，人民教育出版社2014年10月出版）

大山的力量

　　山是有力量的。它的巍峨，它的壮观，它的风骨，它的遮天蔽日，它的曲径通幽，它的藏而不露，它的高而仰止，它的大起大落，它的淡定从容。山是一本书，爬山亦如读书。每每进山，我从山下、山中、山上的所见所闻、所思所悟中汲取属于我的营养。大山的故事让我感动，大山的情怀让我开阔，大山的发现让我思考。

　　我总是忘不了25年前泰山顶上的那一幕。那是1987年的仲春，我们一群年轻人在泰山游览，一位两鬓斑白、衣衫褴褛的大娘引起了我们注意。她几乎见佛就拜，每次都从怀里掏出一个叠得方方正正的小布包，一层一层地打开，钱包挺厚，可都是一块两块的零钱，她先是拿出一沓，捏把捏把再放回去，最后取出一张献上，再将钱包一层一层叠得方方正正的，装进衣兜。我看得出来，她是想给佛多献些的，无奈钱是有限的。她恭恭敬敬地将钱献上，叩头，总是连叩好几个。见到下一尊佛时，她又从怀里掏出那个小布包，一层一层地打开，先拿出一沓，捏把捏把之后又放回去，最后还是取出一张，恭恭敬敬地献上，叩头，连叩几个，然后，再一层一层地把小布包叠得方方正正，装进衣服兜……

我们随老人走着，在她拜佛叩头的间隙聊着。老人健谈，她说她58岁了，她这辈子可不容易了。说不容易时流露着一种自信、一种自豪，并不由自主地向我们讲她自豪的经历。她说，她这辈子无儿无女，结婚一年后丈夫就因病去世了。她这一辈子，一个人为公公婆婆送终，也为自己的父亲母亲送终，没有靠旁人的支持，靠自己的劳动和努力完成了她的人生任务。老人很达观，也很乐观。从她弱小的身躯中，我感到一种力量。

她发现我们对她的话感兴趣，便滔滔不绝地给我们讲佛，讲佛的来历，讲佛的意义，讲每一尊佛对俗尘有什么"功能"。她说："我这辈子，就是因为泰山这些佛走到了今天，我知道佛有钱，我贡的钱少，这是我的心意。"我能看出她的虔诚，她是恨不得倾其所有想给佛多贡些钱的。

她，一位衣衫褴褛的老人，一位膝盖和臀部补丁摞着补丁的老人，一位步履有些蹒跚但性格硬朗的老人，一位生活艰苦但内心坚强的老人……走着，走着，我忽然看见，她低下身子拣别人摔碎的玻璃罐头里的橘子瓣，一块、二块、三块、四块……她甚至看都不看这些掉在地上的东西是否干净，就匆匆塞入自己的口中、吞咽着，还自言自语地说："真可惜！真可惜！别糟蹋了。"老人走了，她走向了另一尊佛。

看着老人身上那些远去的补丁摞着补丁，看着老人远去的步履有些蹒跚的背影，我的内心久久不能平复。大千世界，芸芸众生，人当怎么活着？靠什么活着？不同的人有不同的活法，不同的人有不同的活着的力量。老人的活法让我感动，让我酸楚。人是物质与精神的结合体。人需要物质的养育，也需要精神的滋润。人生靠什么支持？除了物质的支持，还有精神的支撑，有时候精神的支撑往往是物质不能替代的，特别是当人遇到苦难时。精神的支持，往往会产生一种超越物质的力量，诸如：希望、未来、情感、善良、责任、担当。一个农村老太太坚强而达观地活下来的意义在哪里？也许，她的这样一种坚强代表着中国广大农民面对苦难时朴素的生生不息的精神。我忽然感到老人的身上也有一种大山的力量。

（原载于《美文》2014年第11期上半月刊）

道德不能包治百病但能匡正人生

——由《告诉你一个真实的雷锋》所想到的

雷锋是一位曾经激励了几代人的英雄。

当代中国人的成长，或多或少都受到过雷锋精神的滋润。但是，随着我国经济社会快速发展和时空变迁，雷锋和雷锋精神也一度遭到质疑。有质疑是正常的，面对质疑如何回答则是我们的责任。陶克将军呕心沥血历时15年创作，由陕西人民出版社出版的《告诉你一个真实的雷锋》，围绕这种质疑交出了一份详尽、真实、鲜活的答卷。

陶克将军是我军著名的笔杆子，他曾深情地告诉过我他刚入军报的一件往事。军报的一位老首长告诉他，你是一名记者，别忘了你将来就是当了将军，也仍旧是一名记者，不要丢了你的笔，不要忘了写作。这位老首长还说，生活是最好的老师，在采访中，你就是碰到一名普通的士兵，他也是你的老师。几十年来，他牢记首长的嘱托，学习、生活，笔耕不辍。他以自己几十年的忠诚、几十年的执着、几十年的勤勉，以自己大量的产生广泛社会影响的作品告诉我们，将军的战斗不仅仅在战场上。他以雷锋精神采访着雷锋，表现着雷锋，传承着雷锋精神。

由陶克将军撰写的《告诉你一个真实的雷锋》是我国新闻出版界"走转改"的标志性成果。这本书给我们生动地展示了一个老典型的时代意义，深刻地挖掘了一个老典型的时代价值。这本书告诉我们：真实的才是生动的。境界不是大人物的独有，英雄不是不食人间烟火的神仙，情怀不是领袖的专利，担当不只是领导的责任，普通士兵也有着崇高的理想。这本书还告诉我们：英雄与士兵不是不可逾越的，伟大与平凡是可以有机统一在一起的，高贵与普通有着辩证的联系。英雄既是脚踏实地的，又是仰望天空的；既是惊天动地的，也可以是默默无闻的。

真善美是有着永久的生命力的。西方政治家们经常讲他们的"普世价值"，实际上，我们东方也有着影响人类的、具有世界意义的价值，雷锋就是一位具有世界意义的、具有普世价值的世界级的好人。雷锋是这样，雷锋精神也是这样。我们了解一下西方有些国家对雷锋的认同和评价，就足以说明他们也在发挥着他的价值。雷锋不是百科全书，但可以净化灵魂。雷锋不能包治百病，但可以匡正人生。

我们现在讲美丽中国，这是一个非常好的奋斗目标。我觉得，美丽中国不仅仅是一个生态概念，更应该是一个人文概念。如果没有美丽的心灵，美丽中国有可能是一句空话。雷锋精神可以美丽我们的心灵，提升我们的境界。精神是有力量的，这种力量可以表现为正能量，也有可能表现为负能量。正能量使你"路漫漫其修远兮，吾将上下而求索""对待同志像春天般的温暖，对待工作像夏天一样火热，对待个人主义像秋风扫落叶一样，对待敌人像严冬一样残酷无情。"负能量使你蝇营狗苟、不择手段、坑蒙拐骗。一个普通士兵的高贵的灵魂，对于我们重铸民族之魂有着引领价值和重要的现实意义。

在新闻报道假大空，假新闻满天飞的情况下，这本书以真实的名义为英雄正名，对建立个人诚信人生，以及我们的诚信社会、诚信中国有着特殊重要的意义。审视雷锋，对于我们解决目前中国普遍存在的社会主义核心价值观与个人核心价值观两张皮的现象，有着重要的作用。

以真实的名义审视雷锋，以真实的名义认识雷锋，以真实的名义重铸中国之魂，是这本书最珍贵的地方。

（原载于《中国青年报》2013年4月16日）

忠诚的风骨

——《国之大臣》阅读笔记

这是一部翔实记述王鼎人生轨迹的书，煌煌70万言，一经出版便引起我国史学界与文学界的持续关注。著名作家王蒙在《读书》杂志发表万余字专论，高度评价该书。著名历史学家张岂之评价："这是一本好读的书，不仅是王鼎的个人传记，更是一部嘉庆、道光两朝的政治史、边疆史、军事史、文化史的总和。"

王鼎，陕西蒲城人，是陕西历史上的标志性人物。他是嘉庆元年（1796）进士，历任翰林院庶吉士、编修、侍讲学士、侍读学士，礼、户、吏、工、刑部侍郎，户部尚书、河南巡抚、直隶总督、军机大臣、东阁大学士。他改革河务、盐政，平反冤狱，政绩卓著。道光二十二年（1842），身兼东阁大学士和军机大臣的王鼎，愤于清政府在英军枪炮胁迫下，即将签署《南京条约》，留下遗折，反复重申"条约不可轻许，恶例不可轻开，穆（穆彰阿）不可任，林（林则徐）不可弃"，自缢于军机处别院，是谓"尸谏"。他忠贞报国、刚直不阿、英名传颂，有着中国仁人志士的风流和风范，也彰显着秦人风韵风骨和别样的傲岸。这位先贤值得史书追怀、浓墨重彩，但许久以来却是空白。

感谢《国之大臣》的作者卜键先生。卜键先生是著名的清史研究专家，现任国家清史编纂委员会常务副主任、国家清史办主任。他著述甚丰，在传记文学、戏剧文学、明史和清史研究领域均有高水平的成果。

我曾应邀参加了国家清史工程优秀出版物成果展。这项起始于2002年的国家清史编纂工程，规模宏大，共有主体项目144个，海内外近2000名专家学者参加。卜键承担着大量的行政事务，手头又有很多国家课题，繁忙程度可想而知，但他守望王鼎，聚焦嘉道两朝政治，历时两年，殚精竭虑，考据严谨、资料丰富，视野宏阔、视角独特，呈现生动。卜键先生是江苏人，沉下心来为陕西籍的历史人物作传，为清史补白，令人感动。卜键先生为陕西做了一件十分有意义的事，为陕西文化建设作出了特有的奉献。阅读《国之大臣》，感想如下：

其一，为忠诚立传的良苦用心。历史传记文学的写作是一件十分艰难的事情，既不讨巧，也不讨好。它要求作者必须以真实历史人物和真实历史事件为素材，以当时的政治、经济、军事、文化、社会为背景，展示特定历史时期的发展趋势、人物命运和家国天下的文化情怀，进而给读者以历史的启示。由于历史传记文学的骨架是史料，而史料难免有不实或不够的天然局限，往往易使人物和细节不够真实，也容易受到批评和贬斥。卜键先生处心积虑地甄别史料，别具匠心地使用材料，以小见大，由浅见深，使有限的史料散发出别样的光彩。王鼎学养丰厚、诗文兼擅，却没有留下一部诗文集；为人正直、奖掖后进，却从不为己留名。他的史料少之又少，成为创作的最大难题。卜键先生沉心静气，博览群书，边查找、边甄别，边梳理、边写作，边研究、边创作，工程浩繁，任务艰巨。这在网上快餐文化盛行、影视剧"戏说"成灾、社会风气浮躁的今天，不为世俗所扰，不为外物所动，体现了"为天地立心，为生民立命，为往圣继绝学"的中国传统文人的风范，这种风范难能可贵。给王鼎作传，就是为忠诚立传。卜键先生讲，他的努力缘于被先贤王鼎所感动。同样，卜键先生的努力使我们感动，这种感动让我们的敬意油然而生。

其二，为生民立命的价值取向。习近平总书记今年春节前夕来陕视察时强调，对历史文化，要注重发掘和利用，溯到源、找到根、寻到魂，找准历史和现实的结合点，深入挖掘历史文化中的价值理念、道德规范和治国智慧。陕西历史文化作为中华传统文化的主干，具有至高性、完整性，独树一帜，为我们提供了丰富的研究创作素材。王鼎作为陕西籍的历史人物，在清王朝由盛而衰的嘉道两朝，恪尽职守，奋发有为。他铲除时弊，执法如山，显示了铮铮铁骨；他关心国计民生，整河治盐，显示了高超的理财本领；他生活俭朴，克己奉公，怜恤民苦，显示了清廉的作风。卜键先生的这部著作，通过对历史人物的回顾、对当今现实的观照，将回顾与观照有机结合，弘扬了尽职尽责、勤勉为民的高尚情操，讴歌了忧国忧民、忠贞爱国，为维护民族利益而不顾个人安危的崇高品德，彰显了当时文人士子的信仰追求。这些积极向上的价值取向，既是我们过去所拥有和认同的，也是现在我们应努力传承和弘扬的。

其三，顶天立地的家国情怀。历史传记文学由于存在着真实史实和历史人物的"预先设定"，要想实现在情节、人物、思想等方面的突破，往往有难度，只能是"戴着镣铐跳舞"。比如在情节设置方面，在读者已经知晓历史事件的走向和结局时，如何在不违背史实的前提下营造一波三折、引人入胜的情节以表现作品的主旨。在人物设置方面，在已被广大读者所熟悉的众多历史人物中筛选主要角色，如何独具匠心地加以艺术营造，这就充分考验着作家的技巧、能力和认知高度。卜键先生将书名由原来的"王鼎大传"改为现在的名称，把王鼎与同时期的朝廷大员相比较，来凸显其价值，足见其良苦用心。

在篇章叙述上，以王鼎为引线，以军国大事为节点，有的浓墨重彩，有的简笔勾勒，重在信仰与担当，重在品行与节操，无一不恰到好处。全书塑造了一批清廷政坛集聪明睿智于一身的大员，一些融风骨信仰和气节于一体的大臣；当然也展示了一批学识广博、精于权术，一事当前先替自己打算的弄臣。字里行间洋溢着对"美"的崇尚与"丑"的不屑。卜键先生在引言中写到，古今中外的政坛，从来不缺少聪明睿智之大员，嘉道两朝亦然。他们都富于官场智慧，精擅趋避平衡之术，也还算不得当朝奸佞。唯聪明才智一旦与私欲相混同，便生机巧圆融，先贤书中倡导的人生准则便被销蚀。作者"从王鼎切入，以嘉道两朝政治家群体的升降荣辱、人生百态为舞台，从一个独特的视角，演绎了清王朝由盛而衰过程中国家治理体系的失灵和败坏，特别是希望能够顶天立地的廉臣们的孤独与无奈"。我们可以看出他透析历史、观照现实，呼唤人们的家国情怀和忧患意识的良苦用心，也更能理解他把"王鼎大传"改为"国之大臣"的深刻蕴义——国之大臣，荣其宠禄，任其大节。

其四，"心"的传承的喜与忧。中国历史上屈原以身殉志，投身汨罗江；陶渊明归隐田园，采菊东篱，悠然自得，自作挽词，洁身自好，平淡而终。这是中国传统文人士子面对苦难的两种不同的人生追寻与归宿。今天我们仍在轰轰烈烈地纪念屈原"虽九死而犹未悔"的爱国情怀，仍在品读古代文人在人格理想和社会现实冲突时所选择的自我调适、内心平衡的途径和矢志坚守、出入有度的人生信念。屈原一心想通过楚王实现美政，建立功业，终于无路可走，然颂者多而践行者少。而陶渊明的"心远地自偏"、自得其乐的"心远"境界，自建精神家园支撑人生的做法则常被后人在推崇的同时所仿效。陶渊明是应该有"市场"的。值得我们追问的是这种悠然自得影响为什么如此深远？我想说的是，王鼎身上有着屈原的珍贵的品质。

我们这个时代，为天地立心，不是"心远地自偏"的心，这个心是公心、爱心、忠心、责任心。这个心是社会的良心。中国传统文化的传承，在某种意义上，就是这种"心"的传承。卜键有这颗"心"，他通过《国之大臣》呈现了这颗"心"。

（原载于《当代陕西》2016年第10期）

名臣是如何产生的

——《清风之华：王杰与乾嘉两朝政治》阅读笔记

《清风之华：王杰与乾嘉两朝政治》，是卜键先生继《国之大臣：王鼎与嘉道两朝政治》后又一部书写名臣廉吏传记的力作。作为一个严谨的文史学者，卜键考据清史档案，搜集梳理方志舆图、诗词文集、野史传说等丰厚资料，以半史半文、夹叙夹议的形式，讲述了清代名臣王杰的人生仕途发展脉络，客观地勾勒了乾隆、嘉庆两朝政治风云以及其中的政治人物荣辱升迁、体制机制运转变革等真实历史画面。

王杰作为清代西部第一个，也是唯一一个皇帝钦定状元，历任五部侍郎、兵部尚书、军机大臣、内阁大学士等要职，是有清一代陕西第一名臣。他一生品性清介，学养深厚，治学端谨笃正，为官清廉，不媚权贵，彰显着秦人重气节、讲忠厚、尚进取的风骨，不愧"一身正气，两袖清风"的一代名臣。这部力作的出版，是卜键先生为陕西做的又一件有意义的事，为陕西名人文化建设作出了特有的贡献。

清廉名臣
中国脊梁图谱的鲜活画面

清廉名臣是中国脊梁的重要组成部分。他们读书修身、为官治世的品格底色、典型事迹是中国脊梁的鲜明代表、具体体现，是中华优秀传统文化卓尔不群、独树高标的内在精神柱石和真实写照。为中国脊梁立传画像，讲述他们的优秀事迹，赞扬他们的精神品格，是深入挖掘历史文化资源，传承弘扬优秀传统文化的具体举措，是构筑中国精神、中国价值、中国力量的生动实践，意义深远而重大。

本书作为历史人物传记，以王杰人生仕途发展脉络为引，以乾嘉两朝的政治、经济、军事、文化、社会为背景，以小见大，由浅入深，展示特定历史时期的发展趋势、人物命运和家国天下的文化情怀，是为忠诚立传、给清廉名臣画像的生动实践。在网络快餐文化盛行的当下，卜键先生能够沉心静气、博览群书，边查找、边甄别，边梳理、边写作，边研究、边创作，体现了治文治史者"为往圣继绝学"的责任和担当。就如卜键先生在本书引子中写道："深入发掘清正之臣的大节，剔理追摹其生命轨迹与生活情态，从而认知典范的意义。"

德才无缺
中国名臣赓续的不变基因

才者，德之资也；德者，才之帅也。德才兼备历来是选才的重要标准，更是成为名臣能吏的先决条件、不变基因。无论环境如何变化，时代如何更迭，要想成为名臣，首先必须德才无缺。唯有德才无缺，为官任事方能行稳致远。本书中写道："所谓'名臣'，通常指那些品德高尚、学养深厚、行为端谨、作风清廉的高官。"王杰品性纯粹、德才无缺、一生寒素，辞官还乡时坚决归还皇上的赐第，坚拒沿途官府的迎送宴请，丝毫不贪占公家的便宜。他清严端谨，不为身后计，不为子孙谋，曾三主乡试、五主会试，没有人敢向他请托跑要。这彰显了他的廉正之名、廉正之威。在40年仕宦生涯中，王杰忠直立朝，不媚权贵。在乾嘉朝政浮靡的局势中，强硬应对和珅的构陷倾轧，不失本色地与纪昀、刘墉等人交往际会，赢得了乾隆、嘉庆两朝天子的倚赖信重，一路升迁，两次绘像紫光阁，用事实和行动书写了"君臣名分家人谊"的佳话。

卜键先生的这部著作，通过对乾嘉两朝关键历史人物的回顾，对当今现实的观照，将回顾与关照有机结合，彰显了为官理政德才兼备、以德为先的价值标准，讴歌了一代名臣不计私利、为国为民的高尚情操，凸显了当时文人士子的信仰追求。这些德修品行、价值标准，既是过去我们所认同和遵行的，也是现在我们依然应该坚守和传承的。

文脉传承
名臣志士坚守的力量源泉

中华文明源远流长、博大精深，是中华民族独特的精神标识。中国历朝历代之所以能够出现如此众多的名臣志士，并非偶然。根源在于博大精深的中华文化的浸润滋养、培育熏陶。可以说，丰厚的中华文化沃土滋养了一代代名臣志士，一代代名臣志士传承赓续了中华文脉，让中华文明源远流长、灿烂辉煌。

陕西作为中华民族和华夏文明的重要发祥地之一，有周、秦、汉、唐等政权上千年的建都史。这里孕育形成了周礼、秦制、汉风、唐韵及关学等优秀传统文化，涵养培植了无数名臣志士的气节风骨，具有至高性、独特性、完整性，独树一帜，为今天的研究创作提供了丰厚的素材。王杰作为官场上的读书人，始终坚守书生底色，治学不辍。关学"务实不务名，真修实践，不尚标榜浮华"的治学路径的影响，铸就了他杜绝声气之交，不进圈子、不组圈子的治学态度、处世方式，嘉庆帝特赋诗"直道一身立廊庙，清风两袖返韩城"予以嘉奖。全书以王杰所处重要职位为节点，将浓墨重彩和简笔勾勒有机结合，突破了历史传记文学"预先设定"的局限，用一件件鲜活的事例多面地描绘了王杰、尹继善、陈宏谋等一批文人志士在关学等优秀传统文化熏陶下，在修身、治学、为官上的思想观点、做法态度，让读者可以真切地感受到中国传统文化对人格的培塑，证明了优秀传统文化是名臣志士产生的根源沃土。《清风之华》不仅描述了清正的德行品性，而且展现出清风之中所蕴含的中华优秀清廉文化。

卜键先生撰写《清风之华：王杰与乾嘉两朝政治》，找到了文化传承与名臣志士产生的契合点，是探寻传统名臣志士和当地优秀文化底蕴连接点的具体实践和典型示范。这是一部书写名臣风范、挖掘优秀传统文化的殚精竭虑之作。相信这本书会经得起时间的检验，并获得读者的认可和喜爱。

（原载于《陕西日报》2023年8月11日）

风月英文

　　我与英文是大学系友，高他两级，又曾是同事，几十年的君子之交，虽过往不密，却彼此牵扯。他视我为兄，能够尊重长者；我热爱文学，知道尊重文化。于是，我俩就有了友谊的结合点。大约10年前，一次英文来访，手机预告："狼来了。"我忙回曰："豺狼来了，有猎枪！"不料，"枪"未备好，"狼"已经嬉皮笑脸地进门了。

　　英文出书，嘱我作序，大约是尊老吧。作为文学爱好者给作家写序，我以为这是英文给我的待遇。英文的这本书属于书法与小品文的"杂交"。"杂交"是有优势的，书文混搭相得益彰，倒有了字承汉唐、文续魏晋的架势。现如今，大凡善为文者不一定精于书，精于书者又不一定善为文，而英文既属著名作家，又属"著名"书法家，可谓文、书俱佳。可喜可贺！

　　英文散淡，常以文人无形态示人。他生动、幽默，有时又故弄玄虚、稀里马哈。我常说他没正形，他则反曰我太正经。但客观地讲，从骨子里看，英文是一个正直、勤奋、认真、有着潜在责任意识和使命感的文化人。在他看似稀松的外表之下，常常显现对生活的独特思考；在其大大咧咧的神态背后，常常有着人生的诚恳和作家的追求。

英文的文字诙谐、灵动、机智、敏捷，有神有气、有风有韵、特色独具、文风奇谲。不时听人说英文是个怪"song"（电脑中无此字），这种怪体现在其特立独行的"奇谈怪论"，假装正经的深思熟虑，龟背蛇腰的审视姿态，似清非醒的"世说新语"。他善于从司空见惯的现象中去发掘生活的灵感，生发出不同凡响。一个"就"字可以成篇，一只鸭子可以为文，而且"意气风发"。他常常在嬉笑怒骂中进行关于社会和人生的"冷"思考，出其不意，道人欲道而未道，发人欲省而未省。我常常"攻击"英文的"胡言乱语"，但其"胡言乱语"中有不动声色的不同凡响，有拐弯抹角的真知灼见。陈忠实先生曾对我说，他只要看见报上有英文的文章，是一定要看的。这大概是对英文文字的最好评价了。

字，我不在行，没有发言权。我是因为认同英文的人而接纳他的字的，但他的字到底几斤几两，我的确说不清楚。英文曾手书过我的词，后经装裱挂在我办公室。一次，他到我处发现那字竟然倚墙站在地上了，很不平衡："这么好的字，怎么能放到地上呢？！"我耐心地劝解："很多到我办公室的朋友，一看到这幅字总要说：'谁写的字？可惜这好词和框子了！'为了平'民愤'，我只好把它放到地上。"英文为此愤愤不平、耿耿于怀了很久。不过，英文的知"耻"而后勇，由此开始，"浪子"回头，勤作文，苦习书，夜以继日。在我看来，他的字似乎比以前"好看"了些。从他的表情看，写字的劲头比以前大了，自信了，说起自己的字自负了。他曾不无得意地告诉我："现在，求字的人多了，忙！"我想，求的人多，应该也算写得好的一个佐证吧。需求决定价值。当然，也不排除方英文的"王婆卖瓜"式的自炒。

《风月年少》要出版了，希望风月英文给我们带来一缕"风"，也给读者送去一片"月"。祝愿英文风月无边、风情万种！

　　是为序。

（《风月年少》，方英文著，西安出版社2013年4月出版，本文是该书的序）

感谢那个风云际会的黄金时代

　　大约10多年前，四川大学中文系77级的一位同学出版过一本长篇小说，叫《77级时代》。《中国青年报》曾为该书发过一篇书评，文中有这样一句话："77级是前无古人后无来者的一代，是里程碑的一代，他们也是挑起社会大梁的一代，但他们已进入了更年期。"我对"更年期"的印象十分深刻。

　　的确，77级是光荣的。当时，别人看着光荣，我们自己也感光荣。而今我们陆续进入老年，曾经的光荣已成为明日黄花，我们没有理由自恋，没有必要自得，更不应浅薄地沾沾自喜——我们当年"阔"多了。在历史的长河中，我们是微不足道的沧海一粟，但77级作为中国高等教育史上特殊的历史符号，却值得回望、留恋、追思和透视。

　　感谢时代，感谢粉碎"四人帮"的伟大的历史转折。没有这个伟大的转折，就没有拨乱反正的历史进程，就没有邓小平作出恢复高考的伟大决策，就没有我们今天的人生。感谢时代，感谢伟大的思想解放运动，没有这伟大的解放，就没有那么多鲜活的、睿智的、灵动的、诗意的，有理想、有情怀、有担当的开启心智的思想观点的滋润，就没有社会给我们提供的广阔的、思考的、创造的、创新的成长空间。

感谢时代，没有这伟大的解放，就没有那么一批聚焦时代、反思历史、贴近生活、透视现实、昭示未来、动人心魄的文学作品：《班主任》《伤痕》《晚霞消失的时候》《乔厂长上任记》《小草在歌唱》《举起你森林般的手》《于无声处》《假如我是真的》……我们的文学理想、文学思维、文化责任、文化担当，就是在这样的背景之下成长、丰满、丰硕的。

感谢文学，是文学给了我们梦想，是文学给了我们理想。在精神文化产品极度匮乏的岁月，有限的文学作品曾是我们暗淡的青年时代的精神抚慰，是我们在深山大漠插队落户的日子里，漫漫长夜中面对苦难的孤寂的灯；是我们孜孜以求坚守理想，不自暴自弃的希望。是文学中的真善美，滋润着我们干渴的灵魂；是文学作品中虚幻的美好，丰富着我们枯燥的生活。我们的文学理想在苦难中萌芽，我们的文学情怀在苦涩中滋长，我们的文学追求在枯燥中蠢蠢欲动。

感谢文学，让我们懂得了关于人的人，关于社会的社会，关于人生的人生，关于理想的理想；关于情感、关于艺术、关于文化、关于丑恶、关于深刻、关于浅薄、关于苛刻、关于善良、关于爱……理想随着文学成长。

我曾经不止一次和友人说起，改革开放初期中国有两大爱好人群，一是爱好政治，二是爱好文学。文学在当时人们的心目中有着崇高的地位。就连找对象的青年男女，征婚时也要注上"爱好文学"这加分的一笔。广泛的文学社会基础，使得中文系学生比其他专业的同学又多了一份不言而喻的"光荣"。正是文学这深厚的社会基础，才使得我们创办的《希望》文学月刊有了那么好的发行空间和市场空间，才有了《希望》一个下午在西安四条大街三千多册一售而空的奇迹。

记得入学时，我们班73个同学中年龄最大的是32岁，年龄最小的是16岁。大家有着不同的年龄、不同的经历、不同的学识、不同的人生，在温暖的集体中互相濡染着、陶冶着，互相激励着、关爱着。你的经历丰富着我的经历，你的人生丰满着我的人生，你的勤劳激励着我的勤劳，你的优秀鞭策着我的优秀。

感谢那个崇尚知识的社会，感谢那个崇尚文化的社会，感谢那个家事国事天下事事事关心的、人人有一份家国情怀的社会。感谢那个生活虽然清贫却朝气蓬勃的社会，感谢那个日子常常艰难但对未来充满热望的社会，感谢那个腰包常常拮据但充盈着理想的社会，感谢那个包容年轻人的轻狂不安和骚动的社会。

在我们常常不由自主地津津乐道于我们的优秀时，别忘了感谢那个风云际会的黄金时代。

（原载于《中国青年报》2018年11月27日）

白云山现象

一

榆林，是一块神奇的土地。

这种神奇不仅在于她有着丰富的矿产资源，还在于她蕴含着丰满而独特的文化资源：光彩照人的革命文化，别具特色的民俗文化，风格迥异的建筑文化，异彩纷呈的旅游文化，独具魅力的宗教文化；黄土文化与草原游牧文化汇聚交融，三秦文化与三晋文化和谐交织。

这种神奇还在于："米脂的婆姨，绥德的汉。"这里曾经涌现出了一大批名满中华的神奇人物：抗金英雄韩世忠，农民领袖李自成，人民英雄刘志丹、李子洲，开明绅士李鼎铭，民主斗士杜斌丞，报业巨子张季鸾，抗日名将杜聿明，著名作家柳青、路遥，还有旅居澳门的巾帼豪杰杜岚，等等。

这种神奇还在于：她的自然景观、旅游资源的得天独厚。风姿绰约、雄奇壮美、独特神秘、原始古朴、浩瀚粗犷，具有独特性、稀缺性、唯一性和垄断性，极具观赏价值和开发价值。

在榆林诸多"神奇"中，还有一座神奇的山，一座神奇的观。这座山就是位于佳县、名满晋陕蒙的白云山，山上有享誉西北地区的白云观。

二

白云山地处晋陕交界的黄河大峡谷，自然环境恶劣，曾被外国人认为是不具备人类生存条件的地区。从客观条件看，这里地处穷乡僻壤，沟壑纵横，十年九旱，信息闭塞，交通不便，水土流失严重，并不是一个适宜人们旅游、朝拜的处所。但几个世纪以来，白云观却显示了非凡的生命力。

审视白云观 400 多年的发展史，无论是兵荒马乱、战乱频起的战争岁月，还是天灾连连的饥馑年月；无论是风调雨顺的年头，还是政通人和的今天，它始终香火不断，魅力不减。

据有关史料记载，在全真道鼎盛时的清雍正朝，陕西以"白云"命名的道观数量众多，但随着时间的推移，唯有佳县的白云观传承至今。1947 年，毛泽东转战陕北到达佳县，利用战斗的间隙曾两次到白云山逛庙会、寻古览胜。道长对毛泽东说，这里"天下太平时，来烧香赶庙会的人很多，一次庙会的收入就可以维持庙里一年的生计"。据当时陪同毛泽东上山、在白云观看戏的汪东兴回忆：当时"台下人山人海，看戏的人坐满了。我们看主席很感兴趣，即去庙里找来一个长板凳，主席开始坐着看，根本看不见，干脆站在板凳上看，就这样坚持把这出戏看完了"。当时还是战争年代，庙会的"红火"可见一斑。随着时代的发展，如今，每年到白云山逛庙会的游客人数已逾千万。

三

白云山特有的"神奇"的宗教传承的文化现象是耐人寻味的。

道教是中国土生土长的宗教，其所信奉的老子、庄子的学说，博大精深，信仰体系源远流长，与儒教、佛教三足鼎立，是中国传统文化的重要组成部分。道教文化是一种以道教教义为核心，仪范与活动为形式，经典文献为载体，名山或宫观为活动场所，宗教艺术为补充的宗教文化体系。白云观以道教为主，以佛教和儒教为辅，充分体现了儒释道三教兼容并包的宗教文化特色。

在中国，白云山现象是绝无仅有的。表面上看白云山现象似乎是一种宗教现象，但将其作为一种宗教现象研究是远远不够的。它所蕴含的民族文化心理、民间文化传承、民族精神的生成与发展，更值得我们研究。

白云山现象的存在不是偶然的。这里丰富的文化遗存以西北地区最大的明清古建筑群为依托，既满足了人们对儒释道多元宗教文化交融的宗教需求，还满足了人们对书法、美术、音乐、民俗的审美需求；既满足了人们对三秦文化、三晋文化与草原游牧文化的多元文化需求，也满足了人们祈望幸福、祈求平安的心理需求，以及人们在极其恶劣的生活环境中顽强生存的精神需求。

总之，白云山文化的源远流长。白云观影响的名满四方，在于它能够与时俱进地适应社会的发展，满足不同时代、不同社会、不同人群的多重需求。这既是一种宗教的传承，也是传统文化的传承，在某种意义上，还是一种蕴藏在民间的民族精神的传承。

白云山现象是值得我们关注的。理性地审视它，关注这种情结，研究这种文化，解读这种现象，梳理这段历史，不仅是我们的历史责任，也是社会责任，更是一种文化传承的需要。

四

回顾历史是为了展望未来。研究白云山现象，要注意充分利用白云山这一不可多得的、绝佳的、高品位的宗教、旅游、文化资源。通过历史与现实的结合，科学地开发利用这些资源，既有利于白云观的发展，符合世界人文旅游资源开发的趋势，也有利于提升当地的宗教旅游开发的品位，还有利于当地经济社会的发展。

和谐与发展——"白云山论道"旅游文化系列活动，就是在上述背景下举行的，是对形成"白云山现象"的诸多因素的最有意义的关注、研究、解读和梳理。它的活动宗旨是：以"论道"为学术背景，以对白云山道教文化的开发与保护为主要内容，进而对地域文化进行深层次的探讨，深入挖掘榆林丰厚的历史文化资源，有效打造榆林宗教旅游名片，展示榆林综合实力和良好形象，让世界了解榆林，让榆林走向世界。

"白云山论道"作为2006榆林旅游文化节的重要活动之一，主要由"道长讲道""学者论道""百姓说道""商家悟道"4个论坛组成。以中华道教文化丰富的内涵为切入点，以白云山地域道教文化的历史发展为背景，以展示白云山地域道教文化时代价值为目的，通过社会生活中的典型人群对"道"的理解与阐释，道教教义与建设和谐社会、"道"的精神的弘扬与可持续发展，对白云山地域道教文化与民风、民俗相互关系的探讨等，从不同层次、不同视点、多侧面展开论题，展示百姓所说之"道"、学者所论之"道"、道长所讲之"道"、商家所悟之"道"，彰显道教文化的内涵与外延，提升人们对白云山地域道教文化的认识，激发人们对榆林地域文化及其现实表现的理解和思考，促进社会的和谐与发展。

"白云山论道"在榆林市委、市政府的高度重视下，在活动组织单位的有效推动下，在社会有关方面的广泛参与和大力支持下，取得了圆满成功，产生了强烈的社会反响，同时也推出了一批可喜的研究成果。

论坛的成果即将付梓。作为"白云山论道"活动的设计者、策划者和参与者之一，作为本书的主编，感言如上，且为序。

（《白云山论道》，薛保勤主编，西北大学出版社2007年8月出版，本文是该书的序）

"根"的联想

　　这本《我们的村》，是一部散发着泥土芬芳的长篇非虚构作品。作者聚焦关中农村一个普通得不能再普通的村庄——蒲城县重泉村，历时78天，与农民同吃、同住、同喜、同乐、同甘共苦，观察、感受、体味、咀嚼，用"情"审视、用"心"研究，用自己的笔为我们呈现了这份别具特色的报告。报告涉及乡村政治、经济、社会、文化、教育，涉及农民的喜与忧、苦与乐……犹如一幅当下关中农村脱贫攻坚的"风景照"、乡村振兴的"风俗画"。

　　它朴素却真实，它浅显却厚重；语言尽管不如经典文学作品华丽，但亲切；情节没有时下的神剧那么曲折，却是来自生活一线的用心之作。它是原汁原味的、不加掩饰的、耐人寻味的、发人深省的，因而显得难能可贵。我以为正是由于普通的非典型农村的"真实"，使得这份报告具有了非同寻常的意义。

　　中国是一个传统的农业大国，直到改革开放前，10亿人口中仍有8亿是农民。对于中国的大多数"城里人"而言，上溯两代至三代都是农村人。农村不仅是一个地理存在，更是一种难以割舍的精神渊源。农村就是中国人的根。大约正是这种根的情结，根的记挂，与根相关的乡愁，有意无意地提醒我们：勿忘农村！

清醒的认知是勿忘的前提，美好乡村应该是勿忘的目标。改革开放40年，中国走上了以信息化、工业化为标志的现代化，同时数亿农村人走进了城市。农业不再是中国生存的最重要的产业支柱，农村在衰落。一个残酷的现实摆在我们面前，传统的农村和现代化的城市出现了撕裂。许多走进城市的乡里人，成为城市里找不着根的精神流浪者。城市的快速繁荣与农村的长期滞后，形成鲜明的对比。如何消解这种裂痕使农村快速实现自身变革，脱胎换骨走上现代化，找到城乡相互适应、相互配套一体化发展的新型路径，就显得格外重要。这是时代的要求，也是农村重新焕发生机走上小康的内在要求。今天的农村到底怎么样？产业在升级，如何升级？农民在变化，如何变化？乡村在振兴，如何振兴？《我们的村》让我们看到了它的奋争与奋发，艰难与希望，温暖与关爱，变化与前景，问题与隐忧。

从书里我们看到了一个个鲜活的振兴乡村的带头人。以驻村"第一书记"李鹏、村党支部书记孙满仓、村治保主任张三明为代表的乡亲们，在自己微不足道的岗位上尽职尽责。在脱贫攻坚、奔小康的进程中，他们虽然没有惊天地，甚至有时琐碎、枯燥、无趣，却急乡村发展之所急，想农民致富之所想，坚强、真诚、执着，令人肃然起敬。他们都是大时代中的小人物。

从书里我们看到了艰难与希望。发展缺资金、缺人才、缺技术、缺管理。面对资金的艰难，村里协调县上有关部门，为村里修了发展亟须的产业路，建起了54个棚，配套了机井、管理房。面对奇缺的人才，村委会就地找能人、培养人，就有了孙存良、孙兴铁、梁振民"三剑客"，又有了懂管理的张三明、孙立学等，还培养出了自己的植保专技员。同时，开阔思路请县上"农技110"的人来测土，请省上部门和专家学者"会诊"。艰难，在这里变成发展的台阶。

从书里我们看到了创业者的奋争与奋发。产业园是重泉村发展村集体经济的重要抓手，村干部倾注全部心思。从不图表面光堂、因地制宜选址，到建成当地领先的温冷两用棚，再到种植、收获、销售等各环节，聚精会神、殚精竭虑。书的开篇兴顺老汉病死在产业园，虽没有写如何处理复杂的后事，却隐含着产业园发展的坎坷与艰辛。他们没有气馁，咬紧牙关跨过这一道道坎。他们的理想是朴素的，目标是具体的、琐碎的，努力和付出是真诚的。就像孙满仓说的："看着它从一片光地，到有了胳膊腿、鼻子眼窝，这就跟自己的娃生出来一样。"

从书里我们看到了与时俱进与生生不息。书中有一节很吸引人：梁小利在抖音上与网友"干仗"斗法、与村民拍抖音视频"首届重泉村吃西瓜大赛"宣传重泉西瓜。网络销售、抖音宣传都是近几年才兴起的新事物，按照以往，这些新事物从城市传播到农村、从农民生活应用到农村生产需要很长时间，但重泉村人不仅在用，而且开始注册商标，开淘宝店，微信销售，自己建网站，照着脚本拍抖音，他们捕捉新契机、站到了时代的前沿。

从书里我们看到了温暖与关爱。这本书不是歌功颂德的报告，但我们从中看到了功和德，看到了温暖与关爱。这温暖是国家的温暖，关爱是组织的关爱。村干部们把实实在在给村上办些事作为目标。同时，省市县乡村五级联动把脱贫攻坚作为重中之重，各级各部门齐心协力聚焦扶贫，"陕西网"帮助建网站搞新媒体扶贫，省农业农村厅组织电商团来采购。这些温暖，让重泉村的发展如虎添翼。

从书里我们看到了重泉村欣喜的变化。2016年建档立卡时，村贫困户和贫困人口分别有63户236人，现在只剩下3户4人。光棍伟伟外出打工领回了慧子结婚生娃，早早地摘了贫困户的帽子。正如作者所言，有了媳妇和娃就有了脱贫的动力。村里的产业园从无到有、由小到大，大棚的西瓜正在茁壮成长。乱搭乱建两个月全部解决，房前屋后干干净净，村容村貌大为改观。变化是细小的，但却可喜。

从书里我们看到了乡村治理的问题与隐忧。发展常常与问题并存。教育硬件的提升与隐患，留守儿童的感情缺乏，离独子女的心理矫正，瓜农的风湿病、颈椎病的得病率几乎是100%，如何让瓜农走出"前半辈子挣钱，后半辈子看病"的怪圈，摆脱因病致贫的困扰？如何让老百姓病有所医，能看得起病，农村的社会保障体系如何完善？还有产业发展中常常出现的违约现象，如何防范与治理，等等。乡村治理靠简单的行政命令不行，靠一般的号召也不行，纯粹拿法律说事也不行，自治、法治、德治如何有效结合，形成合力？新时代的乡村治理现代化是一门大学问，才刚刚破题。

"小康不小康，关键看老乡。"农村的现代化是中国现代化题中应有之义，农村的现代化是中国全面现代化的重要标志。由于农村改革的相对滞后，中国的城乡差距仍然在拉大。中央及时提出乡村振兴和精准脱贫攻坚战，意图加快农村现代化的步伐。这是一项庞大的系统工程，需要方方面面共同努力和创新，应该说这也是中国乡村改革以来的"二次变革"。我们任重而道远！

20世纪70年代，我曾在陕北毛乌素沙漠南缘的一个小村子插队，对农村曾经食不果腹的日子有过切肤之痛，对农村有着特殊的记挂。以上是看了《我们的村》之后，由"根"引发的几点感想。

（《我们的村》，左京著，陕西人民出版社2020年6月出版，本文是该书的序）

美在生活　文贵精神

——读明凯诗的断想

　　我和明凯兄是老朋友，我知道他不仅是一名纯正敬业、干一行爱一行的国家公职人员，而且是一位有着浓浓的人文情怀，热爱生活、热爱人生、热爱诗歌的歌者。繁忙的工作之余，他用诗歌观照事业，用诗歌滋润生活，用诗歌回望人生，让自己的工作和生活有了不同于常人的诗意。多年来，我们虽然不常见面，却有着藕断丝连的工作联系和时断时续的业余诗歌创作的吟咏与交流。他的诗歌要结集出版了，我得以先睹为快。

　　读着他的诗，我体味着一种爱；我感悟着一种情怀；我发现了一种境界；我面对着一种纯。这种爱是他对工作和生活的爱，这种情怀是躬行勤思的情怀，这种境界是他创造生活、尊重生命、珍惜理想的境界，这种纯是对亲情的真、对友情的纯，面对社会的五花八门不为所动的执着与纯粹。随着诗，我走进他的工作，走进他的生活，走进大山深处、穷乡僻壤、异域他乡，走进他丰富的精神世界。领略他笔下特有的风土人情和人文观照；体会他干事的艰辛和收获的豪情；走近他所感念的友人亲人，品味暖暖的回望与深深的追怀。我随着他的起而起，随着他的伏而伏，随着他的乐而乐，随着他的忧而忧，随着他的空灵而空灵，随着他的感动而感动。

有人说，情是诗歌的生命，我却要说，爱是诗歌的生命。这种爱，是对人类的爱、对祖国的爱、对大地的爱、对职业的爱、对人生的爱。在明凯笔下，这种爱化为诗心、化作诗情、化作诗韵、化作诗句，或淙淙流淌，或蓬勃喷涌，或随风摇曳，或铁马秋风。于是便有了对山水的吟咏，对人生的感怀，对教育的讴歌，对教师对同学的期待，对父亲的礼赞。通篇洋溢的爱是本书的突出特色。

真实地感受生活，真诚地感悟生活，真正地创造生活，真切地吟咏着生活，"真"是本书的另一特色。这种真表现在他与自然、与山水真诚的"交响"，表现在他对祖国与事业、理想与现实、人与事真诚的"对话"。捧着一颗心面对生活、面对他人、面对工作；带着一颗心去思考社会、思考人生、思考理想。用一颗真诚的、善良甚至天真的心去感悟、感受、感怀，履痕处处，长歌短吟，凡动情处即有诗，流露的是一个人的真性情，还有一名国家公职人员的责任与使命。

"灵"是明凯诗歌的又一个特色。艺术是有灵性的。有灵性的生活才是诗意的生活，诗意的生活需要作者诗意地感受，更需要作者诗意而灵动地表现、抒发与张扬。读着明凯的诗，一组组优美的文字，一对对灵动的理念，一串串跃动的意象不时从眼前掠过，时而浅显、时而含蓄、时而深刻、时而悠远、时而深情、时而恬淡……难能可贵的是，他往往能从眼前的一草一木、一山一水、一街一景、一人一事中跳出来，超越职业之本位，超越一己之感悟，超越一时之悲欢，去思索、去总结、去追问，传达出诗歌所独有的柔软而坚强的力量。

诗歌不应该是职业诗人的"专利"，只要心中有诗就应该有诗人。我想古人关于诗歌的"兴观群怨"，最初大约也不是针对职业诗人的；"歌之舞之足之蹈之"也不只针对职业舞者的。值得一提的是，明凯的诗不是时下流行的某些人作秀式的"文字显摆"，而是他作为生命的主体对生活引发的触动的心路记录，是情感世界的艺术再现。

美在生活中，文贵精气神。他既睁大眼睛、敞开心灵，用爱、用真、用纯发现、捕捉着生活中的美与诗，又将这种诗意升华为高于生活的精气神。这种精气神，就是"诗言志"的"志"。读他的诗，我更坚信，有志者有识者有为者有诗。

明凯的诗集要出版了，可喜可贺！感言如上，聊表对老兄的祝贺与敬意。

2011年11月4日于西安

（《诗意的回望》，昌明凯著，西北大学出版社2011年11月出版，
本文是该书的序）

以小见大　以人为本

——"三秦文化丛书"感言

记得去年我参加中国唱片总公司组织的一次文化采风活动，在重庆的一家书店买书，看到了一套系统地反映重庆的政治、经济、历史、文化、民情、风俗的老重庆丛书。在欣赏这套书图文并茂、别致与精美的同时，也生出了我们也应该有一套老陕西丛书的感想。由三秦文化研究会编辑，老前辈何金铭先生任主编的"三秦文化丛书"的出版无疑是可喜的。

这套丛书虽然只有5本，尽管表现形式不同，表现内容不同，切入点和聚焦点不同，但都有着浓郁的三秦特色的文化内涵。大致地浏览了这套书，感到至少应该有以下三个特点。

一是以小见大。如《西京人语》尽管表现的是作者人生片段的感悟，但随着历史的流动、世态的变迁，通过对一件件看似不经意的事件的追诉，一种种社会现象的品评，思有所悟、评有所得，字里行间发散着一串串耐人寻味的思考的火花。这里既有对人生冷暖、世态炎凉的感叹，也有对人生境遇、官场得失的评点，还有历史与现实的思考。有则长篇大论，无则三言两语。无疑，这也是一种秦人看三秦、秦人看世界、秦人看人生的文化阐释。作者对自己人生经历的文化回顾，以及充满智慧的理性观照，无疑是一种独特的文化展现，也是一种文化的追怀与创造。

二是视角独特。可举两例：《商洛的屋脊》的记录，图文并茂、顺应人们读图时代的阅读需求，看似不经意，却通过屋脊建筑特色的沿革的勾画，历史与现实结合，折射出了人们对建筑的美学追求。对生活朴素的理念和寄托，无疑是应进入三秦文化摄取视野的。《老陕说吃》更值得一提。有人说："人生在世，吃穿二字。"这曾经是受批判的。人生岂能仅仅是吃穿？但换一个角度看，人生又是离不开吃穿的，吃得好总比吃得差强。不过有的人吃了一辈子依然"糊涂"，有的人却吃出了名堂。阅读《老陕说吃》，你会强烈地感受到吃的学问。书中既有烹饪实践的描述，又有动植物营养的论述，还有民俗风情沿革的追述，更有每一种食品得与失的评述。作者是带着心去吃去喝的。在给我们展示了一幅生动的三秦小吃风情图的同时，对吃做了鲜明的文化梳理，独创饮食文化的一家之言，让读者身临其境地感受到吃的学问，体味到三秦所独有的吃的文化。

三是以人为本。人既是文化的受益者，也是文化的传承者，还是文化的体现者。丛书以浓浓的人文关怀为我们勾画了一批三秦文化的创造者的群像。这一特点，在《长安书声》和《秦腔名家》中体现得尤为鲜明。在这里，既有辛勤耕耘、著述等身、默默无闻的学人，也有献身艺术、饱受凌辱、终身不悔的艺人；既有为了秦腔事业奋斗终身饮恨而去的播火者，还有风华正茂、生逢其时、驰骋艺坛、事有所成的后来者；既有早年投身革命、身陷囹圄、迷茫困顿、最终矢志不移的革命者，还有20世纪30年代就驰骋中国文坛的文化战将，后来历经磨难，最终在困顿、平淡、平静中度过晚年的文化先驱……他们的遭遇、他们的成就、他们的执着，他们的胸怀、他们的气节、他们的操守，他们的意志品质、他们的精神世界……无疑是三秦大地上一笔宝贵的精神财富。

以上感受是作为一个读者不成熟的粗浅的感想。

多年来，三秦文化研究会广泛团结我省各界有志于三秦文化研究的专家、学者和实际工作者，成为我省社科界109个社会科学学术团体中一个有广泛的社会影响、较强的凝聚力、较高的学术水平的学术团体。已成为研究三秦文化的信息交流的平台、集聚人才的平台，展示成果的平台，为弘扬三秦文化作出了特有的贡献。在祝贺的同时，我们期待着"三秦文化丛书"下一批图书的出版。

（"三秦文化丛书"，孙中振、何金铭、高集等著，三秦出版社2005年2月出版，

本文是该丛书的序）

乡愁在哪里

《梦里乡愁》就在我的案头，洋洋洒洒几十篇散文，娓娓道来，温文尔雅，侃侃而谈，如数家珍。乡愁，被她追怀得如此真切、如此真诚。我被感染了。

乡愁，是一个伴随人一生的话题，也是一个值得人终生探究的"课题"，还是一个具有哲学意义的与人生相关的命题。不同的人生际遇，不同的人生起点，不同的人生阅历，不同的人生认知，会有不同的人生感悟，也就有了别样的乡愁。但无论何种乡愁，一定是那些让人难以忘怀的、魂牵梦绕的、剪不断理还乱的。我想，乡愁应该是曾滋润过自己灵魂的、影响过自己人生的，那些人、那些事，那棵古树、那个院落，那些伙伴、那些师长，还有一言难尽的老父老母……

舒敏的乡愁，是故乡的那株老树，是儿时的无忧无虑，成长的懵懵懂懂。在《难忘那棵皂角树》里，村口的皂角树就是她儿时的乐园。伙伴们像孙悟空钻进铁扇公主的肚子里一样，在硕大的树的空腹中上下攀爬，聊天、游戏。那棵老树，让她放任自由，让她"胡作非为""为所欲为"，给了她与天地对话的、具有外星人般的奇异想象的空间。也许，就是在这棵老树的肚子里，她孕育了梦想。

舒敏的乡愁是饥饿。在《饥饿年代》里，捋一串槐花，就能让咕咕叫的肚子得到暂时的安慰。这种安慰是今天的孩子们无论如何都想象不到的。也许正是这饥饿感，成就了她面对人生苦难的坚韧底色。

舒敏的乡愁，是老院里父亲养的那一坛花。生活拮据，几乎食不果腹。家徒四壁，院里院外却总是干干净净。父亲在为一家的生计艰难劳作的同时，始终不忘在院里的影壁前养着一坛娇艳的花。以至于干净的院子与娇艳的花成为村民们常常光顾的景观。生活的艰难与对美的追求，在这里成为人生的一种风景。

舒敏的乡愁是邻里的纠纷。在《乡村往事》中，"双方的孩子们也人手一块半截砖，加入了混战的队伍""放学从两家门前过，未免提心吊胆，生怕成了无谓的牺牲品"。这种乡愁，别具一格，虽不美丽，却给懵懂的岁月上了"色"。她传递给读者的，不仅仅是邻里关系的不和谐和过往孩子们担心成为牺牲品的恐惧，还有作者对农村生活认知的真实。

季羡林先生说："人人都爱自己故乡的月亮。"人就是这样，生于斯，长于斯，那里的一切便镌刻在记忆之中，成为过来人的怀念、欣赏的往事，成为对曾经的向往，成为前行的力量。

乡愁中朴素的理想激励着舒敏，乡愁里不自觉的努力推动着她由成长的不自觉到自觉。知识和勤奋成就着舒敏，谁能说里面没有乡愁的力量呢？向善的坚守、向前的勇气、向上的精神，凝结着从乡愁中走出的坚强。走进城市的舒敏，没有忘记故乡、故土、故人、故事，把对故土的情思、故乡的眷恋、故人的追怀、故事的反思锻造成一篇篇散文，它散发着来自生活的芬芳。

习近平总书记说："不论树的影子有多长，根永远扎在土里。"没有故土就没有我们，没有乡愁我们就失去了根。人同此情，情同此理。乡愁、责任、理想、情怀，故乡的一枝一叶，总在牵动着我们的心。根有多深，树就会长多高。

谈及乡愁，我想起我曾写的一首诗：

南方的丁香开的时候

我在北方

遥望着那簇醉人的芬芳

北方的牡丹开的时候

我在南方

叮嘱兄弟代我去闻香

高原的山丹丹开了

我在平原

思念那股火辣辣的烫

家中的那盆百合该开了

我在远方

牵挂寸草春晖的柔肠

人啊不管你走到哪儿

不该忘的别忘

不仅仅是花的模样

——《花开的时候》

乡愁在哪里？乡愁在梦里，更在你和我心中。相信每一位看到这本书的读者，都会和我一样，掩卷沉思，举头望月，涌上一种挥之不去的"愁"，想起村口那棵"皂角树"。

（《梦里乡愁：舒敏散文集》，舒敏著，东方出版社2015年8月出版，

本文是该书的序）

追寻城里的"乡愁"

　　这是鲜活的、生动的，有着浓浓的烟火气和乡愁情的城市记忆。它记述的不是整个城市，只是一座城市中的一条街，但这种记述是经典的、精彩的、精致的，是别出心裁的，是耐人寻味的！

　　东大街，曾经是古都西安繁华、时尚的重要标志。从那个年代走过来的西安人，对东大街都有着别样的记忆。看到这本书，我也想起了自己和东大街的几个故事。

　　1977年12月10日，我参加了高考，当时还是一名解放军战士。记得当得知被取消11年的高考要恢复了，我们欢呼雀跃、兴高采烈，但很快得知军人不能报考。梦想突然被点亮，又突然被浇灭，改变命运的渴望和热情助推着我们"上蹿下跳"。于是，战友们联名给总政治部写信，信中表达了对恢复高考的热烈拥护以及对不允许我们报考的强烈遗憾。没有想到，在报考结束的前几天，上边的批示下来了，允许我们报考。

　　高考那天，我早早地从小寨驻地坐公交车赶往西大街上的西安市七中考点参加考试。走到钟楼时，我突然发现没带准考证，急忙下车，在东大街口的钟楼邮局用公用电话联系战友，告诉他们我的准考证在哪里，让他们想办法找到，赶紧给我送过来。谢天谢地，战友终是坐着公交车把准考证送来了。当我拿着准考证赶到考场时，还差两分钟就开考了。在当时通信极不发达的情况下，我想如果没有东大街的钟楼邮局，我的人生有可能是另外一个样子。

多年后，从西北大学中文系 77 级毕业的我，和同校经济系 77 级毕业的夫人去西大街转。我知道她当年也是在七中参加高考的，就相约去看看当年的考场。没想到她指着一个教室说："那就是我的考场。"我一看，不禁一乐，没想到我俩竟然在同一考场。

粉碎"四人帮"后，国家批准出版了一批曾经被禁的经典文学名著，我的印象中有《高老头》《悲惨世界》《战争与和平》，还有柳青的《创业史》。当时的文学青年很多，文学爱好者也多，购书成为一种社会时尚。1977年5月1日，首批图书在钟楼书店销售，有关部门担心过度拥挤，派我们中队去现场维持秩序。天刚蒙蒙亮，我们就到了那里，此时排队的已有几百人。看着购书的人一个个带着期盼走进书店，又一个个提着大包小包走出来，兴高采烈，我既羡慕又着急，但终归是不能违反纪律擅离职守。领导看着我不安生的样子笑了，走到我跟前使了个"赶紧去"的眼神。我顾不得太多，也买了几本。这是粉碎"四人帮"后，西安东大街出现的难得一见的"文学的春天"。

提到钟楼书店，我还想起了一人——强小路。记得大概是 1977年早春，西影厂拍摄电影《丁龙镇》。为了防止拍摄时影棚失火，我们受邀负责现场的安全防护，接待我们的就是西影厂保卫科的职工强小路。我俩当时都是文学青年，工作的空隙围绕文学交流沟通，不亦乐乎，大有相见恨晚之感。上大学后，我几乎每周都要逛一次书店。记得有一次我去钟楼书店买《陈毅诗歌选》，售货员告诉我只剩下1本了，并指着不远处的一个人说："就在他的手里。"我一看拿书的人，这不正是强小路吗！我感到既惊讶又亲切，聊天中得知他考到了陕西师范大学中文系。大学毕业后，他到西影厂当了导演，几十年来拍了很多故事片、纪录片、电视剧，许多作品还很有社会影响力。

每当想起东大街的这些事和人，我都有一种别样的温暖。留住城市的记忆，《城市街道与市民记忆——西安东大街：图像，文字与口述》就是一部最好的"留住"。它是学者们对这条街道一望千年学理式的梳理与回望；它是曾经在这条街上生活、工作、学习、成长的人们侃侃而谈的有着烟火气息的如数家珍；它是在这条街上流连忘返的摄影师们真挚的、热诚的、充满深情的怀旧式的写真。城市的乡愁在哪里？在每条我们曾经生存、生活、成长的城市的皱褶里，这些皱褶就是城市的街道，而西安最具有代表性的皱褶就是东大街。

宋群是一个有心人，他费尽心机搜集了有百年历史的资料、照片、票据等等，并用艺术的形式呈现在我们面前，构成了这部立体的、不同寻常的"东大街"。这里面有烟、有火，有血、有肉，有人、有事，有情、有景，有史、有实。当我们把大量的精力放在乡村，寻找乡村的"乡愁"时，是否也应该关注我们赖以生存和成长的城市的"乡愁"。

城市里有乡愁。此书就是追寻和记述城市乡愁的一个重要探索。谨以此文，祝贺《城市街道与市民记忆——西安东大街：图像，文字与口述》的出版，也向宋群老师致敬！

（《城市街道与市民记忆——西安东大街：图像，文字与口述》，宋群编著，陕西师范大学出版总社2022年12月出版，本文是该书的序）

蓝天下的永恒

　　我们这个时代是一个生产英雄、需要英雄的时代。我有一个观点，也不一定对，就是认为英雄可以分为"神"与"人"。英雄中的神，惊天地泣鬼神，铁马金戈，古道西风。英雄中的人，涓涓细流，红花绿叶，小桥流水。前者照耀时代，后者滋润灵魂。他们同属英雄，散发着时代的光和英雄的芒，有着同样的精神价值。

　　熊宁就是英雄中的人。她是一个来自民间的草根英雄。她是一个最先被百姓发现、在民间传扬、被媒体报道，继而被省、市有关部门组织宣传学习，在全社会产生广泛影响的、深受百姓爱戴的西安女孩。

　　熊宁是朴素的、平凡的。她的平凡和朴素在于她做了一些只要有爱就能做到的事。她就像一个邻家女孩，一个教室里的同桌，一个小朋友眼中的大姐姐，是可触、可摸、可感，可知、可爱、可敬的。熊宁又是不平凡的。她的不平凡，在于她将对社会、对他人的爱融入自己的生活，融入自己的生命；在于她把爱与责任、担当作为自己人生追求的价值；还在于她爱的不事张扬，爱的持之以恒，爱的默默无闻。要不是发生意外，她所追求的爱还将延续着默默无闻。

这样一种爱的坚守与执着，就具有了时代的意义。这种时代意义就是一种公民的责任、公民的义务、公民的情怀和公民的担当。她的这种情怀，她的这种担当，她的这种对生活的理解和践行告诉我们，世间存在着一种永恒，时代需要这种永恒，社会需要这种永恒，青年需要这种永恒。

我们这个时代不乏爱的宣言，不乏奉献的说教，但更需要实实在在的爱的践行，需要社会每一个成员责任与义务的自觉。熊宁的责任、担当和情怀，使得她的生命质量熠熠生辉。理想并非大人物的专利，普通人也拥有崇高的理想，熊宁就是这样。她的平凡在持之以恒的追求中升华，她的追求提升了她的生命质量，也就使之具有了社会学习的价值。

《蓝天下的永恒》这本书规模不大，但我和我的团队却七易其稿。我们力求写出英雄中的人，力求原汁原味地向读者勾画出一个可触、可摸、可感、可知的熊宁，一个可敬、可爱、可学的熊宁，力求展示她朴素中所蕴含的精神。这本书面世以后，得到了读者和社会的认可，先后6次印刷，现在发行量已经突破10万册。

应该讲，随着书的发行，也进一步提升了熊宁的影响力，进一步推动了陕西弘扬志愿者精神，与熊宁同行、学习熊宁等活动的展开。熊宁已经成为志愿者服务的形象大使和代名词。每年3月，陕西都会结合学雷锋活动，开展为期1个月的志愿服务活动，现在西安的志愿服务者已达30多万人。学习熊宁也已成为中学、大学活动的经常性主题，诸如：传递微笑传递爱——为藏区孩子送温暖、我是熊宁向我看齐、"三五"学雷锋日、"一二·五"国际志愿者日、三下乡等等。熊宁精神已融入社会，有一批以熊宁命名的志愿服务组

织，如：熊宁团支部、熊宁爱心社、熊宁希望图书馆、熊宁培华希
望小学。

（《蓝天下的永恒：最美女孩熊宁》，薛保勤主编，陕西人民出版社2009年
1月出版，本文是该书的后记）

忠诚的旋律　战士的情怀

　　我与张林结缘于音乐。我偶尔写写歌词，他是作曲家，于是我们就有了合作，搭档写了《望终南》《城》等10多首歌。在与他的合作中，我真切感到：他是一个视作曲如生命的、"走火入魔"的歌者。张林歌曲作品集就要出版了，我万分欣喜、热烈祝贺。他嘱我写序，盛情却之不恭。感言如下：

以豪爽达观的胸襟抒写警营情怀

　　张林身在警营，情牵警营，是以警营作曲家立足乐坛的。他创作的警营歌曲有近百首。受众可以从作品中感受到作者别样的情怀、昂扬的情丝、独具的匠心、精巧的构思、手法的精湛。他创作的每首歌都能准确表达当代干警的心理特征和价值追求，进而从生动的音乐语言中展现出当代干警的精神风貌。如歌曲《警察的故事》《感动》《最美女交警》，语言亲切自然，优美的旋律渗透出动人心扉的人间真情。还有进行曲风格的《金盾铁军》《烈火英雄》《特警队员之歌》等，铿锵的节奏、跳跃的音符、明快坚定的旋律走向，形象地表现出公安干警为了人民利益，为了万家幸福，为了祖国的安全不畏艰险、不怕牺牲的英雄主义和无私奉献精神。张林的警营歌曲，无论在题材选择的广泛性、思想艺术的深邃性，还是音乐风格的多样性方面，始终与警营同步发展，对弘扬新时代干警的奉献精神和担当意识，推动警营主旋律题材歌曲创作，起到了重要促进作用。屏息细听，掩卷沉思，深入分析其中的原因，让人深受启迪。

以春风化雨的真情紧贴时代脉搏

运用唯美的音乐语言抒发真挚的情怀，是作品感染人、打动人的主要因素。张林创作的主观抒怀歌曲作品，无论是亲情、友情、爱情，还是家国之情，都能坚守初心、融入真情、勾画形象，揭示生活的本质。真挚的情感源于真、源于爱，源于丰富多彩的社会生活。张林善于深入生活，体验生活，感悟生活，并且将其作为创作作品的基本功。他创作的歌曲，无论是《爱在身边》《心手相连》《蝴蝶花》，还是《凝聚》《慈爱普天下》，每一首歌曲都有唯美的音乐旋律和对歌词意境表达的深度挖掘。《爱在身边》的缠绵婉约，《心手相连》的感人肺腑，《蝴蝶花》的撩人情思，《凝聚》的激情澎湃，《慈爱普天下》的情真意切。张林不仅用旋律线条营造情感氛围，而且用起伏跌宕的模进与大跳将主题彰显得清晰明了。旋律热情中跳跃着内涵的丰富与深邃，层层递进的律动中激荡着音乐审美情趣。特别是张林对于重大题材和主旋律作品的分析、理解和驾驭处理，都有非常的讲究。他在创作这类题材歌曲作品时，都会反复揣摩词意，力求最为准确恰当地表达对祖国对人民的赞美之情。如《虽然没有见过你》，这首写在3月里学雷锋树新风的歌曲作品，角度新颖，主题鲜明，旋律性强，易于传唱。不管从音乐语言和旋律起伏，还是音乐情绪和音乐形象的刻画上，都是很难得的精品佳作。类似这种重大题材的作品《祝福祖国》《初心不忘》《春风大道》等，都能准确把握时代脉搏。同时从中也不难看出，张林驾驭重大题材作品的能力，以及处理重大题材作品的严谨态度和多元手法。

以主题鲜明的民族风体现浓郁的地域情

张林的歌曲创作，善于多侧面反映社会现实。在风格、地域、体裁上注重多样性，适合多种演唱风格。涉猎不同歌曲领域，抒情性和民族性共融，传统特色和现代时尚并包。特别是对生于斯长于斯的大长安，更是情有独钟。他不仅为八水环绕的长安城里多家单位创作了数十首行业歌曲，同时还以创作《长安组曲》来表达对大长安这块三秦沃土的深深挚爱与浓厚养育之情。张林创作的歌曲涵盖了美声、民族、流行以及少儿歌曲等不同领域。如《五丈原听风》《长安颂》《雨点》《关中 关中》等。这些主题鲜明、民族色彩浓郁的歌曲作品，深受人民群众喜欢。他能巧妙地将民族音乐元素流行化，使演唱者淋漓尽致地表达思想、抒发感情，同时也能使听众感到耳目一新。

张林歌曲集的出版，解决了其作品的传唱者寻找歌谱的燃眉之急，满足了看谱听音的需求。我近年来因为与张林合作比较多，自然接触也就多了，既是合作者又是朋友。大家都这样描述张林：一位浑身洋溢着艺术热情的作曲家，一位胸怀大爱斗志昂扬的公安干警，一位勤勉负责勇于担当的警官团长，一位善于用音符抒写音乐故事、弘扬正能量的警营文艺工作者。我感觉，这个定位是很恰当的。

是以为序，并非行家里手的独到评述，仅此言论，就当作对张林歌曲集出版的美好祝福。

（《虽然没有见过你——张林作品专辑》，张林创作，中唱深圳分公司2015年6月出版，本文是该专辑的序）

换一换，让爱变得"简单"

——儿童剧《和你一起长大》观后

  《和你一起长大》是陕西中贝元儿童艺术剧院继《和你在一起》之后，推出的又一部原创现实教育题材儿童剧。作为第九届陕西省艺术节参评剧目，一经上演，即受好评。戏剧最忠实的评委是观众。我至今还清晰地记得11月14日晚该剧演出结束时，1000多名孩子经久不息的热烈掌声。

  儿童剧，是针对孩子的艺术作品，也是孩子们成长过程中必不可少的精神食粮，它以自己的方式润物无声地引导孩子放飞想象、明辨是非、陶冶性情、滋养心灵、快乐成长。它可以是天马行空、激发孩子无穷想象力的神话剧和童话剧，也可以是将时尚融入传统，形式新颖、引人入胜的木偶戏和皮影戏。无论哪种形式，它们都在诉说着让孩子们成为一个更好的自己的不懈尝试和拓展。《和你一起长大》无疑实现了这种努力，它起于大胆的想象，又与当下社会中的亲子关系、家庭教育等现实问题紧密呼应，讲述着今天的家长与孩子，孩子与家长，孩子与孩子们的故事，时代特征鲜明，生活气息浓郁。强烈的现实关注是这部剧最为鲜明的特点。

众所周知，换位思考是人与人交往的准则，也是我们从小就被要求培养的品质，孔子"老吾老以及人之老，幼吾幼以及人之幼"就是中国传统文化中推己及人思想的表现。但令人遗憾的是，在当下的家庭教育中，父母和孩子之间却鲜有换位思考的存在。在孩子看来，家长的苦口婆心、催促指责是情绪的发泄、过多的干涉和不平等的强制安排；而在家长看来，孩子的自我意识、叛逆淘气则是执拗倔强、逆反对抗和不懂事的表现。家长不理解孩子成长中的苦与乐，孩子也不理解家长的殷切期盼和工作的不易，这就造成了亲子关系的紧张。事实上，我们都有爱，有着沉甸甸的爱，但对方却不知晓……

面对当下社会中普遍存在的这一问题，《和你一起长大》尝试以"角色对调"这一颇具浪漫色彩的形式给出属于自己的回答。在学校"小耳朵聊聊吧"机器人小爱的超能力作用下，熊向阳和爸爸熊伟置换了大脑信息，但之后事态的发展并不如想象中的轻松美妙，熊向阳疲于奔波，受气挨骂，品尝到了爸爸赚钱养家的艰辛；熊伟忙于功课，屡受惩罚，体味到儿子承受的压力。这种状况百出、滑稽好笑的境况映射出在日常生活中亲子间相互理解、相互尊重的缺失。最终，爸爸和儿子在品尝到对方的不易后，走向了温暖的和解，儿子也了解到妈妈早已离开人世的真相，并体会到爸爸善意的谎言和隐藏在心底最深沉的爱。剧尾，在主题班会上，同学们打开了父母写给他们的信，在敞开心扉、平等自由地倾诉和交流中，收获了满满的理解和感动。从教育者到受教育者，从被动接受者到主动付出者，从只关注自我到体会对方的感受，两代人之间消除了隔阂，拉近了心与心的距离，也达成了相互尊重、互谅互爱的共同成长。我们说，一部好的儿童剧是大人和孩子都爱看的剧，《和你一起长大》正是如此。它如同一面镜子，映射出我们当下这个高速发展的社会，社会中忙忙碌碌的人们，过快的脚步使我们无暇关注于自己的内心，也往往忽视了给最亲爱的人以温柔和耐心。《和你一起长大》带我们走进爱，触摸爱，探索爱，讲述爱，不仅孩子能在其中获得共鸣和感动，也给成人带来更多的回味和思考。毕竟，给予孩子们爱的陪伴、尊重理解、平等沟通，让孩子们拥有爱的能力、学会表达爱是每个家庭的必修课。

近代教育家蔡元培曾说："美育者，与智育相辅而行，以图德育之完成者也。"对儿童剧来说，价值的引领，精神的塑造最终都要靠剧目本身说话。《和你一起长大》全剧节奏明快流畅，充分体现了儿童的特点，熊向阳的机灵调皮、罗壮的显摆大方、琪琪的胆小自卑、雷虎的莽撞淘气……一个个有血有肉的人物形象，充满童趣和想象的情节设置，灵活多样的舞台动作，多元的艺术手段和表现手法共同推动了故事的发展，揭示了人物的心理变化，促进了情感的升华，也紧紧抓住了观众的心。

一部儿童剧未必能够解决亲子教育中所存在的问题，但一部剧却能够给孩子、给家长、给社会一些触动、启示和积极思考，我想，这正是这部剧所带给我们的。

（原载于《文化艺术报》2020年12月25日）

《明天谷雨》序

　　我和建明先生是交往多年的朋友，平日交往不多，但每每相见总有扯不完的话题。他工作认真、做事周全、处事低调、待人热诚，有情怀、有智慧、接地气……有许多值得我学习的地方。建明退休以后，"工作目标"彻底转变，全心全意地经营文字，全情投入，著述甚丰，令人刮目。

　　呈现在我们面前的这本《明天谷雨》，是他的第二本书。这本书既是旅游随笔、生活随笔，又是工作札记、生命札记。建明退而不休，深情地寻访生活，倾情地梳理山水，虔诚地回望职场，真诚地反思人生，退休成了他人生的新起点，过得有滋有味、有模有样、有情有致、有声有色，也让我们看到了一个更加真实丰满的建明。

　　深情地寻访生活。从他的文字中，我看到生活曾经的给予，生活曾经的磨砺，生活曾经的温暖，生活曾经的感动。他去寻找傅妈妈，那个他牵挂的、儿时曾给予他无私的关爱和不求回报的乡间老人，老人不在了，但老人所给予的爱却历历在目。这些爱是老人在生活困难的年月里给他的独食，是托人带给他的"香嘴"，是当兵平安归来时那个热烈的拥抱。他深情地回忆父母，在他心中父亲是一个"谜"，父亲对家族闭口不谈自己，当这个谜慢慢解开时，他才发现父亲是座山，这座山是那样的巍峨。母亲从乡下搬到城里，努力适应城里人的生活，不因困苦而悲观，不因病痛而厌世，对生活始终充满着热望。父亲的坚韧不拔，母亲的乐观向上，成就了现在的建明。他带着甜蜜观察妻子，眼科手术中的她神闲气定，"5·12"地震时她淡定地做晚饭，那份从容与优雅让建明刮目相看。书中还记述了他与诸多友人的点点滴滴，包括苦难中的温情，成长中的记忆和一路同行的感受。温暖成为他笔下生活的基本底色，这底色就有了意味深长的味道。

倾情地梳理山水。建明生在陕南，长在陕南，工作在陕南，深情眷恋着这里的山山水水。退休了，寄情山水就有了实现的基本条件，有了想走就走的"任性"，想留就留的"率性"。他认真地体味山水的灵动，山水的生命，山水的哲思，就有了看山是山，到看山不是山，再到看山是山的"飞跃"。从西安到宁陕的路，几十年来建明不知道走过多少次了，但唯有这次是"悠然"而过，以前官身不由己，只知道赶路，错过了无边的风景，退休后才发现这条路上的美，才感到了诗与远方原来触手可及。在塞罕坝，看着沙漠变绿洲的绿色奇迹，建明一行人不断地感怀着两代人、50年、110万亩坝上森林，感叹着"也只有这两代人舍得付出50年的苦难"，感慨着今天面对着各种诱惑的坚守的难能可贵。行进在山水中，他由山及水及人，升华着对生活和生命的思考，特别是贵州的清凉之旅，让建明有了别具一格的感悟：旅游图的就是个心情，人对路，路顺畅，走到哪里都是风景。人生何尝不是如此。

虔诚地回望职场。建明是一名公务员，几十年服务安康，兢兢业业、勤勤恳恳。即使退休了，他仍然保有着一腔热诚和情怀。夜宿甘泉县，当他看到古时甘泉县令孟其瑞为减轻民众常年给朝廷送贡水的苦役，用玉印堵塞泉眼，冒着杀头的危险谎报泉水干涸时，竟然夜不能寐。他想到了欧阳修、焦裕禄，由此感悟所谓公仆就是为民担当、为民请命。他感怀老同事何俊明不牢骚和不抱怨，有气度、讲奉献的精神，并反观当下官场种种不正常的做派，由此生发出对张载"横渠四句"的现实理解。在《永不磨灭的怀念》中，深情地怀念安康地委老书记闫西贤，他的"只有上级对下级担当，才有下级对上级负责"，深深地影响了建明的职业生涯。建明对职场的思考是铅华洗尽后的宁静致远，返璞归真后的气定神闲，这种沉淀式的反思在当下便有了不同寻常的意义。

真诚地观照人生。建明面对人生的态度是严肃的。他对人生的观照与思考，不是久居高位自觉不自觉地居高临下的俯视，而是真诚地放下身段的平民的认知与审视。退居二线的办公室，虽然少了往日的热闹，但多了随缘达意的安静，坐在这里有风吹过、有花开过、有人经过，也可以"回闻萧萧竹声、品味日月冷暖"，于是也就慢慢有了人生的真滋味。在《明苑文稿》中，他说，时下有一种倾向，一提到精神就拔得很高，实际上大可不必，每个人首要的是做好本职工作，不投机取巧、不花拳绣腿，这才是修身立业的根基，这也是精神。我对建明的观点高度赞同，没有脚踏实地，哪来的风光无限？退休的他在生活中也遇到了很多常人遇到的麻烦，公交、地铁上不给老年人让座，小区里物业人员欺生蛮横，这种市井生活的不如人意，他都能平和待之，并没有影响他对生活的基本看法。当建明站在清凉山上放声朗诵"踏遍青山人未老，风景这边独好"时，我想他对人生的感悟又有了升华。在建明的眼中生活是美好的，无论是对生活的寻访、对山水的梳理，还是对职场的回望、对人生的观照，都洋溢着浓浓的暖意，充盈着浓浓的感恩的情愫。感谢生活、感谢师长、感谢同事、感谢苦难、感谢父老乡亲……这些感谢让我对他肃然起敬！

前晚我俩聊天，说起10年前，我们一同访问台湾的所见所闻。他竟然将我们分别拜会曾仕强与余光中先生的情景描述得绘声绘色，末了来了一句："你和他们两位交流得最多、最尽兴！""是吗？"我吃了一惊。"当然，有我的日记为证。"他自信地答道。我惭愧，访台归来写了两篇文章后，就将这些全抛到脑后了。他处处"留心"的勤奋，让人心生羡慕。功夫不负有心人，无疑，这本书是他多年来"有心"的结晶。

《明天谷雨》就要出版了。感受一下它带给你的温暖与温馨，品味一下它带给你的感恩与哲思，体会一下它带给你的另外一种精神的清凉。

（《明天谷雨》，刘建明著，九州出版社2022年4月出版，本文是该书的序）

天成的"天成"

　　看到天成先生的《翰墨天成》，眼前一亮。引起了我关于楹联、关于书法、关于文化、关于传统、关于传承的许多联想。

　　楹联是一朵中国传统文化中的奇葩，有诗中之诗之谓。丰富多彩的生活为其提供了丰厚的土壤和广阔的"生长"空间。千百年来，楹联随着社会的变迁而"变迁"，随着社会的发展而"发展"，生生不息。挂春联是国人过春节的一项重要民俗，人们以联自勉、以联自励，以联祈福、以联祈愿。欣赏楹联，常常是我们参观名胜古迹的应有之义。修身、养性、明智、笃行，寓教于行旅自不待言。品味楹联，短如"墨；泉"一字联；长如天下第一长联，陕西人孙髯翁全联180字的昆明大观楼联"五百里滇池奔来眼底……；四千年往事注到心头……"每每读来，行云流水、荡气回肠、洋洋大观。孙髯翁被后人尊称为"联圣"。我们常见的是中短联，如韩信墓前祠堂的短联"生死一知己；存亡两夫人"10个字，简练、工整，内含典故，无一字多余，高度概括了韩信的一生。又如，杭州西湖岳飞墓前为秦桧夫妇画像联"青山有幸埋忠骨；白铁无辜铸佞臣"，用反对的修辞法，言简意赅，旗帜鲜明。墓前另有一联是清乾隆秦姓进士涧泉所书"人自宋后羞名桧；我到坟前愧姓秦"忠奸面前，爱憎分明。我上大学时，曾从一本书上读到一联"年难过，年难过，年年难过年年过；事无成，事无成，事事无成事事成"，几十年过去了，这副联和这种达观的人生态度一直伴随着我。想起了淮安府衙和内乡县衙的那副著名的对联"得一官不荣，失一官不辱，勿道一官无用，地方全靠一官；吃百姓之饭，穿百姓之衣，莫以百姓可欺，自己也是百姓"，习近平主席多次提及，读之耐人寻味。多年前，我曾去过淮安府衙，好对联不少。他们有一个折页，全部是廉洁从政的经典对联，很有现实针对性。四川成都宝光寺有一副禅味很浓却又有警示味的对联"世间人，法无定法，然后知非法法也；天下事，了犹未了，何妨以不了了之"，意味深长。传世对联或咏史、或记趣、或写景、或抒情、或颂扬、或警示、或忠告、或讽谏，立意高远，真情为文，创造联体语境，选词字斟句酌。常常言已尽意无穷，余音绕梁。实际上，楹联的传播既是真善美的传播，也是中华传统文化的生动传承。

楹联与书法互为载体，将文学艺术和书法艺术有机结合，这种结合有着别的艺术形式所没有的欣赏阅读意蕴。君不见，到某一景点最先入眼的是楹联，厅堂挂以楹联，主人的追求便知一二。庙观门悬楹联便知主持之情致。读联赏书，悦己增兴。联墨高手，自楹联产生以来，代不乏人，为我们所熟知的如郑板桥、何绍基、吴昌硕、康有为、于右任、弘一法师，等等。联因字而"传"，字以联而"名"。

天成的联是最有蕴含的。他的修身联"任顶上云滚，虚名抛向九天外；闻壶里茶香，真味还归七事中"通俗易懂，面对喧嚣的滚滚红尘，难得这种达观淳朴的生活状态。又如大篆书联"景有廉石醒世；言从逆耳修身"具有现实意义。做公仆讲的就是一个廉字，修身进取需要逆耳诤言。再如他所撰的春联"茶清心洁一年过；事淡墨香两字存"，天成先生的书斋名为"平实斋"，并自制印一方勉励，信守"平平常常做人，实实在在做事"的处世原则。观其联见其行，心迹已明。天成先生联作多有妙趣，每见睿智，常有对人生的思考，多现处事泰然的心态，每每让人读之思之悟之……

天成的书法有所据，有所依，有传承，有创新。小篆得秦篆之神，沉着、温润；隶书取法曹全，劲秀、灵动；大篆拙朴沉雄，行书自然流畅，草书气韵生动。五种书体集纳，可资诗联爱好者参考、借鉴，书法爱好者鉴赏、临摹，还可供读者怡情、励志。

传世三大行书，王羲之之《兰亭序》，颜真卿之《祭侄稿》，苏东坡《寒食诗帖》，文精书妙，无一不是书文合璧之精华。天成在追求翰墨的"天成"，也许他尚未真正做到"天成"，但天成先生有"天成"的文化情怀，"天成"的文化追求，"天成"的文化责任。我喜欢《翰墨天成》，并祝天成先生在追求"天成"的过程中"天成"。

是为序。

（《翰墨天成》，越天成著，香港新闻出版社2015年3月出版，本文是该书的序）

是华人，就该上华山

谁的一生，不是在登攀？

为了眼底的风景，为了脚下的信念，为了心中的辽远。

为了魂牵梦绕的那座山。

呈现在我面前的这座"山"，是一批摄影名家上百次攀缘、观"照"、流连忘返于华山的呕心沥血之"作"。华山雄姿从他们的镜头中一次又一次扑面而来，如劈、如削，是险、是绝；如梦、如幻，是奇、是秀；有根、有魂，是胸怀、是境界。

作为画册的第一读者，我怦然心动：一是视角的维度，远近高低各不平、上下左右各不同的发现、体验、感觉和气象；二是作品的深度，天人合一的哲学意蕴，自然景观的风流与风骨，飘逸逍遥的出神入化；三是生活的温度，攀爬者的生生不息，取景者的极目天舒，人与山的沟通，山与人的互动；四是艺术的高度，画与诗，诗与画，诗画相依，画诗相伴，诗画相携，截山裁云，博大精深……确有功夫在诗外的用心，功夫在画外的意趣。

"是华人，就该上华山！"这一刻，我脑海中不禁又蹦出多年前与友人言及华山时，有感而发的这句话。

华山，能以"华"为名，实在是一件值得反复说道的事情。华山名字的来源说法很多，最早出现在先秦古籍《山海经》和《尚书·禹贡》中，也就是说，在公元前3世纪以前就有这个山名了。有人说，华山的得名，同华山山峰像一朵莲花是分不开的，古时候"华"与"花"通用，正如北魏地理学家郦道元在《水经·渭水注》中所记载：其高五千仞，削成而四方，远而望之又若华状。……所以称之为华山。也有人说，华山起名源于山顶的莲花池，山顶池中，生千叶莲，服之羽化，因名华山。还有人说，华山是中华民族的圣山，中华之"华"，源于华山，由此，华山有了"华夏之根"之称，并举证清代国学大师章太炎等学者考：华夏民族最初形成并居住于"华山之周"，名其国土曰华，其后人迹所至，遍及九州，华之名始广。

近年来，"中华"和"华夏"之"华"，皆源于华山的说法甚为流行。无论哪种说法，都在极状这座雄踞关中平原，北瞰黄渭，西望长安，自古以来就有"奇险天下第一山"之称的华山，并以西岳、华岳之别号，喻风光之奇美与人文之悠久。

景是支撑文是魂，山水一旦赋予其别具一格的人文价值，就可能产生点石成金的作用。鲁迅先生曾说过"石在，火种是不会绝的"。其实，单纯从地质学角度来看，华山，就是一块洪荒宇宙留给大千世界的、硕大无朋的花岗岩巨石。但正是有了人，有了人的劳作、思想、审美和寄托，才让这座神秘而又自然的大山有了价值、意义、精神和承载。

华山，又何尝不是一座花山、画山，史话之山与诗化之山呢？

华山是一本书，上下亿万年，一松皆话，一石皆言；华山是一幅画，开启鸿蒙，意满青山；华山是一组诗，采句云端，韵成流泉。

华山有一片情，日出山河壮，峰回人间暖；华山有一条根，行旅寻初心，华人识家园。

上了华山，你能领略雄阔，你能感受伟岸。你能体味奇险，你能穿越博大。你能找到生命顽强的律动，你能找到战胜无可奈何的信念。你能发现山之"花"，你能升腾起气之"华"。

华岳巍巍，我辈复登临。祝贺《华山》出版，愿华山情满华夏。

还是这句话：是华人，就该上华山！

是为序。

2024年元月

（本文是摄影集《华山》的序）

一种激情　一种大爱

——读《西部纪事》所想到的

　　　　我是许浚同志的老部下，许浚同志做人的正直宽厚善良，做事的认真执着坚韧，做官的清清白白、堂堂正正，以及视事业如生命的价值追求，曾影响了我和我的同伴们的青年时代。20世纪70年代中期，我在靖边县东坑乡伊当湾村插队，许浚同志任团县委书记，我做大队的团支部书记，我和我的同伴们曾在他麾下书生意气、斗志昂扬。后来我做大队革委会主任，他又是我们乡的党委书记。我和村民们曾在他的领导下战天斗地，重新规划河山。记得在他的带领下我们曾顶着百姓的骂声砍掉了村里最大的品种老化的柴柳树，并按照防风固沙发展现代化大农业的要求，栽上18万株杂交杨树，形成了现代化的防沙网框林。这后来成为东坑乡乃至靖边县的一大景观。据我所知，这件事老百姓后来尝到了甜头，是感谢我们的。此后，他做了县革委会副主任，接着远赴西藏康马县，回到陕西后又换了许多的工作部门。我后来当兵，上大学，做记者，编刊物，从事党政工作，办报纸，也多次变换职业，但我们始终保持着不间断的联系和友谊。他是良师、是益友，是领导、是兄长。

《西部纪事》正式出版了，这不是一部鸿篇巨制，但这是一本好书。这是一本用真诚和青春写就的书；这是一本用忠诚和热血谱写的书；这是一本胸怀着大爱、用坚实的脚步负责地丈量人生的书；这又是一本真实、平实、朴实的书。这种真实来自作者做人的真实和做事的踏实，这种平实来自脚踏实地、求真务实，这种朴实来自严于律己、宽以待人、高调做事、低调做人。这是我读了这本书的最初感受。

说这本书的真实还在于它不是一本附庸风雅、吟花抚月的书，不是一本目前流行的以讲话、报告或相关材料堆积起来的书，不是一本为出书而出书、赶时髦装门面的书，而是作者自己回首人生、检点人生，用心写就的书。我是怀着一种特殊的亲切的感觉一口气读完这本书的。与其说是在读书，不如说是在品味他丰富的、充满魅力的人生。我以为该书有以下两个特点：

一是充满昂扬的革命激情。许浚同志是一团火，只要你不是无情物，只要你和他一起工作和生活过，你一定会被他感染、激励。对此，我曾有过切身的感受。我们到农村不久，面对从未经历过的生存环境，大家普遍情绪低落消沉，下乡路过我们村的许浚同志与大家促膝谈心。记得那是一个晚上，天漆黑一团，可他用他特有的"热"，把我们"感染"得热血沸腾，我后来在一首诗中曾把此情此景称为"精神的会餐，虚幻的光映着通红的脸"。在西藏的康马县，我们看到了他如何从战友孔繁森身上默默地汲取营养，如何用激情去感染、激励、关爱、帮助那些民族干部的成长。在书中，我们看到，当宁夏小麦发生大面积病虫害需要特效农药时，他虽处榆林却设法从外省调集特效药，两天两夜紧张转运，帮助宁夏的合作伙伴解了燃眉之急。我们也看到了他如何将一个被人们瞧不起的小公司变成人气旺盛、财源亨通、全省先进、全国有名的名牌公司。就是凭着这么一股革命激情，他千山万水跑北京，千方百计找资金，千言万语求领导，千辛万苦抓落实，终于将被许多人认为是天方夜谭的事做成。书中写到的关于佳县黄河大桥筹建的前前后后，就是最好的说明。我想如果没有那样一种锲而不舍的精神，没有那样一种做官为民的责任，没有那样一种坚忍不拔的意志品质，那么这座桥现在完全有可能仍停留在图纸上。我想这种革命精神不是凭空产生的，它来自一名共产党员的党性修养，来自一种战士的忠诚。正是许浚同志这种昂扬的革命精神，才使他的人生那样丰满，这应该成为激励我们负重前进的精神财富。

二是通篇洋溢着一种"大爱"精神。这种"大爱"表现在爱工作、爱人民、爱与自己相处的每一位同志，这种"大爱"是许浚同志身上特有的与人相处的"以人为本"。从书里书外我都能感受到这一点。记得，20世纪70年代中期的东坑乡，农民的日子过得很苦，我们知青的生活也是有一顿没一顿，一两个月能吃上一顿白面就像过年一样。许浚同志曾在我们村蹲点，他常常胃疼，每天吃玉米面和高粱米更使得他的病情加剧。生产队为了照顾他的身体，送给了他几十斤麦子，但他一再回绝，回绝不了时，就将麦子转送了我们几个知青。后来我们多次成为这种"大爱"精神的直接受益者。我们曾吃过他转送的羊，吃过他从内蒙古通过关系调集来的墨西哥小麦。在《爱的奉献》这篇短文中，我们可以感受到这种爱的淋漓尽致。曹小燕，一个父母双亡的农村小姑娘，一个无依无靠躺在炕上，生活无法自理、等待死神的骨髓炎患者，就是在许浚同志这种爱心的感召下，围绕她形成了一个从陕西到北京涉及政界、新闻界、教育界、医疗界等多条战线的爱心团队。尤其让人感动的是当得知北京国防科工委骨伤科医院决定免费为曹小燕治病，并希望县委书记能亲自护送赴京的消息后，他亲自前往。为了节约开支，他和随行人员住在北京的一间地下室里，几个人挤在一间房子，每人每天的住宿费仅6元，而他却安排曹小燕住了单间。多少年过去了，曹小燕这个当时随时面临着死亡挑战的女孩子不仅免费治愈顽疾，还免费在北京的一所中学上完了高中，现在已经成为一名大学生。我想，许浚身上所体现的这种"大爱"是值得每一个领导干部和每一个社会成员学习的。

（原载于《榆林日报》2007年4月18日）

诗说中国说

　　"诗说中国"是说诗，更是用诗来说中国。

　　诗是文学皇冠上最璀璨的珍宝。她既是审美意识的语言呈现，也是作家心灵的文学投射，还是人们日常生活的学术再现。诗是心灵的乐章，是思想的光芒，是人类灵性与智慧的结晶，也是人类文明进程的"别样"记载。人们通过诗歌抒情言志，状物寄情，歌之舞之，足之蹈之，兴观群怨，从而留下一个民族的吟唱和情感的纯粹表达，也留下了诗与人、诗与世、诗与史、诗歌与审美、诗歌与文明、诗歌与人性的无数关乎人类生存、生活、生命等终极目标的命题。

　　什么是诗？

　　诗言志，歌咏言。（《尚书·尧典》）

　　诗者，吟咏情性也。（严羽《沧浪诗话》）

　　诗者，根情，苗言，华声，实义。（白居易《与元九书》）

　　故哀乐之心感，而歌咏之声发。诵其言谓之诗，咏其声谓之歌。（《汉书·艺文志》）

诗是凭着热情活活地传达给人心的真理，是强烈感情的富于想象力的表达方式。（华兹华斯）

诗的境界是情感与意向的契合。（朱光潜《诗论》）

自古以来，关于诗的评说，异彩纷呈，各有千秋，但有一点历代名家不谋而合：诗是人类文明进程忠实而又审美化的记录。

中国是诗的国度，诗歌源远流长，浩如烟海，是中华传统文化中别具风采、独具魅力的珍贵历史文化遗产。

岁月悠悠，沧海桑田，"青山依旧在，几度夕阳红"。诗香依旧、诗韵依旧、诗心依旧、诗情依旧……几千年的历史变迁，诗歌并没有因为时间的流逝而失去其张扬生命的璀璨光芒，并没有因为岁月的过往而失去滋润灵魂的审美情愫，并没有因为历史的烟云而暗淡其透视曾经的认知价值，并没有因时代的变迁而失去审视社会的锐利。诗歌对过往的诗意的描述，对未来的诗意的展望，对美好的诗意的神往，对人生的诗意的理解，对生活的诗意的观照，对苦难的诗意的感悟，对家国的诗意的忧思……成为历史长河中丰富的文化资源、丰满的文学资源、丰沛的审美资源；更因其对历史的独特认知，对生命的吟咏礼赞，对人生的感悟反思，对社会的反省批判，滋润灵魂，启迪后来者。所有这些成为我们认知历史、研究历史、审视历史、提炼历史、观照现实、感悟文化、传承文化、创新文化的重要资源。正是基于此，才有了我们对"诗说中国"这套书的策划。我们编撰这套书没有停留在对一般诗歌作品的选编、鉴赏上，而是以诗说的形式，通过诗歌去认知历史、认知文化、认知人生，从而呈现出中国文化的另一种样貌。故而，"诗说中国"不是简单的诗的解读、诗的欣赏、诗的体悟，我们的目的是让读者随着我们的笔触感悟中华大地诗意化的历史、诗意化的人生，感知历久弥新的中华文化精神。

其一，"诗说中国"试图通过诗歌透视社会变迁中的社会图景，穿越时空，感知历史，认知历史。

"诗说中国"以"诗的眼睛"去探寻，以"诗的视角"去发现。诗是历史洪流中的一个镜像。通过诗歌这面镜子去发现历史，大江东去，潮起潮落，小桥流水，杏花春雨。让诗歌带领读者循着历史的足迹，进行诗意的历史穿越。在诗的维度、诗的空间中，穿越古代中国，与古人对话，与历史交流。政治风云、金戈铁马、亭台楼阁、歌舞升平、水墨丹青、耕读传家、佳肴美馔、人性至情、禅思哲理，一路走来，聆听曾经的低吟浅唱，感受曾经的风起云涌，思考历史的起承转合。品《国风》之情深意婉，恍若看到漫步于田间的古人身影，倾听余韵之声；感乐府之真挚深切，体味汉代朴质厚重的民风民情；赏唐诗之气象万千，体验大唐盛世激昂奋进的脉动勃发；悟宋诗之理思缜密，领略宋代文化的义理深邃；叹明清诗风之多元，体察寻常巷陌的世情百态。

历史已经远去，但诗歌的诗意描述、诗意感怀、诗意顿悟离我们并不远。文学源于生活，高于生活，从这个意义上讲，诗歌可以帮助我们认知"高于"生活前的原生态。无疑，诗歌为我们提供了一种"寻找历史"的文本，回望"生活"，展示"生活"，研究"生活"。遥想历史，古老而神秘，走入诗境，就能在"关关雎鸠，在河之洲，窈窕淑女，君子好逑"中体悟相通的情感，与古人相遇，而有会心之妙。

其二，"诗说中国"试图通过诗歌捕捉文化的点点滴滴，洞悉诗意的文化源流，引领读者品读文化、享受文化。

"诗说中国"从来就有庙堂牵系的政治关怀，也不乏恬淡雅致的乡间野趣，有着鲜明的文化多元特征。"诗说中国"试图带着读者徜徉、浸润于浩瀚的诗海之中，以大文化的宏阔视角走入诗界，观照诗歌所呈现的丰富的文化、斑斓的人生、多彩的体悟，进而感受丰富而多元的世界。诗的文本是开放的，也是别有用心的：或落脚于古代至情，体验古人的闺情婚恋、相思离别、悼亡哀怨；或着眼于礼仪，阐发诗中的宗庙祭祀、婚丧嫁娶、长幼尊卑等政治与生活礼仪；或聚焦于耕读，感受诗中的渔樵耕作与读书之乐；或感觉于饮食，展示诗中的甘醇玉馔，品尝舌尖上的中国味道；或游历于山水，体验诗中的林泉高致、山水情怀；或徜徉于笔墨丹青，在诗的水墨意蕴中感受审美的情致。镜头也观照怀古、行旅、民俗、禅思、乐舞等等，进而提炼生活之美、文艺之趣、哲理之思。

西方哲学家海德格尔《诗人何为？》一文中讨论荷尔德林的诗歌时指出"在如此这般的世界时代里，真正的诗人的本质还在于，诗人总体和诗人之天职出于时代的贫困而首先成为诗人的诗意追问"，揭示了诗人所担当的文化使命及诗性精神。此种情怀可谓中西相贯，古今相通。"诗说中国"希冀以诗性思维去观照文化中国，进而提升我们的文化自信。

其三，"诗说中国"试图通过诗歌去感知生命，滋润灵魂，在诗的引领下体味诗意化的人生。

我们力求带着情感与温度去阅读诗歌、品味诗意人生，以灵动优雅的散文语言诗意人生，带领读者感悟诗歌的多重表达与审美意蕴，去发现一个个生命的真实。《诗·大序》有言："情动于中而形于言，言之不足，故嗟叹之，嗟叹之不足，故咏歌之。"《文心雕龙·物色》亦云："岁有其物，物有其容；情以物迁，辞以情发。"诗为心声，诗人的时代境遇、心志情怀，形成其对宇宙、自然、人生不同的体悟。每一首诗都寄托着人的生命体验，或气韵淡远，或游心物化，或天机妙悟，或兴象玲珑，诗的风骨、声律、心像、基调等不同的风格也透射出诗人不同的生命精神与文化心境。我们希望能帮助我们的读者触摸到古代诗人的体温，感受到古人博大的胸怀、飞逸的才华、超迈的精神、熠动的情感，感悟诗中激荡的浩然正气。

诗史也是心史。诗中有人的欲望，有人的追求，有人的思想，有人的观念；诗中也有不同时代、不同社会阶层的生命体验与精神世界。在诗中体味古人一腔诗心中的一咏而叹幽微心曲，感受其悠然看山的湛然本性。生命的本体经验感悟升华，悠远飞扬，荡涤世俗的尘埃，润泽心灵。我们不必刻意寻求"心灵鸡汤"，从古典诗歌中即可寻求到心灵的慰藉，体悟生命的多彩。当我们品味苏轼诗中的赋性闲远、通脱旷逸之时，心灵的困顿与精神的无依皆可得以释然。诗是"火树银花"的繁华之所，是"红袖添香"的温柔之乡，是无数读者的精神家园。

"诗说中国"不是说诗，而是用诗来说中国。

以诗来说中国是一件有意义的事，也是一件不容易的事。在浩如烟海的诗中，选什么诗，怎么选，怎么说，说到什么程度，都需要谋划者的良苦用心和解析者的殚精竭虑。"诗说中国"试图用历史长河中经典诗歌折射的"点"来连接成"线"，用"线"勾勒出"面"，使"点"具有经典性，"线"具有延续性，"面"具有代表性，通过"点""线""面"的有机结合，从而再现曾经的中国。

为了体现"点""线""面"的经典性、延续性及代表性，我们初步选择了《情寄人生》《明月松间》《耕读传家》《人间有味》《行吟天下》《诗语年节》《家国情怀》《铁马冰河》《乐舞翩跹》9卷，编撰成第一辑，建构起"诗说中国"的多元化框架。每卷图书撰有自序，介绍该卷的写作宗旨及文化流变，给读者绘制出一幅古代社会的诗学地图，让读者随着我们穿越古今。为了便于阅读，文章以散文式的笔法、诗书画结合的形式来呈现。

从2013年年初，我和李浩先生就开始谋划编写事宜，从集体构思到草创动笔，直至今天这套书行将付梓，历时四载，四年始磨一剑，不算长，也不算短，不由令人感喟不已却又欣喜由衷。编写的缘起，更多是出于人文学者对传统文化的一种自觉，我们尝试采用一种新的文学观照视角去感知诗歌中的中国，打开一幅幅历史的、文化的、人生的诗语长卷，广邀海内外宿学俊彦一起完成这个任重道远的任务。

感谢陕西师范大学出版总社的策划与支持，他们以敏锐的眼光捕捉文化的需求，体现出厚重的文化担当；感谢各卷编撰者对古典诗歌与中国的深切感悟及辛勤撰写；感谢审读书稿的几位专家严格把关，确保了书稿质量。大家的共同努力才促成了"诗说中国"的编撰出版。希望读者能于茫茫书海中，搭乘此叶扁舟以认知中国，领略中华魅力。

"诗说中国"是说诗，更是用诗来说中国。让我们以充满诗意的目光来观照历史的中国，观照这辉煌的古老文明，观照这而今依然充满诗情画意、春意勃发的中国！

（"诗说中国"丛书，薛保勤、李浩主编，陕西师范大学出版总社2018年1月出版，本文是该丛书的总序）

心灵与心灵的对话

——关于中国新诗百年断想

我国是一个历史悠久的文明古国，也是一个诗的国度。诗歌是我国传统文化的宝贵财富，不论是古典诗歌还是现代诗歌，都取得了举世瞩目的成就，是中华传统文化中别具风采、独具魅力的珍贵历史文化遗产。作为中国文化现代性的重要表征，从白话新诗开始，中国新诗已走过100个年头。

百年新诗激荡着这个民族的百年历史，记录着这个民族的百年心灵历程。今天，当我们回望中国新诗所走过的风雨历程，纪念这种已拥有百年的文学形式的同时，也应当郑重梳理和思考百年之中我们所积累的那些关于诗歌的感悟，那些深深嵌入民族心灵史之中的动人诗句，思考关于中国新诗的立场、方向、情怀，思考当代新诗应有的价值取向，如何将中国千年诗歌与西方现代诗歌融合交汇，继承、创新、坚持、拓展。

"喜"与"忧"

在我有限的诗歌创作和阅读中，我以为，中国新诗曾有过不间断的辉煌，也有过不间断的低迷。许久以来，我对中国新诗的发展一直保持谨慎乐观的态度，随着技术进步和传播手段更新，特别是有了微信等自媒体以后，诗歌的复苏有目共睹，诗坛蓬勃如春天之树，中国诗歌的创作与阅读，有了广泛的、广义的、全新的重构与传播。可以说，当下是有诗以来，诗歌写作与阅读最民间、最大众、最广义的一个时代。

如果说，我对中国当下诗歌是喜中有忧的话，这就是"喜"。而更多的时候，引发我思考的却是那个"忧"。是那些充斥着各级报刊、自媒体、微信朋友圈，毫无诗境、诗意、诗况、诗味、诗感，庸俗无聊、寡淡无趣的口水诗，散文化分行诗和超魔幻的探索诗，它们仍然在诗歌市场上和大众传播中有着不同的存在和衍生。

有诗以来，诗歌作为一种高雅的文学艺术形式，从来都属于上层阶级和贵族，可以说诗歌创作是掌握在知识分子手中的。但是，诗歌又有其民间、民众的本质属性。以我们的诗歌总集《诗经》为例，《风》《雅》《颂》300余篇，《雅》《颂》都是知识分子与贵族自娱自乐、歌功颂德之作，现在我们有多少人能背出其中几篇？恰恰是来自于民间的《风》，却传诵千年，经久不衰，成为令人敬畏的星空。

今天的诗歌，需要排"忧"解"难"。如何"解"？如何"排"？诗歌与生俱来的传播性，给我们诗人提出了一个重大命题，那就是对读者审美情趣和审美价值、审美评判的引领。用今天的话讲，诗歌作为一种高雅的、高贵的精神文化产品，如何既能对标社会、对接读者；又要引领读者、引领市场。这就需要诗人也同样具备一种与生俱来的文化自觉和诗歌自觉，当然我们也期盼诗学评论家、诗歌批评家和文化管理者们的积极参与和引领。

立场与责任

真正的诗歌一定要说出人间之美、人性之善、人世之痛、人生之苦、人心之暖、人类之爱，说出人生不能说出的黑与白。诗歌应该关注人民的生存状态，人民的生存状态就是我们诗歌的诗向所指、诗维所在，要替人类、替社会发出那一声呐喊，唱出那一声呻吟，说出那一刻的存在。因此，作为人民的诗人，要有人民立场、人民观点、人民思维，知人民冷暖、懂人民心思。一个心中只有自己，没有读者（人民）的作家（诗人）能够走多远？一个没有人民情怀的作家（诗人）的天地有多宽？一个民族、一个时代，需要这个时代的诗意重建与良心批判，这就是我认为的当代诗歌的立场。

现在，诗坛热闹非凡，分化严重，缺乏诗意者、晦涩难懂者、空洞无物者，"各领风骚""各显其能"。我以为，诗歌作为这个社会的良心，一定要让读者读得懂，读懂总比读不懂好。回望中国诗歌史，凡是流传至今、脍炙人口的，多是广大读者读得懂的诗，凡是大众耳熟能详、随时涌上心头的，多是读得懂的经典诗歌。《诗经》305篇，之所以《风》为其精华，正是其源自地方的民歌，反映了宽广的社会生活画面，是从周初至春秋中叶，500年间社会生活的一面镜子。纵观历史和当下那些孤芳自赏的、哼哼唧唧的、装神弄鬼不知所云的诗，那些脱离读者、顾影自怜、自话自说、意境游走、意向迷离的诗，不仅让诗人的创作与立场进入了误区，也会为读者所不屑。在当下刚刚复苏的诗歌阅读世界中，那些失去读者的诗歌同样会失去自身立足的土地和存在的意义。中国当代诗人有义务、有责任，维护、加持、发展、提升新诗这一繁荣兴旺的态势，不要辜负广大读者阅读诗歌、朗诵诗歌、传播诗歌的蓬勃热情，不要再次将读者逼离诗歌，这是当代诗人肩负的义不容辞的责任。

"我"与"我们"

诗歌作为文学皇冠上的明珠，崇高与神圣自不待言。作为人类精神文化产品，它兼具审美、教化、传播、娱乐、批判等对社会的功能。我以为，诗歌的审美与教化功能，是众多功能中的基本功能。当下的诗歌，往往只重通感，不碰现实；往往只重上天，不重落地；往往只有"我"，没有"我们"。试想一下，我们的诗中，如果只有"我"而没有"我们"，"我"的存在还有何价值和意义。

首先，审美功能是诗歌的灵魂。写诗者心中有美，读诗者感悟到美。诗歌既是生活的反映物、再现物，又是诗人对客观生活加工、提炼，典型化、审美化的结果。诗的意象多姿多彩，诗的表现缤纷斑斓。杏花春雨、风花雪月、松梅兰竹，枯藤老树、大河奔流……诗歌文字符号给人以审美形象，同时在联想的深层给人以意义，甚或超越特定的物质空间，展开了诗的翅膀。无论用何种表达形式，也无论用何种理论、流派作为创作的根基，诗歌都离不开审美，诗歌的鉴赏从本质上也是一种审美的体验。

同时，教化功能是诗歌的根基。无论古今中外，诗歌都被提到与人们心灵的澄澈、善良，理想的高远、美好，社会的和谐、正义等等紧密关联的高度。"诗言志，歌咏言。"（《尚书·尧典》）"诗是人类向未来所寄发的信息；诗给人类以朝向理想的勇气。"（艾青《诗论》）"诗是凭着热情活活地传达给人心的真理，是强烈感情的富于想象力的表达方式。"（华兹华斯）诗歌作为中华传统文化的重要组成部分，更是在一代一代的文化积淀和传承过程中，发挥着重要的教化功能。孔子曾概括《诗经》宗旨为"诗三百，一言以蔽之，思无邪"，并教育弟子读《诗经》以作为立言、立行的标准，《诗经》更被儒家奉为经典，成为"六经"之首。孔子概括《诗经》为"温柔敦厚，诗教也"，甚至说"不学诗，无以言"。自古以来国人都以诗歌作为教化的工具，认为读后有澄清人心灵的功效。

这正是我对诗歌功用的理解，也是我的诗歌价值观的基点。

或许我们不能强加给诗歌更多的功能和重任。但作为诗人，我深深地体会到，诗史也是心史。诗中有人之欲望、追求、思想、观念。诗中也有不同时代、不同社会阶层人们的生命体验与精神世界。诗歌不是写作者个体的、庸俗的功名与利禄，而是心与心的沟通，心灵与心灵的对话。诗人就是那个写出了诗歌，而又安静地坐在书桌旁的人。让诗歌回归诗歌，诗人回归诗人。这样在新诗百年的今天，当回首百年新诗成就，吟咏自己的事业，我们的心中就会掀起一波波激情，涌动一股股清流。而这种激情，这股清流，正是当下诗坛，正是中国诗歌，走到今天最可宝贵的。让我们为这股清流赞美并喝彩吧！

我的诗歌理想

诗是发自人的内心深处的灵魂的吟唱，诗是发自人的内心深处的真情的流露。歌者要读万卷书、走万里路、观万种情、理万种思、提万种神。我以为，诗歌是要读悟天下的，上接天、下接地，中间勿忘"我"和"你"，贴近灵魂、吟咏灵魂、滋润灵魂、美好灵魂。

以下节选部分我用诗歌的形式为《读悟天下——薛保勤诗歌选》（人民文学出版社出版）写的自序。名为《致我的诗歌兄弟》，借此，以诗的自言自语，表达对诗的感觉，诗的神往，诗的理解，诗的认知，诗的理想……

童年　你是光环

送我多少懵懵懂懂的神秘

少年　你是灯塔

给我多少经天纬地的勇气

青年　你是导师

给我文艺　让我文明　教我寻觅

不知道从哪一天起

我看不清你

谈吐生涩　神情凄迷
意境游走　意向游离
不知所云　找不到期许
疏远　疑惑　我可惜

不知道从哪一天起
我听不懂你
孤芳自赏　哼哼唧唧
天上地下　云里雾里
找不到思想没了情趣
纳闷　难过　我质疑

不知道从哪一天起
我怕见你
信口开河　不知所云
没有我们　只有自己
不知所向找不到谜底
惊讶　伤感　我别离

你绝尘而走
我望尘莫及
哦　人与人
最遥远的是心的距离
兄弟　你为什么离我远去？

深刻的深刻是否需要理解？
浪漫的情丝是否需要合理？

丰富的想象是否需要逻辑？
激扬的汹涌是否需要韵律？

奇巧的构思是否需要缜密？
望星空是否需要脚踩大地？
没有我们的我　是否孤独？
没有我的我们　有什么意义？

兄弟　梦中的你
是否还有挑灯看剑的执着？
是否还有悠然见山的飘逸？
是否还有壮志饥餐的魂魄？
是否还有上下求索的进取？

兄弟啊　你在哪里？
马革裹尸的豪气在哪里？
丹心汗青的情怀在哪里？
桃花潭水的深情在哪里？
大江东去的豪迈在哪里？

我在翘首蓬勃的你
我在怀念甘纯的你
我在期待天真的你
我在寻找眼热的你

于是　我践行你
从感悟生命做起

从鞭挞丑恶做起

从吟咏美丽做起

从高歌猛进做起

生命会老　诗歌不老

生活常青　诗歌常绿

读悟天下　上接天　下接地

还一个激荡生命　滋润灵魂的兄弟

　　生命可以老，但诗歌不老；人可以老，但诗歌不应老。成功与失败，高尚与卑微，光明与暗淡，得意与沮丧，深刻与肤浅，无私与贪婪，热爱与仇恨，大江东去与小桥流水，山花烂漫与秋草黄黄，引吭高歌与低吟浅唱……对这些生命现象的思考、感悟、提炼、展示，应该是歌者的责任和使命。

　　生命有可能消失，但诗歌洋溢的激扬生命的精神不应消失，超越生命的状态不应消失，面对苦难的奋争不应消失，守望明天、生生不息的姿态不应消失，感受炎凉宠辱不惊的淡定不应消失，面对诱惑威武不屈、贫贱不移、富贵不淫的风骨不应消失。

（原载于《西安晚报》2018年5月12日）

致我的诗歌兄弟

　　《读悟天下》要出版了。借此，以诗的自言自语表达对诗的感觉，对诗的神往，对诗的认知，对诗的理想……

　　童年　你是光环
　　送我多少懵懵懂懂的神秘
　　少年　你是灯塔
　　给我多少经天纬地的勇气
　　青年　你是导师
　　给我文艺　让我文明　教我寻觅

　　曾经
　　是朋友是知音是兄弟
　　夜静更深窃窃私语给我慰藉
　　于是　我心动　我心仪

　　不知道从哪一天起

我看不清你

谈吐生涩　神情凄迷

意境游走　意向游离

不知所云　找不到期许

疏远　疑惑　我可惜

不知道从哪一天起

我听不懂你

孤芳自赏　哼哼唧唧

天上地下　云里雾里

找不到思想没了情趣

纳闷　难过　我质疑

不知道从哪一天起

我怕见你

信口开河　不知所云

没有我们　只有自己

不知所向　找不到谜底

惊讶　伤感　我别离

你绝尘而走

我望尘莫及

哦　人与人

最遥远的是心的距离

兄弟　你为什么离我远去？

兄弟　皇冠上的明珠

该有怎样的风骨和魅力？

该有怎样的风采和精辟？

该有怎样的情怀和主义？

应该怎样文化文学文艺？

深刻的深刻是否需要理解？

浪漫的情丝是否需要合理？

丰富的想象是否需要逻辑？

激扬的汹涌是否需要韵律？

奇巧的构思是否需要缜密？

望星空是否要脚踩大地？

没有我们的我　是否孤独？

没有我的我们　有什么意义？

兄弟　梦中的你

是否还有挑灯看剑的执着？

是否还有悠然见山的飘逸？

是否还有壮志饥餐的魂魄？

是否还有上下求索的进取？

兄弟　胸中的你

是否还有不教胡马度阴山的赤诚？

是否还有可怜无定河边骨的焦虑？

是否还有风流人物看今朝的自信？

是否还有凄凄惨惨冷冷清清的寻觅？

兄弟啊　你在哪里？

马革裹尸的豪气在哪里？

丹心汗青的情怀在哪里？

桃花潭水的深情在哪里？

大江东去的豪迈在哪里？

假如你被生活欺骗

就欺骗生活　放纵自己？

假如爱情价不高

是否还有爱的痴迷？

我在翘首蓬勃的你

我在怀念甘纯的你

我在期待天真的你

我在寻找眼热的你

我的兄弟

为什么要小看自己？

为什么要玩弄自己？

为什么在放任自己？

为什么在作践自己？

于是　我守望你

从学会走路做起

从学会说话做起

从走进生活做起

从贴近灵魂做起

于是　我践行你

从感悟生命做起

从鞭挞丑恶做起

从吟咏美丽做起

从高歌猛进做起

于是　我走出你

做一个小燕子穿花衣的小朋友的大哥哥

做一个却道天凉好个秋的老朋友的小兄弟

做一个天生我材必有用的人生歌者

做一个卑鄙是卑鄙者的通行证的洪钟大吕

生命会老　诗歌不老

生活常青　诗歌常绿

读悟天下　上接天　下接地

还一个激荡生命　滋润灵魂的兄弟

（《读悟天下》，薛保勤著，人民文学出版社2016年7月出版，本文是该书的自序）

诗向千年去

　　诗歌是人内心真情的流露，是来自灵魂深处的吟唱。诗歌以灵性之光浇灌着我们的精神，滋养着我们的灵魂，点燃着我们的理想，呐喊着我们的忧愁——这样的浇灌、滋养、点燃和呐喊，已经成为我们这个民族最重要的文化符号与密码。诗歌不是为了反映写作者庸俗的功名与利禄，而是心境对社会的能动投射，是心与心的沟通，心灵与心灵的对话。诗人就是那个写出了诗歌，希望别人能够诵读，而自己又安静地坐在书桌旁的人。

　　大约10年前，我曾和著名诗人、《诗刊》常务副总编李小雨先生在北京同窗两月。小雨德高望重，我们班同学都叫她大姐。大姐朴素、平和、随和，平时话语不多、不张不扬。但说起自己的专业，却又有一种滔滔不绝的执着和直来直去的单纯。一次，我们围绕文化传承与发展进行课堂研讨，小雨的发言让我至今难忘。她深为时下中国人文精神的流失痛心疾首。谈及诗歌，她说："诗歌是一个民族修养的重要组成部分，如果每一个人都能写诗，那么，中国的现代化进程将会缩短。"她话音刚落，我们大家都笑了，她却极为认真，有一种不容置疑的神圣和庄重。

小雨不是一个"好学生"，记得我们上课时她常常迟到，进教室总是背一个大书包，书包里装满待审的诗稿。上课时，她仍然时不时地"干私活"。我的一本诗集要在人民文学出版社出版，惴惴不安地请她作序。她看了书稿，欣然应允。一个礼拜天，我在外参加一个活动，她发来短信："保勤，这个礼拜没回家，用了两天把序写好了。你不在宿舍，我把稿子塞你门底下。我现在回家看看。"她的认真、她的热诚、她的老大姐式的关爱，让我感慨、感动、感念、感怀至今。我也理解了诗歌在她心中的地位。诗歌的传承与普及是她的理想！没想到大姐却早早地走了，想起就让人唏嘘！

我对诗歌的理解与追求，深受小雨的影响。小雨大姐的追求，不断提醒我：我还能为诗歌做点什么？是否能够为朗诵者写一些文本？它可能是微不足道的，但却是有意义的。吟诵是诗歌题中应有之义。它可以通过朗诵者的二度创作，深化、张扬、升华诗歌的内涵，通过声音给作品插上飞翔的翅膀，让阳春白雪走进大众，进而扩大诗的阅读范围。写了多年诗，我在兼收并蓄的同时，一直坚守着诗歌意义上的立意、意境、节奏、韵律，以期便于吟诵。如果这诗可以谱曲，我也乐于让作曲家谱，手头也就有了七八十首诗的"衍生品"。

我是记者出身，当过编辑，做过出版管理工作。随着数字出版技术日新月异的发展，面对无限可能却无法预测的未来，一直想做一本将诗歌、评论、摄影、朗诵、歌曲有机融为一体的书（所谓的诗、画、影、音、乐），希望对传统的出版形态有所创新和丰富。《风从千年来》呈现给读者的百余首诗、朗诵、点评和若干首歌曲，以及几十幅与诗歌内容相呼应的摄影作品，既是我对出版创新的尝试，也是对未来诗歌传播走向的判断。想法产生在3年前，由于种种原因直到今天才得以实施。

人是物质和精神的结合体，人在构建自己物质家园的同时，也在营造着自己的精神家园。毫无疑义，诗歌，就是精神家园中的璀璨宝珠，她既不事声张，又光彩夺目，引领和标识着人及由人组成的团体和民族的气质、风韵和神采。

中国有悠久的诗歌传统，风是中国最早的诗歌形式之一。我所敝帚自珍的《风从千年来》，本是我为黄帝祖陵写的一首诗，后被赵季平先生谱成曲，而后又被韩磊先生演唱，得到了更大范围的传播，让我感到了从诗到歌的张力与生命。我之所以用它作为本书的书名，既包含着诗从千年来的源远流长，又隐含着诗向千年去的殷殷期许。

诗韵成而动情，情炽心而为歌。在这样一个数字阅读时代，我们的诗歌创作和传播，应该有着怎样的维度与方向？是单线条的平面化坚持，还是与时俱进与日维新的立体化创新？我们的时代与读者，更需要什么？"风"从千年来，应向千年去，我们有这样的责任、使命和担当。也许，"诗、画、影、音、乐"五位一体的呈现方式，正是我们走向千年的路径。

本书的出版涉及朗诵、评论、摄影、作曲、编曲、演唱、录音、后期编辑制作，背后凝结了数十位学者、艺术家、媒体工作者们的辛勤劳作。

感谢几十位朗诵艺术家，是他们的二度创作与精彩表达，让我的诗歌有了更多的受众，随着他们的声音不断地走进艺术殿堂。他们是：我国著名朗诵艺术家徐涛、瞿弦和、高峰、吴京安；陕西的表演艺术家蒋瑞征、董少敏；中国金话筒奖获得者海茵、包志坚、陈洁、赵冬安；广播电台的播音员孙维、凌江、耿万崇、王芳、晓河、高帆、孙凯、彭波、李诚、孙亮，以及刘宝玲、朱德海两位教授。感谢著名作家孔明先生的点评，他本来是可以写许多鸿篇巨制的，却放下身段，不厌其烦为我的百多篇诗作写了"小评论"。他的评论不"小"，用心良苦，为我的作品提了神。

感谢我国著名作曲家赵季平、孟庆云、张千一、刘洲、张林、王洁、朱宏亮、甘霖、赵麟、李珂和刘乐先生。他们用旋律为我的诗插上了音乐的翅膀。还有歌曲的演唱者、著名歌唱家韩磊、谭维维、王莉、周澎、喻越越、王二妮、刘梅、廖昌永、吕薇、沙莎，感谢他们的精彩演唱。

感谢我国著名作家、茅盾文学奖获得者陈彦先生。我们是朋友，是视为知己的、纯纯的君子之交。他曾是我许多作品的第一读者，我曾从他那里得到过很多珍贵的建议、温暖的认同和热情的肯定。他调到北京后，工作繁忙，写作任务很重，能在工作间隙挤出时间认真阅读作品，并为本书作序，不能不让人为之感动。感谢他让我脸红的褒扬，在文学的影响力越来越小、诗歌的受众越来越少的背景下，他的建议与鼓励弥足珍贵！

感谢陕西师范大学出版总社的刘东风、郭永新、焦凌同志，从本书的策划、谋篇、筛选、编辑、录制，不厌其烦如打磨一件精美的艺术品。他们的敬业、专业、精益求精，一次次让我感动！另外，围绕本书朗诵音频的录制，还有很多新媒体工作者付出了心力，在此一并表示感谢。

文学作品的评判者是读者，读者是作者的上帝。希望读者能喜欢这本诗集，你们的认可是对我最大的奖励！

（《风从千年来》，薛保勤著，陕西师范大学出版总社2020年6月出版，

本文是该书的后记）

歌者的追寻

《沙哑的短笛》就要出版了。

这是一本微不足道的小书，收入了我近年来忙里偷闲所作的小诗，还有部分小品文和照片。

《沙哑的短笛》散发的似乎是"沧桑"的声音，但没有湮没她的真诚。

《沙哑的短笛》流淌的可能是"有限"的神韵，但没有遮挡住她的虔诚与天真。

声音是沙哑的，但蕴含着回望的深沉。

短笛是有限的，但洋溢着歌者对生命的崇敬。

有期盼、有真诚、有清纯、有柔情、有春雨、有秋风……

微不足道，有生命对生命的回望。

自言自语，有人生对人生的匡正。

大江东去，有历史对历史的关照。

小桥流水，有灵魂对灵魂的追问。

清泉叮咚，有青春对青春的呼唤。

沧海桑田，有家国对家国的深情。

沙哑，已不再年轻，但尚有过来人对青春的追寻。

短笛悠悠，在呼唤着壮美的人生。

《沙哑的短笛》出版了，接受读者的"审问"。

感谢几位学人所给予的文字鼓励，他们是著名作家、陕西省作家协会副主席朱鸿先生，著名作家、《美文》执行主编穆涛先生，还有杨辉博士。

感谢几位画家为本书所创作的诗意画，他们是陕西省美术家协会副主席杨光利先生、宋亚平女士，西安美术学院副院长韩宝生先生，画家王宽先生。感谢为整理文稿作出诸多贡献的我的小朋友们，他们是：关宁、韩琳、黎峰……

感谢人民教育出版社殷忠民社长对本书给予的关注、关心。感谢人民教育出版社魏运华、安阳、陈涓等编审人员为本书的出版所付出的辛勤劳动。

（《沙哑的短笛》，薛保勤著，人民教育出版社2014年10月出版，

本文是该书的后记）

追求与守望

时间的碎片

诗歌是我工作之余的"补白"。想起来．发表第一首诗大约是在1981年的春天，那时我上大学三年级，很是兴奋了一阵子。我依然清晰地记得，当时用所得的4元钱稿费，买了一套10本的袖珍诗丛。大学毕业后，由于工作与创作没有关联，我就远离诗歌了。用手机重操写诗的"旧业"还是近几年的事。

这本《送你一个长安》，所收的大部分作品，是我近些年时有时无、时断时续、时疏时密的忙里偷闲之作。它们大多"产生"在出差途中、会议间隙，或在长途奔波的汽车中，或在转乘飞机的候机楼，或在夜半他乡的宾馆……它们是我用手机将时间的碎片"缀"起来的产物。繁忙的公务已不允许我有写"大块头"的非分之想，于是，就有了我的利用时间的"下脚料"而成的"手机诗"。

手机作诗方便，随时随地、随想随写、随写随发，自娱自乐、自得其乐。篇幅可长可短，题材可"大"可"小"，短者十行八行，长者七八十行；"大"者可为国家大事，"小"者可是里短家长。最大的好处是既提高了时间的利用率，又修身养性、陶冶性情，实现自己对业余爱好的追求。

这些诗不是为发表而写的（尽管其中的一大半，已在《人民日报》《光明日报》及多家文学期刊发表），许多已在我的手机中存了两三年了。不过它们常常成为我和朋友们茶余饭后交流的谈资。它们有的是所见所闻的记录，有的是如烟往事的追怀，有的是物是人非的记挂，有的是对社会现象的感触、人生的感悟、山水的感怀、生活的感动，还有的是对人性的感慨……

数字时代，生活节奏越来越快。用手机这一现代化的工具写作，随时随地"捕捉"自己关于社会、关于人生、关于思想的"火花"，将其集聚，将其整合，将其升华，将其艺术地展现。这既是一种有意义的思考方式和创作方式，也给我带来了走出浮躁让自己"静"下来的愉悦和满足。这种看似随意、率性的写作方式，实际上并不随意，在这里手机就是电脑，手机就是笔，它可以让你见缝插针，也可以让你反复斟酌、把玩，不厌其烦地修改推敲。应该说这种便捷的创作方式和诗歌创作的严肃性并不矛盾。

灵魂深处的吟唱

相比于当今的诗歌创作的各种流派及"行情"，我的写作风格似乎有些不合时宜，似嫌传统。这也许和我的诗歌学养的传统熏染有关。记得上大学的头两年里，为了弥补学养先天不足，我们曾疯狂地背诵《诗经》、楚辞、汉赋、唐诗、宋词、元曲，同学间互相攀比着谁背得多。那时，许多世界名著尚未解禁，书店尚无销售。我曾在校图书馆里乐此不疲地咀嚼着泰戈尔、普希金、拜伦、莱蒙托夫、海涅、叶赛宁……并如饥似渴地做着诗歌卡片。直到今天，我的那点诗歌的文化积淀，还是来自当年。大约"传统"的积淀导致了我今天"传统"的表现。

不过，传统也罢，前卫也罢，我坚定地认为诗歌的创作形式并不是诗歌的生命。什么是诗？只要是发自灵魂深处的吟唱，这种吟唱是真实的、是美的、是"动 人"的，是能够与心灵碰撞并产生共鸣的，就是诗。

现在有些诗，我读不懂。对此我不敢妄加评论。我想诗歌让人读不懂总不如读懂的好，让诗歌贴近人、贴近人的灵魂，贴近生活、贴近生活的脉搏，贴近社会、贴近社会的节拍，贴近时代、贴近时代的节奏；让诗歌聚焦理想、聚焦幸福、聚焦苦难、聚焦追求、聚焦真善美、聚焦假丑恶。这就是我，一个业余作者的"专业"追求。

人是有感情的、有理性的。他不仅在生活，他也在体味着生活，感悟着生活、反思着生活，进而观照着生活。通过诗歌，我试图记录下自己对生活、对人生，对山、对水，对事、对物"认知"的点滴。

有人说，生活是艰辛的、艰难的；有人说，生活是痛楚的、痛苦的；有人说，生活是酸甜苦辣、无所不包的。他们讲的都是生活的一个层面。而我则认为，面对生活，人类的天性是乐观的。尽管生活中常常有种种不如意，人依然觉着它是美好的、充满希望的，是会给我们带来无限的向往与遐想的。正如我经常和我的朋友们所说：与其痛苦地活着，不如愉快地活着；与其阴郁地活着，不如明快地活着。

事实上，我们每一个人也常常经历着或大或小的"苦难"。但要知道人类从来就没有被苦难所征服，人类从来就有向上、坚韧、光明、乐观的品质，否则人类不会有今天。这种"天性"，应该成为我们面对苦难的精神底色。

人类是从黑暗中走过来的。他崇尚光明，崇尚太阳。他崇尚太阳，从黑暗走向光明；他崇尚光明，从蛮荒走向文明。其实，人类从动物种群中一旦分离出来，就在不断地挑战着苦难。面对苦难，人们从来就没有放弃诗的吟唱。所谓"歌之、舞之、足之、蹈之""兴观群怨"。直到今天，我们依然会发现，你到那些艰苦落后的地方．常常可以听到乐观的、纵情的、欢快的歌声。（时下，现代文明背景下的人们病态的呻吟反倒多了。）

人类是不屈的。苦难在考验着人，也在锻造着人。无论经受什么苦难，他都始终如一、义无反顾地追求幸福、扑向文明。记录这种追求的心灵历程，弘扬这种精神，我们责无旁贷。

人类是智慧的。他可以把苦难化作向上的力量，把磨难转化为前行的财富。这种智慧需要我们光大。

诗歌可以是号角，可以是旗帜；可以是精神的抚慰剂，可以是心灵的润滑剂。用诗歌讴歌光明、鞭挞黑暗；讴歌文明、鞭挞野蛮；讴歌真善美、鞭挞假丑恶。让它成为一种力量，成为一种信念，成为一种理想。进而用这种力量、这种理想和信念观照社会、观照人生、引领人生。我想这些有了，人类无论遭遇到什么，我们都不会放弃美好的向往与追求，这是一个理想主义者的追求与守望，也是一个歌者的职责。

《送你一个长安》就要出版了，我还是要道一声感谢！感谢李小雨女士百忙中挤出时间为书作序，感谢李浩教授、康震教授、仵埂教授对本书给予的中肯点评。感谢西北工业大学附中的毛毛同学为本书提供她的参赛作品《一城文化　半城神仙》工艺盘。

衷心地感谢人民文学出版社给予本书的支持。

（《送你一个长安》，薛保勤著，人民文学出版社2011年5月出版，

本文是该书的后记）

诗歌札记　　223

《青春的备忘》后记

　　苦难是一把双刃剑。在我们这代人中，凡是有过知青经历者，总有着不同凡响的人生储备与积淀，总有着一言难尽的苦涩与浪漫，总有着"剪不断，理还乱"的情怀与挂念，总有着"欲说还休"的追寻与平淡……

　　《青春的备忘》不是为发表而创作的。初衷只是想将"上山下乡"那段经历，通过诗歌的形式进行艺术的回望与思考。力图"站在历史与时代的高度，艺术地再现那段历史，理性地追思那段激情岁月"。试图超越伤痕文学，在走进历史的基础上，走出个人和一个团队的恩恩怨怨，从不同的视角和视点，俯视历史、咀嚼历史，用发展的眼光梳理历史，透视历史悲剧的得与失。为我们，也为后来者，留一份精神"备忘"，存一份"情感资料"。当然，这仅仅是我的创作初衷，一个业余作者的所谓"专业追求"。作品创作完成之后，也未想到发表，大约在我的电脑中存放了近两年，它成为我提供给我的朋友们工作之余的谈资和追溯青春岁月的话题。

　　感谢与我有过相同经历的万兴平（天津赴内蒙古知

青）、孙燕丽（南京赴安徽知青）、钟岩（北京赴黑龙江知青）、刘维隆（西安赴汉中知青）、杨光明（榆林知青）、宋昌斌（延安知青）、夏万滨（北京赴延安知青）、李伟（内蒙古知青）、梁建生（榆林知青）、李放（西安知青）等朋友的热情鼓励。我至今依然清晰地记得，昌斌听完《青春的备忘》后动情地对我说："这是个好东西，迅速发表，别把它糟蹋了！肯定会有读者的。"

感谢著名文学评论家李星先生。一次，他在我办公室发现，两年前他就认真地提过修改意见的《青春的备忘》，竟然依然躺在电脑里。对于我的没有"发表理想"的表现，他这样评价："我看你是个怪人！说好听一点儿，你是现代精神的守望者；说不好听，你是现代的堂吉诃德。我看可以发表，你要争取发表。"

感谢陕西人民广播电台音乐台的刘亚梅总监，她带领她的配音、配乐、制作团队，在几乎1年的时间里，精益求精、不厌其烦，为作品进行了多达9次的编配修改。她的团队分别是：著名播音员海茵、播音员李承哲、配音李铁旺、制作王西英。

感谢韩莹老师对作品给予的厚爱。感谢她召集她所熟悉的知青朋友们在自己的家里，一次又一次地义务举办《青春的备忘》烛光晚会，品评《青春的备忘》。

感谢素不相识的陕西省作协副主席、著名作家莫伸以及朱晓敏等几位北京知青、南京知青、西安知青、宝鸡知青、咸阳知青。他们在收听了陕西人民广播电台配乐诗朗诵《青春的备忘》后，不辞辛苦、冒着酷暑赶到广播电台，做关于《青春的备忘》播出后的读者反馈节目，直至深夜。感谢他们热情洋溢的鼓励与评价。

感谢陕西广播影视奖评奖委员会，将 2006 年陕西广播影视奖文学节目类一等奖授予配乐诗朗诵《青春的备忘》。感谢中国广播协会将 2007 年中国广播文艺（文学节目）专家奖授予《青春的备忘》。

感谢太白文艺出版社的李丽玮社长，在诗歌不景气的今天，主动要求出版《青春的备忘》。李丽玮社长与本书整体版式策划李丽的认真与敬业深深地感动了我。

我还要感谢所有为本书提供照片的朋友们。感谢他们为了满足本书出版的需要，从各自早已尘封的家庭"档案"中，翻箱倒柜将近40年前的照片找出，慷慨地提供给我。他们分别是：刘维隆、陈学超、邰宗武、孟昭运、韩莹、刘意茄、班理、李丽玮、王东红、康瑞、杨晓光夫妇……感谢他们的无私，以及那份珍贵的知青情怀！

尤其要感谢的是中国作家协会副主席、陕西省作家协会名誉主席陈忠实先生在百忙中抽出时间为本书作序。感谢中国社会科学院文学研究所副所长、《文学评论》杂志副主编、博士生导师党圣元教授为《青春的备忘》所作的长篇评论。

正是有他们热情地鼓励和无私的帮助，这本书才得以出版。

有人说，诗歌已经没人看了；有人说，写诗的人比看诗的人还多。这确有偏颇，但不无道理。原因是多方面的，其中一个不容忽视的原因，就是诗歌创作从内容到形式、从题材到手法都远离了读者，陷入孤芳自赏。"诗歌是号角"已如神话般遥远了。我不是诗人，也无做诗人的理想与做诗人的禀赋，只是试图通过创作，聚焦生活、贴近读者（至少是一部分读者），拉近诗与现实、诗与生活、诗与读者的距离。

我常常想，人，都是从昨天走过来的，你想忘也忘不掉。一个人所达到的人生高度，往往和自己所经历的人生及对自己所经历的人生认识高度有关。由于历史的原因，"知青们"过早地经受了人生的苦难，常有曾经沧海难为水的感觉。由于有那段苦难垫底，这一人群常常有着不同于其他人群的承受苦与乐、得与失的意志品质。他们有的负重前行、矢志不渝，有的埋头苦干、淡泊名利，有的则易于满足、安于现状。这既和他们的经历有关，也和他们对自己经历的认知水平有关。《青春的备忘》记忆的是一段特殊时代不平凡的青春，希望

《青春的备忘》的"认知"和"反思"能够引起读者积极地思考，至少，对悲壮的青春的追怀是有益于当代青年的。

我常常想，我们今天的物质生活已经达到了过去所无法想象的丰裕程度，但我们中的一些人在精神上似乎缺少了一些追求，这是耐人寻味的。物质的贫困是可怕的，但精神的贫困往往可以摧垮一个人的"脊梁"，对一个国家、一个民族也是如此。也许《青春的备忘》中的苦难、追寻与思考会给读者另一种启示。

但愿如此。

（《青春的备忘》，薛保勤著，太白文艺出版社2008年1月出版，

本文是该书的后记）

《青春的备忘》（修订版）后记

　　《青春的备忘》自2008年出版以来，多次重印。出版社告诉我这是一本长销书，销量已达3万册。修订版将要由人民文学出版社出版了，编辑嘱我写几句话。

　　一个业余作者多年前创作的一首长诗，今天还能有"市场"，还能得到广大读者朋友们的喜爱，这对我是一种鼓励，更是莫大的奖赏。

　　每一代人有属于自己的青春。这首长诗能够引起读者的共鸣，我想是她唤起了读者尤其是知青朋友关于那个时代的记忆。诗集出版后，我接到许多素昧平生的朋友的来信。美国洛杉矶双语广播电台的一位朋友从大洋彼岸来电说，他曾插队8年，在美国生活了18年，阅读《青春的备忘》时他3次流泪，勾起了他难以割舍的知青情怀。台湾中视的王广韵女士来信说，她边读边听CD，不禁思绪万千，唏嘘不已，我们中华民族从苦难中走来，太需要像诗中写的那样，要坚强、要坚忍、要理性。一位战友说，北京外交学院原团委书记党大建一次在组织北大荒知青聚会后，专门播放了《青春的备忘》的CD，听者热泪盈眶，几位男知青的夫人更是泪流满面。北京《新三级学人》的作者、《大学生》杂志原主编钟岩来电说："《青春的备忘》说出了所有知青的心里话，她是我们的代言人，很长一段时间，我车载必听《青春的备忘》光盘，她让我又回到了那个激情燃烧的岁月。"曾在东北插队的韩莹女士来电说，一些知青战友听说她有《青春的备忘》的光盘，都来索要，她先后刻录了160多张。西安知青王农说，他已年近六旬，每当阅读、收听《青春的备忘》，常常热泪长流……

与其说是我的诗打动了他们，不如说是他们感动了我。我们的民族是一个从辉煌和苦难中走过来的民族，辉煌需要传扬，苦难更需要铭记。"上山下乡"是十年"文革"上千万知识青年终生难忘的"苦难"的历练。铭记这种苦难，汲取苦难的营养，理性地开创未来是我们的责任。愿这首回望苦难的诗能够激发我们的情思，清醒地追忆生活，理性地面对生活，热情地创造生活。苦难往往孕育着进步，理智地看待苦难，不炫耀苦难，不抱怨苦难，不调侃苦难，不无谓地诅咒苦难。我们应该有从苦难中汲取成功基因的责任和勇气。

我不是职业作家，但我却想做一个虔诚的歌者。热爱生活、感知生活、深入生活，体味生活、咀嚼生活、审视生活，进而提炼生活，艺术地表现生活。这是我，一个歌者的追求。

艺术来源于生活，诗歌亦如此，否则是空中楼阁、无本之木、无源之水、无病呻吟，最终无地自容。艺术应该观照生活，从曾经的生活中提炼出回望的"光"，从曾经的不幸中发掘出前行的"芒"，让这样的"光"与"芒"照耀、滋润人生，激励我们面对未来。

但愿《青春的备忘》实现了我的理想。

感谢所有为本书付出辛劳的人！感谢阅读《青春的备忘》的朋友们！

2012年2月25日于西安

（《青春的备忘》［修订版］，薛保勤著，人民文学出版社2012年4月出版，本文是该书的后记）

带着诗歌去远方

　　诗歌是文学皇冠上最璀璨的珍宝。她既是审美意识的语言呈现，也是作家心灵的文学投射。诗是心灵的乐章，是思想的光芒，是人类灵性与智慧的结晶，也是人类文明进程的"别样"记载。人们通过诗歌抒情言志，状物寄情，歌之舞之，足之蹈之，兴观群怨，从而留下一个民族的吟唱和情感的纯粹表达，也留下了诗与人、诗与世、诗与史，诗歌与审美、诗歌与文明、诗歌与人性的无数关乎人类生存、生活、生命等终极目标的命题。

　　对诗歌的认知与理解是人的修养与学养的有机组成。通过诗歌丰满知识，通过诗歌学习写作，通过诗歌了解文学，通过诗歌认识社会，通过诗歌陶冶性情，通过诗歌塑造心灵，通过诗歌滋润灵魂。通过诗歌诵读热爱祖国，激发爱国的豪情；通过诗歌诵读吟咏生命，汲取向上力量；通过诗歌诵读感悟人生，酝酿生生不息的热望。我和我国已故著名诗人李小雨先生曾是中央党校同学，记得有一次谈及诗歌，她说："诗歌是一个民族修养的重要组成部分，如果每一个人都能写诗，那么，中国的现代化进程将会缩短。"我们大家都笑了，她却极为认真，有着一种不容置疑的神圣和庄重。小雨先生的观点未必准确，但反映了她对诗歌的爱和对诗歌普及的热望。诗的确是涵养人生的一种有益的文化途径。即将送到同学们手中的诗歌朗诵集《童声向党颂百年》，是送给小朋友们的"六一"诗歌礼物，相信大家读了会有别样的收获。希望同学们努力学习文化课的同时，不要忘了带着诗走向远方。

古人云：读万卷书，行万里路。书是书本知识，路是社会实践。社会是一本书，生活是一本书，而且是一本大书。一个只会读书，不了解社会，不会走社会路的人，人生的路一定走不好、走不远。希望同学们在接受书本知识的同时，学习社会，千万不要忘了汲取这个世界所给予我们的精神资源、文化资源、生活资源、生命资源。为同学们编一本从诗歌的角度认识我们的民族、我们的国家、我们的历史、我们的党、我们的社会的诗歌读本，是我们的良苦用心。希望同学们能够喜欢。

人是物质与精神的结合体。千百年来，人在营造自己的物质家园时，也在构建着自己的精神家园。于是我们才有了今天的物质文明与精神文明。精神，是人之所以为人的重要标志，否则人就等同于动物。精神是有力量的，它有正能量，可以使你向上、向善、向美，可以使你"路漫漫其修远兮，吾将上下而求索"，天下兴亡，匹夫有责。精神也有负能量，它可以使你自觉不自觉地向假、向丑、向恶，尔虞我诈、坑蒙拐骗、不择手段。精神的高度决定了人的生命的高度，精神的堕落程度决定了人的生命的丑恶程度。追求真善美，爱党爱国，热爱我们这个伟大的民族，应该是我们每一个人终生追求的精神目标。

我很羡慕在座的延安的小朋友，守着延安精神这笔巨大的精神财富。20世纪40年代，以毛泽东为代表的一代中国共产党人就是在这里完成了马克思主义的中国化。它的实事求是的世界观与方法论；它的艰苦奋斗、艰苦卓绝、生生不息的意志品质；它的一代青年知识分子把知识之魂赋予实践之体的成长道路；它的民族至上、人民为本的家国情怀……是我们弥足珍贵的精神财富。记得两年前，我曾赴京采访年已九五的贺敬之先生。我说感谢他为我们创作了传世之作《回延安》……"他打断我的话："千万不要这样说！是延安精神哺育了我。没有延安，就没有我贺敬之的今天！我真的要感谢延安呢。我是一个离开了延安的延安人。离开延安几十年，魂牵梦绕还是延安！"守着延安精神的同学们，希望你们努力做一个精彩的延安人！

期待《童心向党颂百年》能帮同学们插上奋飞的翅膀。

2021年6月1日于延安

（本文系作者在《童心向党颂百年》首发式上的发言）

精神的力量

　　物质变精神，精神变物质。这是辩证唯物主义的基本命题。它不仅是科学的方法论，同时，也准确反映了人作为物质与精神的结合体的典型特征。人是物质的，同时，也是精神的。这大约是人与动物最本质的区别。人并不是单纯依赖于物质生存的动物，那只算作活着，他还必须依靠精神来生存，两者的有机结合才可称之为生活。正是这种物质与精神的相辅相成，促进了人类社会的发展与进步。

　　千百年来，人们在营造自己物质家园的同时，一时一刻也没有放弃建设自己的精神家园。无数志士仁人为了寻求人类共有的精神家园，呕心沥血进行过不懈的努力。在不同的价值观的指导下，他们描绘构筑了众多的精神家园的学说与理论，作为自己的精神归宿，在某种意义上，这是人类社会的进步，也是人类生存的基本需求使然，我们有今天的物质文明和精神文明的确应该感谢古人。

　　精神是有力量的。它可以使你高尚、无私、奋争、拼搏；使你先人后己、见义勇为、疾恶如仇；它可以使你"先天下之忧而忧，后天下之乐而乐"，廉洁奉公、刚直不阿；它可以使你以天下为己任，"路漫漫其修远兮，吾将上下而求索"；它可以使你"心里装着人民，唯独没有他自己"；它可以使你"对待同志要像春天般的温暖，对待敌人要像严冬一样残酷无情"；它可以使你视人民如父母，视事业如生命，视同志如亲人。

精神是有力量的。不仅在于它有正效应，还在于它有着极大的负效应。所谓"逆水行舟，不进则退"。它可以使你卑微、自私、渺小、猥琐；使你鼠目寸光、患得患失、蝇营狗苟；使你急功近利、钩心斗角、尔虞我诈；使你权钱交易、行贿受贿、贪污腐化；使你以个人利益为最高行为准则，心中只有自己，没有别人，没有工作，没有人民；使你"人不为己，天诛地灭"。

精神是有力量的，这不应成为问题。不过，这些年，我们似乎不重视这个人类社会生存发展的最基本问题了。如何发挥精神对人的积极而科学的"指挥"作用，使之转变成人类改造社会的物质力量。这是人类生存与发展的永恒的主题。对此，我们好像意识到了。但泛泛研究的多，认真实施的少；理论上想的多，付诸实践的少；说得多，做得少。应该说，现实生活中忽视精神文明建设的倾向已经相当严重了。在我们民族的发展史上，我们的确有过愚弄精神的历史，但这绝不意味着精神不重要，更不能因此而否定精神的作用。一个伟大的民族，应该是一个精于思考、善于实践的民族，这精于和善于就是理智，就是精神。是一种科学精神，一种实干精神，一种向上的精神，一种有效的反作用于实践推动社会前进的精神。

伟大的精神能造就伟大的人。古往今来，凡成就一番事业者，无不有着巨大的精神力量作后盾。伟大的精神造就伟大的事业，对一个人是这样，对一个社会也是如此。不可想象，一个没有精神追求的人可以成就一番事业。精神有着神奇的作用。它一旦被人民群众所掌握就会变成巨大的物质力量。同时它也有着不可小视的销蚀作用。这些年，在社会政治生活中出现的忽视精神文明建设的倾向，在忽视精神的正效应的同时，无形中助长了精神的负效应。目睹社会现实中一些人政治信念的淡漠，道德支柱的倾斜，价值追求的扭曲，精神世界的苍白，行为方式的变态；体会日常生活中种种不文明、不道德的行为；感受社会上屡禁不止的腐败现象。我们已经尝到了苦果。人与动物最本质的区别，就在于：他是有精神的、有思想的、有理智的。如若人的精神是痛苦的、卑微的，思想是麻木的、灰色的，行为是非理智的，人与动物比起来实在是一种悲哀。

唯物辩证法认为：物质生活资料的生产是人类从事精神生产的前提和条件。所谓"仓廪实而知礼节"就是这个道理。但是，这仅仅是问题的一个方面，精神不会自生自灭，精神生产有了"生产"的前提并不意味能够"生产"出健康向上的精神。如同物质产品的生产需要必要的生长条件一样，高尚的精神之树的成长也必须依赖适合的土壤、环境。很难设想，健康的精神之树生长在一片污浊的土地上，那只会导致"孤芳自赏"，最终夭折。现实生活中类似的例子已屡见不鲜了。应该说这土壤涉及社会生活的方方面面。

相当长的一段时间以来，在精神文明建设中，出现了一种令人担忧的倾向。其主要表现为：说起来重要，做起来不重要；说的一套，做的另一套；在会上一套，会下又一套；要求别人一套，对自己另一套，等等。加强精神文明建设不仅是一个理论问题，也是一个实践问题。上述情况的普遍存在，有一个不容忽视的原因：一些人有意无意、自觉不自觉地扭曲了衡量是非的标准，甚至颠倒了是与非。他们往往以人与事的行为"结果"作为评价是非的唯一标准，以成败论英雄。至于这"结果"形成的方式、途径、手段、目的是否"犯规"，是否适当，动机是否纯正，则另当别论。可谓一俊遮百丑。比如：评价"当官者"，往往是以是否当上了官、当多大的官为衡量标准；评价"发财者"，往往是以是否发了财，发多大的财为检验标准。至于为什么当官，如何当的官，怎样发的财，则一概不加追究。其结果是成者王侯、败者贼。长此以往，必然导致一些"当官的"，不问官的责任与义务，一味地追求官的"品位"（贪图官的享受），不顾廉耻地闹官、跑官、要官现象屡禁不止；同时，这也纵容了一些发财者，忘记了君子爱财取之有道的古训，不择手段地坑蒙拐骗。

唐太宗李世民曰："用得正人，为善者皆劝；误用恶人，不善者竞进。"用一个好人，好人都来了；用一个坏人，坏人都来了。国家的治乱兴衰，全系于此。这是对治国而言的，但这对我们加强精神文明建设也不乏借鉴。在某种意义上，人也是精神的载体，现实要求我们：必须在全社会建立完善一套有利于精神文明健康发展的激励机制，鼓励、鞭策那些廉洁奉公、勤恳敬业、情操高尚的奉献者，把他们推上社会的大舞台，让他们唱主角。是一大批，而不是"描眉画眼"式的点缀。榜样的力量是无穷的。他们身上所洋溢的精气神必将会为精神添彩，为时代增色，给社会提神。思想、道德、文化修养的提高，是一项铸造灵魂的工程，需要长期的修炼，绝非一朝一夕可完成，它需要一代人、几代人的常抓不懈、持之以恒。

物质的贫困固然是可怕的，但精神的贫困往往可以毁掉一个人、扭曲一个社会，甚至摧毁一个政权。中国是世界四大文明古国之一，有着令世人眼热的精神文化传统。这笔精神财富是用历史的血与火铸就的。一部人类文明史，就是一部善与恶、高尚与卑微、进步与落后的斗争史。人类为此是付出了惨重的代价的。我们要珍惜这来之不易的文明，不仅是为了过去，也是为了未来，更是为了撑起现代人的脊梁。

任何一种社会文明，都应包括物质文明与精神文明。精神文明建设应该是中国现代化的重要组成部分，这是社会发展的内在要求。一个社会的均衡发展必须是物质文明与精神文明相融合的过程。精神文明的堕落必然要以物质文明的牺牲为代价。这就要求我们每一个社会成员都应为社会主义精神文明建设作贡献，这是历史的责任。

（原载于《华夏文化》1997年第1期）

谁是共产党员？

——写给"七一"

"七一"是党的生日，一个光辉而值得纪念的日子，按我们中国的传统，应该说些喜庆的话。

拟了这么一个标题，迟迟未能动笔。"谁是共产党员？"颇有些不合时宜，我们不是执政党吗？我们不是有5000多万党员吗？

是的，我们是执政党，党的伟大光荣正确是与新中国以及开放搞活，实行改革，振兴中华密不可分的。

的确，我们有5000多万党员，这中间，舍己为人、廉洁奉公者，以天下为己任拼搏奋争者，为了真理和信念舍生忘死者……可谓层出不穷。我相信不管过去，今天，还是未来，如果我们把他们的名字连在一起，那将是一部光彩照人的炎黄儿女的群英谱，一条彪炳千秋的"万里长城"。他们是我们中华民族的脊梁！正因为如此，中国人民由衷地传唱："没有共产党，就没有新中国""共产党像太阳，照到哪里哪里亮！"这是中国老百姓的福，也是中国共产党的光荣。

然而，历史发展到今天，我们的事业取得令世人瞩目的成就的同时，无孔不入的腐败现象亦严重地侵入了党的肌体，一些国家公职人员失职渎职、玩忽职守、官僚主义。更有甚者，把人民赋予的权力当儿戏，置人民群众的疾苦于不顾，进而敲诈勒索、索贿受贿、权钱交易、官商勾结、贪赃枉法，等等。而在这"腐败行列"中，确有一些共产党员。

清醒的马克思主义者是不会躺在历史的功劳簿上盲目自我陶醉的。反腐倡廉，是我党面对现实致力于清除自身痼疾的勇气和能力的生动体现。然而，腐败现象虽经几度"围歼"，却屡禁不止。以致党的总书记大声疾呼：腐败会导致"亡党亡国"。这绝非耸人听闻，不能不让人反省沉思。

这些年，目睹腐败现象愈演愈烈，我们常常能听到老百姓对社会、对党的种种抱怨之词，这中间，有的是符合实际的，有的则不乏偏颇。比如：有的人在工作或社会生活中受到某种挫折和不公正的待遇，往往习惯于把内心的不平归罪于共产党，甚至言称："这个社会完了。"这样不负责任的批评，自不足取；其以点带面、以偏概全的思维方式亦有失公正。但让人感到痛心的是，在这些抱怨者中有不少是共产党员，而且这种现象并不是个别的。在这牢骚与抱怨的背后，难道没有足以引起我们警示与沉重的东西？我们要问：谁是共产党员？！

然而，问题到此并没有结束。徐洪刚，一个见义勇为的钢铁战士，面对行凶歹徒，不畏强暴，勇救乘客，身负重伤而不屈，奏响了一曲新时代的凯歌。我们在学习颂扬他的同时，不妨换个思路：如果在数十名旅客中有几位与徐洪刚同行那又将是怎样的结局呢？如果有一位共产党员站起来，疾呼"共产党员们跟我上！"又将会怎样呢？（但愿这中间没有共产党员。）

据《中国青年报》报道：广州某繁华区，曾有数名歹徒调戏侮辱一青年女子近两个小时之久，围观者达数百人之多，但无一人相救，终使作案者扬长而去。我们不禁要问，这围观者中有共产党员吗？如果……（也许，这有些难为他们。）

日常生活中，言及反腐败，人们议论最多的往往是难度大，并由此引发开来，不乏"真知灼见"。的确如此，造成这一现状的原因固然是多方面的，但我们的一些同志，包括一些共产党员消极旁观不负责任的态度不能不说是一个重要原因（以身试法的暂且不论）。面对腐败他们有的视而不见，听而不闻；有的当面不说背后乱说，开会不说会后乱说；当着组织不说，背着组织乱说；有的捕风捉影，道听途说，听到的是"芝麻"，传播的却是"西瓜"；还有的明知实情，但当组织前往取证，又畏首畏尾不愿作证……长此以往，使一些原本可以轻而易举解决的问题，变得难而又难。对此，作为当事人的某些共产党员又作何感想。

让我们还是简要地回顾一下历史。

在党领导的新民主主义革命斗争中，党与人民共赴国难，人民与党水乳交融，党与人民唇齿相依。当敌人的屠刀对准百姓的胸口，面对刽子手"谁是共产党？！"的声色俱厉，共产党员可能就在他们之中，甚至身后。然而，百姓大义凛然，掷地有声："不知道！"为此，他们常常欣慰而悲壮地献出了宝贵的生命。那么，共产党在哪儿？！党的责任与义务实实在在地担在每一位中共党员的肩头，党扎根在老百姓的心中。那时，党是百姓的未来，是民族的希望，是共和国的曙光。就是凭借着这种血与火铸就的信任和默契。中国的老百姓靠小米，用乳汁养育着中国革命。用小米和独轮车"运载"着中国共产党赢得了胜利，在中华民族的史册上写下了浓重而辉煌的一章。（如果今天我们再遇到同样的困难，百姓们还会如当年那样吗？）

在新中国建立后相当长的一段时间，每当我们的人民遇到困难，我们听到最多的往往是："我是共产党员，我先上，跟我来！"党员们用自己的行动续写着党的光辉。

今天，当中国共产党人面对历史前进中的种种困难，尤其是以腐败为代表的种种社会问题时，党到底在哪儿？是在一些人的牢骚声里，还是漂浮在文山会海中，抑或在一句句漂亮的口号和连篇累牍的工作计划里。党的存在首先应该体现在每一个共产党员按照党的宗旨和纪律，切实的行动中。

作为群体，党无疑是伟大的，但群体的伟大并不等同于个体的伟大，而群体的形象，又需要通过每一个个体的实际行动来共同塑造。在这个意义上，党的每一个成员都应以身作则，为党旗争辉，决不做躺在党的光荣簿上分享荣光与实惠而徒有其名的"荣誉党员"。更不能在不正之风蔓延，党遇到困难的时候袖手旁观当看客，看热闹，随波逐流。

回顾历史是为了驾驭今天，创造未来。毫无疑义，今天的党比之于往昔更趋成熟，同样，历史赋予她的责任和使命亦更为艰巨和重大。党是具体的，它不是一个任人指责的抽象物。对于百姓的每一句符合实际的批评，每一个党员都应有一种实事求是、克服缺点、维护党的形象的责任感。

据此，我们还是要讲那句加强党性修养，全心全意为人民服务的老话，让"我是共产党员"重新回到国家的政治生活和人民群众之中，重新回到党员的思想意识里和行动中。

（原载于《党风与廉政》1994年第7期）

说"廉"（二题）

一

"廉"是一篇作了几千年的"大文章"。

在中国，廉有着丰富的内涵，它不仅是一种行为规范，也是政府公职人员的行为操守；它既是一种理论，也是一种实践，还是一种文化；它既适应于阶层和群体，也适用于个人。在中国传统道德文化的"坐标图"中，廉有着极为重要的位置。它不仅是人的道德修养的重要组成部分，也是人的道德规范之一。

我国古代的"修、齐、治、平"诸多"育人环节"中，修身为首，而"礼义廉耻"则是"修身课"里的必修课。在"礼义廉耻"中，礼义廉为荣，耻为辱，这实际上表达的是一种荣辱观。教人辨别是非，这种教育也是"荣辱教育"。单就廉耻而言，主要讲的是廉洁的操守和羞耻的感觉。在这个意义上，这种修身教育很有些今天思想教育的味道，其中不乏人类文明的火种。

廉，是针对贪而言的，而贪可称之为恶之首。对此，我们的先人早有了足够的认识。中国原始社会的末期，一位名叫皋陶的氏族首领就对当时的人们提出"九德"的行为要求，并把廉作为其中之一德。由此可见，廉之源远流长。

时下，经常听到人们对当今社会风气的种种抱怨：世风日下、人心不古、社会险恶，等等。对贪婪、贪欲、贪污、贪赃，贪杯、贪嘴、贪贿、贪色，贪得无厌、贪天功为己有⋯⋯常常嗤之以鼻。更有甚者，有的人是非不分，荣辱不分，不顾廉耻，甚至"笑贫不笑贪"，这些现象的出现，固然有诸多社会原因，但社会、学校和家庭忽视修身教育，忽视德育教育，不能不说是一个重要原因。放弃对人类几千年积累的文明成果的继承，放弃这些文明成果对现代人的熏陶与滋润，实在是社会的不幸、民族的不幸和个人的不幸。我们以礼仪之邦为荣的文明古国早有讲荣辱、明是非的传统，这些现象的出现无疑是一种道德标准的失衡与扭曲，是一种荣与辱、是与非的颠倒。

记得余秋雨先生在《文明的碎片》一书中，对现实生活中种种不文明、不道德的行为痛心疾首的同时，对人类文明的力量有这样的表述：文明种子的生命力是脆弱的。实际上，古人对此已有类似的见解。如："新松恨不高千尺，恶竹应须斩万竿""为善如负重登山，志虽已确，而力犹恐不及；为恶如乘骏走坂，鞭虽不加，而足不禁其前。"记得上大学时，曾在一本发黄的线装书中查到对"野火烧不尽，春风吹又生"的阐释。注者认为，这两句诗借寓丑恶的东西是杀不绝的，一旦有合适的机会，就会重新滋生蔓延。这与当时流行的新生事物层出不穷、不可阻挡的解释大相径庭。对此，笔者至今记忆犹新，细细琢磨的确不无道理。

恶既然有着强悍的生命力，文明的生命力有时又不如我们想象的那么坚挺，那么恶在社会发展中无论如何是不能占上风的，否则就会酿成历史的悲剧。大约正是基于这种认识，一部中华民族五千年的文明史，始终是以弃恶扬善为主线的，而站在这背后的是历史的刀光剑影、腥风血雨，以及无数志士仁人的用心良苦。

人类文明发展到今天实在不易。我们要珍惜这文明，继承她、发挥她、发展她（廉自然应在其中）。这于人于己、于古人于今人、于历史于未来、于社会的发展都是件千古盛事，应该成为每一个社会成员的基本责任，否则，我们将前愧对古人，后愧对来者。

二

多年前，为了撰写一本名为《善》的书，曾翻阅了大量资料。看到过恩格斯这样一段论述："自从阶级对立产生以来，正是人的恶劣的情欲——贪欲和权势欲成为历史发展的杠杆，关于这方面，例如封建制度和资产阶级的历史就是独一无二的持续不断的证明。"（《马克思恩格斯选集》第四卷，第233页）后来得知这是黑格尔的看法，恩格斯就此予以了进一步的认同和阐发。这一论断充满了辩证唯物主义和历史唯物主义色彩。原因不仅在于，他把贪欲作为人的恶劣情欲的代表特征，而且深刻地表达了恶在人类社会发展中的"积极"作用。我想，这大约是指人类社会的进程，就是在与恶搏斗、抑制恶的发展过程。

在人类社会善与恶的搏斗中，廉与贪已进行了几千年的厮杀。古往今来，"清官"与"贪官"成为人们评价官员好坏的最简洁的表述。

老子曾云："民之难治，为吏多贪。"

司马迁在《史记》中对廉亦有大量的论述，通览全篇，就会发现：仅提到廉的地方就多达几十处。如"廉洁、廉节、廉平、廉直、廉正"；又如写官员"家无余财，终不治产业""门不受私谒""为家不治恒屋""家值不满五十金"等等。司马迁把置不置家产、家产的多少、是否清正，作为衡量为官者的一个重要标准。

纵观一部几千年的中国政治史，不管历朝历代的统治者们目的何在，他们总是把清正廉洁作为奖惩其官员的必备条件。均把"惩贪保廉"作为重要的管理目标和手段，并且制定了诸多防贪的政策和条例。

在中国民间，"武官不怕死，文官不贪财"之说至少已流传了千余年。

在这里，廉不仅仅是种个人行为，它有着浓厚的政治色彩和社会色彩，它是政治操守，是官员的行为规范。

"人的恶劣的情欲——贪欲和权势欲"有着极强的生命力。当今社会上出现的贪赃枉法、行贿受贿、权钱交易、官商勾结、敲诈勒索等腐败行为，无一不与贪有着千丝万缕的联系。既然如此，我们更应承担起每一个人的历史责任与社会责任。

如今，党和政府高举反腐倡廉的旗帜，大张旗鼓地反腐败，加强党风廉政建设，这不仅是执政党的宗旨的要求，更是人民的企盼和历史发展的必然。对此，我们的每一个社会成员应予理解、支持和帮助。

我曾在一篇文章中提出过：要树立全民族的反腐意识。我以为：反腐意识是民主意识的重要组成部分。通俗地讲，就是不仅自己要清廉，而且要制止并检举自己周围的群体、单位和个人的各种腐败行为。一个民族反腐意识形成与否应该作为这个民族现代化程度的标志之一。

（原载于《党风与廉政》1996年第8期）

关于"改造"与"官场"的说明

写下这个题目后，心里又有些顾忌。

可能有人要问，在我们社会主义国家，有没有"官场"？能不能叫"官场"？

查了查《辞源》之类的工具书，"官"是由来已久的，但叫法不一。古代时，人们习惯把各种掌权的人——当然是由皇室或政府任命的人，统称为"官"。近代西方国家，则称"官"为"公务员"。新中国成立后，我们叫"干部"，叫"领导"，有时还称为"公仆"，最近几年已开始叫"公务员"。但在老百姓嘴里，还是习惯叫"官"，谁是清官，谁是贪官，谁升官了，谁丢官了，说起来挺顺溜的。就是官们自己，也时不时地这样称呼，如要"为官一任、造福一方"啦，要"反对官僚主义"啦，等等，听起来也挺自然的。

"改造我们的官场"，是我们酝酿已久的一个选题，这不仅因为"政治路线确定之后，干部就是决定的因素"，还在于，这些年围绕"官"，人们有众多评说和看法，大约可算社会的焦点之一吧。我们有责任把视角对准这个焦点，集思广益来一番透视，其出发点是发现问题，研究问题，解决问题。

用这个题目，似乎不合时宜，究其原因，大约出于"改造"与"官场"的组合上。为此有必要就改造与官场予以说明。

由于历史的原因，改造易给人们带来许多复杂的联想。人们大有谈改造色变之虑。改造变了味，声誉并不好！其实，这并不是改造本身的罪过，实在是改造的"冤枉"。翻开辞典，改造是指把原有的事物加以修改或完善，使之适应新的形势和需要，如改造思想，劳动能改造世界等。改造是一个充满积极意义的字眼，1941年毛泽东同志在延安就是以"改造我们的学习"为题，总结了中国共产党思想建设上的问题，批驳了主观主义、宗派主义倾向和作为这种倾向的表现形式党八股，从而使广大干部在思想上大大地提高了一步。在某种意义上，人类社会就是在不断改造中发展的、前进的。"改造"无罪，我们应该学会运用"改造"这个武器，促进我们各级事业的发展。

要说官场，先要谈"官"，从某种意义上可以说，无官不成社会。何以如此？从根本上讲，人类社会的各项活动，不管是政治的、经济的、生产的、文化的……都具有社会性。其社会性决定了必须有组织者、领导者。而且社会越发展，这种社会性就越强，对组织者和领导者的要求也越高。这些组织者和领导者就是"官"。"官"是人类社会的必然产物。而"官场"，通俗地讲，就是政界，或者说是我们的各级党政机关。官与官场是社会的客观存在，本身无褒贬之分。应该说，随着新中国的成立，以立党为公、为人民服务为宗旨的中国共产党，为我们的"官"和"官场"注入了活力和生命力，我们的千百万"官"也赢得了广大老百姓的衷心爱戴。但是随着社会的飞速发展，面对改革开放的新的历史形势，对官的要求也越来越高；随着广大人民群众民主意识的日益增强，人民对"官"的要求也愈加"苛刻"。而我们的党和政府的工作人员又面临着各种社会思潮的冲击和各种腐败现象的考验。应该承认我们的"官场"出现了这样或者那样不尽如人意的地方。

"改造我们的官场"这个命题，是一个涉及面极广的大题目。就个人而言，涉及为何当官？如何当官？怎么做一个称职的官？就组织而言，涉及发现培养、提拔使用、监督检查；改造我们的官场并不是组织人事部门一家的事，它涉及社会的方方面面和我们的政权建设，我们热切希望广大读者能围绕这个问题，做一些认真的建设性的思考，并积极投稿参加这个讨论。

（原载于《党风与廉政》1996年第5期）

试谈解放思想要走出的几个误区

党的十七大报告明确指出："解放思想是发展中国特色社会主义的一大法宝"，全党同志务必要"坚持解放思想、实事求是、与时俱进、勇于变革、勇于创新、永不僵化、永不停滞"。改革开放30年，我国的经济社会发展取得了巨大成就，这既是全国人民努力苦干的结果，也是全体人民在解放思想这一法宝的引领下，与时俱进、勇于探索的结果。可以毫不夸张地说，我们的每一次重大突破、重大进步、重大跨越都发端于思想的大解放，得益于观念的大转变。

在某种意义上，解放思想不仅仅是一个理论问题，也不仅仅是一个观念问题。说不仅是理论问题，在于解放思想的结果需要通过对实践的推动来验证，否则解放思想就失去了它的原本意义；说不仅是观念的问题，在于观念变革的推动功能，需要具体的行动来体现，否则就不叫变革。这就要求我们在理论与实践结合的背景下研究解放思想。在这个意义上研究解放思想，不仅要研究解放思想的内容、意义，更需要研究解放思想可能产生的实践价值。特别是如何将解放思想的理论成果转化成改变社会的现实推动力。我们必须密切关注解放思想的一系列实践环节及过程，包括对实践客体的把握，对实践主体的要求，对实践效果的评价，对实践过程的跟踪等。联系近些年来解放思想进程中的一些情况，笔者以为，我们必须走出以下几个误区。

一、解放思想，聚焦实践，走出理论脱离实际的误区

翻开历史画卷，从某种意义上讲，一部人类社会发展史就是一部思想解放史，是一部解放思想与实践推动的理论与实践的互动史。客观事物的不断发展决定了人类社会实践的不断发展，与此相适应，人类对于客观事物的发展规律和人类实践规律的认识，也是不断发展、上升和深化的。马克思主义的发展史，就是对于自然、社会和人类思维发展规律认识不断深化的历史。中国共产党诞生以来的历史，就是对中国革命、建设和发展规律的认识不断深化的历史。解放思想与改革开放就是马克思主义认识论、方法论中理论与实践的辩证关系在当代中国的科学体现。改革开放的30年就是解放思想的认识成果不断推动中国发展实践进程的30年。纵观这段科学认识与有效实践的互动过程，我们不难发现：解放思想需要改革开放的有效实践，否则，解放思想就有可能成为"空中楼阁"；反之，改革开放也需要解放思想的引领，否则改革开放就是一句空话。认清这一点，意义深远。

在这些年的工作中我们发现有这样一种倾向，有的人往往习惯于把解放思想当成一种工作的"标签"。长于务虚，拙于务实；长于当"评论员"，拙于当"运动员"。习惯于靠会议、文件、口号来推动工作，以会议、讲话、文件取代工作。沉溺于当"二传手"，上面怎么说就怎么干，外面怎么办就怎么干，过去怎么干现在还怎么干。有意无意地忽视了解放思想对有效实践的期待和要求。党的十七大报告中明确指出，全党上下要"高举中国特色社会主义伟大旗帜"，其最

本质的特点在于"特"，即结合中国的具体国情，走自己的路。落实到不同地区、不同部门、不同单位，就要求我们必须随着情况变化不断地解放思想，找准契合我们自身特点和当地实际的发展途径，开创性、探索性、突破性地开展工作，走出一条具有各自特点的经济社会发展道路。使命光荣，责任重大。毫无疑义，我们必须用好、用活解放思想这把金钥匙，沿着理论联系实际、理论引领实际、实践丰富理论的轨道，开足、开好各具特色的"动车组"。

二、解放思想，破解难题，走出患得患失、四平八稳的误区

历史的任何一个进步都是要付出代价的，一帆风顺只是理想主义者的美好愿望。当今的中国，正处在一个大发展、大变革的黄金机遇期，这一时期也必然是各种矛盾集中凸显期。前进中我们仍然面临着不少的困难和问题，这就要求我们必须正确面对，迎难而上，用我们的智慧、勇气去破解难题，这是每一个共产党员的政治责任。温家宝总理在政府工作报告中提到，本届政府面临着经济增长的资源环境代价过大，城乡、区域、经济社会发展仍然不均衡，农业稳定发展和农民持续增收难度加大，劳动就业、收入分配、教育卫生、居民住房、安全生产、司法和社会治安等关系群众切身利益的问题仍然较多，部分低收入群众生活比较困难等等诸多难题。面对如此多的困难，温总理和4位副总理在中外媒体前集体亮相时坦陈，今年恐怕是中国经济最困难的一年。这种不讳言困难，解决困难、战胜困难的勇气和能力为我们树立了学习的榜样。

今年3月中旬，赵乐际同志在讨论陕西省纪念改革开放30周年安排意见的一次会议上，谈及推动新一轮解放思想时曾指出："关于解放思想，我们该说的都说了，一般的都讲到了，目前，关键是要立足于各地、各部门的实际，解决制约发展的突出问题。要突出结合实际、解决突出问题，推动经济社会又好又快发展。"这段讲话有着

很强的现实针对性。在我们推进解放思想的进程中，经常发现有些领导同志宏观上讲解放思想头头是道，微观上落实解放思想则四平八稳、患得患失；抽象谈解放思想既有高度也有力度，具体推进解放思想却左顾右盼、瞻前顾后，甚至视而不见。这种做法使解放思想的实际效果大打折扣，已不同程度地影响到党的事业发展。解放思想要求我们不回避困难，破解难题、实践难题，有一种敢打硬仗、敢啃硬骨头的气概和勇气。这就需要我们坚定不移地树立科学发展的意识，着眼于新实践、新发展；科学地研究新情况、解决新问题，深刻把握发展中面临的新课题、新矛盾，千方百计地加大破解难题的实践力度。进而形成求实的价值评判、务实的工作追求、落实的工作机制。

三、解放思想，振奋精神，改进作风，走出得过且过的误区

良好的作风是国家公职人员的基本操守，良好的作风是工作取得突破性进展的基础，良好的作风还是深入解放思想推进改革开放不断前进的基本要求。但是，目前存在于我们部分党员干部身上的一些突出的作风问题，值得警惕。一是观念陈旧，精神萎靡，满足现状，得过且过，缺乏工作热情。纵向比沾沾自喜，横向比自暴自弃；当改不改，当断不断。二是工作放不开手脚、迈不出步子，对于一些政策层面的东西不敢用、不会用、用不活，有的甚至不想用。三是"等靠要"思想严重，不想着自己能干什么，光想着组织给什么，自觉不自觉将向上面要钱、要来多少钱作为政绩的一部分。这种精神状态和工作作风，不仅无助于现实问题的解决，还成为我们干事业潜在的精神羁绊，致使我们许多该抓的机遇抓不住，许多该办的事情办不成。时不我待，机遇稍纵即逝。全面建成小康社会的光荣使命要求我们在解放思想的旗帜下，开拓进取、真抓实干、求真务实，需要我们以良好的精神状态努力工作。否则，"解放思想"必然会以无所作为、无所

事事告终。

解放思想是我们适应新形势，解决新问题，开辟新局面的强大思想武器。联系我们陕西省的实际，根据省委《关于纪念改革开放30周年活动安排意见》的统一部署，省委宣传部已下发了《关于在全省宣传文化系统深入开展继续解放思想、建设文化强省大讨论活动的通知》。《通知》对继续解放思想大讨论活动的指导思想、主要内容、方法步骤等都做了明确要求。当好解放思想的排头兵，是我们宣传思想文化战线的职责所在，也是建设文化强省的必然要求。当前我省宣传文化系统正在深入开展解放思想、努力建设文化强省的大讨论活动，这是一项目的性、成效性非常明确的系统工程。通过解放思想大讨论活动的深入开展，真正使我们思想观念有新变化，真正增强落实科学发展观的自觉性；重点工作有新突破，真正解决影响西部强省建设工作的关键问题；干部素质有新提高，提高工作的创新能力和水平；精神面貌有新变化，形成为陕西经济社会发展而努力拼搏的良好氛围。

四、解放思想，聚焦自身，走出对人不对己的误区

在以往的工作实践中，我们时常发现：有的领导要群众解放思想，自己却不解放思想，似乎解放思想是别人的事，与己无关；有的同志口头上解放思想，义正词严，行动上以"我"为本、为我所用；有的甚至以解放思想为"名"，行以权谋私之"实"；还有的工作状态萎靡，工作态度半心半意（甚至别有用心的），工作推动软弱无力。上述现象虽然不是普遍现象，却屡见不鲜。应该说，这种表现在实践主体，尤其是领导干部身上的种种问题，已严重地阻滞了解放思想引领实践的作用的发挥，使解放思想的成果事倍功半、大打折扣。

人是社会实践的主体，也是解放思想的实践主体。在推动社会科

学发展的进程中，人民群众是主体，领导干部是关键。解放思想必须解决实践主体的问题。领导干部的责任意识、大局观念、工作操守、认知水平、谋划推动能力尤为重要。解放思想不是一句空话，它需要一支公正无私、廉洁无畏、敢打硬仗、敢于担当的实践团队，需要一大批有献身精神的领军人物。

本文所提出的四个误区，是笔者联系解放思想、改革开放过程中存在的一些不健康的倾向而言的，虽然属苗头性的问题，尚未成气候，但危害极大，应该引起我们的高度重视。

（原载于《中国延安干部学院学报》2009年第1期）

以"三个再深化"助推陕西文化追赶超越

习近平总书记来陕考察重要讲话，特别强调了文化建设。总书记指出，陕西是中华民族和华夏文明重要发祥地之一，并殷切嘱托我们要对历史负责、对人民负责、对未来负责。追赶超越不仅是经济战线的目标与任务，也是宣传文化战线的使命与担当。

对文化定位的认识要再深化。习近平总书记论述文化自信时强调："没有高度的文化自信，没有文化的繁荣兴盛，就没有中华民族伟大复兴。"在文化建设上，我们在党中央领导下，结合全省实际做了很多卓有成效的工作，这是有目共睹的。同时，在强调文化自信时，不能忘了文化清醒。文化清醒是对文化的功能、作用和地位的深刻认知，文化清醒是文化自信的基础。人是物质和精神的结合体，人类在构建物质家园时，也在营造着精神家园，正是基于此，人类才有了今天的由物质文明与精神文明支撑的社会文明。文化具有双重作用，它有正效应，也有负效应。文化为根、精神为魂，扎下什么根、弘扬什么魂是文化建设之要义。如果我们忽视了文化的正效应对人的匡正，文化就成了徒有其名的标签，腐朽没落的文化就可能乘虚而入蚕食人们的灵魂，对此我们要有足够的警惕。因此，抑恶扬善、驱邪扶正，绝不是一句空话。没有深刻的文化清醒，就没有高度的文化自信；没有高度的文化自信，也不会有深刻的文化清醒。二者相辅相成、互生互长。

对文化现状的认识要再深化。陕西是名副其实的文化富矿、文化大省，了解中国，从陕西开始，三秦大地浓缩着整个中华文明的伟大历程，留下了众多中华文明精神标识，是中华民族文化自信坚实的根基。延安精神是党的精神谱系的重要组成部分，为我们提供了丰厚滋养。中华人民共和国成立70多年来，陕西各项事业蓬勃发展，文化面貌焕然一新。在文化富矿上建设文化，我们有着优越的条件和坚实的底气。文化强省不单是文化产业，还包括思想、理论、道德、文艺、教育等在内的系统性工程。比如宣传报道中的导向问题，政治导向不是干巴巴的单一体，更不是简单的几句口号，而应该是通过经济导向、文化导向、教育导向、生活导向、生命导向等丰富内容，生动表达支撑起来的有机体。如果导向正确，但文字呆板、内容生涩，读者就会自觉不自觉地离你远去，我们所追求的社会效益也就成为一句空话。讲导向不是板着面孔、拒人于千里之外，而是善于讲故事。为什么讲故事？讲什么故事？给谁讲故事？这是讲故事之要。要深入生活，讲读者爱听的故事；学习生活，讲有内涵的故事；提炼生活，讲引领时代的故事。将宣传引导融入群众需求，将群众需求纳入宣传引导，要特别注意防止宣传教育无效化倾向。全面理解导向，准确把握导向，有效传达导向，切实增强针对性、提高实效性。

对文化使命的认识要再深化。做到对历史负责、对人民负责、对未来负责，应该成为宣传思想文化战线每位同志的责任、情怀和格局。文化陕西、文化强省是篇大文章，要担当起这样的文化使命，需要我们有理想、有激情，更要有文化。传承文化首先要敬畏文化、学习文化、精通文化，要有文化积累、文化修养、文化认知，文化视角、文化责任、文化担当。要千方百计深入生活、研究生活，深入群众、研究群众、服务群众，只争朝夕地丰满自我、提升自我，练好内功，用文化自信和文化自觉跑好陕西新时代追赶超越这场接力赛。

（原载于《中国延安干部学院学报》2009年第1期）

年轻真好

　　看到底下在座的一个个年轻的面孔，青春、清纯、明媚、靓丽、朝气蓬勃，我仿佛又回到了自己的青春岁月。

　　青年是人生中充满朝气、充满活力、充盈着希望的人生阶段；青年是一个令过来人屡屡回望、追忆、追怀、追念和留恋的人生阶段；青年常常也是一个身在青春而不惜"春"、身在福中而不知"福"的人生阶段。我也曾年轻过，曾经志向恢宏，曾经指点江山，曾经经天纬地，曾经激情满怀，曾经激扬文字，曾经目中无人，曾经骄傲的"老子天下第一"，曾经可笑的不知天高地厚。

　　年轻真好！年轻就张扬，年轻就浪漫，年轻就达观，年轻就洋溢着希望的光芒和成长的风采，年轻就可能无拘无束，就可能无法无天。年轻就充满着创造的活力，年轻就充满着想象的空间，要知道，创造是以自由的飞翔为前提的，创造是以希望的追寻为动力的。

　　年轻真好！年轻就有做梦的资本，年轻就有犯错误和改正错误的时间，年轻就有"东山再起"的机会。当然，年轻也可能导致青春的挥霍。不管怎么样，不管人们对当今的年轻人有怎样的评说，我们充满着期待、期许、期望。毛泽东曾经满怀期望地对青年说："你们是早晨八九点钟的太阳，希望寄托在你们身上。"这是领袖的嘱托，这也是父兄的希望，这还是历史的希望。年轻就是希望，不仅是个人的希望，也是国家和民族的希望。

我曾经和一位不再年轻的年轻人聊起今天的青年。我曾不止一次地这样表达："我们现在一味地指责年轻人，指责我们的下一代，这也不行，那也不好，好像就我们行。我对他们有信心，他们注定会比我们强！"

当然，年轻就可能犯错误，就有可能不懂得规矩；年轻就有可能感性超过理性，流于轻率；年轻就有可能创新多而求实少，易于漂浮；年轻就有可能热得快也冷得快，常常摇摆；年轻就有可能软弱、脆弱、懦弱，不够坚韧。年轻就易于纸上谈兵，坐而论道，难免浮浅。

因为成长，年轻常常会有困惑；因为成长，年轻常常会有迷惘。因为年轻，青春常常浮躁；因为年轻，青春有时也会狂妄。年轻就必然会有缺点，否则他就不是青年；青年，就必定会有缺点，否则就意味着他不再需要成长。这就给我们青年提出了成长、成才、成熟、成功的人生命题。说一个我年轻时的例子。1982年我大学毕业，20多岁，兴冲冲地去中国青年报社报到。那时的《中国青年报》发行200多万份，好评如潮，如日中天。我是《中国青年报》41名记者中最年轻的记者之一，沾沾自喜。我们的记者部主任见了我，第一句话就问我，今年多大了。我报了年龄。没想到老大姐说："你已经不年轻了！"事情过去了几十年，"你已经不年轻了！"这句话一直伴随着我，提醒着我，鞭策着我。"你已经不年轻了！"我始终有一种不年轻的紧迫感。我知道，因为年轻，我们有时间的资本，常常易于挥霍青春；因为年轻，我们生在青春，常常忽略青春，大把大把地放纵青春，有意无意地炫耀青春，为赋新词强说愁地哀叹青春，甚至不负责任非理性地糟践青春。

今天，借这样一个机会，我以一个曾经学习过、努力过、奋斗过，沮丧过、失败过、微不足道成功过的老青年的身份送给同学们几句话。学问、学识、学术，日积月累；热心、爱心、孝心，心心相印；理想、意志、操守，自觉养成；修养、教养、学养，齐头并进。珍重生命，从我做起；珍惜青春，从求实做起；丰满青春，从求知做起；超越青春，从自省做起。不辜负师长，不辜负父兄，不辜负时代，不辜负青春，不辜负妈妈欲穿的望眼，不辜负爸爸弯曲的腰身。还有，最重要的，不辜负自己既定的追求和理想，不辜负出发时远航的初心。

在结束我的讲话之前，我送给大家一首写给友人的诗，也许会对大家有所触动。

诗的名字叫《让生命走出自然的轮回》。

　　远方的一位朋友沮丧的发来短信，说她去美容，人家把她叫阿姨，而她却一直以为自己还是姐……

　　本来已是阿姨
　　为什么偏要人家叫姐
　　我也曾经想当哥
　　人家却将我叫爷

　　理解你渴望年轻的心愿
　　需知晓春光不仅仅是容颜
　　我曾见过老气横秋的小伙儿
　　世界在他眼中已经变得黯淡

我曾见过玩世不恭的姑娘

美好在她心中已恍如昨天

阿姨亦有阿姨的风采

爷们儿也可能风光无限

让生命走出自然的轮回

青春不仅仅属于青年

　　"青春不仅仅属于青年"，我想告诉大家，青春不是一副徒有外表的美丽躯壳。青春是一种精神，这种精神是向着明天生生不息的前行；青春是一种姿态，是一种不知疲倦地奔走的生动。希望同学们不要守着青春而漠视青春，希望同学们追求青春的本质：向上、向美、向善。洋溢青春的风采，脚踩大地，拼搏向前。

　　谢谢大家！

　　　　　　　　　　　（本文系作者在某高校新闻传播学院开学典礼上的讲话）

中西文化交流的珍贵尝试

　　看了《龙与鹰》中的多篇文章，很有触动。我觉得罗素先生是一个有着较为客观的评价标准的西方学者，有四点感受：

　　第一点，史学家的，理性的、平心静气的、清醒的认知姿态。

　　第二点，用事实、用案例、用数据解读问题的认知方法。

　　第三点，从司空见惯的现象中浅入深出，举重若轻、鲜活生动的表达方式和认知途径。

　　第四点，就是在解读错综复杂的问题中，体现向前看的认知方向。

　　罗素先生的成果是在《美文》上连载的。由此，我看到了《美文》的国际视野，这种视野在全国的杂志中是不可多见的。他们坚守这种视野可喜可贺，他们在坚守视野的过程中，聚焦中美关系这一敏感话题是难能可贵的。以中美关系这个敏感的话题为切入点，聚焦中美文化的差异，从差异中寻找走出差异的建设性路径，是必须的也是很有意义的。

中美关系是一个复杂的问题，也是一个敏感的问题，中美关系的复杂和敏感，是一件好事。如果中国是一个懦弱的国家，中美关系不会成为热点。中美关系的复杂化，是中国和平崛起中面临的一个重要问题。看了这本书以后，我有一个建议，标题改为"中美冲突背后的文化比较"，可能更好一点。因为中美的冲突有政治冲突，有军事冲突，有贸易冲突，有经济冲突，所有的冲突的背后是一种文化价值的冲突。

受这组文章的启发，我产生了这样一个看法，就是小散文也可做大文章，小文章也可以聚焦大题目。中国文化要走出去，《美文》引进罗素先生的这组文章，对我们有着重要的启示。文化的走出去或者引进来，不是翻译了就了事，不是把一个作品变成了另外一种语言，我们就万事大吉。它有一个如何翻译的问题，还有一个翻译什么的问题。

10年前，我曾经在悉尼大学参加过1个月的高级公务员的培训，回来我曾经写过一本书，叫《我在悉尼当"部长"》。书里有一篇文章叫《澳大利亚翻译的"信、达、雅"》，文中表达了听课中对翻译水平的评价，对有的翻译的无奈与感想。文中涉及我们中国的高等教育的英语教学评价。中国在澳大利亚大约有10多万留学生，在澳大利亚留学的学生应该是国内外语学得不错的学生。他们从那么多学生中给我们选择搞翻译的中国留学生，有的是硕士，有的是博士，英译汉的水平应该比较高。翻译的水平却参差不齐，有的很好，但有的实在不敢恭维。有的是信而不达，有的是达而不雅，有的是雅而不信。有的翻译不好的，老师讲了5分钟他可以翻译10分钟；有的老师讲了5分钟，他却翻译了1分钟，你问他老师怎么说的，他说："我也说不清楚，反正就是那样。"个别翻译的职业操守不好，翻译的基本功也不好。

前边我讲的是如何翻的问题，当然还有翻译什么的问题。前不久，我参加日内瓦国际书展，发现中国的摊位上看的人比较少。这就告诉我们，我们的东西翻译成了人家的文字，人家看吗？翻译的确有一个翻译什么的问题，你所呈现给人家的，是否能引起人家的阅读欲望，能不能聚焦人家的阅读热点，引起他们的阅读兴趣。你翻译的作品，被人家看了，产生共鸣、碰撞，这种中西文化的交流最终才有可能完成。那么在这个意义上去讲，胡先生也是值得我们敬佩的，也希望胡先生为中国文化走出去、引进来再作贡献。谢谢罗素先生！

　　（本文系作者在《龙与鹰：中国与美国政治》专栏文章座谈会上的讲话稿）

提升西安城市历史文化品位的几点建议

在中华民族几千年的历史中，也许还没有一座城市能和西安相比，享有如此崇高的地位和无与伦比的辉煌：它有3100多年建城历史，是10余个王朝的都城。"西有罗马，东有长安"是西安在世界历史文明中占有重要地位的写照，它是世界四大文明古都之一，是古代丝绸之路的起点，也理所当然地成为中国六大古都之首。但实事求是地讲，今天西安在外界的影响力并没有我们想象中的大。一方面是因为现代社会讲求功利实效，经济成为城市最艳丽的外衣，西安无疑逊色于一些商业中心城市和发达城市；另一方面是我们城市建设上也存在一些不好的倾向，比如注重立竿见影，复古建筑修得又快又大，历史文化底蕴及脉络的梳理、表现和投入却很少顾及，常常是见物不见人，就连一些著名的历史文化景区也没历史的东西可看，没文化可感，让人来过一次再不会来第二次。这样造成西安给人印象不深，外省许多人说起西安时甚至只知有兵马俑。为进一步提升西安影响力，可以赋予"唐皇城复兴计划"更多的历史文化和时代元素，建议实施"西安城市历史遗存复兴工程"，使现有建筑与文化传承得到有机结合，提升西安古都的历史文化品位。

一、实施"西安城市历史遗存复兴工程"的目的和意义

西安历史遗存丰富，文化含量厚重，开掘空间广阔，"使用"价值无限。进一步梳理西安历史文化资源，激活西安的历史文化基因，实施"西安城市历史遗存复兴工程"，创设一个"还原"历史的氛围。让人们穿行于西安的大街小巷时仿佛穿越于历史之中，时刻感受到传统文化的丰富意蕴，轻松地掌握文化底蕴及脉络，产生过目难忘的印象。让人来了不想走，走了还想来，尤其在以下几个方面更具意义。

一是充分实现历史遗存自身价值并彰显其现代价值。历史曾经厚待西安，馈赠给这片土地丰富的历史文物和文化遗存，今天西安也不能辜负历史，让传统文明在我们手里被淹没、被遮蔽。西安历史文化遗存现在大多数仍停留于典籍记载或民间传说层面，亟待通过一定的外化形式加以展示。实施本工程可以通过大兴土木骨架工程的拉动，对现有文化遗存进行深度开掘和保护，实现梳理文化资源、展示文化遗存、提升文化发展和文化资源保护水平的目的，可充分实现社会效益并具有长远的历史意义，是一项惠及后世的系统文化工程。

二是提升西安城市文化品位。西安累积了亿万人群在悠久的历史中创造的文化资源，千头万绪，缤纷多彩。但不光外面人连我们陕西人自己对此也知之甚少、似是而非。其原因可能在于西安历史文化太过丰富，让人难以在短时间里一窥堂奥，另一方面也在于我们一代又一代人从小到大总是被迫枯燥地学习历史文化地理知识，为了应试而死记硬背人名、地名、年代、年号，让人觉得历史文化都是些老古董知识，既无趣味也无意义。实施"西安城市历史遗存复兴工程"，把历史人物和故事请出教科书，立体丰满起来，走向街道、走向民

众，让来西安的人能随时随地走进历史、体味文化，形成直观系统的印象，真切感受中华文明发展的清晰轨迹和人类澎湃不息的创造力。最终使西安吸引人的不单是几个景点，而是整个城市的历史文化氛围；留给本地人的是充满历史文明积淀和现代文明气息的美好的人居环境。

三是打造国际旅游目的地。世界各国人们外出旅游，更希望了解前人的历史和文化，从而丰富知识，得到启发，丰盈生命。要增强城市的旅游吸引力，并不须要挥舞着传单大声喧哗，只须轻轻地告诉大家，这里有辉煌的文化。现在国内外争相发展文化产业，国内许多大中城市普遍遭遇了缺乏文化内涵的"瓶颈"，名人故里之争、一些噱头文化大行其道。而西安历史文化资源丰厚，是全世界华人的精神家园。实施"历史遗存复兴工程"，将西安打造成国际旅游目的地，不但有基础可以为并且将大有作为，会为中国向世界展示伟大辉煌的身姿提供宽广明亮的舞台，将对西安城市的影响力、创造力和经济效益起到极大的推动作用，也将为其他城市文化产业发展提供一个良好的参照。

二、实施"西安城市历史遗存复兴工程"的具体建议

西安像一部活的史书，每一个建筑、街道都承载着历史文明与沧桑巨变。将历史文化通过实物载体的形式具象化、形象化，描述演绎出来将更加生动，历史文化将变得可观、可感、可信、可亲、可爱，更加符合当下受众的接受习惯。

命名工程。命名工程旨在激活静止的历史资源，以无形的成本获得最大的收益。主要是对有文化底蕴的地名街名进行梳理，恢复西安的一些老地名、老街巷名，除保留原有的一些外，重新命名一批有历史文化背景的大街小巷。这些名称及典故遍及各种历史教科书及国学典籍，可以从中唤起对历史的记忆，让人感到既熟悉又亲切。

1. 陕西历史名人命名法。选择在历史上有重大影响或重大成就的历史文化名人来命名。如：居易街、昌龄路、宗元路、太宗路、则天路等。

2. 朝代年号命名法。如：武德、贞观、永徽、显庆、弘道、开元等。

3. 历史典故命名法。如：辇止坡、下马陵等。

4. 对新建道路统筹考虑。新建道路命名要避免没有历史的回望、没有文化含量的现象，体现时代特色不能简单化为政治时代名词，要尽量彰显西安地域文化。如新建道路可命名为李白大道、杜甫大街等。

标识工程。对历史遗存进行标识，一方面展示古都悠久的历史文化，另一方面对普及历史知识，弘扬国学具有"润物细无声"的作用。可在西安著名历史遗址上，加以具有历史风格的标识。具体运用以下形式：

1. 标识牌：对具有文化标识意义的街道遗址、城门进行中英文标识，并详细介绍。如下马陵、冰窖巷、三学街、学习巷、书院门、湘子庙、端履门、马腾空、大差市、东市、西市等。标识牌上面标示名称，下面介绍由来，寓教于平时、于实地。

2. 标识性雕塑：结合城市园林规划和历史遗存，建设街头雕塑小品，并加以阐释，使历史与现代城市建设完美契合。

3. 综合电子标识系统：结合城市路牌、公交牌及综合指路系统建设，植入有关历史遗存的知识介绍。

重建工程。对西安地区有著名历史文化传说的景点，可建设说明性建筑。一方面全面展示古都西安的历史风貌，利用现有的文化资源，回归历史，凸显特色，带动周边旅游业发展；另一方面能从整体上反映西安之周秦汉唐风情，突出西安的城市特点，体现文化品位。

1. 传说景点复原：还原历史传说，让古迹在保持原汁原味的同时，体现灵魂。如在西北大学校园内建"推敲听"，弘扬古之学风；在灞桥上建"送别亭""灞柳林"，还原折柳相送的历史传说，也可延长产业链，建配套酒楼，开设"送别宴"等。让外地客人来西安，迎有城门，送有灞柳林上"送别宴"，形成古代文化与现代文化结合的新景观。

2. 古典诗词意境展现：有太多的诗人在西安写下了千古名句，在合适的地点还原诗词意境，既为当地增色，又丰富了人们关于诗词的想象。如在乐游园上建"爱晚亭"，还原"夕阳无限好"的自然风光和情景；在长安少陵塬制高点建"览唐亭"，可观览城景和秦岭；在南郊适当位置建"揽月亭"（或"捣衣亭"），可再现"长安一片月，万户捣衣声"之情景；在曲江南湖建"丽人亭"，展示"长安水边多丽人"的情怀；建"相思亭"，抒发"红豆生南国"的情怀，等等。

3. 历史名人与西安有关的遗址复原：古代历史名人或在西安为官，或游历西安等，都留下了宝贵的诗文、典故、墨迹，经过挖掘考证都可作为建设新景点的重要线索。如玄都观与刘禹锡、王维与辋川、李商隐与乐游原等等。

4. 全国范围内征集楹联：通过在全国范围内征集建筑楹联，以对联的形式恢复这段历史，再现大唐文化，让游人身临其境地感受大唐遗风。这些建筑配上楹联不仅可成为青少年爱国主义、传统文化教育基地，也可成为人们休闲娱乐、品味现代文化的场所。

三、实施"西安城市历史遗存复兴工程"的措施

投资主体可以多元化。历史遗存复兴工程着眼于花小钱办大事，建筑不需要大只求体现文化。总体工程投资小，二三百万投资修个亭台就可延续历史、丰富内涵、提高品位，进而打造一个全新可感的景区。建筑可由政府投资和社会公益支持，也可通过文化产业运作的形式。

工作团队要专业。成立包括历史文化专家及城市规划建设专家在内的工作团队，做好历史资料挖掘整理、策划工作和规划论证工作。在整理历史资料的同时，编写相应的西安历史文化手册，便于旅游者按图索骥，拓展知识空间。

　　实现传统文化与现代传播形式完美结合。注重发挥政府运用媒体议程设置的功能，整体策划，引入CIS系统，同时融入政府公关的元素，对传统文化加以提练和升华，并用现代理念加以形象化的阐释。做到政府与媒体完美结合、形象展示和抽象表现相结合，进一步增强各界人士对西安所承载的中华文化传统的认知。

　　总之，本工程着眼于整个西安城市乃至周边的历史文化渊源，希望系统性研究建设方案，整体提升西安作为国际化旅游城市的历史文明古都的形象。

（原载于《西安晚报》2011年10月25日）

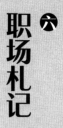

健康文化产业的新期待：理性发展

　　文化是一个民族的灵魂，是一个民族增强凝聚力、提升创造力的重要源泉，是一个国家综合国力的重要组成部分。党的十七大报告对文化的认识达到了前所未有的高度，把增强文化软实力提高到国家战略的层面，提出"文化大发展、大繁荣"的战略目标。近些年，我国的文化产业也获得了前所未有的蓬勃发展。

　　党中央的高度重视，各级政府的有力推动，使得文化产业的发展日新月异，在国民经济和社会发展中的地位越来越重要，我国文化产业的发展形势从来没有像今天这样好。这既是党中央科学决策、顺应世界潮流的清醒抉择，也是满足人民群众日益增长的精神文化需求的必然选择。

　　任何事物在跨越式发展的过程中必然会出现伴生的问题，我国文化产业发展中也出现了一些倾向性苗头，这些苗头值得关注。我们认为：面对文化产业大发展，推动文化产业大发展，尤其需要冷静，需要清醒。形势越好，越要科学发展；形势越好，越要注意可持续发展；形势越好，越需要理性发展。正视问题，分析问题，解决问题，尽量少走我们过去有关产业发展中所走的弯路，科学推动、理性促进文化产业健康发展。

一、目前我国文化产业发展存在的问题

（一）文化产业建设的"泛"与"滥"

加快文化产业发展，既需要宏观的科学决策，也需要微观和中观层次的科学谋划。我们发现：一些地方缺乏对产业发展的细致调研和理性分析，忽视所在区域的政治经济、社会基础和产业基础，对文化产业把握不精准，对文化产业的理解、界定也不够深入准确。这种对文化产业的"泛化"理解和"泛文化"发展，导致了文化产业蜂拥而起的"滥文化"产业现象，一哄而上、盲目建设，低层次发展、同质化竞争的现象屡屡出现。

比如，各地跟风建主题公园，低层次的同质化竞争激烈。有的城市拥有几座主题公园，甚至县级市也有主题公园。据2002年零点调查公司《新型娱乐设施市场潜力调查报告》显示，全国2500个主题公园耗费了1500亿元人民币的投资，其中70%处于亏损状态，20%持平，仅有10%盈利。而在老主题公园纷纷倒下的同时，新的主题公园还在不断兴起。又如，各地跟风式地拍山水实景剧，但能挣钱的寥寥。再如，近些年文化创意产业园区建设泛滥，文化产业园区、动漫基地、创意产业园区如雨后春笋。2005年以来，全国已建立1300多个文化产业基地或园区，还有81个创意产业园区，山东有40余处产业基地。以动漫为例，全国现有20多个动漫基地，56个动漫节，8000多家动漫公司。国家为发展动漫产业，拿出了大量的支持资金，但效果并不尽如人意。一方面产量远远供大于求；另一方面，有市场竞争力的动画片少之又少。必要的园区是需要的，但这样一些基地的泛滥，到底带给产业什么？这些浮躁怪象背后是有限资源的严重浪费和只顾眼前过

瘾，不考虑可持续发展的短浅目光。

（二）文化产业发展中的盲目投资

文化产业的发展离不开资金投入的保障。近年来，随着国家对文化产业的扶持与鼓励，越来越多的资金涌入文化产业，给予文化产业发展以很大的助力，但也显露出偏离理性的冲动投资与投资方式不合理的问题。

以电视剧行业为例，根据国家广电总局的数据，2010年我国电视剧总投资60多亿元，电视剧年产量为1.4万集，位居世界之首。与高额投资和巨大产量不相匹配的是，据国家广电总局同期数据，中国每年电视剧产量和播出比为5∶3，近3年，电视剧审批数目和已播出数目比为10∶1。四成多电视剧生产出来，从未播出，投资无法收回。2010年我国投入电视剧上的资金60多亿元，直接回报给投资者的利润不足17亿元。[①]

值得注意的是：许多省的电视剧投资，常常不问资金回报，把上央视一套黄金时段作为"价值追求"，花钱赚吆喝。许多省热衷于大剧大片的投入，这种投入往往以进京汇报演出、调演、获奖为目的，至于经济效益如何，常常无人关注。这些作品中有相当一部分常常只叫"好"，不叫座。社会主义文化产品首先需要叫好，但如果不叫座，无疑是对国家的物力、财力的浪费，可惜，我们没有"算好"这笔账。

长期以来，由于文化事业的特殊性，资金投入渠道过于单一，过于依赖政府财政。往往只讲投入不讲产出，没有按照产业发展规律来经营，导致一些行业、项目出现产能过剩和重复建设，另一些则缺乏资金，投入不足。这在根本上还是事业型的投入方式，而非推动文化产业发展的市场化投资方式。

---

① 周海滨：《电视剧：中国式"撒钱"》，《中国经济周刊》2011年第14期。

（三）忽视核心竞争力，文化产业没文化

文化产业是内容产业，其核心是社会主流文化价值观。文化产品与一般产品不同，要有文化自觉，注重文化理念和核心价值观的传递。

但在当前文化发展中，一些文化产品没有文化，只是披着文化的外衣，曲意迎合、低俗庸俗媚俗，缺乏文化的根与魂，不注重挖掘时代的闪光点和人性的内涵，作品缺乏打动人灵魂的力量。这些现象可概括为文化的"六无"状态：无根、无魂、无序、无声、无力、无信。

此外，还有一种误解：文化产业就是挣钱，文化事业就是花钱。部分文化单位唯钱是问，有企业没文化，有团队没精神，有经营没管理，普遍忽视企业文化建设，有意无意地忽视了文化单位的核心竞争力是文化这一本质特征。要知道企业不是披上了文化企业的外衣就可以赚钱；要知道文化产业的产品须臾离不开文化的滋养、文化的开掘、文化的梳理、文化的提升、文化的整合、文化的包装。

近年来，一些新改制的文化企业，不是集中精力把企业做强，而是忙于"转企、组建集团、上市"三步走。不少企业上市就为圈钱，却没考虑募集来的资金该怎么花，生产什么样的核心产品，更忘了文化单位的立足之本是文化。这很容易陷入所谓的"GDP崇拜"，即热衷于追求规模和数量的增长，导致数量与质量失衡，规模与效益失衡，将文化产业等同于一般产业。作家阿来曾对此表示担忧，认为这样下去文化产业发展也会使文化成为金钱的附庸，成为庸俗的叫卖品。

（四）统计不规范，未纳入国家统计系统

文化产业的数据统计是党和政府实施文化产业宏观调控、文化单位进行微观经营决策的重要依据。当前，各地在文化产业界定、分类和统计指标设计上不够规范、科学，各地不同程度地存在标准不一、泛化统计、漏统虚报、编造数据的现象。

例如，某地区文化管理部门在经济普查后，根据相关数据推测编造文化产业的各项数据。又如，2004年第一次全国经济普查中，在核查出的1.3万亿元GDP增量中，服务业漏统占93.7%，文化产业大部分涵盖其中。[①]

（五）产业发展中的"一刀切"现象

"十一五"时期，我国文化体制改革迈出了关键步伐，国有经营性事业单位转企改制取得决定性进展。

在深化文化体制改革的过程中，不同地区发展水平不同，应区别对待、分类指导。"一刀切"推进，盲目、简单的企业化，只会导致形式主义、政绩工程。在新闻出版业就存在这种现象，不论当地出版业的发展程度，雷声大雨点小的发展数字出版，而不考虑当地的文化资源如何，实力怎样，一律部署"走出去战略"。这方面，我们不乏案例和教训。

二、出现以上问题的原因分析

上文所述问题的出现与对文化大发展的片面理解密切相关。

（一）忽视了文化基本的教化功能

文化对社会有教化作用。汉语中，文化有"人文教化"之意，"人"是讨论文化的前提，"文"是基础和工具，"教化"是共同规范产生、传承、传播得到认同的过程和手段。

十七大报告重点提出并论述了"文化越来越成为民族凝聚力和创造力的重要源泉，越来越成为综合国力竞争的重要因素"。作为一个13亿人口的大国，尤其需要人们对社会核心价值的认同。文化建设

---

① 中国传媒大学文化产业研究院：《2009全国文化产业调研报告》，《文化创意产业参考》2009年第 5期。

的首要任务就是建设社会主义核心价值观。不能只强调文化的经济价值，忽视文化的教化作用。对文化产业的意义价值的认识还需深化。文化产业也有着把握导向、团结人民、凝聚人心的基本职能与义务。

（二）片面理解文化大发展

文化大发展的核心是十七大报告中所论述的"建设社会主义核心价值体系，增强社会主义意识形态的吸引力和凝聚力"。不能简单地把文化大发展等同于文化产业大发展，片面追求发展速度、发展规模和经济利益。当前文化建设中要谨防忽视文化的传播规律和文化产业的发展规律的冲动式"文化大跃进"，以及与之伴生的文化产业泡沫。

（三）没有做到因地制宜

经济发展到一定阶段，才可能为文化发展提供必需的土壤与环境。不同地区在发展文化产业上，从资金投入到文化体制改革，都必须因地制宜，结合各地实际，按照发展规律，探索适合自身的发展道路。

例如在文化产品"走出去"的问题上，有条件有能力的文化企业和文化产品"走出去"，能增进不同地区和民族间对文化的了解和沟通，有助于扩大本土文化产品的国际影响力，打开国际文化市场空间。但一些地区在不具备条件的情况下，盲目高喊"走出去"，不但不实际、不可持续，甚至会带来种种副作用。

三、对策和建议

发展文化产业是转变经济发展方式、增强我国综合国力的必然选择，是提高可持续发展能力的必然要求，也是重塑国民心灵、提升我国国际话语权的必然要求。经过"十五""十一五"的积累，我国文化产业正从粗放发展向集约、规模化发展过渡。在这一探索过程中，一些问题的出现是正常的、在所难免的，及时认识问题并防患于未然，可避免交付不必要的"学费"。

（一）理性认识，把握规律

文化生产有其自身的特殊规律，不能等同于其他经济门类。不顾文化自身特性盲目发展文化产业，不但无益于文化产业发展，还可能阻碍文化自身的发展和繁荣。在文化产业发展中，必须理性认识文化和文化产业的内涵，把握其特点与规律。

（二）理性发展，重视文化

要重视文化的教化功能。无论文化事业和文化产业，都必须坚持社会效益优先，努力实现社会效益与经济效益的统一。文化是文化产业的根本，文化产业的发展，应重视核心竞争力文化的生产。

文化产业领域既需要大企业也需要小企业，大不等于强，不能一味地、盲目地求大。要防止过分垄断对文化产业的消极影响，要因地制宜，促进中小企业的创造力和竞争力的提升，推动文化多样性和均衡发展目标的实现。

（三）理性评价，规范统计

为迅速、健康地发展文化产业，必须科学界定文化及相关产业的概念、范围和分类，完善统计指标，规范统计方法，建立科学的统计指标体系，防止非理性的炒作和为我所用的注水式"编造"。要加强统计的基础建设，提高统计数据质量。同时建立奖惩机制，设置诚信申报信用系统。对积极配合的文化单位给予相应的奖励，对弄虚作假的单位进行批评教育、停业整改甚至吊销执照。

（四）理性投入，科学投向

一方面应强化政策支持，进一步增加对文化产业的财政投入。文化产业的发展，离不开资金的投入，投资不足会制约文化产业的发展。应在稳定政府投资的同时，降低准入门槛，鼓励非国有的经济力量以多种形式投资文化产业。另一方面要理性投资，要有回报意识，杜绝不计回报的文化投资意识，谨防重复建设、低层次同质化竞争所导致的资源浪费。尤其要注意将钱投资到那些需要钱并能够赚到钱的行业和项目。

（五）理性转型，理顺管理

其一，逐步改变党企不分、有关部门成为文化产业部的倾向。目前的管理办法，作为强力推动文化产业发展的过渡性、阶段性手段，可以理解，但宜缩短过渡期。有关部门应将注意力聚焦在提高党对意识形态的引导能力和方针政策的把握上。其二，文化产业涉及的管理部门众多，存在职能交叉、责任不清的问题，又存在职能空缺、管理不到位的情况，应尽快建立和完善文化管理体制。需注意的是，在文化产业管理中，政府的领导是"引导"而非"干预"，政府的角色是提供服务的"引导者"而非事必躬亲的"管理者"。其三，要充分考虑文化产业的特殊性，不能一味用经济指标考核文化企业。对转企改制，应有一定的压力感，但不能过分。压力过大难免造成资源的浪费及弄虚作假。而文化体制改革是要为文化人创造更加广阔的能够创造、创业的大环境，不理性地转型，是舍本逐末。

（六）理性培养，重视人才

人才是文化产业发展的智力资源与人力保障。当前，新兴文化产业人才匮乏问题严重，解决文化产业的人才问题已是当务之急、重中之重。在人才培养上，要做到战术与战略相结合，防止重战略规划轻战术计划的现象。注意理性培养人才，尤其在当前人才教育主要由高校负责的情况下，要解决重理论知识灌输，轻职业素质和能力培养的老问题。

简要言之，文化产业发展中出现的问题，是发展中的问题，是前进中的问题，是任何新兴产业都曾遇到过的问题，也是能够解决的问题。

（原载于《中国党政干部论坛》2011年第10期）

新闻出版工作要增强文化责任

　　党的十七届六中全会以来，在中央和各地党委政府的推动之下，文化建设进入崭新的发展阶段，我国新闻出版产业也随之取得了日新月异的发展。但与此同时，出版业也面临着一些挑战，既表现在业界众说纷纭的技术层面的问题，诸如数字出版等新兴业态对传统出版业态的冲击，也不同程度地表现在新闻出版机构面对市场的无从下手，面对读者的无所适从，面对外来文化冲击的应对乏力，这些挑战向出版界提出了一系列严峻的课题。

　　出版业在应对挑战的过程中，还有几种倾向值得关注：一是简单的对政治负责，忽视出版产品的文化品质；二是一味地盯市场看码洋，忽视出版产品的文化传统；三是简单地把握出版导向，将读者放在了无足轻重的位置。这就有一个对政治与文化、市场与文化、导向与读者、事业发展与人才成长之间关系的准确理解和正确把握的问题。

　　一是既要对政治负责也要对文化负责。出版是党的宣传思想工作的主阵地。同时，作为出版人也应该认识到，出版业毕竟是一个文化行业，担负着传承文化和创新文化的重任。这就要求出版人必须在服务党的宣传工作的过程中，提高我们出版产品的文化内涵，达到精美的艺术标准，争取在社会生活中产生重大影响。具体说来，就是要做好三个服务：一是要着眼于马克思主义中国化的最新成果，回答现实生活重大理论和实践问题，为党和国家的工作大局、为社会主义现代化建设服务。二是要着眼于文化积累、知识创新、对外传播，为文化传承、为提高全民族科学文化素质服务。三是要着眼于繁荣大众文化、传播有益信息、引领健康生活，为丰富人们的精神文化生活、为提高人们的生活质量和工作效率服务。

出版人要努力使出版产品富有文化意蕴，做到政治性、艺术性、创造性、时代性的统一，从而让出版产品更加丰富多彩，既能满足再造民族之魂的精神需求，又能满足人民群众多样的文化生活需求。这也是出版工作"讲政治"的出发点。我们强调出版产品的社会效益和经济效益是对两个效益相辅相成、缺一不可的整体把握与理解，而有些从业者却陷入了这样的误区：将社会效益简单地理解为政治导向正确。殊不知，这仅仅是实现社会效益的基本要求。仅导向正确，但内容生涩、行文呆板、自娱自乐、孤芳自赏，产品无人问津，就会产生既无社会效益，也无经济效益的后果。这样的"政治正确"其实是对社会效益的误读误解。

二是既要对导向负责也要对读者负责。对导向的理解不能简单化，对导向的表达也不能表面化，图书和期刊出版物尤其是这样。出版工作的导向，不是抽象的，而是有机的统一体：既有政治导向，也有文化导向，还有教育导向、消费导向、生活导向，等等。它应该是健康的、昂扬的、向上的、科学的、生动的。表现传达核心价值观要做到有高度、有深度、有现实意义，做到内容充实、贴近实际、贴近生活、贴近群众，让广大读者心悦诚服地喜欢、认同，接受所传达的价值观，这样的文化产品才有可能"化"人，我们的导向才可能在化人的过程中达到目的。能够化人的作品才是真正对导向负责的作品，反之，从概念到概念，脱离了社会现实、脱离了人民大众，只会适得其反。

三是既要对市场负责也要对文化使命负责。出版业是文化产业的有机组成。我们的产品应该如何面对市场、应该给社会呈现什么样的姿态，首先要认识到出版产品的本质特征是文化，必须注重文化理念传播和价值观的传递。文化是文化产品的精神脊梁，文化是文化产品的立身之本、立命之魂。文化产品必须追求应有的文化品质，实现应有的文化理想，承担责无旁贷的文化使命。这就要求我们关注市场、把握市场、培育市场，以文化的特质跻身市场，以文化的品质占有市场，以文化的名义引领市场。关注读者、引导读者而不迎合低级趣味，贴近读者、服务读者而不低三下四，这才是我们出版工作应有的职业精神。关注经济效益是我们赖以在市场上生存、发展的物质基础，但不要忘记社会效益永远是出版人应坚守的价值底线和追求的最高境界。这就要求出版人自身要有文化，要有文化使命、文化责任、文化担当以及可贵的文化情怀，进而坚守我们出版人的文化尊严。

四是既要对事业发展负责也要对人才成长负责。出版是我们事业的载体，人才是我们推动事业的根本。仅有出版的载体，而忽视推动事业的主体，事业就会平庸，甚至会被耽误、没落。一个有眼光的出版家，在谋划自己事业发展目标的同时，一定要集结一支精良的工作队伍。否则，这种目标就会是摆设、是标签，是蛊惑人心的话柄。我们一定要明确，事业是人干出来的。在事业的发展中，使用人才、培养人才、发现人才，让人才的成长支撑事业的发展。

（原载于《出版参考》2013年11月下旬刊）

新闻出版工作要履行好政治责任

新闻出版工作是党的思想宣传工作的重要组成部分，是意识形态领域斗争的前沿阵地。

舆论导向正确是党和人民之福，舆论导向错误是党和人民之祸。从这个意义上来说，我们新闻出版战线坚持正确政治方向，牢牢坚守党性原则和社会责任，在政治上与党同心同德，坚定不移地服务于党和国家的中心工作，是党和人民赋予我们的职责所在。近年来，原新闻出版总署吊销了珠海出版社等5家出版社和40多家期刊社执照，对报社和记者站的处理则就更多了。这警醒我们，一本书、一期刊物如在政治上出了问题，出版单位可能是前功尽弃、全军覆没。履行好政治责任，也便成为新闻出版工作中需要注意的首要问题。

一是进一步加强意识形态领域工作。根据中央宣传工作会议精神，我们必须清醒地看到，当前党的意识形态安全和国家文化安全确实面临着种种挑战。在新闻出版领域，一个突出的问题就是，打着"民主""自由"的旗号，否定我国媒体的党性原则，否定党对新闻出版工作的领导。

这个问题并不是仅仅表现在报纸和网络上，也表现在我们的图书和期刊中。有极少数出版、印刷、发行业从业人员利欲熏心、唯利是图，出版、盗印或者贩卖政治有害、淫秽色情、格调低下的出版物，扰乱出版市场，给我们的意识形态安全和文化安全造成了极大的损害。社长、总编作为出版单位的管理者，是负责意识形态的第一责任人，必须进一步增强政治意识、大局意识、责任意识、忧患意识，进一步加强对意识形态工作的重视和领导，及时防范和处理好意识形态领域的各种问题。必须始终牢记新闻出版工作的基本属性和历史担当，把坚持和服从党的领导作为首要政治责任贯彻落实到位。必须坚持党管媒体原则，从内容、质量、程序、技术和行为规范等各个方面把好关口。必须加强本单位的思想政治工作，大力加强马克思主义新闻观的学习教育，在个人评优、产品评奖、绩效考核等工作中，将出版物的社会效益、思想政治状况纳入考量范围，促进形成正确的导向。必须加强本单位的领导班子建设和党的建设，确保与以习近平同志为核心的党中央保持高度一致，更好地服务于党和国家工作大局。

二是要自觉遵守、严格落实各项出版管理规定。出版管理的各项规定，是防范各种错误思潮和主张传播的重要保证。社长、总编都有着带领本单位作出更大成绩的理想追求，但要出成绩，首先不能出问题，这就要求我们自觉严格执行落实重大选题备案、三审三校、出版审批、进口审核、单位年检等基本制度。严格落实这些规定，是纪律，是程序，是职责。我们要坚决防止制度成摆设，规定走形式等现象的出现。

三是要不断提高本单位人员的政治素质。各出版单位的从业人员相对年轻，文化程度较高，思想很活跃，也非常熟悉现代传媒工具，能够熟练地使用诸如微博、微信等网络社交平台和即时通信工具；同时，他们涉世未深，对社会的认识可能还有些片面，也有不少的同志受西方文化的影响较深，不能正确认识我们的国情和制度。新闻出版单位要把用好本单位的年轻人作为突出任务来抓，要用科学的方法，引导他们在思想上、行动上与党中央保持高度一致；要加强思想政治教育，严明政治纪律，要求所有从业人员从政治上、大局上明辨是非，把握方向，坚决做到"三个不允许"。即不允许散布违背党的理论和路线方针政策的意见，不允许公开发表违背党中央决定的言论，不允许制造传播政治谣言及丑化党和国家形象的言论。

出版业讲政治，并非是我国出版业的特例。出版业是内容产业，其核心是社会主流文化价值观的传达。西方发达国家的出版产品也经常讲政治、讲导向，再输出他们的意识形态，是利用艺术的形式搞对外渗透。总之，履行好政治责任，是新闻出版单位的首要职责，也是严肃的考验。

（原载于《出版参考》2013年10月下旬刊）

新闻出版工作要提高发展能力

近年来，我们新闻出版业取得了不小的成绩，行业的各种统计数据都呈现出一派繁荣景象。但作为出版业者，我们应该清醒地认识到，目前我国新闻出版工作仍待提高。

一是要扎扎实实抓学习，提高领导能力。

学习是一个人奠基人生的基础，是一个团队奠基事业的基础，是一个行业繁荣发展的基础。不善于学习的人，也是不会工作的人。一个没有文化的文化单位是不可能生产出合格精美的文化产品的；一个没有文化的所谓文化人是不配从事文化产品的生产的；一个没有文化的人是不配谈文化责任、文化使命、文化尊严的。

二是要有跨越式发展的思路。

发展要有目标，要有思路。我们要进一步解放思想，要有面向全国、走向世界的眼界和胸怀；要有高点定位、高点起步的境界和追求；要有追求行业一流的气魄和勇气，井底之蛙、碌碌无为的事务主义者是难以承担跨越式发展的光荣使命的；惧怕竞争、回避竞争，一味地指责抱怨、自艾自怨或者孤芳自赏、自我感觉良好、甘居平庸的姿态是难以完成跨越式的历史任务的。跨越式的发展需要切切实实的努力、奋斗和卓有成效的实践。跨越式发展不是一句空话，不是一个标签，不是动听的口号，不是故弄玄虚的数字游戏，它需要我们一心一意地聚焦工作，殚精竭虑地研究工作，取法乎上地谋划工作，细密周详地思考工作，切实有效地推动工作。我们必须要有从我做起、从现在做起的责任感、紧迫感，切实推动各项工作顺利开展。跨越式发展需要有一支团结、和谐、奋进、精良的团队。

我们出版行业无论是领导还是普通员工，都应该有谦和朴实、作风正派、行为端正、情趣高雅、谈吐得体的精神风貌，让人一看就知道不愧是文化单位的人。作为社长、总编，既有提升自己、推动工作的责任，更有带好队伍的责任。带好队伍是做好工作的前提。社领导既要善于发现下属的长处和优点，也要及时纠正部下的缺点和成长中的不足，既要布置工作任务也要教给工作方法，要充分调动每一位同志的积极性、主动性和创造性。社领导的岗位是个光荣的工作平台，要在这个平台上做好工作。

跨越式的发展思路，包含的内容很多，我曾经提到过六个"两手抓"。一是一手抓编辑，一手抓经营。编辑是生产精品的核心力量，经营要追求效益，管理要追求效率，经营是有效提升营销精品的重要手段。没有精品，营销再好也难以收到理想的效果；有了精品，经营队伍"弱不禁风"也不行，酒香也怕巷子深。二是一手抓政府资助，一手抓市场发展。抓政府资助就是寻求项目、政策、资金支持，抓市场发展就是要研究出版消费市场的态势，把握市场的走向；抓市场就是要研究读者、把握读者、引领读者进而吸引读者。三是一手盯着长远，一手聚焦眼下。盯着长远是谋划战略，聚焦眼下是寻找战术，长远是要谋划3年、5年甚至10年的发展，眼下是要抓好今天明天、今年明年的事情。宏伟的战略规划永远需要切实可行的战术支持，否则就会陷入我们常常说的"醒得早、起得晚"的境地。四是一手出潼关，一手出国门。这主要是从出版业"走出去"来讲，陕西的产品首先要走出潼关，再争取走出国门、占领市场。连潼关都出不去，还谈何国门？五是一手抓传统出版，一手抓新兴业态。前者可以使我们养家糊口，后者则是我们保持可持续发展、做大做强的唯一选择。六是一手抓外部支持，一手抓强身壮体。外部的支持和内部的潜力都很重要，在这两方面都不能放松，不能一味地关注前者

三是要坚定不移地推动精品生产和体制机制改革。

古今中外的经验告诉我们，凡是有作为有影响的出版社，无不重视积累，靠好书铺路，靠质量立身，靠精品留名。那种急功近利、跟风炒作、低俗媚俗的做法，可能得一时之利，但不会长久，终究会被时间淹没，被读者抛弃。一个单位的发展，没有一套竞争、激励的机制是不行的。改革就是要冲破一切妨碍发展的思想观念，改变一切束缚发展的做法和规定，革除一切影响发展的体制机制弊端，形成一套灵活管用的体制机制。只有不断深化改革，才能使单位充满活力，才能保证实力逐步增强，才能推动精品力作不断涌现。

四是要有求真务实的工作作风。

有句俗话说，一想二干三成功，一等二看三落空。作风漂浮、脱离实际、夸夸其谈，工作思路空对空，决策的信息不准确，作出的决策不科学、不合理，缺乏操作性，这是我们经常批评的一种工作作风。这种作风对我们的发展不仅没有帮助，反而会带来恶劣的后果和影响。要努力做到知与行的统一，一打纲领不及一个行动，千百件不认真的事不如认真切实地做好几件事。只有我们从上到下的每一个环节都提高执行力，通过卓有成效的努力和实践，才会开创本单位工作的新局面，进而也推动我们全省新闻出版业的大跨越、大发展。

（原载于《出版参考》2013年2月上下旬合刊）

跟党紧些再紧些　离群众近些再近些

习近平总书记对《陕西日报》创刊80周年作出重要指示，既是对《陕西日报》的亲切勉励，也是对中国新闻界、中国新闻人的殷切嘱托，为我们做好新时代党的新闻舆论工作提供了遵循。习近平总书记的重要指示，多次提到"党"、提到"群众"，它昭示我们党的媒体必须坚持党性和人民性相统一。跟党紧些再紧些，离群众近些再近些，做到坚持三个"深度融合"。

一要坚持党的要求与群众需求深度融合。正确的政治导向需要生动鲜活、丰富丰满的表达，这就要求我们全面理解导向，准确把握导向，有效传达导向。我们要深入生活讲群众自己的故事，学习生活讲有血有肉的故事，提炼生活讲引领时代的故事，将宣传引导融入群众需求，将群众需求纳入宣传引导，切实增强针对性、提高实效性。

二要坚持引领受众与服务受众深度融合。我们要牢固树立"受众意识"，把引领受众与服务受众统一起来，把握群众思想脉搏，服务群众而不刻意迎合群众，引导群众而不过分迁就群众。要善于从群众最易接受的心理和视角采写新闻，切实增强作品的感召力和吸引力。

三要坚持以德立身与作品立身深度融合。对于新闻工作者来说，以德立身，讲政治是第一位的。必须旗帜鲜明坚持党的领导，学习宣传贯彻党的理论和路线方针政策。同时还要强调精品意识，坚持以作品立身。要紧贴时代发展，聚焦"国之大者"，让散发着泥土芬芳的素材开花、结果、出彩，用我们的作品弘扬时代主旋律、彰显发展正能量。要养成"功成于细"的工作作风，把精心、精确、精致、精彩、经典等原则贯穿于新闻采编全过程。

（原载于《陕西日报》2021年3月24日）

中国新闻奖奖项设置改革评析

　　2022年是中国新闻奖设立的第三十二个年头，作为业界最高奖项和权威标杆，它代表着主流舆论的价值导向，凝结着党的新闻事业的发展进步和创新成果，蕴含着广大新闻工作者的孜孜追求与不懈奋斗，在推动新闻界出精品、出人才方面发挥了积极作用。奖项为巩固壮大主流思想舆论、服务党和国家工作大局作出了重要而独特的贡献，是新闻舆论工作不断提升传播力、引导力、影响力、公信力的"风向标"。

　　作为面向各级各类媒体、新闻工作者广泛参与、权威性和美誉度高的年度综合性优秀作品奖，中国新闻奖奖项设置改革关系重大。主办方中国记协商以求同、协以成事，广泛听取新闻界意见建议，寻求贴近媒体意愿和社会期许的"最大公约数"，从新闻形态、新闻生产规律和评价规律出发调整改革奖项设置，是与新时代同频共振的积极探索，是与新闻事业发展同向同行的有益实践。其三方面变化令人耳目一新：

　　一是破立并举。习近平总书记多次强调，要坚持问题导向。可以说，我们事业发展的一切成就和进步，无不是在破解问题中实现的，有什么问题就解决什么问题，什么问题突出就重点解决什么问题。中国新闻奖奖项设置亦如是。30多年来，随着新闻事业的发展，中国新闻奖不断"做加法""打补丁"，丰富评选类别，奖项由最初的13项扩充到29项。但奖项交叉问题也随之而来，部分奖项甚至有"隔年皇历"之嫌。改革是破而后立、与时俱进的需要。此次改革从新闻业务专业和新闻工作实际出发，对奖项进行梳理、归并。改革后，评选项目由29个优化为20个，结构更为合理、框架更为清晰。尤其是以体裁为主线，同时尊重媒体特性和新闻实践，设置基础奖项，打破了原有评选项目对作品形态和传播介质的限制，贯通各类媒体，兼具专业性和包容性，覆盖的新闻工作者群体也更为广泛，可谓一举数得。另一值得称道的变化是此次改革取消了对作品的字数、时长限制，有效减少"遗珠之憾"。通常认为，好新闻应短小精悍。但是面对不同的题材，该长则长、该短则短，注重作品的表达效率方是应有之义。

二是内外兼重。改革后的中国新闻奖以内容题材为主线设置专门奖项，内宣聚力、外宣发力，有力服务党和国家工作大局。其中，重大主题报道、典型报道历来是中国新闻奖评选的重头戏，作为专门奖项单列后，旋律更高昂、能量更饱满，有利于充分发挥优秀新闻作品的示范引领作用。舆论监督报道奖项的设立可谓惊喜。长期以来，公众对舆论监督报道存在认识误区，认为舆论监督是"抹黑""添乱"。这其实是对舆论监督的曲解。正如习近平总书记在党的新闻舆论工作座谈会上指出的："舆论监督和正面宣传是统一的。"从本质上来讲，舆论监督与正面宣传有相同的精神内涵、一致的出发点和统一的校验标准。舆论监督报道奖项的设立，激浊扬清、扶正祛邪，鼓励媒体真正当好党和人民的"耳目喉舌"，激励从业人员切实担负起"瞭望者"的使命。国际传播是中国新闻奖诸多奖项中较为独特的品类，它的设置和发展与中国对外传播国家战略发展的关键节点密切相关。近几年，我们充分利用海外社交媒体平台"借船出海"，不乏"破圈"成功的案例，海外新媒体传播渠道的国际传播价值被广泛认可，这在国际传播奖项改革中也得到了充分印证。

三是"新"旧相融。传统媒体与新兴媒体融合发展是大势所趋。2014年，"媒体融合"上升为国家战略。伴随着融合的纵深化发展，2018年中国新闻奖增设媒体融合奖项，奖项设置4年来的发展成果是极为丰富的，见证了我国媒体融合由表及里的显著变化，展现了主流媒体进军主阵地取得的突出成果，涵育了一批具有聚合功能、探索价值和社会反响的融媒精品。当前，媒体融合发展进入深水区，此次改革亦是新形势下主动作为、守正创新的必要举措，除打破限制、贯通各类媒体设置基础奖项外，另增设"融合报道""应用创新"两个专门奖项以鼓励发展创新，明确内容是核心、技术服务内容的本质要求，强调服务群众、服务社会的公共职能，正能量与大流量相得益彰，真正发扬好新闻的价值。同时，改革后的评选办法明确规定"各省（区、市）记协报送作品必须有 1 件以上县级融媒体中心作品"，鼓励县级融媒体中心创新创优，助力打通媒体融合"最后一公里"。媒体融合发展是一篇大文章，与时俱进的中国新闻奖无疑是这篇文章最好的"记录者"之一。

"不期修古，不法常可，论世之事，因为之备"，中国新闻奖亦是如此。奖项设置改革因势而谋、顺势而为，堪称"大手笔"，有助于让更多无愧时代、不负人民的优秀新闻作品脱颖而出、传播开来，充分发挥出"立标杆、出精品、育人才"的作用。

（原载于"新华网"2022年6月14日）

更好建设新时代 "记者之家"

2017年11月8日，习近平总书记致信祝贺中国记协成立80周年，贺信指出："长期以来，中国记协加强新闻队伍建设，拓展对外新闻交流，引领广大新闻工作者积极宣传党的主张，深入反映群众呼声，唱响主旋律，传播正能量，为我们党团结带领人民不断取得革命、建设、改革伟大胜利凝聚了强大舆论力量、营造了良好舆论氛围。"并强调，要"牢记党的新闻舆论工作职责使命，深化改革，开拓创新，保持和增强政治性、先进性、群众性，更好把广大新闻工作者凝聚起来，真正建设成为'记者之家'"。

习近平总书记对建设"记者之家"的殷切期待，为记协深化改革、创新发展指明了方向。陕西记协认真贯彻落实习近平总书记的要求，提出建设新时代记者"三个之家"。我们理解：建设"记者之家"，要在建设精神之家、文化之家、组织之家上下功夫，更要在筑牢"家"的基础、明确"家"的方向、保持"家"的温度上做文章。

建设新时代记者"三个之家"

建设新时代记者的精神之家。这个精神之家应该是政治引领、思想支撑、灵魂培育的"家",是帮助广大新闻工作者树立正确的事业方向、价值取向的"家"。政治引领,就是教育引导新闻工作者以党的方向为方向、以党的事业为事业,以人民的需求为需求,听党话、跟党走,当好党和人民群众的纽带桥梁;坚定马克思主义新闻观,深入学习贯彻习近平新时代中国特色社会主义思想,不断增强政治认同、思想认同、情感认同。思想支撑,就是为广大新闻工作者提供健康成长、努力成才的思想资源。灵魂培育,就是团结引领新闻工作者把坚定的信仰信念、自觉的历史担当、高尚的职业操守作为行动自觉,体现和落实到采写编评的实践中,发时代先声、记人间冷暖、养天地正气,守望社会公平、匡扶人间正义,彰显媒体责任、记者担当、新闻力量。

建设新时代记者的文化之家。新闻单位是文化单位,是文化产品的生产者与梳理者。新闻工作是接触新生事物十分频繁、接触多元文化非常丰富的行业,因此,文化建设对于新闻单位自身建设极为重要。记协作为新闻工作者这一特定群体的"家",理应自觉担当起新闻行业文化建设的重任,倾心打造记者的文化之家。这种文化是文章千古、笔墨春秋的文化;是铁肩道义、妙手文章的文化;是守望者需要的守望文化,是记录者需要的记录文化,是传播者需要的传播文化。这个文化之家要做什么呢?就是要推动新闻行业优秀文化的整合与交流;传承和弘扬党的新闻工作优良文化传统,践行社会主义核心价值观;引领新闻工作者以自己的笔和镜头为党、为国家、为人民、为时代立德、立功、立言。这种推动、整合、交流,应该成为记协组织为新闻单位服务的一个重要内容。

比如,挖掘和利用名记者资源。新中国成立前,有张季鸾、范长江等为代表的一批新闻前辈；改革开放前，有穆青、郭超人等为代表的一批行业楷模；改革开放后，我们有更多的长江韬奋奖获得者。他们都是新闻行业文化建设中的标志性人物，可以考虑编辑出版一套名记者丛书。它既可以是优秀记者作品的集中展示，也可以是优秀的新闻从业人员的事迹汇编，使之成为新闻从业人员的业务示范。再比如，"好记者讲好故事"活动也可以进一步扩大社会效应。

建设新时代记者的组织之家。组织是事业赖以发展的基础，也是个人成长进步的平台。记者之家，应该是新闻管理体制建设的有机组成、新闻行业建设经验的集散地、各类新闻活动的推动者，寓管理于服务，寓服务于引导，寓守正于创新。比如，通过记协的平台，把各级各类媒体的记者更好团结起来，形成集团作战的合力；在新闻采访活动中，协调各方尽可能为记者提供工作便利条件；当记者权益和安全受到侵害时，提供法律援助，积极帮助记者维权；当记者的工作生活遇到障碍和瓶颈时，想方设法给予生活救助与业务指导、心理疏导等，使广大新闻工作者从中体味到归属感、幸福感、安全感。

建设新时代"记者之家"的思路

一直以来，中国记协就全心全意为新闻界办实事、办好事进行了诸多探索与尝试，做了大量卓有成效的工作。在此基础上，笔者就进一步加强新时代"记者之家"建设提三点建议。

筑牢"家"的基础。记协组织是"记者之家"建设的基础，提高组织力、感召力，优化组织设置是组织建设的重点。中国记协是党领导的中国新闻界的全国性人民团体，是党和政府密切联系新闻界的桥梁和纽带。省级记协组织的性质认定在各省不尽相同。在有关方面的努力下，陕西省对记协按照公益一类事业编制配编。未来，还可进一步明确对省级记协"人民团体"性质的认可。这样，在中国记协的带领下，全国的"记者之家"建设必然会呈现百花齐放的生动局面。

明确"家"的方向。"记者之家"建设应充分发挥中国记协的引领带动作用和联系广泛的优势,加强对省级记协的指导,上下联动为新时代"记者之家"建设凝心、汇智、聚力。中国记协的品牌活动,如"好记者讲好故事""记者大讲堂"等,对新闻界有着很强的引导力,有很大的社会影响力。此外,跨省的联合采访活动也可适度开展,既可以是全国性的联合采访,也可以是区域性的联合采访,以引导广大新闻工作者在交流学习中有所收益,在实践历练中作贡献、长才干。同时,建议定期组织主题交流研讨活动,探索共商共建共享"记者之家"的新办法、新思路。

保持"家"的温度。"记者之家"应在新闻工作者创作好作品时给予"家"的鼓励,权益受到侵害时作出"家"的维护,锤炼业务过程中提供"家"的支持。"记者之家"应成为新闻工作者从业路上的后盾和依靠,让广大新闻工作者感受温暖、温情。

推动"记者之家"建设落细落实落地

近年来,陕西省记协在推动"记者之家"建设落细、落实、落地方面做了一些工作。

创新培训方式。开设"田野大课堂",理论教育与实践教育相结合,引导全省新闻工作者深入群众火热生活,将培训班办到生活第一线,既请专家授课,也请创业者传经,在提升"四力"中感受新时代伟大变革。

扎实开展理论宣讲。以"好记者讲好故事"活动涌现出的优秀新闻工作者为主体组建宣讲团,作为陕西省委宣讲团的重要组成部分,深入全省各地开展学习贯彻习近平新时代中国特色社会主义思想宣讲工作。

表彰先进典型。为塑造新时期新闻工作者的良好形象,除全省优秀新闻工作者表彰外,增设陕西新闻道德风尚奖,大力表彰先进典型。

出版媒体图书。编辑出版《好记者的故事》一书，既是重要资料，也展示优秀新闻工作者群像。

组建互联网社群。创办集教育、文化、生活服务于一体的"记者之家"服务站，分层组建全省新闻工作者互联网社群，线上线下推动"记者之家"组织建设。

做好社会责任报告。持续推进陕西省媒体社会责任报告工作。2022年，报告发布首次实现省市县三级媒体全覆盖。

（原载于《新闻战线》2023年2月上）

出版业应对挑战应处理好的几个关系

　　党的十七届六中全会深刻阐述了中国特色社会主义文化发展道路，确立了建设社会主义文化强国的战略目标。以此为标志，作为文化建设主力军的新闻出版业进入了崭新的发展阶段。正确认识、理性把握出版业发展中的一些问题有着十分重要的理论意义和实践意义。

　　当前，我国出版业的发展面临着前所未有的机遇，主要表现在国家对文化产业的发展给予了前所未有的关注、关心、支持和重视；人民群众对文化的需求有着前所未有的热情和期待以及出版业自身为适应市场经济的改革改制，迸发出新的生机与活力。出版业作为文化产业的重要组成部分，在有利的政策环境下，取得了日新月异的发展，成长的空间日益广阔。

　　与此同时，出版业也面临着一些挑战，挑战既表现在业界众说纷纭的技术层面，诸如数字出版等新兴业态对传统出版业态的冲击，也程度不同地表现在面对市场的无从下手、面对读者的无所适从、面对外来文化冲击的应对乏力。这些挑战向出版界提出了一系列严峻的课题，比如，如何防止在应对市场冲击过程中的走向迷失，如何引领社会主义市场经济条件下人们的精神文化生活，在应对"引进来"与"走出去"过程中应该如何坚定自己的价值和理念，等等。

出版业在应对挑战的过程中，还有几种倾向值得关注：一是简单的对政治负责，有意无意地忽视出版产品的文化品质；二是一味地盯市场看码洋，有意无意地忽视出版产品的文化传统；三是简单地把握出版导向，有意无意地将读者放在了无足轻重的位置。这就有一个对政治与文化、市场与文化、导向与读者之间关系的准确理解和正确把握的问题。

笔者以为，我们的出版工作者有必要处理好政治与文化、导向与读者、市场与文化之间的关系。

一是既要对政治负责也要对文化负责。出版工作是党的宣传思想工作的重要组成部分，坚定不移地服务于党的中心工作，努力宣传中国特色社会主义理论是出版工作的职责所在。但与此同时，我们也应该认识到新闻出版业毕竟是文化行业，担负着传承文化和创新文化的重任。这就要求我们必须在服务于党的宣传工作的过程中，积极做好文化的传承，一方面深入地挖掘整理传统文化，让中华文明在我们手中得以延续，薪火相传、历久弥新；另一方面要生产出可传之后世的、体现当代精神的精品力作，努力使出版产品富有文化意蕴，做到政治性、艺术性、创造性、时代性的统一。从而让出版产品更加丰富多彩，既能满足再造民族之魂的精神需求，又能满足人民群众多样的文化生活需求。这也是我们出版工作"讲政治"的出发点。

二是既要对导向负责也要对读者负责。对导向的理解不能简单化，对导向的表达也不能表面化，出版物尤其是这样。出版工作的导向不是抽象的，而是有机的统一体，既有政治导向，也有文化导向，还有教育导向、消费导向、生活导向，等等，它应该是健康的、昂扬的、向上的、科学的、生动的。而社会上有一些出版物有着醒目的标题，披着华丽的外衣，打开一看却没有文化内涵，缺乏文化的根与魂，言之无物、味同嚼蜡，让群众读了不能受益，买了感到后悔。这提醒我们，表现传达核心价值观要做到有高度、有深度、有现实意义，做到内容充实、贴近实际、贴近生活、贴近群众，让广大读者心悦诚服地喜欢、认同，接受所传达的价值观，这样的文化产品才有可能化人，我们的导向才可能在化人的过程中达到目的。能够化人的作品才是真正对导向负责的作品。反之，从概念到概念，脱离了社会现实、人民大众，只会适得其反。我们要响亮地提出出版产品要既叫好又叫座，要将导向渗透在文化的浸润中，将导向融入文化的阐释中，将导向体现在文化的引领中，只有这样导向才能在读者心中"生根"。这就要求我们心中要有读者。出版要想到读者，切实尊重读者，在出版生产中提倡高尚，提升审美情趣和文化内涵；杜绝低俗，积极进行文化梳理、文化整合、文化创新、文化再造。否则，出版产品既叫好又叫座只能是一句空话；我们所说的好书，会背离初衷，被人民群众漠视轻视，甚至鄙视。

三是既要对市场负责也对文化使命负责。出版业是文化产业的有机组成。我们的产品应该如何面对市场、应该给社会呈现什么样的姿态。首先要认识到出版产品的本质特征是文化，必须注重文化理念传播和价值观的传递。文化产业并不是披上一张文化的皮就是文化产业了。文化是文化产品的精神脊梁，是文化产品的立身之本、立命之魂，文化产品必须追求应有的文化品质，实现应有的文化理想，承担责无旁贷的文化使命。这就要求我们要关注市场、把握市场、培育市场（培育健康的消费人群和消费市场），以文化的特质跻身市场，以文化的品质占有市场，以文化的"名义"引领市场。关注读者、引导读者而不迎合低级趣味，贴近读者、服务读者而不低三下四。关注经济效益是我们赖以在市场上生存、发展的物质基础，但出版人不要忘记社会效益永远是出版人应坚守的价值底线和追求的最高境界。

政治、文化、导向、读者、市场这些关系不是对立的，也不是并列的，更不是先后的关系，而是你中有我、我中有你、水乳交融、相辅相成的关系。政治如果没有文化作支撑，就会变成简单的、生硬的说教，显得苍白无力，这种简单的对政治负责，其实是对政治的不负责；市场如果没有优良文化品质的产品去保障，就会陷入低层次、同质化的争夺，最终扰乱市场、误导市场；导向如果没有读者的认同、理解与接受，导向就会变得不知所云，就失去了导向原本的意义。

出版业讲政治、讲导向也并非是我国出版业的特例。出版业是内容产业，其核心是社会主流文化价值观的传达。西方一些发达国家，他们的出版产品也是非常讲"政治"、讲导向的。但他们的产品对于本国精神和价值观的表现与传达，非常注重艺术的感染性和文化的渗透性。一般情况下，总是感性层面的东西先行，然后一步步引向理性层面。比如《拯救大兵瑞恩》，其实是美国的人权神话。但是你必须承认，这个神话是从情节和形象中流露出来的，因此很容易打动观众。他们的这种对观众的"打动"，对我们的启示是耐人寻味的。

我们现在强调出版产品的社会效益和经济效益是对两个效益相辅相成、缺一不可的整体把握与理解，而有的同志往往有意无意地将社会效益简单地理解为政治导向正确，殊不知，这仅仅是实现社会效益的基本要求。如若导向正确，但内容生涩，行文呆板，自"娱"自"乐"，孤芳自赏，产品无人问津，就会产生既无社会效益，也无经济效益的后果。现实中一些出版物出版了，甚至还获奖了，但却叫好不叫座，最终进了库房。

如何处理政治、文化、导向、读者、市场的关系，这是一项基本而又深刻的、"古老"而又常新的课题。为什么出版？为谁出版？依靠谁出版？出版什么？如何出版？须要我们每一个出版人去思考、去回答。

（原载于《中国出版》2012年第3期）

精神　责任　情怀

今天的党课，我想讲三个方面的认识，与大家共勉。

一、做一名合格的共产党员，要有一种精神

一名共产党员就是一面旗帜，有着无形的精神引领作用。在纪念建党90周年的时刻，我们更为自己是一名党员而倍感光荣。共产党员的光荣往往是一种崇高的精神追求、精神满足，是一种境界、一种情怀的精神回报。

（一）精神力量的引领是一个民族、一个国家、一个政党战无不胜的法宝。毛泽东同志曾经说过："人总是要有点精神的。"这是毛泽东同志在党的八届二中全会上的讲话。他说："我们有一位将军主张军队要增加薪水，有许多同志赞成，我就反对。他举的例子是资本家吃饭五个碗，解放军吃饭是盐水加一点酸菜，他说这不行。我说这恰恰是好事。你是五个碗，我们吃酸菜。这个酸菜里面就出政治，就出模范。解放军得人心就是这个酸菜……锦州那个地方出苹果，辽西战役的时候，

正是秋天，老百姓家里很多苹果，我们战士一个都不去拿。我看了那个消息很感动。在这个问题上，战士们自觉地认为：不吃是很高尚的，而吃了是很卑鄙的，因为这是人民的苹果。我们的纪律就建筑在这个自觉性上边。这是我们党的领导和教育的结果。""人是要有一点精神的，无产阶级的革命精神就是由这里头出来的。"

毛泽东同志当年的这番讲话，揭示了我们大家今天都认同的一个道理，就是精神是一种力量，是一种支柱，是一种动力。他讲的这种精神不是物质的贪欲，而是精神的追求；不是物质的满足，而是精神的回报。我在不久前与省内的一位朗诵艺术家进行了一次交流，他给我讲了一段小故事。那是他的一段朗诵，我听完非常感动。说的是山东的一个农村老大娘，抗战时期，我们一位高级干部夜宿她家，她把自己家的小麦种子磨了面，给首长烙了大饼，让首长吃，首长多个心眼，揭开另一个锅看她吃什么，原来是野菜团子。首长动情了，紧紧握着大娘的手说："大娘……"抗战后期，她把她唯一的希望、唯一的儿子送上了战场。抗战胜利了，当她儿子的战友们列队把她儿子的叠得整整齐齐的军装和军帽捧给老人，不知如何安慰她时，老人说："我还硬朗……"这件事很感动我，这是老人的"光荣"，是中国老百姓的光荣，也是中国共产党人的光荣。中国共产党人就是凭着这样一种千百万人民大众拥戴的光荣走到了今天，这种光荣是靠着高尚的精神支撑的，是靠着为劳苦大众服务的光荣支撑着。

（二）精神状态决定着一个团队的"质量"和个人的境界。共产党员的精神是世俗的物欲的标准难以衡量的。精神是永存的，一时一世的物质的、地位的、金钱的得失，往往只能满足你暂时的虚荣心，它不会让你有精神的滋润。对事业没有一种热情，对工作没有一种激情，对追求的目标没有一种豪情，人就缺少活力，干事就没有动力。所以，我们每一个人一定要有正确的价值追求，一定要有追求的精神境界，一定要有一点奉献精神。在今天来说，就是要有一种见贤思齐的精神、昂扬向上的精神，一种超越平凡、不甘平庸、不得过且过的血性和品节。而追求享乐、追求物欲，攀比享受，别人庸俗、偷懒我就庸俗、偷懒；别人胸无大志、得过且过、不思进取我就自暴自弃、不思进取，这样的人生注定是灰色的人生，这样的追求注定是低层次的追求。遵循这样的人生观、价值观的人注定要被灰色的情绪所困扰，注定是平庸、小气、低俗的。而如果我们个人始终保持着良好的作风，执着于民族昌盛、国家繁荣，执着于立足本职，追求事业成功，就会影响到我们周边的人，影响到我们所在的单位，影响到社会，这样微观上的影响最终也会促成宏观上的良好风气的形成。我们应该有一种精神上的标准和要求。一个人如果没有一种昂扬向上的精神，没有使命般的激情，不思进取，生命就失去了存在的价值和意义。

（三）人的精神培养是从加强修养中得来的。高尚的精神来自正确的人生观、价值观和世界观，来源于对马克思主义、历史唯物主义和辩证唯物主义方法论的学习、把握与运用。从这个意义上说，我们每一位共产党员都要加强修养。这个修养是多方面的，既有党性上的修养、理论上的修养，也有文化上的修养、人格上的修养。在这个过程中，尤其要处理好教养、学养和修养的关系。没有教养的基础，没有学养的追求，修养则无从做起。我们说，个人的外在形象，他的言谈举止都是教养、学养、修养的综合体现。一个人教养不够，品行气质就很低下，学养就不高。学养不够，这个人就没有内涵，没有底蕴，他的发展潜力也不会太大。修养则决定了一个人的习惯和气度，更决定了一个人的人格。我们的传统文化中间，有一种说法叫作"内圣外王"，这四个字出自《庄子·天下》。内圣就是讲心中充满圣人的学问和道德，并以此来塑造自己的内心世界，或者说是按照圣人的标准来进行人格修炼。"外王"是表现在外的事业符合王政王道的要求，即施仁义之政，行仁义之道，建王者之业。中国千百年的历史上叱咤风云的人物，可能是成千上万，但我们提起曾国藩，提起周恩来，大家都很佩服。这两个政治家的魅力，不仅在于对历史的影响，更在于他们人格修炼的完善。

我们还有句古话说"人非圣贤"，人既然不是圣贤，就容易犯错误，就要努力去修炼。教养、学养和修养，都是在后天可以弥补的。学养取决于聪慧和勤奋，天天学习，不断获取知识的人，他肯定会变成一位有学养的人。教养取决于环境和个人，好的环境里面出来的人可能就会显得有教养，但在不好的环境里，你能自觉地抵制，你能出淤泥而不染，也是可以有教养的。修养取决于悟性和意志，能不能认清什么是人生的价值，能不能始终保持良好的品德，这就是修养。我在接受全民阅读访谈的时候给他们讲，我们好多大学生本来是有知识、有文化、有理想、有教养的，但一走上社会一参加工作，就成了小市民了，为什么呢？他不学习了，书就不怎么读了，书香的情韵就淡化了。不读书，他的内心世界就苍白了；不读书，他的生活就枯燥了；不读书，他的追求就淡化了，这是一个很可怕的现象。我们好多人就是因为得过且过，不注重自身的学养、教养与修养，沾染上了坏的风气，最后他这个人就整个废掉了，总是软塌塌的，没有一点精气神，说话做事也总是给人一种很小气、很算计、很势利的感觉。你说这样的人，怎么可能在事业上有作为？又怎么能被组织委以重任呢？

二、做一名合格的共产党员，要有一份责任

我们中国共产党代表先进社会生产力的发展要求，代表着先进文化的前进方向，代表着最广大人民的根本利益。作为一个负责任的大党，这种负责首先体现在对人民负责，这就是毛主席说的全心全意为人民服务。这个全心全意不是动听的文字，它是一种境界、一种高尚、一种追求、一种标准，全心全意不是半心半意，更不是三心二意。要把全心全意化为实实在在的具体行为，就要求我们忠诚于我们

的工作、忠诚于我们的事业、忠诚于我们的组织、忠诚于我们的岗位、忠诚于我们的任务。

（一）要有为党增光添彩的责任。大家知道，我们党有着光照千秋的90年，有着让每一个共产党员引以为自豪的光荣。党的光照千秋的历史，需要每一个共产党员通过不懈的努力来续写。同时，党的这样一种光荣也需要今天的每一个共产党员作出实实在在的努力。否则，我们党的光荣不会延续，我们党的光照千秋只会成为历史。从抽象与具体层面来讲，党组织是具体的，不是抽象的。党组织是一个整体，是由所有成员共同组成的。每一个成员都是先进分子，党才能成为一个先进的党。而如果某个党员没有尽到责任，出了问题，就直接损害党的整体形象。我们是执政党，我们党总体上肯定是先进的，但俗话说：一颗老鼠屎坏了一锅汤。这种现象在我们的党员中间其实也是存在的。从宏观与微观的层面上讲，目前社会风气不好，就不能认为单位风气可以不好；党风在有些地方、有些部门不好，并不意味着在我们单位可以不好；有些党员作风不好，不应该成为我们个人工作生活作风不好的理由。所以，我们每一个同志都应该有一种为党增光添彩的自觉，而不能认为党的形象是靠别人去维护的，党的义务是要别人去履行的，有意无意放弃自己的责任。党员履行党员义务、职责是天经地义的，我们必须积极践行党的宗旨，承担应该承担的责任和义务，共同维护好党的整体形象。从党组织的先进与党员个体先进的关系上来讲，党的先进给我们带来了光荣，我们要把这份光荣变成让党更加光荣的行动，切实尽到我们应该尽到的责任。

（二）要立足本职尽职尽责。我们每一个共产党员都应在党的历史进程中，发挥一个共产党员应有的作用。这种作用，就是在自己所从事的工作岗位上，恪尽职守，尽心尽力，尽职尽责。尽心不尽力，等于没尽心；尽职不尽责，等于没有责。我作为局长，我要尽心尽力，尽职尽责；我们每一位同志都要尽心尽力，尽职尽责。尽心尽力，不是一句空话；尽职尽责，不是一个标签。可能有同志想问我今天为什么又要讲尽心尽力，尽职尽责呢？因为它太重要了。它需要我们坚定的信念，需要我们守土有责的职业操守，需要我们的创造激情，需要我们的努力，甚至需要我们一定的牺牲。一个单位是这样，一个地区是这样，一个部门是这样，如果我们每一位同志都能够尽心尽力，尽职尽责，这个单位的同志就是优秀的，这个单位一定是优秀的。我有时听到外单位的同志说，出版局同志们的作风好，态度端正，工作尽职，有服务意识，就常常脸上有光。我偶尔听说有个别同志工作作风不好，就痛心疾首。希望我们的同志都做合格的共产党员。这是高境界，也是底线，这种合格就是要体现在日常工作中。

三、做一名合格的共产党员，要有一种情怀

这种情怀，就是要有一种担当。前一阵在中央党校学习时，中央党校副校长在讲课的时候，也指出我们国家的公职人员要有点情怀，要有点担当，要有点境界。

（一）中国共产党奋斗史就是一部担当史。前两天为了策划咱们省的一部重大精品图书，到陕北吴起镇，到红军会师的那个胜利山，我有很多感想。我们现在想红军长征两万五千里那是怎么样的威武雄壮的军阵，其实，当时是一支被国民党称之为"流寇"的队伍，那是一支衣衫褴褛、连饭都吃不饱的几千人的队伍。但是，就是这么一支队伍，凭着这样一种担当，凭着这样一种责任，凭着那样一种理想，由小到大，由弱到强，我们才有了今天的新中国。

这里，我再给大家讲讲朱德同志的故事。朱德在南昌起义的时候，地位并不重要。起义军主力十一军辖8个团，由叶挺指挥。二十军辖6个团，是贺龙的部队。朱德是九军副军长，九军就是个空架子，没有军长，参加起义的只有军官教育团3个连和南昌公安局2个保安队，加起来500人不到，只能算一个营。所以无论是在南昌起义之

前还是起义进行中，组织指挥起义的核心领导成员中都没有朱德。起义当天晚上，分派给朱德的任务是用宴请、打牌和闲谈的方式，拖住滇军的两个团长，以保证起义顺利进行。起义后，朱德只带了两连人和一些学生，一路宣传一路走，又是政治队，又是先遣支队，又是粮秣队，并没有指挥战斗队。9月初，南昌起义军在三河坝兵分两路，主力由周恩来、贺龙、叶挺、刘伯承等率领直奔潮汕；朱德率领部分兵力留守当地，阻敌抄袭起义军主力后路。这就是著名的"三河坝分兵"。当时朱德挑的也不是重担。在三河坝完成阻击任务后，已经是个损兵过半、四面都是敌人、与上下左右皆失去联系的烂摊子，思想上、组织上都相当混乱。朱德在这个非常时刻，面对这支并非十分信服自己的队伍，表现出了一种难得的担当精神。在商量下一步行动方针的会议上，一些同志觉得主力部队都在潮汕散掉了，起义领导人也都撤离了，三河坝这点力量难以保存，提出散伙。朱德坚决反对解散，提出隐蔽北上，穿山西进，去湘南。这真是一个异常严峻的时刻，没有基本队伍、说话没有人听的朱德，接过了这个几乎没有人再对它抱任何希望的摊子，通过他异乎寻常的执着，为在困境混乱中的队伍指明了出路。但队伍到了天心圩，却像是走到了尽头。部队虽然摆脱了追敌，但常受地主武装和土匪的袭击，不得不在山谷小道上穿行，在林中宿营，同上级党委仍无联系。时近冬天，官兵仍然穿着单衣，常常饿肚子，伤病员得不到治疗；部队的枪支弹药无法补充，战斗力越来越弱；饥寒交迫，疾病流行；部队思想一片混乱，各级干部纷纷离队，只剩一个团级政治指导员陈毅，师团级军事干部只剩一个七十四团参谋长王尔琢。领导干部如此，下面更难控制。营长、连长们结着伙走，剩下来的便要求分散活动。部队面临顷刻瓦解、一哄而散之势。关键时刻，站出来的还是朱德。在天心圩军人大会上，朱德沉着镇定地说："大家知道，大革命是失败了，我们的起义军也失败了！但是我们还是要革命的。同志们，要革命的跟我走；不革命的可以回家！不勉强！"他还说："1927 年的中国革命，好比 1905 年的俄国革命。俄国在1905 年革命失败后，是黑暗的，但黑暗是暂时的。到了 1917 年，革命终于成功了。中国革命现在失败了，也是黑暗的。但黑暗也是暂时的。中国也会有个'1917 年'的。只要保存实力，革命就有办法。你们应该相信这一点。"1927年10月底，在中国江西省安远的天心圩，朱德这个最初"没有基本部队，地位并不重要，也没有人听他的话"的指挥者，在关键时刻将胸中的信心与激情像火焰一般迅速传播给了剩下来的官兵，为即将崩溃的队伍树立起高山一样的信仰。当年四散撤退的南昌起义领导人，哪一个能想到留在三河坝担负殿后任务的朱德，最终组织起南昌起义部队的"上山"力量，成为中国人民解放军的"第一号"军人？朱德同志的故事现在听起来似乎很遥远了，但他的这样一种担当对我们的启示却是深刻的。我想我们今天的每一位同志都要担当，这种担当是让你切切实实地挑起责任，这种担当是要你认认真真地做好每一件事。

（二）讲担当要处理好功劳与工作的关系。我们讲担当是全面的担当，不要有了成绩都是自己的"担当"，有了急难险重的任务的时候，甚至出了事的时候则都成为别人的、和自己没有关系。为什么不担当呢？咱们局里所有的事我都担当，大家各自负责的事也应担当。这种担当，是以境界和情怀为基础的，一个极端个人主义者是不会担当的，一个患得患失、斤斤计较的人是不会担当的。这种担当应当体现在我们工作的全过程，体现在每件事从谋篇布局到整体推进的各个环节。只要大家都认真、都担当，就没有克服不了的困难。

（三）讲担当要处理好做人做事与做官的关系。孙中山先生在中山大学给学生们作报告时说："年轻人要立志做大事，不要立志做大官。"这是对人的世界观、人生观、价值观的一种谆谆教导。后来薄一波同志又以此来勉励年轻人，这句话在今天仍然有着特殊的针对性。我们每一个工作人员，都面临着一个做人、做事、做官的问题，以做人做事为价值追求与以做官为价值追求的行为方式，价值判断是完全不一样的。特别是在当前社会上出现利益纠纷的时候，我们必须有正确的理想和抱负，必须有正确的担当。在这个意义上说，处理好做人做事做官的关系，就显得特别重要。

我们历来注重做人，对如何做人，有很多很好的古训。比如说"志士不饮盗泉之水，廉者不受嗟来之食"，比如说"富贵不能淫，贫贱不能移，威武不能屈"，这里面都强调做人要有正气、要有骨气。在我们中国，做人的教育从家庭到学校到社会也是贯穿始终的。从较低的层面来讲，要做一个好人，好人的标准是孝悌忠信、礼义廉耻。再向上一个层次，就是要做事，所谓"修齐治平"。再向上一个层次，像毛泽东同志在《纪念白求恩》里倡导的那样，做"一个高尚的人，一个纯粹的人，一个有道德的人，一个脱离了低级趣味的人，一个有益于人民的人"。做人是"人"的基础，但仅仅做一个好人也是不够的，要做点事。做事体现社会价值，而不是个人价值，通过社会来体现自己的存在价值而不是生存价值，做事也体现一个人的价值追求。做事不单纯是满足极端个人主义的需要，而是在满足社会需要的同时实现个人价值。不难看出，做事是实现个人价值的有效手段。对一个想干事的人来说，个人价值只有和社会价值有机结合，才有价值。我们经常说理想主义，理想主义只有和现实有机结合，才会有现实意义。这就需要有一个干事的平台。这个平台可能就是"官"，有了这个官你就可能干更多的事。"官"只是一个平台，体现做人的一个平台、实现做事的一个平台，个人价值最大化的一个平台。"居庙堂之高则忧其民，处江湖之远则忧其君"，是这么一种境界。但现实中人们却常常把这个关系搞颠倒了。为了做官去做事，好大喜功、华而不实，劳民伤财搞政绩工程；为了做官而做人，对上逢迎讨好，对下欺诈应付，场面上文质彬彬，私底下傲慢专横。而官当不上了，事也不做了，人也不做了，好像做人只会做官。我现在很担心个人在回忆往事的时候，一生干事没几件，可怜的就只剩下做过什么官了。我觉得，做事才是做人的价值追求，做官并不是应该追求的人生终极目标。如果图占官位满足虚荣，占位不干事，这个官对人对己又有什么意义？今天我们尤其该强调，做人要讲操守、有尊严、有追求、有品位，自重、自爱、自强，少一些功利欲望，不贪图蝇头小利。做一个清清爽爽、干干净净的人；做一个情趣健康、志向远大的人。做事要讲恒心，有勇气，能奉献，多做事，做好事、做对社会有贡献的事，日积月累，总能干成一些让老百姓认同、让自己觉得人生还有价值的事；做官要讲担当，有正气，做一个清正敬业的人，不要让老百姓指指戳戳，做上对得起父母、下对得起儿孙的官。为什么这里讲对得起父母和儿孙呢？权力越大责任就越大，所辜负的人就越多，如不留心，不但让自己背上骂名，让父母儿孙在人面前也抬不起头来。归根到底，人首先要做人，当一个好人，一个对社会有用的人，一个有社会价值的人。为了做人而做事，为了做事而做官，这才是正确价值追求的逻辑关系。

总之，我想我们要有点精神、有点责任、有点使命、有点情怀，脚踏实地，做好本职工作，共同把全省新闻出版工作推向一个新的、更高的水平。

（原载于《党组书记讲党课》，中共陕西省直属机关工委编，

陕西人民出版社2011年12月出版）

大学之“大”

——关于高等院校办学理念的思考

大学之大，是大学的精神之大，学问之大，学术之大，学人之大。大学是社会文明的摇篮，先进文化在这里聚集、生产和发扬；大学是知识创新的源泉，社会科学、自然科学各类知识在这里交汇和碰撞；大学是时代精神引领者的聚集地，这里有大师引领的教师集团，也有成长起来、大学因之骄傲的学生团队。

雾里看花

改革开放30多年来，我国高等教育实现了突飞猛进的跨越式发展，也为经济社会发展作出了重大贡献。如同社会飞速发展的历史进程必然会伴随着困扰、缺憾与不足一样，在我国高等教育辉煌的背后，也存在着一些不尽如人意的倾向与问题。比如："大楼"越盖越高、"大师"越来越少；学生越招越多、就业越来越难；地越圈越大、"学"越办越"小"。教师中不同程度存在着求"衔"多于求学、求名多于求真、求研多于求教、求新多于求实等问题。尽管这些问题是发展中的，有的尚属苗头，但已经或必将影响我国高等教育健康稳定可持续发展，应引起警惕与重视。

这些现象的出现耐人寻味、发人深省。就高校自身而言，有一个重要的原因，就是自身办学理念定位不明确。近年来，梅贻琦于1931年就任清华大学校长演说中关于大学"大师"与"大楼"的论断重新引起热议，既蕴含着有识之士对我国高等教育真正实现从规模扩张到质量提高战略转变的呼唤和期盼，也折射出一批知识精英对高等教育前一段发展中存在问题的理性反思，还夹杂着一般公众对高等学校直觉的不满。真知灼见中夹杂一些雾里看花的隔膜、未搔到痒处的误解，甚至还有一些非理性的激愤，这些虽然使高等教育圈内人感到困惑，但也正是大学走出象牙塔后所必须面对的困境，而且这些议论也确实抓住了高等学校办学理念需要准确定位的关键。

梅贻琦关于大学"大师、大楼"之说的热议，不仅因其真知灼见，还因其与现阶段我国高等教育发展背景的特殊契合，而凸现出其重要意义。我们重提这一话题，是试图跳出人们表面是"师""楼"，实质是人、物二分的二元思维模式，从大学何以大、大学之所以为大学的角度提供大学理念反思的一家之言。

有神乃大

大学精神，也即大学理念、大学理想，无疑是大学一种独有的价值取向，是对大学行为提供普遍指导，是大学采取这样而不是那样行为的基本信念、基本原则，归根结底是大学之所以为大学的本质要求。纽曼在其名著《大学的理想》中明确指出"大学乃一切知识和科学、事实和真理、探索和发现、实验和思索的高级保护力量：它描绘出理智的疆域，并表明……在那里对任何一边既不侵犯也不屈服"。因此，精神的引领、理想的照耀、人格的完善、价值的确立、真理的追求，这些既是大学庄严而神圣的使命，也是大学之所以为大学的必要条件。数百年来，大学正是坚持理想、保持理性并坚守以理想和理性为核心内容的大学精神，才取得了辉煌成就，逐渐取得走出象牙塔迈向社会的资格。可以说，大学迈向社会舞台中心，是大学精神的胜利。

大学发展的辩证法告诉我们，社会既为大学发展注入了活力，也为大学继续保持理性、坚守理想、张扬精神提出了挑战。怎样才能在社会中心不为浮誉所惑，不与流俗相竞，在市场经济的环境中不为市场潮流所裹挟，不被市场规则所同化；怎样既融入社会又与社会保持相应距离，既为社会发展提供智力支持又为社会提供精神动力和理性引领，这就需要大学的领导、教师和学生具备自省、自重，自律的意识和定力，既能抵制大学外部世俗的影响和诱惑，也能防止内部庸俗化的滋生和蔓延。

"大学之道，在明明德，在亲民，在止于至善。"儒家经典《大学》开篇之语，为我们在两千多年后思考现代大学精神提供了另一种理论资源。现实大学中官本位、市侩作风、学术腐败、浮躁浮夸、急功近利等现象盛行，使人时时感到非理性、庸俗化的气息，不能不使人担心，大学精神是否已经萎缩？表面繁华与骚动的大学是否预示着实质上正逐渐背离大学精神而去？果真如此，那么人们有理由担心，当大学失去了大学之所以为大学的大学精神之后，大学还会是大学吗？

有道乃大

如果前面所说大学的"神"，指大学的精神、理念、理想，那么这里所说的"道"，则指落实大学之"神"所应遵循的办学规律、所物化的制度。钱学森关于"现在中国没有完全发展起来，一个重要原因是没有一所大学能够按照培养科学技术发明创造人才的模式去办学"的著名论断，或是指创新人才培养这一理念没有遵循创新人才培养规律，没有形成按此规律所设计的制度、模式。

就目前而言，高等教育在外部关系规律把握方面，既有没有把握好受制约的问题，也有没有把握好为之服务的问题，很多应该做好的服务无力或者不愿意做，却做了很多不该做、无力做的事。深入到高校内部，我们不难发现违背高等教育自身规律的情况时有发生。

大学法人制度的形同虚设，导致大学有书记校长却没有教育家的尴尬局面；关于现代大学制度的探讨已争执了很多年，但现代大学制度究竟有几条可操作性的制度，远未达成共识，导致行动上的我行我素，延迟了高等教育改革步伐；学术权力与行政权力缺乏相应的界定与规范，导致前者对后者的萎缩、臣服，以至学术稍有成就者就要谋个一官半职，既造成了人才的浪费，又助长了校园里的"官本位"；人们都认同大学的根本任务是培养人才，但由于缺乏与之相应的强有力的制度保障，致使高校口号喊得震天响，却普遍存在着科研硬、教学软、育人软的尴尬局面。

许多大学尽管很重视科研，但由于还沿用大学创始之初为培养人才而设计的以学科专业为依据、以院系为单位的师生管理制度，没有建立创新成果所需的集成力量、凝练方向，构筑平台的科研管理体制，限制了更多科研成果的产生，更阻碍了跨学科前沿原创性成果的探索和发明。教师队伍建设中，由于没有建立科学的职称评聘制度，导致近亲繁殖严重，学术自由风气稀薄，对优秀人才的排斥与打压等现象不时出现。诸如此类没有遵循甚至偏离高等教育规律的行为，有些需要政府予以明确规定，更多的需要大学自身解放思想，深化改革，锐意创新，开拓进取。

有人乃大

人才培养，科学研究和社会服务是公认的现代大学三大职能。但从历史沿革来考察，现代大学之发轫，承担的主要是培养人的职能，直到19世纪初德国人洪堡将科研体制引进高等教育体制之内，形成了教学与科研相统一的原则；社会服务是20世纪初从德国学成归国的一批信奉实用主义的美国人将洪堡办学理念移植到美国的产物，最具代表性的是"威斯康辛思想"。

无论是洪堡的原则还是"威斯康辛思想"，其制度设计都是围绕人才培养这一目标来开展科学研究和社会服务的。可见，大学的职能是按人才培养、科学研究、社会服务的顺序依次产生的，而且后边产生的职能并没有也不可能否定人才培养的职能，而只能服从和服务于人才培养这一根本职能。

一所大学不从事科研和社会服务，也可能是一所不错的大学；但如果一所大学仅仅从事科研或社会服务而不承担培养人才的职能，恐怕就要改为研究院或企业了。实际上，世界上的大学，能够三种职能兼而有之并且都完成得很好的学校毕竟只是凤毛麟角，更多的大学都是以培养人才为主要目标。而且，一所大学的品牌，既会反映科研成果、社会服务水平等短期效应，更凝结着优秀校友的贡献。

新建大学之所以难以为社会认可，并不难在科研成果及社会服务难以上水平，而是难在培养的优秀校友对社会发展的切实贡献和优秀校友资源的积累。但一段时间以来，政府及民间各种名目繁多的评比、评奖、评估、排名的推波助澜，使一些大学难以摆脱学校层次、排名等急功近利的冲动，有意无意地模糊、忘记了培养人才这一根本任务，热衷于科研经费、社会贡献等硬指标，把教师看成获得硬指标的工具。此风所及，刺激诱导许多教师把培养人才看成影响自己科研水平的额外负担。

办学者和教师一旦被硬指标牵着鼻子，心中势必难以容纳教育对象，势必出现目中无"人"（学生）的状况，那么，办学以师为本，教学以生为本，以学生的全面发展来设置培养方案、改革教学方法就成为一句空话。对人的尊重、关爱，人的个性发展，因材施教这些教育所必须遵循的规律就难免流于形式、口号，难怪有人批评现行的大学人才培养模式是把学生当标准件生产的流水线。长此以往，大学不但会不自觉地因忽视自己的根本任务，与设定的一流的目标渐行渐远，更重要的是可能会毁掉一代人。

有师乃大

不可否认，关于"大学者大师之谓"的旧话重提是针对教育重物不重人观念的反驳，更是对大学行政权力过分膨胀、学术权力极度萎缩的批判，暗含着对以"教授治学"为核心的现代大学制度的探索。这无疑有着非常重要的积极意义。

广义的大学包括所有高等教育机构，即便是狭义的大学，我国校名后缀中有"大学"的高校也有数百所之多，而这些大学中有一批至今没有博士学位授予权。如果真的大学就是大师之谓，要么现在许多大学应该取消大学称号，要么我们承认连培养博士资格也没有的大学教师可以被称为大师。随着高等教育大众化的急剧推进，除"985工程"及部分"212工程"入围大学还固守于精英教育的目标，并能享受国家提供的政策性平台和资金支持，尚能集中部分大师外，其他大学都已没有大师生存的土壤和空间了。

按我国高等教育的发展现状，不同高校寻找与自己定位相符合的，能够留得住、用得上，肯教书、能教书、会教书，热爱学生、热爱学校、热爱本职的教师是当务之急。少数以世界一流为目标的名牌大学必须具有学贯中西的大师级的领军人物，更多的大学需要一批以育人为使命的甘于奉献的教书先生。那种概而言之大学大师之谓的说法，是高等教育研究中少数一流大学掌握话语权的直接反映，那种不分学校层次一窝蜂招揽大师的做法不但现实中行不通，即便真的可行也是资源和人才的浪费，更会助长浮夸、浮躁等学术不正之风。

教师是学校得以生存与发展的基础，是提升学校办学水平的决定因素，是决定学校实力的基本元素。学为人师行为世范。一方面，教师应用"师"的标准要求、塑造自己,以教为本,以教为业,以教为荣;另一方面,大师不会凭空产生,尊师、敬师,社会也应该有这样的风气和氛围;育师、用师、养师,学校必须有这样的义务与责任。另外,少数高校需要大师,大批大学更需要一个由大师领军、献身教育的金字塔结构的"教师集团"。

海纳百川、有容乃大的胸怀和气度是大学之大的重要依据。思想自由,兼容并包,实质是要包容不同的学术,兼容不同的学派,宽容不同的学人,它需要办学者、管理者、教学者有包容的胸襟、宽容的雅量、兼容的勇气、共荣的追求。这其中当然有领导对学者的态度问题,也有学者对学者和学者对领导的态度问题,还包括领导、教师对学生的态度问题。

有容乃大

说起这个问题,我们会想起普林斯顿大学对安德鲁·怀尔斯教授9年不出1篇论文的宽容,由此他得以静心研究并最终破解困扰了世界数学界长达360余年的一大难题——费马大定理;关爱患有精神病的天才数学家约翰·纳什,终于使其在与疾病搏斗30年后获得诺贝尔经济学奖。人们会想起蔡元培任北大校长期间,以学术水准为最高标准,既延聘了守旧的陈汉章、黄侃,又容纳了主张清帝复辟的辜鸿铭、参与洪宪运动的刘师培,也聘请了新文化运动的先锋胡适、鲁迅、钱玄同,还容纳了中国共产党的创始人陈独秀、李大钊等。

普林斯顿大学的做法体现了对教师本人的包容和关爱,本质是以人为本的具体化,所以在期盼人性化管理的大学教师中容易引起共鸣并因此广为流传。蔡元培的做法看似对各派各类专家学者的宽容,其实反映了对不同观点及学科内容的兼容并包,体现了尊重学术思想自由的卓见,是蔡元培"仿世界各大学通例,循思想自由原则,取兼容并包主义"思想的具体体现,显得更加难能可贵。

大学只有兼容并包各种不同类型的思想者、不同学派的学者，才能氤氲出学术自由风气；只有微荡着学术自由的风气，才有不同思想的交锋和竞争、不同学术的探索和争鸣；只有不同思想的相互砥砺切磋，新学术、新文明才得以孵化、孕育，真理才能在与谬误的争论中脱颖而出。只有这样，大学才能为人类社会文明发展作出重要贡献。

有特乃大

特色办学是大学的生命线，这已经成为高等教育圈内人的老生常谈。但老生常谈的事情却还在谈，本身说明这件事不但没有解决，反而日益严重。为什么从上到下都在强调特色办学，而大学同质化、千校一面的情况却越来越严重。特色办学的前提是大学各安其位，只有大学找准自己的定位并安于自己的定位，才有可能寻求自己的优势和竞争力，办出自己的特色和个性。

美国教育社会学家马丁·特罗指出，高等学校分层定位受政府分配和市场竞争双重原则制约。由于我国市场经济体制尚未完全成熟，因此行政权力这只看得见的手特别有力，而市场这只看不见的手作用却微乎其微。

不仅不同大学发展历史、服务面向、学科重点和专长变得模糊甚至被人遗忘，在盲目追求大而全的同时，也不可避免地失去自己生存依据的不可替代性，同质化、千校一面的情况就自然而然地发生。更为重要的是，本来是政府资源却用市场化方式去运作，败坏了政府的形象，损害了政府的公信力，助长了学术腐败。政府一方面应当掌控好可控的行政资源，加大分类指导的力度，着力引导大学根据国家需求和大学自己长期形成的服务面向和学科专业优势，找准自己的定位，办出自己的特色和个性，寻求自己的优势和竞争力；另一方面应当创造条件，发挥市场在高等教育资源配置方面的基础性作用，把一些可以用市场调节的资源让渡给市场，让大学在市场竞争中形成自己的特色，找准自己的定位。

有文乃大

大学包含众多学科领域，集精神建构、学术研究、科学发现、人文培育及人才培养于一体。大学的三大职能，从文化的视角来审视可以表述为文化的传承、文化的创新、文化的传播和推广，大学也理应成为文明的摇篮。其作为时代和社会精神灯塔的角色和地位，既取决于其对高深学问的发明创造，也因为它代表着社会道德文明和人文精神的高度。主要在于所传承、创造、传播的文化对社会教养、学养、修养及人们的思维方式、行为方式、生活方式所具有的深厚、深刻、深远的引领和影响。

大学应该具有文化的含量、文化的碰撞、文化的涵养，大学文化应该是博大的、包容的、深厚的、儒雅的、有穿透力的。但在现实中，大学既有用科学文化替代大学文化的简单化倾向，在学科建设上忽视、漠视、歧视人文科学的发展，在学生培养上不顾学生全面发展的个性化需求，按流水线把学生培养成工具人、单面人；也有用市场化代替大学文化的庸俗化倾向，办学上的学商不分、急功近利、以利润最大化为目的的商业行为的热衷和追求，学术上的弄虚作假、钱学交易、近亲繁殖，学生培养上的买卖文凭、高收费等。这种简单化和庸俗化对大学文化的侵袭和腐蚀，正在败坏大学给人们留下的庄重、神圣、高尚、自律的形象。难怪有许多人觉得大学越来越像商场和市场，大学越办越俗、越办越小。难怪有人担心，长此以往，大学的庸俗化不但培养不出社会主义建设者和接班人，而且大学生的人格在庸俗文化侵蚀下也会越来越庸俗，大学离国家和社会的希望和要求越来越远。

有德乃大

　　大学是社会的文化引领者，也是社会道德的良心。不但承担着巨大的文化责任，而且应当是社会的道德榜样。但是，大学之德不可能凭空产生，也不是无所依托的"空中楼阁"，大学的道德必须大学人来培育、锻造、保持并发扬。近年来，不时看到或听到大学师生员工甚至领导人违法乱纪、论文抄袭、学术腐败之类的报道和传闻，大学的道德形象在公众心里越来越失去了往日光彩，大学的道德之光日益暗淡。大学之中，书记校长的独特地位决定了其在塑造大学道德形象中举足轻重的表率作用和组织实施作用。但大学领导班子在学术水平普遍提高，专业造诣普遍较深的同时，不同程度地出现了重知识素养、轻思想道德，重学术造诣、轻管理能力，重学历资格、轻工作实绩的倾向。

　　要重新恢复公众对大学的道德信心，重振大学的道德形象，要按照德才兼备、德育为先的原则选拔任用大学领导干部。教师是办学主体，他们不仅应当为大学教学科研等硬指标作贡献，更应该发挥他们在形成大学道德形象中的主体作用。大学的道德责任，特别要在育人过程中切实落实德育首位的指导思想，切实克服道德教育在大学的缺位现象，把思想政治教育纳入人才培养模式之中。

　　正如美国学者德怀特·艾伦所说，20世纪以来，高等教育自发地把如何使学生变得聪明当作主要目的，高等教育忙于应付令人头晕目眩的新知识，无暇顾及价值观和道德教育，其严重性在于："如果我们使学生变得聪明而未使他们具有道德，那么我们就为社会创造了危害。"在使学生变得聪慧这方面，尽管还有很多不尽如人意的地方，但确实已经形成了一整套行之有效的理念、制度、措施，相形之下，在使学生做有道德的人这方面，理念和制度脱节现象却非常普遍。德育首位，起码把德育与智育放到同等重要的地位，确实刻不容缓了。

针对目前一些大学造假之风屡禁不止的现象，我们还可以提出"有真乃大"，这个"真"就是对真理的价值追求，求真务学、求真务教、求真务研的职业操守。针对目前用人单位对学生素质不高的抱怨与担忧，我们还有必要提出"有爱乃大"，这种爱，应该是爱祖国、爱民族、爱社会、爱集体、爱他人的胸襟与情怀。

面对辉煌，正视现实，未雨绸缪。未来的30年，我国高等教育将承担更加光荣而艰巨的使命，要完成这一历史使命，必须从理论与实践上正确回答办什么样的大学，怎样办好这样的大学这些高等教育理念中的关键问题。其中，大学所以为大学，大学何以大，是更本质的问题，需要深长思之。

（原载于《中国社会科学报》2010年12月21日，28日）

大师来自高水准教师集团

中国高等教育需要一批学贯中西的大师级教师，也需要数量众多的热爱学生、热爱学校、热爱本职的教师队伍，更需要一个由大师领军献身教育的金字塔结构的"教师集团"。

"大师"是教师集团的一分子

曾几何时，各个学科的大师在神州大地如雨后春笋般成长起来，大有"忽如一夜春风来，千树万树梨花开"之势。但令人困惑的是，20世纪末中国还那么缺大师，怎么会有那么多人10年之间就成为大师？当然，这些年我们培养了一批人才，也的确从国外引进了一大批人才，但引进的究竟有多少能称得上大师呢？当"大师"像"大棚蔬菜"一样能够速成，可能也会像"大棚蔬菜"一样廉价了。关于"大学者大师之谓"的旧话重提是针对教育重物不重人观念的反驳，更是对大学行政权力过分膨胀的批判，暗含着对现代大学制度的期盼，这无疑有着非常重要的积极意义。

《2007年全国教育事业发展统计公报》公布的数据显示，全国1908所普通高等学校共有专任教师116.83万人，正高职称的教师11.96万人，占高校教师总人数10%左右。按照新颁布执行的高等学校岗位设置管理的指导意见，高校专业技术岗位共分十三个等级，其中正高级职称的教师可评为一至四级，而一级属国家专设的特级岗位，必须是两院院士和为国家作出重大贡献，享有盛誉、业内公认的一流人才。如果我们把高校一级岗位的教授认定为大师的话，那么，二至四级岗位的教授恐怕与大师尚有一定距离，更不用说五至十三级岗位的副教授、讲师、助教。而且一级岗位的教授全国也只有一千多人，占正高职称教师总人数的1%左右；与一级岗位相近的二级岗位的教授也是凤毛麟角。可见，大学教师队伍是由助教、讲师、副教授以及四、三、二、一级教授组成，且呈逐级减少的金字塔结构。在这个金字塔型的高校教师队伍中，尽管水平越高从而职称级别越高的教师数量较少，但由于其学术地位和良好的人格修养，其影响却更大。由于这些人学术上是业内公认的一流人才，而且年高德劭，所以在高校教师队伍建设中具有不可替代的引领和表率作用。

　　一般而言，级别高的教师无疑水平高、影响大，但他们要取得高水平成果也需要更多的教育资源支撑和更宽松的学术环境保证。从现实看，随着高等教育大众化步伐的急剧推进，除"985工程"及部分"211工程"入围大学还固守于精英教育的目标，并能享受国家提供的政策性平台和资金支持，尚能集中部分大师外，其他大学都已没有大师生存的土壤和空间了。按我国高等教育的发展现状，不同高校寻找与自己定位相符合的能够留得住、用得上，肯教书、能教书、会教书，热爱学生、热爱学校、热爱本职的教师是当务之急，少数以世界一流为目标的名牌大学必须具有学贯中西的大师级的领军人物，更多的大学更需要一大批以育人为使命的甘于奉献的教书先生。而且从人才成长规律看，大师不会凭空产生，众多的二级教授中才可能成长一个大师，众多的三级教授中才可能成长一个二级教授，依此类推，要涌现更多高级别的教师，首先应当把低级别的教师队伍建设好。中国高等教育要取得预期的发展，既呼唤大师，更需要一个由大师领军的献身教育的金字塔结构的"教师集团"。这个"集团"中的每一个层级的成员都有其不可替代的作用。那种概而言之"大学大师之谓"的说法，是高等教育研究中少数一流大学学者独占话语权的直接反映，那种不分学校层次都一窝蜂招揽大师的做法，无异于缘木求鱼。

高水平"教师集团"值得期待

大学高水平"教师集团"的建立，离不开全社会尊师、敬师的风气和氛围，更需要大学承担育师、用师、养师的义务与责任。

大学高水平"教师集团"的建立，既需要高校内部宽松、宽容的环境，也离不开全社会尊师重教的良好氛围。说起这个问题，我们会想起普林斯顿大学对安德鲁·怀尔斯教授9年不出1篇论文的宽容，使该教授得以静心研究并最终破解困扰了世界数学界长达360余年的一大难题——费马大定理；关爱患有精神病的天才数学家约翰·纳什，终于使他在与疾病搏斗30年后获得了诺贝尔经济学奖，这些大家耳熟能详的故事。一些人也会想起蔡元培任北大校长期间，以学术水准为最高标准，既延聘了守旧的陈汉章、黄侃，甚至主张清帝复辟的辜鸿铭，参与洪宪运动的刘师培，也聘请了新文化运动的先锋胡适、鲁迅、钱玄同，还容纳了中国共产党的创始人陈独秀、李大钊等的故事。这些看似熟悉的故事却反映着大学内外部环境对人才包容所具有的不同层次的内涵。普林斯顿大学的做法体现了学校对教师本人的包容和关爱，本质是以人为本的具体化，放射着人性化的光辉，所以在期盼人性化管理的大学教师中很容易引起共鸣并因此而广为流传。要做到这些，既需要大学管理者宽阔的胸怀，更需要社会乃至政府等高校外部环境有尊师、重师的气度和氛围。

大学教师不但传播、推广知识，而且担负着创造知识的重任。一般而言，传播、推广的知识大多是被实践证明了的没有争议的普遍真理，而创新的知识却有一个其价值有待于进一步认定的问题。正因为如此，海纳百川、有容乃大的胸怀和气度是大学之所以为大学的重要依据。思想自由，兼容并包，实质上是要包容不同的学术，兼容不同的学派，宽容不同的学人，它需要办学者、管理者、教学者有包容的胸襟、宽容的雅量、兼容的勇气、共荣的追求。这其中既需要社会、政府等外部环境对大学的宽容，也需要大学内部不同个人及团体相互之间的宽容。

教师必须树德立范

教师是办学的主体，他们不仅应当为大学教学科研等工作作贡献，更应该发挥他们在塑造大学道德形象中的主体作用。大学的道德责任，必须落实在大师引领的大学教师集团的职业形象中，必须落实在教师集团每位教师的职业道德中，师德师风建设应该成为教师队伍建设的灵魂。如果说每个公民必须履行一般的自然、社会义务和公民义务这类的"底线道德"，那么，以教书育人、传道授业解惑为己任的大学教师，除具备一般公民必备的"底线道德"之外，更应具备教书育人、科学研究、社会服务所应具备的为人师表、行为世范等职业道德，不但应该用师的学术标准，更应该用师的道德要求塑造自己，以教为本，以教为业，以教为荣。教师是人类灵魂的工程师，教师应该有这样的自觉和追求。

在大学之中，书记校长既是教师，又比一般教师掌握着更多的公共权力，承担着更多的社会责任。独特地位决定了他们在塑造大学道德形象中举足轻重的表率作用和组织实施作用。但现实状况是，大学领导班子在学术水平普遍提高、专业造诣普遍较深的同时，不同程度地出现了重知识素养、轻思想道德，重学术造诣、轻管理能力，重学历资格、轻工作实绩的倾向。要重新恢复公众对大学的道德信心，重振大学的道德形象，首先必须按照德才兼备、德育为先的原则选拔任用大学领导干部。

（原载于《光明日报》2009年12月30日）

一个腰缠"万贯"的大学生

那是在成都科技大学的一间会议室里，由18个省市团委的学校部长和一些著名高校的团委书记参加的研讨会正在热烈地进行，话题集中在大学生成才与勤工助学上。盛暑的蓉城，热气袭人，人们不停地摇着扇子，不停地擦着汗。

"各位老师，作为参加会议唯一的学生代表，我很荣幸，请允许我讲10分钟。"一位身着笔挺西装、结着考究领带的小伙子走到了主席台前。他有些腼腆，并没有引起大家的注意。

"学校的一切工作，只有从学生的成长着眼才会有生命力，只有为学生的成长着想才会有市场。我认为，大学生参加勤工助学很有必要，我就是在勤工助学实践中成长起来的。"他的开场白立即引起了人们的注意。口气还蛮大的，很有些现身说法的味道！

"在我们深圳大学，几乎所有的学生都参加勤工助学。每天都有50%的同学，在从事着各种勤工助学活动。从校长秘书、校办员工，到学校卫生员和荔枝园维护工；从厂长、经理，到服务员、邮递员，都有学生在兼任。诸如校内的实验银行、邮电所、粤海门客舍、洗衣厂、教工餐厅、建筑模型室、学生工程部，等等，都是学生创办的勤工助学实体……"他的讲话历数深大几年来勤工助学的成果，如数家珍。人们停下了手中的扇子，屏气静听。

"我校现有的20万平方米建筑面积中，有7000多平方米是学生独立承建施工的；我校的学生实验银行在去年的深圳金融机构检查评比中，位列全市13家银行的第三名。大规模的勤工助学活动，为学生参加各类社会实践提供了大量的机会。这不仅减轻了学生们的经济负担，而且使学生得到了全方位的锻炼。"谈到这儿，他情不自禁孩子气地一笑。

"如果说是勤工助学为我们提供了自立、竞争、全面发展的广阔舞台，那么我就在这样的舞台上扮演了一个属于自己的角色——从一个寒酸的农家子弟，成为一名腰缠万贯的大学生。这在3年前，我是想都不敢想的。"他幽默但又认真地说。

他的讲话超时两倍，却赢得了大家的热烈掌声。后生可畏啊，尽管我们参会者的年龄最大的也不过三十五六岁。"腰缠万贯"成了本次会议的重要新闻之一，但大家都感到意犹未尽，他用以"现身说法"的"万贯"毕竟只是刚刚开了个头，仅仅是一种"传说"。

"自立"绝不是一句空话，这中间有痛苦，有欢乐。
在某种意义上，他是被逼出来的，有时是被自己，有时是被环境

我重新审视着眼前的他：中等身材，微黑的面庞，棱角分明，言语间不乏朝气和自信。

原来，他的成长背景的确有些"寒碜"。

1985年的初秋，当深圳大学的入学通知书"兴冲冲地"闯入他的家门时，这个地处苏北尚未摆脱贫困的农家小院，却一反常态，笼罩在一片愁云之中。一家人围坐着，为拿不出百十元钱作为他上大学的路费，大眼瞪小眼。盼来的喜讯，带给家里更多的是苦恼。

那天晚上，望着天上一眨一眨的星星："我是哪一颗星呢？"他感到茫然。

他想了很久很久。一个19岁的小伙儿，本应为父母分忧解难，带给父母的却是额外的负担，况且那是高消费地区。

20天后，他怀着复杂的心情，提着母亲特地赶制的9斤重的被子，来到了与香港新界仅一河之隔的深圳大学。他是靠家里卖粮、乡邻接济和中学校长李斯振借给的100块钱前来报到的。

端详着深圳大学别具一格的现代化建筑，他充满了新奇和神圣之感。他是慕改革开放之名而由江苏直接报考深圳大学的。此时的他，报完名、交完学费和第一个月的伙食费，身上只剩下两块钱。从田园风光的乡村，挤进这竞争激烈的经济特区，首先面临的是生存的竞争。

最初的半个月，他困惑、失落、茫然。然而，他也收获了许许多多。他朦朦胧胧意识到：竞争、自立，不是一句装点门面的时髦字眼；竞争首先需要自立，而自立首先需要精神上的独立，这些都需要切切实实的行动和努力。

思考是痛苦的，决心却是坚定的。他给家里写了第一封信，恳请家人"请不要再给我寄1分钱，这里一切都很好！"他把自己推入了绝境，断了依托和后路，大有一股置之死地而后生的意味！

在一间简陋的宿舍里，借着昏黄的灯光，他打开了入学不久写的一则日记——

> 现在已是晚上6点多钟，我一个人待在寝室里，有谁知道，现在我饿极了。可身上只剩下4角钱菜票。'经济危机'已经半个月了。我的吃饭问题总是在打游击中解决。有

谁知道我的痛苦！相信一切都会过去的，生活教给我的东西太多了，一旦从夹缝里过去，我便是英雄……

"你当时是怎么想的，让自己过得那么苦，家里多少还是可以资助一点的。"我问。

他顺着我的话，接着说："开始想得比较简单，父母亲已经很不容易了，不能再给家里添麻烦了。后来我感到：竞争，首先需要它的竞争者千方百计寻找机会，机会是靠自己争取的，不是靠等来的。"是的，生活中的机会很多，有时随处可寻，有时深藏不露，有时转瞬即逝，但机会总是偏爱那些敢于选择机会、迎接挑战的人。

深圳大学给了他机会，他也一直在捕捉着这些机会。入学不久，他就成了荔枝园里的一名工作人员，除草、松土、修枝、施肥，样样都干。此后，学习之余，他先后干过售货员、清洁工、搬运工、家庭教师、学生记者、校报主编、校办秘书、团委宣传部部长直至经理等10多种职业。职业带来的经历和感受，并不比任何一个成年人逊色。

他用自己的劳动养活着自己，保证了自己学业的正常进行。大学4年，他靠勤工助学补贴、奖学金、稿费，兑现了不向家里要1分钱的诺言。

实践越多，感受就越多。他追寻着机会，
有成功的喜悦，也品尝了挫折和失败的苦涩

"失败与挫折后的思索，最易使人成熟。"谈及这些，他感慨良多。1986年的四五月间，因工作中发生的纠葛，他辞去了校学生会《粤海潮》报的主编和校广播站站长职务。几天后，勤工助学的"工种"换了，他当上了垃圾清运工，推着小车，在教学区用铲子和双手清运臭气熏天的垃圾。浑身臭气、汗流浃背，累了，买瓶香槟，仰头畅饮。此情此景，正好被深圳大学校长罗征启教授撞见了。"干什么呢？""劳动呗！"他不好意思地递过一瓶香槟让校长喝。他和校长轻松地寒暄起来。

校长很受感动，他深情地说："我们的同学在感情上似乎比较粗糙了，这恐怕是好事。你看，被炒鱿鱼，没有哭闹、要死要活的，静静地接受一切，找个地方再干。"罗校长曾多次在大会上表扬他，高度评价他面对挫折的心理承受能力和强烈的自立意识。

对于他，这样的失败已不止一次了。为了不放弃从身边闪过的各种机会，他追寻着机会——有希望的和希望并不怎么明显的。

1985年12月，他刚刚入学3个月，就参加了校学生会主席的竞选。结果可想而知，他以极为悬殊的劣势失败了。有人说，这小子不自量力。而他不这样认为，他觉得在落败的同时，却有另外一番收获，至少他第一次从别人眼中看到了自己，尤其是看到了自身的不足。

追求得越多，实践得越多，各种感受就越多，发现自我的机会也越多。通过实践带来的思考，体会更深

在竞争中，他能较理智地对待逆境了。他说："我的缺点很多。说心里话，如果不经受这么多的锻炼，这些缺点也许别人看不出来，自己也不知道。经受逆境，往往比争取成功要付出更大的代价，因为这需要重新认识自己，审视自己，否定自己，超越自己，这往往是最痛苦的。在我，每一次的失败、沉默、思索之后，往往是更多的收获。"

他在失败中思考，在竞争中成长。1986年12月，深圳大学召开团代会，公开竞选团委干部。作为38名竞争者之一，他参加了激烈的角逐。同学们实事求是评价了他，他荣幸地当选为团委宣传部部长。

在团委，他除了从事学生会和团委工作外，还发挥管理上的特长，带领学生牵头管理住有700名学生的紫薇斋学生宿舍。在他的治

理下，一度有些脏乱的学生宿舍，变得井井有条，《光明日报》头版有过专门报道。他还担任有着400多名会员的、深大最大的学生社团口才艺术协会的主席，把社团活动开展得有声有色。

他在《深圳特区报》发表的一篇文章中说得好："在深大，到处充满了竞争，没有自立意识，那会连工作都找不到。"（《在竞争中寻求自立》）他在竞争中感到了自立的重要，他尝到了竞争的甜头。通过他的同学之口，我了解到：他并不是以腰缠"万贯"而驰名校内，而是以"屡败屡战""享誉校园"的。

看来，比自立能力更重要的是一种强烈的自立意识。自立意识的形成除了个人性格因素之外，更需要一种使之得以生长的环境。

关于"鱼"和"熊掌"，"学生以学习为主"和腰缠"万贯"

谈及他的经营活动和收入，他显得极为含蓄。我也仅仅了解了个大概。大学三年级时，他承包了一家校内企业，主要为内地企业提供信息服务，为内地企业开发新产品进行可行性研究，还协助进行科技项目的转让。他还同时担任内地六七家乡镇企业的顾问。

有这样一件事可以说明问题：浙江一家餐巾厂，曾连年亏损，老板从报纸上看到了关于他的报道，不抱希望地写信向他求教。他详细了解了这家企业的产品特点、成本核算、市场需求，并到深圳各大酒家了解情况，发现该企业的餐巾成本偏高、实用性差，认为生产一种造价低廉、薄型花边、带有民族特色的一次性使用餐巾，肯定销路好。于是写了可行性报告，详细地分析核算，还设计了各种图案。他的论证得到厂方的认可，立即投入生产，果然畅销不衰，利润大增。从此，他被聘为该厂的顾问。

"那么，你的收入呢？"我不止一次这样问他，他每一次都是友好地避而不答。我理解他的难处，这事就是放到我身上，我也会回避的，特别是作为一个在校大学生。说实话，关于他的"生财之道"，也不宜多写。至于收入情况，既然打算写人家，总应该了解一下。否则，怎么能用腰缠"万贯"这个吓人的标题呢？

他的同学尤乐在回西安时告诉我："1988年5月，深圳大学建校五周年校庆，还是大学三年级学生的他，捐赠4000元，举办了一场大型校庆灯谜会。"果然是出手不凡。

据我了解，他学习成绩非常好。几年来，在中文系诸多主修课程中，他经常获得第一名；英语也不错，我见过他在街头大大方方地与一位老外亲热地交谈。在校内外的诸多征文比赛中，他曾10多次获奖。深圳大学第二届文化艺术节征文大赛，共涉及诗歌、小说、散文、报告文学等7个单项。他一人独得两个一等奖、1个特别奖、3个二等奖，全校数千名学生唯他获此殊荣。不仅如此，他撰写的《一曲昨天的挽歌》荣获校图书馆征文比赛一等奖，得到了青年哲学家刘小枫的高度评价；他创作的剧本《我们走向世界》在校艺术节上公开演出；他的《从南通大众起步》一文获得家乡征文比赛第一名……他得了多少奖，我一下说不清，但作为中文系的学生，足以显示其学力。当然，还有他的书法、口才，以及社交能力，虽未进入我们的教育评价体系，但进入社会后这些特长肯定会派上用场的。

不仅如此，上大学的几年，他在校内外发表了几十万字的文章。《中国谜报》1989年1月1日头版头条报道：深圳大学中文系85级学生的他，为学生讲授灯谜学课程，他与赵首成先生共同编著的《新时期灯谜佳作集》在海天出版社出版。他的朋友小尤告诉我，他是深圳大学第一个登上讲台的学生，他所开设的灯谜学课程是深大校园文化课（任选课）的课目之一。"他讲得不错，当时整个阶梯教室学生坐得满满的，原定一个半小时的课，应学生之邀讲了两个多小时呢。"小尤挺兴奋！

他之"谜"及其他

我很担心，在人们普遍忧虑大学校园里的"经商风"和"厌学风"的情况下，写这么一篇文章，用这么一个刺眼的标题，会不会不合时宜，助长大学校园里的"经商风"？我曾经陷入深深的困惑之中。

"以你为素材，写一篇《腰缠"万贯"的大学生》怎么样？"他笑了笑，直摆手。后来他经不住我的"凌厉"攻势，小心翼翼地同意了。而我又迟迟不能动笔，担心给他带来一些不应有的"困难"。

从古至今，在中国教育家的天平上，如果学习权且比作"熊掌"，那么"经商"是绝对不应算作"鱼"的。事实上，当今高校中的"勤工助学"与社会上的"经商"，除了赚钱多少的区别外，似乎其他区别并不明确，只能算作旁门左道。

我曾经把他之"谜"，绘声绘色地向几位比较熟悉的大学领导作过介绍，他们的回答几乎是一致的："学生应以学习为主。"绝对正确的命题。

从古至今，大学校园毕竟是做学问的地方。他的"腰缠万贯"的过程，当然不能进入教育评价体系。不过，我们的教育家们已经开始意识到提高大学生动手能力和心理素质的重要性了。对大学校园里的高分低能，人们时有议论，普遍忧虑。虽然目前进行的大学生社会实践和开展勤工助学活动，具有改变这种现状的考虑，但是如何把大学生社会实践、勤工助学、生产实习的外延和内涵明确，作为人才培养的重要环节，科学地纳入人才评价体系，恐怕应该列入我们的议事日程了。

对此，他有自己的思考。他在给我的信中说："我在思考，作为一个中文系的学生，怎样打破传统的人才观念。身处特区，自然要适应商品经济的需要，迎接更激烈的挑战。"

他告诉我，他读了很多书，文学的、法律的、管理的、金融的、财会管理的，还有哲学、历史学、心理学、国际关系学，是丰富的知识和艰苦的实践，使他逐渐成熟，失败了又爬起来，进而站立起来。

他仅仅是一个23岁的大学生。他不是完人，身上也还有这样那样的缺点和不足，我也无意于给他罩上色彩斑斓的光环。我知道，如果说他还是一个人才的话，那么，他的成才模式、途径及外部环境，似乎在我们中国的教育界还不具有普遍的推广意义，但是，应该能给高等教育体制改革以某种启示。中国的高等教育，需要"百才齐育"的今天（社会也同样需要各种各样的人才），他的成才方式不失为成才方式之一，他本人也应作为人才群中当然的一分子。而他勇于参与竞争的自立意识，他经受挫折时所展示出的勇气和心理素质，应该给当代中国大学生以更多的启迪。

（原载于《深圳青年》1990年第7期）

为了历史的永恒

——关于李玉虎的"研究报告"

> 一个仓颉和蔡伦未及解决的"课题"，一个至今仍困扰世人的世界级难题，被古都西安一位名不见经传的青年人攻克了。美国、西班牙及国际档案理事会的专家们惊叹："你的研究成果不仅属于中国，而且属于全人类。"

一部人类发展史，如果没有文字，将怎样记载？这是一个看似可笑的提问，却曾困扰着人类。果如其然，一部人类文明史将不堪回首。

正因为如此，汉字的发明者至今被中国人怀念，以至于有了"仓颉造字"这一美妙的传说，并在2000多年前就建了仓颉庙，怀念这位想象中的哲人。

大约，正是基于此，作为字的载体——纸的发明，被作为中国引以为荣的四大发明之一。蔡伦亦被联合国有关组织列为对人类产生重大影响的百名世界伟人之一，与孔子、毛泽东同入"名人榜"。

历史总是在继承中前进的。在这里连接历史、现实与未来的重要桥梁是文字，然而，"历史"是有可能消失的。这"桥梁"是可能"断"的。如果有一天记载人类政治、历史、科技、文化、艺术……的文献由于岁月的剥蚀，纸张老化，字迹发生自然褪变以至完全消失，那将是怎样的一种状况。这绝不是天方夜谭。

人类的历史能保存多久？

对此，美国的一些专家惊呼："若干年后，人类文明的毁灭，将不是由于战争、水灾、火灾，而是来自纸张和字迹本身。"

这是困扰人类的一个现实而严峻的问题，成为国内外档案界长期以来久攻不破的世界级难题。

可是，这一难题却被中国西安一位名不见经传的青年学人攻破了，他在档案字迹恢复与纸张保护技术领域所取得的7项成果，有4项属国际首创。

这是一系列震动世界的发明。短短几年时间，它深深吸引了包括国际档案理事会两届主席法维埃与瓦洛先生在内的20多个国家和地区的档案专家，并高度评价他对整个社会与人类的特殊贡献。

西班牙国家档案局局长玛格利特·德·帕尔加女士说："你的研究成果不仅属于中国，而且属于全人类。"美国国会图书馆保护专家唐纳德·赛伯尔博士惊叹；"美国还没有这样的技术，在这一领域你们走在了我们的前面，我们落后了！"

与这一系列辉煌的成就相伴的是陕西省档案科学研究所36岁的研究员、享誉中外的专家李玉虎。

一位大学毕业仅仅10年的本科生，从大学毕业第四年起就攻克了"褪变蓝墨水字迹恢复"这一世界难题。此后，从1987年到1992年，他以平均每年1项成果的速度填补着国际国内的空白。

他创造了奇迹，他赢得了无数的鲜花和荣誉，然而，他走的却是一条平凡而充满艰辛的道路。

李玉虎印象：朴实，执着又有些"怪"；他生长在仓颉的故里；艰难、孤独而受凌辱的童年；孤独中的启蒙教育；铭心刻骨的两件事。童年，课外唯一的精神食粮就是课本。

　　此时，他"正襟危坐"在我的对面：中等个，宽脸膛，头发随意地梳理着，只是超负荷的长期运转使得皱纹过早地爬上了面孔。一切都显得那么入世、那么大众。

　　也许是他的大脑仍处在研究状态，面对我的采访，你不问他不答，有问则必答。此外，没有任何寒暄、客气之类的多余的话，朴实得就像黄土高原的一把土。

　　以至于我们很难把他与各种报刊连篇累牍介绍的"李玉虎"，中央电视台新闻联播、东方之子中的"李玉虎"，填补多项空白获得多项大奖、"中国青年十杰"的"李玉虎"统一起来。

　　面对我"漫不经心"的提问，"若即若离"的寻根问底，他像在倾听一个个学术提问，常常眯着眼，若有所思。回答问题语句并不流畅，甚至有些木讷，但说到得意之处，常常眼睛一眯，生动地一笑。作为我国档案界的"爱迪生"，尽管他已接受了数十次大小报刊电视台记者的采访，但那股认真劲儿，不减当年！

　　他有些"怪"。每当你的提问，已得到圆满的回答，你已对下一个问题感兴趣时，他思维的兴奋点仍停留在老问题上，引经据典，旁征博引，层层推进，旁若无人。最终，你不得不"扫兴"地打断他"执着与严谨的逻辑思维"，使其与我们的思路"接轨"。而他则常常"执迷不悟"的"犯规"。

　　他就是这样一个朴实、执着又有些"怪"的名人。

　　让我们还是"研究"一下他的成长足迹吧。

　　他的童年是不幸的。

　　1958年，他降生在陕西省白水县一个远离县城的小村子，新生命的诞生，给这个普通的饥饿线上挣扎的农家带来了欢乐，也带来了艰难。全家的主要收入，靠母亲买棉花织布，然后卖布所获的可怜的"利润"来维持。

当他慢慢地长大，有了人的朦朦胧胧的自我意识，当他用自己的双眼去观察周围的世界、周围的人的时候，他吃惊地发现，他不同于别人，被同龄的孩子们排斥在嬉戏的范围之外，那是因为他家的成分是"富农"。

多少次，他想跟小朋友说："咱们一块儿玩儿吧！"等待他的是一次次的戏弄。于是，他学会了孤独。

孤独使初通人事的玉虎常常独自思考一些问题，孤独使他常常同爷爷进行一些跨年龄的"思想交流"。

白水县是传说中的仓颉的故里，这里至今有古人建造的仓颉庙。也许是一种历史的巧合，李玉虎后来从事的事业，正是这位"仙人"未竟的事业。

爷爷那里有讲不完的故事，而这故事中最多的就是关于仓颉造字的传说：

仓颉登阳虚之山，临于元扈洛纳之水。灵龟负书，丹甲青文，苍帝受之，遂穷天下之变，仰观奎星园曲之势，俯察龟纹鸟迹、山川，指掌而创文字。

这些他从来听不懂。对这种叽里咕噜的话语，他常常不耐烦。爷爷则无可奈何地叹息：仓颉故里之人也，自当奋发，不辱先祖之功！但从爷爷的故事中，他知道了：造字的仓颉就是白水县人，造字很不容易，爷爷常常以此为傲。这大约就是爷爷对孙子进行的"孤独的启蒙教育"的结果。

言及童年，有两件事，李玉虎至今铭心刻骨。

6岁那年的冬天，他半夜起来小便，姐姐为其点油灯照明，不慎将炕头上妈妈纺线用的棉花燃着。顷刻间，全家仅有的以此为生的、用于织布的8斤棉花化为灰烬。见此，妈妈的眼泪像断了线的珠子，双手拍打着土地，哽咽着哀叹："这日子可怎么过呀！"

"穷，穷得为了8斤棉花而哭天喊地，在今天，这简直不可想象，我一辈子都忘不了这一幕！"李玉虎意味深长地说。

那年，他们家过了一个冷冷清清的春节，看着别人家的孩子穿了新衣服，而自己却衣衫褴褛，他甚至不敢出门。他暗暗下决心："长大了，我要给妈妈买好多好多棉花，好多好多布。"这大约就算生活最初种给李玉虎奋斗的种子。

到了小学四年级，玉虎仍遭人歧视，放学路上、打草途中常常有人追打他。对此，他似乎习以为常，尽管在对打中他常常鼻青脸肿。可是，有一天，来了一队红卫兵把他家里里外外抄了个遍。最后把一只上面画有许仙和白娘子像的茶壶定为"四旧"要拿走。

倔强的母亲坚决不给，硬是从红卫兵手中夺回茶壶摔到了地上。于是，母亲成了全村的批斗对象，院子里贴满了大字报。他们全家被扫地出门，家被贴了封条，只好在草棚里、屋檐下流浪度日，达两月之久。

幼小的他，深深感受了寄人篱下、遭人歧视的滋味。孩子是最善于幻想的。在这段日子里，他常常一个人独自坐在麦场上，望着一轮皓月幻想着有一天他穿上工作服，参加工作，全家人都受人尊重……"这段时间，我的性格变得孤僻了，但却有了坚韧的部分。"李玉虎说。

穷人的孩子早当家。他虽然没有当家，但却萌生了努力学习的强烈愿望。家中没有任何可供他学习的课外书籍，上中学的姐姐的语文、地理、历史课本成为他唯一的课外精神食粮。

在书中，他终于理解了爷爷喋喋不休的仓颉的伟大。因为有了字，人类的文明才得以代代相传。他爱上了作文，因为自己在这块天地里，才有可能自由驰骋，不受歧视，他才像个真正的人。他对人生的喜怒哀乐、奋斗与成功、痛苦与欢乐，有了初步的思考。

他热爱生活，热爱生命，尽管生活对他并不公平，他决心扬帆远航。

> 中学时代：一个"背馍学生"。他吃了4年开水泡馍，常常往返60里为吃一顿面条而高兴得像过年。对此，他认为：自己还是幸运者。回乡：他受了重用，当了站长、连长，然而却两次高考落榜。再次奋斗，他终于迈进了大学的门槛，当了一名"老大哥"。

与童年相比较，李玉虎的中学时代是幸运的。

这不仅在于长期在外省工作、多年与家中没有经济联系的父亲调回了家乡，而且在于正逢邓小平同志主持中央工作，他家的成分得到了改正，家里再也不受歧视了。

初中的两年他第一次当了班干部，受到了表扬，对此，他至今兴奋不已："我初次尝到了人的尊严的滋味。"

他无法忘记，1973年当他以全县第一名的成绩考入县城中学上高中时的情景。他的努力很快得到了学校的承认，压抑了多年的激情如喷泉般涌出，语文成绩在学校拔了尖。童年孤独时，为了自娱学会的二胡、板胡、笛子全都派上了用场，他成为学校文艺"轻骑队"的骨干，他当了县城中学的班长、团支书、校团委委员。

然而"幸运"是相对的。和其他农村同学一样，他是"背馍学生"。

"背馍学生"是人们对陕西贫困落后地区的农村学生到县城上中学的生活方式的一种形象的称谓。农村的孩子由于家境困难和学校办学条件所限，无法在学校上灶，只能靠每月或每周利用假日回家背来的馒头解决吃饭问题。

"那段日子真苦！"李玉虎至今不忘。

每个星期六，他都要离开学校步行30里，翻山越岭，回家背馍。

然后，美美吃一上顿"盼望已久"的妈妈做的面条。"那面条可真香啊，像过年似的。"李玉虎说。

星期天的下午，母亲帮他装上早已准备好的36个馒头（一天3顿，一顿2个），然后带上1小瓶辣粉，1小瓶盐，他在母亲的叮嘱声中上路。

高中两年，他记不清背了多少次馍。至今难以忘怀的是，每天到吃饭的时候，他们这些背馍学生，每人到水房打回一碗开水，蹲着围成一圈儿，给碗里撒上盐和辣椒粉，将馍掰成碎块儿泡在水里一吃了之。一年四季天天如此。

"你中学的这几年，一日三餐都是这样？！"我问道。

"是这样的。"

"那是够苦的！"我感叹道。

李玉虎不以为然地摇摇头："我还是他们中的幸运者，父亲有工作，我可以每周吃一顿面条，背得上白面馍。有的同学不仅回家吃不上那顿面条，甚至连玉米馍都背不够，上学常常节衣缩食，还饿着肚子，那才叫苦呢！与他们相比我应该是幸运者。"李玉虎说得很肯定，这是生活教给他的结论。

高中的学习生活，使他渐渐走向成熟。难能可贵的是，他已经在默默地认识自己发现自己。尽管自己并不是门门拔尖的学生，他感到自己还有潜力，自己并不比别人笨，自己完全可以用自己的双手去创造一个新的机遇。

清苦但快乐、充实的中学生活是那样短暂。高中毕业了，当他怀着浓浓的惆怅与失落返回农村时，家乡人民用热情和信任拥抱了他，大队支书兴奋而满含希望地拍打着玉虎："好小子！咱村又有了个知识青年，去大队农科站去吧！"

这大约是他走上社会的第一课。说是农科站，其实就是两间房，基本没有什么设备。玉虎二话没说："人总得干点事嘛。"憋着一股劲投入了工作。他带着两个伙伴因陋就简，土法上马，边干边学，不仅学习、生产出了菌肥，而且在全大队推广，竟然效果显著。

群众是最欢迎实干家的。半年后，他"破格"当上了大队农科站的站长，不久，大队领导把80多名精壮青年组成的农田基建连连长的重担交给了他。

"干就要干好！那真是一个热火朝天的岁月。"李玉虎谈及这些兴奋不已，他们常常一天劳动十几个小时，从晨曦初露到繁星满天，虽然汗流浃背、腰酸腿疼，虽然生活艰苦，甚至吃不饱肚子，寒来暑往，他却带出了一支很有战斗力的队伍。他们吃苦、乐观、肯干而善战。基建连长的职务深刻地磨炼了他。"面对艰苦的生活，能够保持乐观，而奋力拼搏，主要是这一段生活赋与我的精神财富。"李玉虎这样认为。在这期间，他光荣地加入了中国共产党。

粉碎"四人帮"，1977年高考恢复，像许多农村青年一样，他欣喜不已。人生能有多少机遇，机遇从来是奋斗者自己创造的。李玉虎的心在升腾。他一边尽着连长的职责，一边投入紧张的复习，迎接高考。

"玉虎的成绩是咱白水县文科第一名，高出录取线0.5分！"高考成绩揭晓了。乡亲们奔走相告。李玉虎欣喜若狂，父母开始为他准备行装，并勉励他好好读书。他的心已飞向了大学。

可是，他落榜了，白水县毕竟是陕西省100多个县（区）中的一个。这无疑是重重的一击。父母整理行装的手凝固了，李玉虎的心冷了。但他没有被击倒，他的心没有死，劳动生产两不误，劳动之余浑身散了架，眼皮直打架，他依然一心二用坚持复习。1978年，他再次参加高考，虽然成绩高出了录取线，但最终功亏一篑，又名落孙山。考上师范学校的女朋友，从此与他分手了。

他几乎被击倒，丢人、丧气、羞愧、懊恼、不争气、命运不济……各种情绪交织在一起。思考是痛苦的，难道就此作罢？李玉虎就是李玉虎。最后的结论是：气可鼓而不可泄，矢志不渝。他重新站了起来，勉励自己把一次次的失败变为前进的动力。当然，他也发现了自己的差距。

为了迎接1979年的高考，他面壁三月，夜以继日，发奋苦读。终于，命运之门向他敞开了。他以优异的成绩被西北大学化学分析专业录取了。

这是1979年9月，带着乡亲父老的殷切期望，满怀从小就立下的"宏图大志"，他来到古都西安，迈进了西北大学的校门。

生活为他翻开了全新的一页。

西北大学创建于1912年，是我国西北地区历史最悠久的全国重点综合大学。这里物华天宝、人杰地灵，正逢高考恢复不久，可谓群英毕至。

李玉虎的精神为之一振：这是一个知识与人才、思想与智慧聚集之地，他第一次发现有那么多的书可读。

由于历史的原因，22岁的他成了班上的老大哥，可是与"老大哥"不相称的是，他的学习明显地落后于其他年龄小的同学。他甚至惊奇学校怎么有那么多聪明、睿智的人。

差距是明显的，那些直接从中学考入大学的同学，英语好、年龄小、记忆力强、基础扎实、基本功好；而他是在"文化大革命"中完成小学、中学学业的，双手又摸了多年的锄把，知识生疏了，记忆力也不如前了。

"只要肯学习，不怕学不会。"凭着在农村多年练就的坚韧与执着，李玉虎暗暗下决心，迎头赶上。英语课，他从ABC学起。他细细寻找着自身在各门课程上的薄弱环节，悄悄地弥补着差距与不足。大学4年，不管风吹雨打，春夏秋冬，他坚持每天早晨6点起床，坚持每天跑一个不折不扣的1500米，晚上他总是最后一个离开自习室。功夫没有白费，他终于赶上了其他同学。

他在大学刻苦地学习了4年，也全心全意地为同学服务了4年。用李玉虎的话说，在大学他的学习不是优秀的，但他却付出了百倍的努力。他凭借着自己的忠诚、朴实、执着和热心，赢得了全体同学的信赖，担任了系学生会主席，被评为三好学生。他以老大哥般的胸怀温暖着这些同窗的小弟弟、小妹妹。教室的灯坏了，由他来找人修，宿舍的凳子掉了腿也由他来配，自习室的电灯总是由他关，以至于同学的宿舍里的"家务纠纷"也由他这位老大哥来"评判"……

言及4年的大学生活，李玉虎若有所思地说："要说拼学习，我拼不过那些年龄小的同学，但大学4年大大丰富了我的理论知识，让我掌握了一套适合自己的思想方法。同时，我发现，我遇到一些很难的作业题时，可能不会做，但和学习好的同学相比较，我的思路和他们一样。我感到我不比他们笨，而且我发现我的动手能力、理解分析问题的能力是属于优秀的。"

他在学习中不断地寻找着差距，也在发现并发展着自己的长处。

大学毕业时，他自信地说："我是有潜力的。"

他是充满着自信，对事业和生活满怀着热望走出校门的。

学化学与裱糊工没有必然联系。专业不对口！他后悔极了！现实教育了他，凭着一个农民儿子的执着与坚韧，他"拼了1000个日日夜夜的命！"他获得了巨大的成功。站在人民大会堂领奖台上，他感叹：仓颉先祖所造的字，终于有了"保护神"。

然而，生活似乎和他开了一个"玩笑"。

1983年7月，李玉虎扛着简单的行李，兴冲冲地来到陕西省档案馆。听说人家要一个专业成绩好、诚实可靠的学化学的毕业生。档案在中国历史上是一种神秘的东西，他浪漫地想起了《保密局的枪声》。

领导是和蔼可亲的："欢迎！欢迎！我们这里正缺大学生，尤其是学化学的大学生！"

可是，他没有想到，报到后他被安排和两个待业青年、一个工人一块搞裱糊修复档案，整天和剪子、刀子、糨糊以及发黄的档案打交道。一个学化学的本科生就干这个？李玉虎无论如何无法接受这个现实，多少年从不流泪的他委屈地哭了。

他悄悄回到母校，向教师倾诉委屈，请求学校重新分配。其实，档案馆不仅需要学化学的，而且需要学物理、生物等专业的大学生，他们打算利用现代科技研究档案的保护，这在国际档案界也是尖端性课题。听到这些，李玉虎将信将疑，又悄悄地回到了他的裱糊车间，他违心地接受了现实。干这事他觉得丢人，甚至不敢和大学同窗来往。

"干啥就要干好。"他很快地成了熟练工，并且其技艺超过了工人师傅。老师夸他："到底是大学生！到底不一样！"而他则一声苦笑："只是可惜了我的化学专业了。"

"日久"见人心。两个月激烈的思想斗争和踏实认真地工作，他的成绩得到了领导和同事的认同。组织上决定派他到南京博物院学习保护档案的"丝网加固技术"。

在南京，他发现众多学习者中，只有他一个是大学生，心里不是滋味。南京博物馆的奚三彩教师看出了他的心思，亲切地把他请到家中，一席彻夜长谈：档案保护中的尖端课题很多，急需你们年轻人去钻研解决，如果没有档案，历史就会变得一塌糊涂……

回忆起在南京与奚老师的那一席长谈，玉虎说：那席长谈才是我真正倾心于档案事业的开始，那真是我人生道路上关键的几步。

回到西安，正遇省档案馆全力抢救2万卷陕甘宁边区时期的珍贵历史档案，他痛心地发现那些字迹模糊的残纸碎片竟然是毛泽东、刘少奇、周恩来、任弼时的手迹。"我的心被深深震憾了，如不保护，用不了多少年，这些记载中国革命伟大历程的史料将不复存在了。"他说。不仅是这些，在省档案馆有近20%的档案已字迹严重褪变，有的县20世纪60年代形成的档案，50%的已褪色，如果任其发展，用不了多久，这段历史将不存在。他动心了、动情了。他强烈地感到自己职责的分量。

1984年初，他谢绝了装裱科副科长的职务，主动要求并申请创建实验室，正式开始了攻关的生涯。

领导热情地支持了这位有胆识有魄力的青年，2万元的经费批下来了。"那一段时间，一天忙个四脚朝天，但从确定仪器设备到查找厂家，订货取货都是我一个人干。"他既是科研人员，也是搬运工，甘苦自不用说，短短几个月，一间属于他的实验室终于建成了。

他开始了艰难的创业生涯。他把目标瞄准了"蓝色墨水褪变"这一世界级难题。目标固然宏伟，高起点的目标就意味着高难度的付出，它绝不是一顿纸上谈兵的"精神会餐"。课题涉及字迹固定、恢复、纸张保护，需要研究者掌握染料化学、颜料化学、分析化学、结构化学、纸张填料化学、植物纤维化学、有机光化学、昆虫学……这是一门涉及面广、有丰富的综合性和包容性的课题。其难度是李玉虎始料不及的。

大剂量地充实自己，他贪婪地"吞噬"着一本本艰涩的书。加深拓展专业，大剂量地占有资料。梳理、遴选、综合、归纳，他把所有这一切集中到一点，从字与纸的化学成分入手，字可以褪色，为什么不可以通过化学反应让其"显色"，并保留得更久。

此后的1000多个日日夜夜，凭着一个农民儿子的执着与坚韧，他没有节假日，没有星期天，断绝了与亲朋好友的往来，他几乎变了一个人，一个总是独往独来的怪人。

知夫莫如妻。未婚妻深知李玉虎是个工作起来不要命的"工作狂"，她放弃了自己的航空发动机专业，从沈阳飞机工业有限公司调到了玉虎的身边。他们结婚了，两张床并在一起，再加几只书箱和几件必需用品，一个简单温馨的小家庭建立起来了。

探索是艰难的。为了搞清各类墨水、纸张的化学成分和配方数据，他先后北上沈阳、天津，南下上海、苏州、杭州、南京，全国近百家造纸厂、墨水厂、学校以及文具店几乎都留下了他的足迹。厂家配方保密，纸张样品不给，他三番五次苦苦哀求，终于如愿以偿。

接着，他走访各类专业人员，查阅了百余年间的上千种档案、书刊资料，一页页翻，一页页看，一页页记，他在寻找着不同化学成分字迹的褪变规律、不同时代的字迹褪变规律、不同的纸张字迹褪变老化的规律。几年寒来暑往，几年春夏秋冬，他积累了15万字的科研笔记。经过上万次的测试，获得了1000多个重要数据。蓝墨水字迹褪色机理和恢复机理终于搞清了。"DH-B恢复剂"和"IBE型保护剂"初步研制成功了。

这仅仅是成功的起点。他未及喘一口气，又一头钻进实验室，全身心地投入到那些仪器和溶液之中，昼夜不停地对试剂性能进行测试，并对其成分进行分析调整。纤维素含量测试、纸张老化测试、纸张性质评价、物理强度……全面展开。

做一次纤维素含量测试，整个过程需要9个小时，他一天连续17个小时做两个过程；做一个纸张老化过程要经过240小时。10个昼夜，他就吃住在实验室，守候在仪器旁。实验室里酸雾、毒气呛得人睁不开眼睛，毒液毒气腐蚀得工作服上"大眼瞪小眼"，新买的夹克衫几天拉链就被蚀掉了。他人瘦了，眼睛布满了血丝，甚至身体的生理机能也发生明显的失调，他把一张张诊断证明和病假条藏进口袋，昏倒了，起来再干。他用生命作"赌注"换来了6000多个数据。

"3个年头他几乎是在拼命！"他的妻子说。但是在拼搏中，一项项成果应运而生。在这期间研制成功的"碱性缓冲剂"兑入裱糊糨糊，抵御了纸张酸性侵蚀，防止了裱糊时墨迹扩散所致的字迹褪变。

他撰写的《档案纸张酸度与分析》的论文，在《中国造纸》杂志发表后，引起全国档案保护技术界的重视。

不仅如此，巨大的成功在等待着他。

1987年春，1000多个日日夜夜的辛劳有了结果，同年7月，他的"DHB褪色蓝墨水字迹恢复剂""IB-E水溶色素保护剂""脱酸在托裱工艺中的应用"3项成果问世，通过了鉴定，来自全国各地的专家一致认为：这些成果填补了我国档案保护技术的空白，其中一项属国际首创，对档案保护有重大的作用和效益。

这3项成果有极强的实用性，操作简单，使用方便。如：褪色蓝墨水字迹恢复剂在使用时，只需用脱脂棉球蘸上试剂在褪色处轻轻一擦，字迹就会在两三分钟内恢复到接近当初的书写清晰度。这些成果一经问世，就在北京等14个省市的上百个单位得以应用，大量消褪了字迹的重要历史文献恢复了原貌，解决了专家长期以来束手无策的难题。使用者评价：价值无法估量。

1987年，北京的10月，晴空朗朗。李玉虎光荣地参加了"北京国际发明展览会"，在人民大会堂庄严的颁奖仪式上，他接受了党和国家领导及"世界知识产权组织发明者协会国际联合会"负责人颁发的获奖证书和奖牌。他成为银牌奖、荣誉奖及国家档案局科技进步一等奖获得者。国际友人纷纷向他竖起了大拇指。国家档案局专门为他开了庆功大会。

站在人民大会堂的领奖台上，这个农民的儿子热血奔涌，浮想联翩。他想到父母，想到单位的领导，想到黄土地，想到用"仓颉造字"为他启蒙的爷爷，千言万语凝聚为一点："仓颉先祖，您造的汉字，终于有了'保护神'。我没有辜负爷爷'不辱仓颉先祖之功'的训导。"

还是在这一年，李玉虎被破格评定了中级职称，他还当上了省劳动模范。

李玉虎在世界档案保护界成了名人。

　　他赢得了成功，但又面对出国留学的诱惑和新课题的挑战。两件事深深地刺痛了他，他毅然决定留下来，从事自己艰苦而"辉煌"的事业。600个日日夜夜，他与仪器、试管为伍，与数据课题相伴，终于再创佳绩，4项成果填补了3项国际空白。他的成功表明：我国在档案褪色字迹显示和档案、书画保护方面的研究处于世界领先水平。他恢复着"历史"，历史将铭记他。

　　如果说，1987年对李玉虎是好戏连台的话，那么，1988年则充满了诱惑和挑战。

　　这年4月，一件"好事"从天而降，国家档案局让他到加拿大留学。单位领导也支持他去，这是许多人所梦寐以求的，他已顺利通过外语初试。

　　这时，李玉虎犹豫了，在这前后，有两件事深深地刺痛了他。

　　一件是不久前，他应邀到中南水电勘察设计院帮助他们抢救濒临毁灭的工程勘察原始记录。该院积累30多年、共计18万页、1000多册的国家重点工程档案，因墨水、圆珠笔的扩散和褪色，相当一部分已不能使用，给这些工程的加固、维修和挖潜改造造成了无法弥补的损失。当他用墨水恢复剂使墨水字迹复原时，却对圆珠笔、复写纸的褪色与扩散束手无策。他有一种强烈的自责感，他暗暗立志攻克扩散和褪色圆珠笔、复写纸字迹恢复的研究课题。

　　另一件是他向我国著名画家黄胄、常书鸿、潘洁兹介绍保护剂后，常老在高度地评价了保护剂的作用后，痛心地指着一卷残破不堪的宣纸说："这是张大千先生亲手矾过的宣纸，才40多年，就老化得无用了。宣纸是我国文化瑰宝，矾后极易老化，给工笔书画界造成了历史的遗憾。"而后语重心长地拍着李玉虎的肩膀，"你能不能解决这个问题？"

这是来自实践的严峻挑战。

李玉虎几乎同时确定了"扩散圆珠笔、复写纸字迹的恢复和保护""褪色圆珠笔、复写纸字迹的恢复和保护""蓝墨水染料字迹的耐久性和无机酸脱除""珍贵书画档案保护剂和耐久工笔画用纸的研制"4个课题的研究。

出国的诱惑是强烈的，而正在进行的课题有更大的诱惑。对他来说，放下科研项目就等于放弃了事业的追求。难道在外国能研究中国档案的保护？

李玉虎决定留下继续自己的事业。

李玉虎一头扎进实验室，600多个日日夜夜，与仪器、试管、溶剂为伍，与课题相伴，他把全部的家务推给妻子，把一切可用的时间用于科研，就连到旅游城市出差也无暇顾及名山大川。他用大量的脱发、细密的皱纹，"换来"了1万多个实验数据。他系统地研究分析圆珠笔、复写纸字迹扩散褪色机理、恢复机理及铅笔字迹性质等复杂因素及变化规律。

1990年，难关终于攻克了，4项成果同时成功。他研制的BS73、TH22、NHJ扩散圆珠笔、复写纸字迹恢复剂，能使严重扩散褪色模糊的圆珠笔、复写纸字迹清晰显现。他研制的"多功能珍贵书画保护剂"，可使书画经久保存，不褪色。与此相配套的还有：耐久性、使用性俱佳的工笔画用纸，其具有广泛的应用前景，同时解决了铅笔字迹的显色与固定的问题。

1990年11月，国家档案局局长亲率专家直飞古城西安，亲自主持了对李玉虎的"褪色圆珠笔、复写纸字迹的恢复和保护"等4项成果的鉴定，他们经过详细分析、评价，一致通过该项研究成果的鉴定。

结论让人感奋：经国际联机检索，有3项成果属国际首创。鉴定认为：李玉虎的4项成果，对于恢复保护档案中易褪字迹和珍贵书画保护具有重要的意义。这几项成果表明：我国在档案褪色字迹显示和档案、书画保护方面的研究处于世界领先水平。

国内轰动了，也引来了国际档案界的人士前来参观。外国专家叹服了，美国国会图书馆的文物保护专家、西班牙国家档案局专家等对此均予以高度的评价。

李玉虎成功了。他使已经消失和正在消失的"历史"重现，把断裂的"历史"加以弥合。他完成了一项仓颉和蔡伦未及完成的伟大事业，而且，他建立的这一边缘学科已形成了独特的理论体系，并保持了广阔的发展前景。如今，他的新课题"黑白照片的恢复与固定""工程图的恢复与固定""传真电报的固定"已接近完成。

党和人民没有忘记他。他卓越的贡献赢得了众多的荣誉，他先后获得国家发明奖、中国科协青年科技奖……他还获得了"国家有突出贡献的专家""优秀共产党员专家""80年代优秀大学生"称号。1994年，李玉虎被评为"中国十大杰出青年"。他成为陕西省获国务院政府特殊津贴的最年轻的专家。

李玉虎成了名副其实的"名人"。国际上3种《名人录》收录了他的名字。国内《人民日报》、中央电视台等数十家新闻单位连续宣传报道了他。

他恢复了"历史"，历史将铭记着他。

为了历史的永恒！

李玉虎的自我审视：我的成功诀窍，不是因为那"1分天才"而是得益于"99分汗水"。我不是一个才思敏捷的"聪明人"，在大学，我学习成绩始终"中等偏下"。凭着农家子弟的执着与坚韧；凭着一个科技工作者的爱国心与责任心；凭着自己那份扬长避短、不自卑不自负，老是干的

"清醒"，我有了今天。我得益于大量的实践活动，我感谢身后一大批伯乐的培养与支持。

创造是成功的重要品质，李玉虎又瞄准了新的目标。我的这篇"研究报告"写到这里，似乎应结束了，但李玉虎作为一个开创事业的拼搏者、一个"艰苦奋斗"的成功者，有什么成功的"诀窍"？让我们还是把视角拉近，看看他的内心世界，看看他是如何"研究"自己，如何看待成功的：

要问我成功有什么诀窍，还是那句老生常谈：99分汗水加1分天才，对于我来说，不是因为那"1分天才"而是那"99分汗水"。这绝不是自谦之词。

我不是一个聪明的人，熟悉我的人都知道，天生口讷，拙于言辞，反应一般。从小学到初中、高中，我都不是班上学习拔尖的学生，高中阶段也只是作文写得不错。上了大学，我压力很大，尽管我付出了很大努力，也被评为"三好学生"，但我的学习成绩始终是班上的"中等偏下"。记得大学毕业时，系上确定我留校当辅导员，学校因为我的学习成绩而没有批准，为此，我还挺难受了一阵子。

但我有一个优点，也可能是缺点吧，就是能够不断地认识自己，不自卑也不自负，老是干。比如上大学时，别人聪明、机灵、基础好、学习成绩好，在这些方面我不如他们，但我的理解能力强，动手能力强，意志品质好。因此，我从未自卑过，而是努力在大学阶段打好基础，使自己自信并保持良好的学习和工作状态。

人与人既有可比性，也有不可比性。我认为一个人与其花大量精力克服那些无法克服的非道德方面的缺点，还不如用这些精力，最大限度发挥自己的长处，寻找发挥这些长处的立足点、生长点和最佳位置，这就是我理解的扬长避短。想干成一番事业，清醒地认识自己是最重要的，我首先得益于此。

另外，我是农民的儿子，不怕吃苦、不怕难，这大概属意识品质范畴，是人成才的非智力因素。我经受过长期艰苦生活的磨炼，有韧劲。一般的困难我不怕，很少受境遇、情绪及生活琐事的影响，干什么事就朝着这个主攻目标一个心眼儿要干成，干不成不罢休，否则食不甘味。也怪，心诚则灵，在专业领域里，我感到自己才思敏捷。可是，在生活上我糊里糊涂。人人说我怪。妻子说我是低能儿。我把主要的注意力全部集中到课题上了，再分不出多余的精力考虑其他了。

我能够取得成绩的另一重要原因是参加了大量的实践工作。字迹恢复和纸张保护是一个大家都关注的课题。国内外从事这一课题的人很多，仅我国就有两个国家级、8个省级科研机构在搞，有的人一搞就是几十年。这中间也有学化学的，人家从知识到理论比我强多了，他们是从理论到实验室再到理论。他们没有搞成，我却搞成了。我是从实践到实验，再到理论，我看，主要是得益于大量的接触实践。我是从裱糊工干起的，一开始就发现了大量实际问题。在科研过程中我亲自翻阅了大量不同种类的档案。有一次，一翻就是3个月，从100年前的到几十年前的，一页一页地翻、查、记，对不同的纸、不同时代的纸、不同字的褪变、老化情况有着第一手资料，通过对比分析，我亲自掌握的第一手数据就有上万个。在实践中我一旦产生可行的方案，自己就马上投入实验。边实践，边实验，边研究，反过来再实践。我认为这是一条捷径，要说诀窍，这应该算一条。

科技工作者业务水平固然重要，但其思想水平、道德水平、精神修养，应该是其整体水平的重要组成部分，后者往往是你奋斗拼搏的力量源泉。我是一个出生在黄土高原落后地区的农民的儿子，我的成长确有个人奋斗的成分，但是，没有党和国家培养，我是不会有今天的。我至今不能忘记，我大学4年没有花父母1分钱，全靠国家提供的助学金，而且母校为我打下坚实的理论基础。走上工作岗位，如果没有单位领导从精神上、物质上、组织上提供的全方面支持帮助，我是绝不会有今天的。记得当初面对出国留学的诱惑，我的确是有斗争的，说心里话，一个农民的儿子能出国留学是蛮有吸引力的。放弃出国的道理很简单，我是一个祖国培养的科技工作者，正处在出成果的黄金时期，我的研究对象就在中国，放弃了自己的课题，去国外留学，就失去留学的最初意义了。我有责任为自己的祖国尽职尽责。现在说起爱国心、事业心、责任心，有些人可能不以为然，我正是得益于此，这是我的精神发动机、动力源。这些是我的切身感受。

现在，我取得了一些成果，有了许多荣誉，也有了知名度。其实，我以为最应该宣传和表扬的是培养、支持我的那些伯乐——我所在的档案馆领导、老师和同事。当年，我分到档案馆不足半年，就向组织提出要建立档案实验室的要求，并递交了报告。对于一个毛头小伙子的要求，他们完全有理由拒绝，在经费极度紧张的情况下，组织上挤出2万元支持我创办实验室，这为我以后的事业提供了一块"苗圃"。记得当年我因为专业不对口垂头丧气的时候，是奚三彩等几位老师帮助我，迈好了人生关键的几步。随后是国家档案局局长及其他领导的关心和爱护，我碰到什么困难，他们就解决什么困难。我们省档案局、档案馆的领导，更是在生活上关心、政治上爱护。几位局长，他们有的带我一起去购买仪器药品，有的亲自帮我联系设备……是这些伯乐为我的脱颖而出创造条件。因此，我常对别人说我机遇好、环境好。我由衷地感谢这些伯乐，当以再接再厉的实绩，回报伯乐。

问我以后的打算，除了已近完成的3个课题外，我已与有关部门签订了合同，联合研究"唐代褪色壁画的恢复与保护"的课题。日本、美国的专家建议我把字迹、纸张恢复保护技术用于保护发生褪色的敦煌经卷，我已在敦煌经卷的残片上做了试验，效果不错，打算和北京图书馆共同来完成这一项目……

李玉虎如数家珍地向我们介绍着他那一个个预示着良好前景的项目。创造是成功者的本质特征，无疑，李玉虎又瞄准了新的目标。我们期待着李玉虎"新的轰动"！

（原载于《托起明天的辉煌》，俞贵麟、宋林、张凤瑞主编，

希望出版社1994年12月出版）

大学生现象

——不麻木的晴雨表

大学生——最优秀的青年人群

"大学生"一直是社会各界普遍关注的热点之一。在当代中国的社会政治生活中，有对大学生"历久不衰"的关心、议论、品头论足……甚至"种种担心和深深的忧虑"，即使是大学生自身，面对社会奇异的"眼光"也有无所适从的现象，这是新中国诞生以来前所未有的。我们把这种现象称之为中国20世纪80年代的"大学生现象"。

笔者认为，相当长的一段时间以来，社会对大学生的评价中，存在着一种偏向：即每当社会上出现了一些不稳定因素，而这些不稳定因素又和大学生相关时，我们对大学生的评价就直线下降，在抽象肯定的同时出现"贬值"；而每当社会局势相对稳定，对大学生的评价又"扶摇直上"，其价值进而"升值"。这种在大学生的评价中出现的随着社会局势的变化而上下浮动的倾向，不仅带来了人们对大学生的种种不理解，也带来了大学生对自我认识的种种困惑。

20世纪80年代的大学生有其不同于前几代大学生而独有的特征。之所以如此,是因为他们生活的社会背景发生了巨大的变化。我国政治体制改革和经济体制改革的进行,商品经济的发展,民主政治的逐步实施,各种西方文化思潮的流行,中国人空前的思想解放。改革开放的10年为80年代学生的成长创造了一个不同于前几代大学生的全新的社会环境,也使他们受社会的影响更广泛、更深刻。

大学生面临的五大冲击

我们认为:改革开放10年,大学生的思想至少经受了来自五个方面的"冲击":即西方文化思潮的冲击;对"四人帮"的批判及社会上不正之风的冲击;"官本位"观念的淡化和青年人生价值追求多元化的冲击;商品经济的冲击;大学生毕业分配制度改革的冲击。这五大冲击起始时间不同,都对大学生的思想产生了深刻的影响。

首先是西方文化思潮的冲击。这一冲击促使大学生的自我意识增强,并形成了其思维方式上的主观随意性倾向。

1982年、1985年、1987年我们3次分别直接或间接对陕西省大学生的思想状况进行调查(被调查者分别为500人、5000人、200人)。调查表明:"走你的路,让别人说去吧!"始终是大学生最喜欢的名言。在日常生活中,"我以为、我认为"是大学生的口头禅。自我意识的增强,使大学生们普遍渴望理解,尤其希望自己的思想观点和言行被社会和他人所理解。1985年10月我们对西安地区5000名大学生的书面调查表明:50%的同学最苦恼的问题是不被人理解。这从另外个侧面告诉我们,理解是同学们自我意识增强的强烈要求,这种现象的出现是一种历史进步(因为当"10亿人1个脑袋"的时候,人与人之间是不需要理解的。)

但是,随着改革开放的深入,20世纪80年代初,大量的西方文化思潮开始进入我国，大学生自然成为首当其冲的接触者，西方的思维方式、生活方式，政治、经济、文化的现状均对大学生产生着影响。近10年来，高等学校中始终不同程度地存在着"西方哲学思潮热"。而且"热点"随着时间的推移发生着变化。从萨特的存在主义，弗洛伊德的精神分析法，到后来的尼采、叔本华的超人哲学、唯意志论以及马斯洛的行为学说理论，均在大学生中"走红"，对其人生观、世界观、思想方法、学术思想、行为方式产生了较大的影响。这些理论、学说体系不一，对活跃学生的思想，开阔眼界产生了一定的积极作用，但由于其自身有着浓厚的唯心主义色彩，大学生阅历浅，辨析能力差，形形色色西方哲学思潮也对他们产生一定的消极作用。

一位老师告诉我：这几年我最头痛的是，我们和同学没有个共同的思想方法。同一个问题，你和多少学生谈，就有多少看法。没有一个共同的科学的观点和方法来思考，一切无从谈起。百花齐放，可喜可忧。部分大学生思维方法上的主观随意性必然带来思想上的偏激和行为上的盲目。他们有较强的民主要求，但又缺乏对民主的科学理解，不能把民主的权利和义务有机地结合起来；他们关心国家命运和兴衰，但又不能用科学的方式来表达；他们自我意识强，但缺乏自我教育的理论和能力；他们希望早日认识自我、发现自我，但又有意无意地模仿西方哲学思潮的某些观点和方法来认识自己、认识社会。相当一部分同学存在着一种盲目的自我膨胀和自我萎缩。1985年我们对5000名大学生的调查表明：大学生最苦恼的问题，涉及学习方面仅占到16.9%；1987年我们对200名大学生的调查，为学习所苦恼的仅占到15%。困扰他们更多的是人际关系、爱情，莫名其妙的惆怅、寂寞和苦恼。大学生成长中受非智力因素的影响越来越多。

西方文化思潮对大学生的影响，这些年虽然不乏专家提及，但制定科学的"治理"措施，确应列入思想政治工作的议事日程。

其次，全社会对"四人帮"的批判，社会上不正之风的影响，构成了对大学生另一方面的冲击。这一冲击对大学生政治态度的变化，产生了较大的影响。

20世纪80年代的大学生，直接或间接地对"四人帮"危害有所认识。自然，他们也对新时期的思想政治工作提出了新的要求，他们呼唤着理想中的真正的政治。但是10年来，我们的大学生思想政治工作，在一片"要加强"的紧锣密鼓声中，并没有得到切实的加强。从工作机制、工作方针、指导思想到工作方式和工作内容，仍然落后于现实生活的要求和发展，至今或多或少地充当着"消防队"的角色。大学生普遍对陈旧的思想政治工作的方式和内容反感。1982年以来我们对大学生的3次调查表明：认为"思想政治工作亟需改革"的均达90%以上；在1987年的调查中，认为"思想政治工作是负担"的达89%。他们普遍希望思想政治工作能对自己的成才有所帮助。思想政治工作的宗旨与大学生的要求原本是一致的，但其工作效果却与初衷几乎背道而驰。

与此同时，社会上各种不正之风及其传说的逐步漫延，各种与此相关的"小道消息"在校内"畅行不衰"（这些"小道消息"，绝大部分得不到澄清，而我们的思想政治工作者对此一筹莫展），这使相当一部分同学对政治产生了一种本能的反感情绪。1985年的调查表明：56%的同学认为"实现四化的主要障碍是官僚主义、不正之风"。1987年的调查表明：87%的同学认为"实现四化的主要障碍是官僚主义、不正之风"。这些认识不乏片面偏激。但是，也从一个侧面反映了他们对为政清廉的呼唤和要求。

第三，对大学生思想形成第三个冲击的是"官本位"思想的淡化和青年人生价值追求的多元化。这一冲击引起了大学生成才目标和择业意识的变化。

改革开放的实践，为大学生展示了空前广阔的成才领域，中国千古不变的"学而优则仕"的历史格局发生了根本的改观。大学生面前展示了多元化的价值追求目标，绝大部分同学把注意力转到注重自我完善上，他们注意自身能力、水平和学识的提高。"求知"始终是10年来大学生的热点，求新、求实成为他们最喜欢的口号。我们的3次调查表明：90%以上的同学都把"求知、成才，成为一个对社会、对人民有用的人"作为自己上大学的主要目的。

社会价值追求多元化的现实和近年来舆论上对中国几千年的"官本位"思想的批判，必然引起大学生择业意识的变化。1985年的调查表明：63%的学生喜欢毕业后从事教学、科研等专业技术工作；愿从事党政工作的为12.8%。1987年的调查表明：毕业后愿从事党政工作的同学仅占4.3%，而向往到有经济活力的企事业单位从事专业技术工作干一番事业或考研究生的占82.2%。大学生们希望在创造社会财富的实践中，完善自我、丰富自我，实现自己的人生价值。

由于绝大部分学生过早确定了自己单一的成才目标（指从事技术工作和从政而言），他们普遍放松了作为一个大学生应该具备的思想道德、组织纪律等方面的素质培养。相当一部分同学知识结构不合理，知识面窄。他们对集体的事情不关心，对集体活动不热心，对与自己的学习、生活无关的社会问题关心程度明显下降。1988年我们对大学生两次小范围的调查表明：绝大多数学生的政治热情不如往年高。学生对改革关心的方式由过去的对改革大政方针的评价与讨论，转为对与自身利益密切相关的具体问题。其关心的三大热点是物价上涨、社会治安和毕业分配制度的改革。有的同学说："那些关于改革的大问题，是领导层需要考虑的，我们将来吃的是技术饭，和我们不相干。"

大学生成才目标、择业意识的变化，原因比较复杂，值得进一步分析、研究和引导。

第四，商品经济的发展成为影响大学生思想和行为的第四个冲击波。这一冲击波在去年下半年较为强烈，在大学生中产生了"经商热"和新的"读书无用论"。

改革开放促进了我国商品经济的发展，同时也带来了人们观念上的变化。大学生对商品经济在我国发展的必要性有了进一步的认识，他们对钱作为一般等价物的功能、作用有了进一步的了解。我们从陕西省学联办的陕西省大学生智力市场上看到，绝大部分学生在应聘家庭教师时，都能与招聘方理直气壮、落落大方地谈价格。他们一改中国几千年书生耻于谈钱的谦谦君子相，认为："我们既然付出了劳动，就应谈一个合理的价格，否则人家会认为我们教不了书。"大学生对商品经济这些基本理论的认识和实践既有助于学生将来在商品经济的社会中更好地学习、工作和成才，也丰富了大学生的知识结构，这是值得庆幸的。

但是，令人担忧的是，由于商品经济在我国刚刚发展，其存在的一系列不合理现象不可能一下子解决。现实生活中的脑体倒挂、分配不均的现状形成了事实上的知识贬值，这些对教师和大学生的思想产生了巨大的影响。1985年我们对大学生的调查表明：占15%的同学认为，"成才不如发财，这句话对或基本对"；82%认为不对。1988年据我们对西安电子科技大学的了解，该校学生中约有1%在经商，另有24%的同学想经商，而且关心者仍在上升。面对商品经济的冲击，相当一批学生既想发财又想成才，而发财心之切胜于成才。在学生中出现的"经商热"和"读书无用论"，正是这种冲击产生的后果。

1. 关于"经商热"

"经商"是大学生关注的中心之一。1987年下半年"经商"在大学生中进一步"升温"，从陕西高校看，学生私下经营的商品多达近百种，从各种名烟、名酒、土特产品到裤子、背心、袜子、图书、计算器录音机……其形式也不断翻新，到1988年9月，校园里还出现了图书的交换与租赁、倒卖票、出租宿舍床铺，还有在学生宿舍卖馄饨的。

这些经商者有三种情况：一是想通过经商锻炼自己，进一步了解社会。二是想在经济上独立。三是想赚钱。如何看待大学生中的"经商热"？社会存在决定意识，这是在发展商品经济过程中必然出现的现象，也是在中国这块自然经济发展数千年的土地上，改革开放的必然反映，不能视之为洪水猛兽。我们认为：各大专院校在科学地分析、评价大学生"经商热"的同时，应有效地实施教育，加强对学生经商的管理。其一，要坚决取缔"无证商贩"；其二，要适当增强学生的学习任务，将学生学习成绩与毕业就业挂钩；其三，要拓宽勤工助学的领域，加强勤工助学的指导和管理，使更多的在校学生有就业机会，并组织学生参加与学生学习生活有密切联系的经营性活动。

2.关于新的"读书无用论"

新的"读书无用论"与"经商热"是一对孪生子，1987年下半年开始逐步蔓延。据西安某大学同志反映，今年该校100多名毕业生的学习热情、学习态度及毕业论文质量是多年来最差的。某大学一位高年级学生说，他们宿舍每晚10点半开始打麻将一直到凌晨两点半，几乎天天如此。有的学校反映，学生用麻将赌博，甚至一干一通宵。学生中有一句顺口溜叫"学不在深，及格则行；分不在高，作弊就灵"。一些学校晚自习人数锐减，考试作弊人数增加。据我们1988年9月对西安某大学一个班的调查，开学10天以来，全班有90%的学生没有上过一次晚自习（且下午不上自习）。出现上述情况的直接原因是学生缺乏学习动力和热情，对自己的前途缺乏信心。其实质是学生面对商品经济的冲击无所适从。目前，新的"读书无用论"的影响仍在扩大，尚未得到有效控制。

商品经济的发展对大学生的人生观、价值观均带来了极大的冲击，必须从理论和思想上予以解决。在大学生中开展社会主义初级阶段理论教育过程中，应该把"在社会主义商品经济的社会中如何成才"的大讨论，作为一项重要内容，以期增加思想政治工作的开放性和包容性。

第五，是大学生毕业分配制度改革的冲击。这一冲击使部分学生产生强烈的紧迫感、危机感和失落感。虽然这一改革从1988年上半年逐步出台，但对大学生的触动，却是深刻的。

改革大学生毕业分配制度，实行供需见面，不包分配，择优录用，是我国高等教育改革的组成部分。对于这一方案的出台，绝大部分同学是支持的。但是，这一方案的实施，把大学生从保险箱中请了出来，大学生们在感到紧迫的同时，普遍对毕业后的去向深为忧虑。虽然一部分学生对这一改革还有一些糊涂认识，但由于大势所趋，因此注意力大都集中在对毕业分配形势的各种推测、展望、分析上，对此不同年级的学生中均有强烈的反应。一些二、三年级的同学提前开始为自己毕业的出路四处奔忙。今年刚进入大学的许多新生，一进入校门就多方打听学校的分配情况，有的新生甚至说："要根据分配情况的好坏确定自己的学习目标和学习态度。"

学生产生危机感的主要原因，一是担心企业实行承包责任制后，承包人一人说了算，使分配制度的改革在"走后门"中仅仅变成形式；二是认为我国人才市场的竞争机制不健全，条件不成熟，不能给每个学生以均等的竞争机会，造成事实上的录用不均等；三是部分学生缺乏自强、自立意识，对包分配的"保险柜"有意无意地存有深深的怀恋；四是学生及其家长对大学毕业生分配制度的改革，缺乏一种全面而深刻的认识。

大学生现象——不麻木的晴雨表

大学生的思想丰富而瑰丽多彩，复杂而单一纯真，对其产生影响的社会因素是多方面的。本文所涉及的仅仅是五个方面，力图从一个侧面对20世纪80年代"大学生现象"进行一些论述。

值得注意的是，在近几年来的大学生研究和大学生思想教育的决策和实施中，把大学生中出现的一些问题，尤其是一系列思想问题、自由化言论，有意无意地统统归之于大学生自身，围绕大学生大做文章。实际上大学生作为社会中正在成长的一代，他们中间出现的绝大部分问题，严格地讲，都是社会存在的反映，其思想观点更是各种社会思潮影响的结果。在这个意义上，社会的影响是"源"，大学生的思想、行为是"流"。我们应该允许大学生这个"流"敏锐、及时而能动地反映社会，哪怕是不正确的。大学生作为社会政治生活的晴雨表，如果社会存在在他们这里反应麻木或迟钝，那才是不正常的。

（原载于《中国大学生》1989年第2期）

信念，在这里升华

——窑洞大学和她的同学们

延安，中国革命历史宝库中一颗璀璨的明珠，她曾激励了多少志士仁人为我们共和国的今天和明天抛洒热血，奉献青春，正如一位诗人所说："延安，革命者心中的发动机！"

今天，当经历了那段令人难忘的"冷落"之后，延安再度"红火"了。人们从全国各地走来，延安的山山水水、一草一木，民间流传的感人故事、记载先辈足迹的革命遗址，都成为生动的教材和课堂。在这里，大学生成为一股引人注目的热流，1991年暑期，他们千里迢迢，不约而同地齐聚在延安窑洞大学，完成自己的学业。先后有来自全国20多个省市的4000多名大学生参加了窑洞大学的集中学习和分散学习，"窑大"成为热中之热。本文所记述的就是窑洞大学和她的同学们。

热情，来自全国各地……

我们渴望亲眼看看革命先辈工作生活过的地方，渴望亲身体验一下那种把生命的全部都融入那辉煌壮丽事业中的激动……

——同学语

1991年六七月间，一条消息从古城西安通过新华社、《人民日报》《光明日报》《中国青年报》等新闻媒体传向全国各地：

"陕西省教工委、省教委、团省委联合创办延安窑洞大学，融报告讲座、走访座谈、参观考察、咨询劳动等多种形式为一体，统一食宿，集中教学，是省内外大学生进行革命传统学习的教育机构。"

消息一经发表，在全国产生了强烈的反响。短短的时间，就有全国20多个省、市、区的120多所高校的4000名大学生通过各种方式报告要求参加窑洞大学的学习。

西工大博士生王浩伟代表该校的62名博士说："能够作为窑洞大学的学员，心情十分激动。我们是一群有近20年学生经历的博士生，我们迫切需要在实践中丰富马列主义知识，坚定共产主义信念。"

华北电力学院的10位同学在给窑洞大学名誉校长牟玲生同志和团省委的信中说："当我们从报纸上得到开办窑洞大学的消息时，便产生了强烈的不可抑制的渴望，我们渴望亲眼看看革命先辈工作生活过的地方，渴望亲身体会一下那种把生命的全部都融入那辉煌壮丽的事业中的激动心情。作为共和国的年轻一代，我们有能力继承和发扬前辈的传统。在延安精神的沐浴下，我们坚信：在千百万个八九点钟太阳的照耀下，我们古老文明的国度会更加丰盈，更加壮丽……"

省内数十所高校的同学们来了；清华大学同学们来了；兰州大学、西南政法学院、上海海运学院、安徽大学同学们来了；福建华侨大学的14名同学，带着刊有窑洞大学消息的《中国青年报》从泉州出发，五天五夜也来了；宁夏大学、山西经管学院、陕西师大3支大学生延安行自行车队来了；南昌航院的步行拉练队（从铜川到延安步行）也来了。有学校组织的，也有自费前来的。专科生、本科生、硕士生、博士生以至博士后、青年教师、汽车司机都加入窑洞大学这个火热的集体之中。他们自带碗筷和行李，统一吃住，集中学习，共同完成学业。

对此，牟玲生同志感慨地说："大学生在这里显示的政治热情和如饥似渴的学习精神是非常感人的。"窑洞大学沉浸在一片"我们都是来自五湖四海，为了一个共同的革命目标走到一起来了"的欢乐之中。

窑洞大学采取以院校为单位分散学习和统一集中学习的方式来进行。原定1000人的集中学习规模，一再突破，到"窑大"学习结束时，共有1935名同学参加学习，他们分别来自陕西省内的28所高校和京、津、沪16个省市区的65所高校。窑洞大学的学习结束之后，仍然有同学源源不断地前来报名。

"问路"，走出精神的误区……

在窑洞大学，我们充实、乐观，究其根本原因，就在于我们走出了"自我"的精神误区。

——同学语

"此次到延安，我是来寻'路'的，寻找一条属于自己的人生之路。"在杨家岭的一间会议室里，陕西师大的李莉同学如是说。

她的想法是有代表性的。参加学习的同学大都有过一段"精神流浪"的生活经历，大都经受过西方文化思潮的冲击。面对各种社会思潮的影响，面对一度曾倾斜的社会价值天平，他们常常陷入"小我"，困惑、迷茫，以至于种种莫名其妙的惆怅和苦闷。他们带着理想与现实的碰撞，个人与社会的矛盾，带着种种希冀和渴望来到了窑洞大学。当然，有的人不过想试试而已。

从延安革命纪念馆到杨家岭、枣园；从宝塔山头到延水河畔；从毛泽东挥洒鸿篇巨制的小油灯下，到冼星海谱写《黄河大合唱》的小茅屋旁；从在南泥湾与老农共洒汗水烈日下辛勤耕耘，到在枣园、八一敬老院与红军老战士共话今昔，忆传统……

看了，听了，访了，干了，在心灵震颤的同时也产生了一连串的问题。"在我步入大学之后，为什么心中仍若有所失，时时感到空虚、无聊，对生活缺乏信心和热情呢？我们同那些身无分文，却在极端艰苦的环境中努力奋斗的革命先辈相比，到底缺少什么？"

"为什么当年延安的生活那么苦，人的精神状态却那么高昂，斗志却那么坚强？"

"当年，这里既没钱，又没权，更没生活的享受，为什么那么多青年冲破国民党的层层封锁，来了，而且成长为共和国的栋梁？"

"人是世界上唯一的物质现象与精神现象的结合体，有自己的物质家园，也有其精神家园。一味营造自己的物质家园而没有精神家园的人，有辱人是万物之灵的称号，只配沉沦、落魄……"郭必选副教授的《寻找失去的精神家园》的报告，深深地打动了同学们。

是的！心底无私天地宽！"一个整日沉醉于自我设计，自我奋斗，以'小我'为中心的奋斗者，怎么会有幸福可言？"为此，他们讨论到深夜，其中不乏深深的自省。7月25日，西北林学院的几位同学徒步到枣园。途中，他们遇到两位农民打扮的老人，没想到他们竟是1938年以前参加革命的老赤卫队员。学生问："国家现在给你们有什么照顾？"老人不解地答道："抗日战争、解放战争我们牺牲了那么多人，他们有什么照顾！可我们还活着，还有双手，怎能向国家要什么照顾？！"声音不大，但掷地有声，许多同学激动得热泪盈眶。

安徽师大等校的几位同学走访一位年逾七旬的老红军，当谈及他的生死观时，他激动地说："生为人民生，死为人民死。让大家都过上好日子，我死了，值得！"中南政法学院的于永波同学说："这不是出现在电影里故事中，他就在我们身边，听了这话我犹如经受了台风的冲击。"一位同学说："上大学时，当我接到师范大学的录取通知书时，我哭了，我不愿一生做人梯，不得已进了师大。看着延安的历史，想起老人的言行，我无地自容。作为师范生，我一定从平凡做起，做一个普普通通而全心奉献的人民教师。多年以后，让我无愧地对祖国说，我是你御寒棉衣上的一朵棉絮。"

西北纺院、西北林学院的欧阳文军等几位同学在总结会上感慨地说："在窑洞大学，我们充实、乐观，究其根本原因是我们走出了'小小的我'的精神误区。革命先辈的价值追求就是为了最广大的人民群众。我们看到并感到了奉献的幸福、光荣和伟大。"

陕西师大的马锐同学联系自己大学几年的生活经历，感慨地说："他们是物质上的贫乏者，但却是精神上的巨人。我们空拥有许多良好的物质条件，不去了解历史和国情，在牢骚和彷徨中度日，甚至学习老庄的消极避世哲学。而这一切在这里，均灰飞烟灭。我庆幸有这次延安之行，使我找到失去的我，找到迷失的路。"

西安冶院、山东师大的同学则表示："当我们确立了活着的最大幸福莫过于为人民服务的人生观时，我们不由得想到完全彻底为人民服务应该是我们每一个大学生——21 世纪建设者应该确立的人生观。"

洗礼，竖起信念的大旗

> 人是要有精神的，人活着总为了追求一种东西。这种
> 追求我终于找到了，它就是共产主义。
>
> ——同学语

"杨家岭和枣园是当时中共的'中南海'，我怎么也没想到条件却这样差。"这是陕西财经学院吕钢同学的感慨。

陕西师大化学系的李莉同学在日记中写道："到延安，对我简直是一种强烈的冲击。站在老一辈革命家曾住过的那一孔孔破旧的、简朴的窑洞前，再想起战火纷飞、转战陕北、指点江山的历史，如此伟大的业绩竟发生并发迹于这里。"

　　奇迹毕竟是在这里产生的。"他们靠的是什么？"带着这些不可思议，他们投入了学习。

　　老红军张清毅，13岁参军，万里长征到延安，如今已年过古稀。几十年风风雨雨，几十年出生入死。他的《跟随毛主席长征到延安》的报告，以自己从一个放牛娃成长为坚信共产主义的老红军战士的经历为题材，长达3个小时，真实、生动，充满了一个老战士的激情，被同学们30多次掌声所打断。他语重心长地指出："人如果没有正确的政治观念，就等于没有灵魂，如同没有脊梁骨。"当他饱含热泪，挥动双手谆谆告诫同学们："好后代呀！好后代！你们一定要把延安精神带回去，传下去！"回答老人的则是经久不息的热烈掌声。报告结束了，近百位大学生围着老人，迟迟不愿离去。

　　"延安的窑洞有马列主义"，这是毛泽东同志生前著名的论断。当年，这里不仅是中国革命走向胜利的重要转折点，更在于一代中国共产党人把马列主义与中国革命的具体实践完美地结合在一起。延安是中国当时革命的希望，一批又一批热血青年放弃优裕的城市生活从海内外奔赴延安。他们投身伟大斗争实践，完成了从一个朴素的爱国主义者向共产主义战士的伟大转变，成为共和国的一代英才。从《青年运动的方向》到《论持久战》《在延安文艺座谈会上的讲话》，连同星罗棋布的遗址，无不闪耀着共产主义思想的光辉。老一代窑洞大学的代表，中国延安精神研究会秘书长李剑同志，就是20世纪40年代从延安的窑洞大学成长起来的老前辈，他亲切地称同学们为他的"校友"，他勉励同学们"高举共产主义旗帜，做跨世纪的建设者和接班人"。

是什么鼓舞一代共产党人取得这场伟大革命斗争的胜利？"是一种为了解放全中国、解放全人类的共产主义信念和理想。正是借着这崇高的信念，在她的周围聚集了一大批具有钢铁般意志的共产主义战士，创造了光照千秋的宏伟大业。"

——同学语

　　参加学习的同学，许多来延安前自认为对党有一定的认识。然而几天的学习之后，许多同学则感慨：对党的认识肤浅。西北纺院的倪锐同学在小结中写道："在窑洞大学的这几天比我在学校上一学期党课的教育还深刻。"陕机院的姚映晖则认为："延安之行，是一次不平凡的旅程，它将在我的人生道路上立下一座丰碑。"同学们的认识在窑洞大学中交流碰撞。7月26日晚，宝鸡师院的同学在热烈地讨论，直至凌晨2：30。会散了，同学们却睡不着，纷纷趴在床上向党组织写入党申请书。西安建院89级的一位男同学在座谈会上说："在学校，老师曾不止一次地向我提示写入党申请书，我总有意无意地回避。今天，我感到能成为一名中共党员是非常光荣的，我有一种前所未有的渴望。"在短短的时间里，窑洞大学先后收到40多位同学的入党申请。

　　宝鸡师院廖武平同学给窑洞大学"党委"写的一封信似乎更具有代表性："通过这些天的所见所闻，我才深深理解了没有共产党就没有新中国的真正内涵……使我真正高兴的是：我终于找到了自己的精神家园，人是需要精神的，人活着总是为了追求一种东西。这种追求我终于找到了，它就是共产主义。此时，我的流浪的精神才有了一个归宿。"

怀念，在四八烈士陵园……

> 对先烈最好的怀念决不是转瞬即逝的"诺言"，而应是思想的升华和切实的行动。

——作者手记

松柏苍苍，草木含悲。这里埋葬着王若飞、叶挺、张思德等一大批为中华民族的解放事业英勇献身的先烈。

坐落在延安市郊依山傍水的四八烈士陵园，从来没有像现在这么热闹。在窑洞大学开办的日子里，每天都有成百上千的同学以学校为单位来到这里，高举团旗、校旗和"窑大"校旗，怀着沉重而崇敬的心情，抬着自己在山野间采撷花草编织的花环，他们默默地走来："先烈是最有资格享受我们今天这一切的。然而，他们却长眠在这里。在这里祭奠英灵，我们的心情是从未有过的激动。"西安石油学院一位来自广东的同学在墓前说。

请听西安冶院40多位同学的誓言："先辈们，我们来了，带着平静宁和的心情，来告慰你们：虽然你们现在沉默着，但这沉默是这样的充实，震撼天地。面对你们的英灵，我们庄严宣誓：我们一定忠诚先辈的光荣事业，为继承先辈开创的光荣业绩，为了中华民族的灿烂前程，奋斗！奋斗！！"天地悠悠，指碑为证，山野间回荡着同学们铿锵有力的声音。

延安行的收获绝不仅是转瞬即逝的"诺言"，对先辈最好的纪念应该是思想深处的变化和切实的行动。

她，是陕西师大一位易名顶替别人来参加学习的女生。一段时间有人奇怪地认为她改名了，学习生活即将结束了，她当着10多所高校同学的面讲述了一个关于她的故事。

来延安前，她曾十分痛苦、迷茫，她的男朋友毕业分配不顾她的坚决劝阻，放弃了留西安工作的机会，毅然到新疆去工作。他们发生了激烈的争吵。男友走了，她失望地参加了窑洞大学的学习。她生长在关中一个落后的农村，幼年丧父，家境困窘。她和男友一起长大，一起考上大学。上大学后，她变了，老想着离开落后的农村到大城市工作。没想到男朋友竟背道而驰，她曾发誓再也不理他了。"可是，今天我为我以前的想法脸红，也为男朋友的选择感到骄傲。毕业后，我也打算随男朋友到新疆，开拓我们共同的事业。"她激动地说。

对此，窑洞大学特约报告员、延安教育学院原党委书记赵启明同志，延安中学高级教师刘义芳老师有着自己的见解。他们都是20世纪五六十年代的大学毕业生。在延安几十年，曾有过多次调入大城市的机会，但他们没有走，而是为延安的教育事业贡献了青春和智慧。他们严肃而认真地告诉同学们："作为一名大学生，惧怕与实践结合、与工农结合，害怕到艰苦的地方去，是愧对先辈的，是永远不会有出息的。"

革命先烈的奋斗足迹，老一代大学生的成长轨迹，不止一次地撞击着同学们的心扉。

渭南师专的一位同学说："当代大学生到底应该走一条什么样的成才之路？听得多，想得也多，但总觉得隔了一层。在这里听了，看了，豁然开朗。"

南京邮电学院的一位女生说："我们曾以'我'为中心，为实现自我价值奋斗，招来无穷无尽的烦恼，此刻我清醒了，要想使自己个人价值得到实现，就必须与实践、与工农结合，让人民当评判员。"

西北大学的同学在总结中认为："认识只有运用于实践才有用，只有贡献于人民才有意义。这就决定了我们必然要与工农相结合。"

西北林学院的一位女同学，本已分配到关中某林场，但不满意，打算先不报到。想通过上窑洞大学来调节一下情绪。在窑洞大学总结会上，她为当初的想法抱愧，表示一定愉快地去单位报到。干出好成绩，不负延安行。

西安石油学院的陈春龙同学，曾有过毕业后到塔里木工作的念头，但没勇气。在窑洞大学，他说："延安之行坚定了我献身祖国石油事业的决心。毕业后，我坚决要求去塔里木工作，为开发大西北贡献青春。"

是的，对革命先烈的纪念，莫过于对历史对现实清醒的认识，走一条当代大学生正确的成长道路。

"过年"，意味着什么……

我们在窑洞大学过了一个"年"，一个终生难忘的"年"。

——同学语

窑洞大学的学习是艰苦的，自带碗筷，自带行李，参观往往徒步前往。由于条件所限，有一半以上的同学只能住在铺有一条褥子的床上，10人一间住房拥挤；有一半以上的同学只能住在校外，实行走读，每天往返8公里。上大课一半以上没凳子，只能拿张报纸席地而坐。但是千人以上的会场，长达3个小时的报告，听讲秩序井然，很少有人迟到早退。活动的日程从早上6：30到11时被排得满满的。

生活的确艰苦，请听同学怎样评价：

山东枣庄师专的回族学生穆罕默德·伊·阿卜杜拉赫曼，在给团省委来信中说："7月15日，我背着10个大饼，从山东出发，一路上一口开水一口饼到延安。15天后我返回山东，一称竟掉了11斤肉。然而，我并不后悔，因为我在延安找到了中国革命胜利的秘密，找回了信任和友谊。"

来自安徽师大的同学说："窑洞大学是全天候的学习，'抗大式'的生活，在窑大的几天，我一直被同学们的热情和生活的充实所感染。"

中国人民大学新闻实习生胡果同学说："我是随中国青年报社的老师来采访的，但我也被深深地震动了、感动了。"

宝鸡师院两位送学生的司机被窑洞大学的教学活动所吸引，每天坚持与同学一道席地而坐记笔记。

为什么？面对艰苦的生活，同学们却自觉地表现出高昂的情绪和振奋的精神？为什么？一些政治性很强的教育内容，学生没有逆反心理，爱听了，听进去了，而且产生了强烈的共鸣？

为什么？一些习惯于品头论足充当"社会评论员"的学生在这里联系自己实际进行深深的反思和自我认识？

西安石油学院和西安体院的同学说得好："我们在窑洞大学过了一个'年'，一个终生难忘的'年'。"这话说得耐人寻味，也说得发人深省。

大学生是一个文化素养较高，思想极为活跃、敏感，但困惑比较多的青年群体。他们一方面表现为对各种社会现象和思潮的广泛关心和爱好，一方面又易被来自各方的社会思潮所困扰。这些困扰往往涉及政治的、人生的、价值取向等许多方面。对于政治思想教育，他们一方面表现为精神上的渴望，另一方面又有程度不同的逆反心理。

"过年"，意味着什么？他们指的是过了一个精神上的"年"，他们在窑洞大学进行了精神上的"会餐"。

"挑剔"的西北大学的同学说得好："窑洞大学里所蕴含的理论联系实际、实事求是的气氛，是窑洞大学最有价值的成绩，大家普遍感到这样的气氛恰恰是现在大学校园里所缺少的。我们对于这样的气氛有一种'久违的感觉'。"

几天的学习收获毕竟是有限的，本文所涉及的也仅是一个侧面。但我们深信延安精神中包含的一代共产党人的共产主义政治信念、艰苦奋斗的意志品质、为人民服务的价值追求、实事求是的方法论，是会对同学们产生潜移默化的作用的。因为她毕竟造就过我们共和国的一代英才，因为她曾影响了一代人。

（原载于《思考的轨迹》，《思考的轨迹》编写组编，西安电子科技大学出版社
1992年7月出版）

透视延安潮

　　延安热了，热得邪乎！目睹延安城满街流动的窑洞大学T恤潮，一位老人说："这还叫多？整个延安城就是一座大学城。"

　　延安"热了"，"热"得邪乎！

　　身临其境地"感觉"一下，你必然会心悦诚服地说这绝不是传说。

　　1992年7月中旬，当我们穿过关中平原，沿着山的夹缝蜿蜒北上，从西安向着镶嵌在黄土高原腹地的这个中国革命圣地进发的时候，我们确实感到了这种热。

　　沿途一支支以大学生为主体的车队不时从窗外闪过：地质学院、邮电学院、金融学院、服装学院、林学院、医学院、机械学院……

　　汽车路过甘泉县城，我们发现了一支由18名大学生模样的青年组成的自行车队。

　　"你们是哪个学校的？"

　　果然是大学生："洛阳工学院的，到延安去，我们听说延安有个窑洞大学。"

"你们走了多长时间了？"我们问道，"今天是第10天。"

"离延安大约还有30公里，你们快到了。"这时西安体院和北京体院的同学正好乘车路过，路边响起了一阵掌声和彼此的问候声。

进了延安城，首先映入眼帘的不是宝塔山、延河水，而是独特的一景：满街流动的"窑洞大学"T恤衫。衫前大小字体不一的"窑洞大学"，身后分别印有"延安你好""你好，延安，我来了"，英文"中国大学生"。有的学校干脆印上了本校校名。细细观察仅窑洞大学的"校服"就有10多种款式，可谓"品种繁多"。

我们忽然想起，这街上的"窑洞大学们"是否也有冒牌的（指非大学生者），连问好几拨。答曰："华中师大""合肥工大""西北大学""烟台大学"，看来"货真价实"。

延安市民是友好的，每当"窑洞大学们"打着校旗沿街而过时，市民常常伴以善意的掌声，挺有意思！

"这里怎么这么多学生呀？！"我们向当地一位干部模样的老人问道。"这还多？延安的各种招待所、饭店住的都是大学生，都是来参加窑洞大学学习的，整个延安城就是座大学城！"言语中不乏自豪。

成立不久的延安青年旅行社总经理说："我们短短的时间已接待了4000多名'游客'，90%以上都是大学生。"

是的，只要你在延安街头漫步，在枣园、杨家岭、王家坪……你随时有可能碰到某所中国大学的学生：北大清华的、暨大武大的、武汉工大、西北工大的……

窑洞大学可谓热中之热。

傍晚，高原风沿着峡谷徐徐拂来，带来些许凉爽。按照大街上不时出现的窑洞大学报到指南，我们找到了在延安军分区招待所办公的窑洞大学校部。

几间并不宽敞的宿舍兼办公室，可谓人声鼎沸。省内外各高校的领队、同学、报名者、来访者络绎不绝。

一说起窑洞大学，这所由陕西省委教工委、省教委、团省委共同创办的"新型大学"（《中国教育报》语），人们也许并不陌生。

去年，中国的各大报刊都曾在显著位置做了连续报道。《瞭望》周刊称其为"当今世界学制最短教育内容最特殊的大学"；《人民日报》曰："窑洞大学的创办者为人民、为社会、为青年做了一件大好事。"以至于美国广播公司北京办事处也三番五次从北京打来电话寻找窑洞大学并要采访。

原来，陕西团省委的同志为窑洞大学起名还是颇费周折的。先是起名叫"圣地大学"，后又觉得有些现代宗教的味儿，既而叫"延河大学"，又感到易与延安大学混名，最后定为"窑洞大学"。其意在三：一是取毛泽东的"延安的窑洞有马列主义"；二是延安当年以抗大为代表的20多所"窑洞大学"造就了一大批民族精英；三是窑洞是黄土地文化的一个主要特征，有着浓厚的地域特色。

窑洞大学的办学模式别具一格，学制7天，把报告讲座、参观考察、座谈讨论、观摩录像、走访劳动、便民服务、科技开发等形式有机地融为一体。统一教学、集中或分散住宿，学校还办有《窑洞大学报》，条件具备时还设立"窑大之声"广播站，举办"窑大怀"篮排足球比赛。教学为集中学习与分散学习相结合。用办学者的话讲作：采用各种形式，进行现场教学，增强教育力度，提高教学效益。变过去各地大学生到延安的旅游式考察为讲学式考察。

"窑大"每年都吸引着大批学子涌入延安。这中间有公费的、自费公助的、自费的；有徒步的、骑自行车的；有本科生、专科生、博士硕士生，还有不同年龄的教师、企事业单位的职工，甚至一些学校接送学生的汽车司机也加入了学习行列，可谓盛况空前。1992年窑洞大学虽然事先未在各大报上招生，但也有20多个省市的有关部门和学校联系要报告参加。

南昌航空学院去年有9名同学从南昌到西安，然后从铜川步行500里赶到延安参加窑洞大学。也许尝到了"甜头"，今年该校又有10名同学步行 300 余公里赶来参加学习。宁夏大学的学生骑自行车五天五夜连续3次从银川赶来学习，骑自行车前来求学的还有四川、河南、山西、陕西等省院校的同学。清华大学、武汉工大、中南政法学院的同学也是连续两年参加学习了。

不仅如此，陕西省委教工委、陕西团省委还多次收到北京等地的一些离退休干部的来信，要求自费参加学习。江西宜春师专政史系的几位同学，今年暑期每人事先给陕西团省委寄来300元钱作为学习费（窑洞大学仅收几元钱资料费）。

是够火的！至今窑洞大学已办了3个暑期，其中4期集中学习（1990年叫大学生延安精神讲习班），共接受4000余名来自全国200余所高校的大学师生，而参加窑洞大学分散学习的大学生已逾万人。

正巧，我们赶上了"92"窑洞大学的学习。

7月15日上午，开学典礼在延安大礼堂举行。场内数十面校旗高悬，千余名师生满堂，气氛热烈，歌声飞扬。管礼堂的老李年逾花甲，是当年西北文艺工作团的元老："我好像又回到了当年，年轻了许多。"说着，老人眼眶湿润了。

会场是原陕甘宁边区参议会会址。当年周恩来就是在这里向延安各界作重庆谈判始末的报告。当年的听者正是今天的报告人。讲话者本身就是一部历史，他如数家珍，娓娓道来，生动、真切……掌声，在大学讲台上久违的掌声，在这里则成为学员们表达喜悦的最普通方式。而千人的讲堂没人迟到早退，没有人大声喧哗。

报告几乎场场如此。

从《跟随毛主席长征到延安》的个人成长战斗故事到《延安岁月》的纪实性研究报告；从《延安现状》到《延安精神的理性思考》；从枣园村原村长雷治富的《我所认识的毛泽东、周恩来》到在延安扎根几十年的新中国第一批大学生的《我与延安》，台上声泪俱下，台下热泪盈眶，似乎已经很久没有见过这样的场面了。"这样真切通俗又精辟的报告！我们15个同学的心，为之感染，为之启迪，我们所能给他们的，只能是似浪如潮的掌声……何曾体验过这种日子？欢呼、沉思；欢乐、流泪；自责、自信；都这样成功地统一在一起！永远不能忘记！"（摘自中南政法学院《活动简报》）

为了使没有赶赴窑洞大学学习的同伴能听到、看到报告，中国银行北京分行团委的同志带来了摄像机，为了保证录像质量，录像人员把机子抱在怀里几小时不敢动；而华中师大、合肥工大的同学千方百计借来了录音机放在讲台上。

报告会结束已经很久很久了，同学们迟迟不愿离去。数十人，上百人围着报告人签字，以至于工作人员不得不一次又一次"干涉"，看着真让人眼热。

延安是热的，同学们的心是热的，窑洞大学是热的。

在窑洞大学办学的日子里，天天都有新学员加入行列，并以此为荣。南昌航院的同学说："这几天延安街头，随处可见一个庞大的'新生代'，飘逸洒脱的T恤衫上'窑洞大学'4个红红的大字总招引着人们的目光，作为其中一员我们很自豪，因为我们是窑洞大学的学员。"

延安地区医院国内著名的经络学家郝金凯教授，从北京到延安一干就是30多年。同学们含着泪听完他感人肺腑的报告。工作人员给他讲课费，他执意不收，无法推辞后，他说："那这几十元钱就算捐给窑洞大学。"多么可敬的老人。

西安石油学院、西安体院的同学说得好："我们在'窑洞大学'过了一个"年"，会了一顿'餐'。一个终生难忘的精神上的'年'！"

西北大学的同学则说："窑洞大学所蕴含的理论联系实际、实事求是的气氛，是最有价值的成绩，这样的气氛大家普遍感到恰恰是现在大学校园里所缺少的，我们有一种久违的感觉。"

清华大学的袁东辉同学深情地说："延安给予我的东西太多了，有切实的感受、思想的升华，历史的教育、现实的震撼，前辈的希望、同龄人的祝愿。延安，就像一颗不停跳动的心脏给人以生机和力量。"

同学们来了，看来有了触动，引起了反思，自己有了不同程度的收获。谈及窑洞大学，他们更不乏对"母校"的热爱，窑洞大学的毕业证，也成为他们必要的"文凭"。

窑洞大学的成功举办对人们应有诸多启示，为什么？大学生不爱听的一些教育内容在这里爱听了、入耳了，而且生产了共鸣和震动，为什么？一些习惯于当"评论员"的大学生能在这里联系自己的思想实际进行深深地反思。

启示一，传统教育是列入世界各国国民教育体系中的教育方式。传统教育是一种情感教育。一部延安斗争史，含有爱国主义教育、艰苦奋斗教育、信念教育及人生观教育的丰富内容。有政治性、革命性、战斗性，也有民族性、文化性、科学性。我国的以延安精神为代表的现代优秀传统中既有着其丰富的革命政治斗争内容，也是中华民族精神的荟萃。传统教育亦应是教育科学中的重要内容，在以往的教育中，我们似乎更多地强调了它的政治性和革命性，而忽视它的民族性、科学性，两者应兼而有之。我们应该建立适合中国国情的传统教育学科，窑洞大学的意义似超出了大学生社会实践的范畴，它应该算作成功的传统教育的例证之一。

启示二，大学生是一个思维活跃、敏感，但困惑又较多的青年群体。他们一方面对各种社会现象和思潮广泛关心，一方面又易被来自各方的社会思潮所困扰。这些困惑往往涉及政治的、人生的、价值取向等许多方面。对于思想教育，他们一方面表现为精神上的渴望，另一方面又表现为程度不同的逆反心理。事实证明，大学生的这些困惑、渴望和逆反心理，通过现实的、历史的教育是可以解决的（起码可以解决一部分），但应针对实际，决策适度，按"需"施教。这大约是窑洞大学成功并产生强烈反响的重要原因。

对于现代人而言，学习传统是重要的。然而从本质意义上讲，从传统中发现发掘出具有现代意义的东西是最重要的。我们看看现代人在这里的收获和新感觉。

黑格尔认为：民族的英雄时代，也就是史诗的摇篮期。延安精神正是诞生于中华民族抗战洪流与新旧社会制度变革的革命风景之中，诞生于中华民族的英雄时代，辉煌的史诗常常对后人有着永久的独特魅力。

在某种意义上，英雄的史诗往往成为造就新时代英雄的重要精神财富。

对于现代人而言，学习传统是重要的，更重要的是从传统中发现发掘出具有现代意义的东西，为我们所用，为时代所用，这是当代大学生的需要，也是时代的需要。

自然，面对现代人的激动，特别是当代大学生的激动，自有着现代意义的新发现和新感觉。

其一，关于"我"，烦恼与解脱、物质与精神、艰苦奋斗与力量的源泉。

窑洞大学开学典礼毕，归途中一场讨论在中南政法学院小分队同学中激烈地进行着，题目：关于"自我"。其他学员何尝不是如此。

中国人民大学蔡继同学写道："以前，我对生活总有一些悲观主义的情绪，认为'人生即苦'，人的一生不过是在学习、工作、生活、生理、生存需要之间做一种规律性的圆周运动，觉得人永远不能摆脱与生俱来的樊笼，不能达到随心所欲的境地。然而在这里几天之后，思想上有了一种质的转变。一个人如以自我为出发点，计较个人的一得一失，一味寻求一种个人的解脱和个性的解放，而忽视了马克思指出的人是社会的人，是具有社会性的。脱离了社会的人是无意义的。每个人只有在社会中才能表现自己。延安先哲正是以人民大众的利益为己价值，把自己投入社会大潮之中，实现了自己的价值。"

陕西师大化学系的李莉说："到延安，对我简直是一种强烈的冲击。站在老一辈革命家曾住过的一孔孔破旧的、简朴的窑洞前，再想起战火纷飞、转战陕北、指点江山的历史，如此伟大的业绩竟发生并发迹于这里。"

西北纺院、西北林学院的欧阳文军等几位同学在总结会上感慨地说："在窑洞大学，生活虽然艰苦，睡通铺或地铺，每天几十里步行参观考察，加上听报告、晚上又讨论到深夜，但我们充实、乐观。没有了在学校时莫名的惆怅、烦恼与苦闷。究其根本原因是我们走出了'小小的我'的精神误区，可谓'心底无私天自宽'。"

西安音乐学院的付晴如同学站在当年冼星海谱写《黄河大合唱》的小茅屋旁感慨良多："我们空拥有良好的物质条件，曾几何时，不去了解历史和国情，在牢骚和彷徨中度日，甚至学习老庄的消极避世哲学。而这一切在这里，均灰飞烟灭，这次延安之行，使我找到了失去的我，找到迷失的路。"

南昌航院的王晓定和范沛则认为："首次到延安，收获很大。作为现代人，人不能不讲自我，人应该有自我，但老在自我中兜圈子，没有祖国、人民，就会有无尽的烦恼。我们应在注意自我的基础上，跳出自我，了解自我，找准位置，为了国家好好干，从小事做起，这就是报国。"

正如马克思所言，如果我们选择了最能为人类谋福利的事业，我们就不会为他的重量所压倒，因为这是为人类所作的牺牲。那时我们所感到的将不再是一点点自私而可怜的欢乐，我们的幸福属于千千万万人，我们的事业并不是赫赫一时，但将永远存在。

其二，关于艰苦奋斗与我们这一代人所最需要的。

张景芬（43岁，北京大学硕士，烟台大学东亚研究行副所长、副教授）：作为"77级"中的"老三届"，我从黄海之滨走来，参加窑洞大学学习活动。几天下来，确实感慨万分。只有亲身到了延安，内心才真正泛起一种愧对先辈的思想感情。我们这一代人坐享其成的东西太多，贡献于社会的太少，图享受求安逸的思想太多，而艰苦奋斗的精神太少。

我感到延安精神不光是一种革命传统，也应成为一种文化现象。

前些年，有些人认为艰苦奋斗精神似乎不怎么时兴了，时代已变了。人们的追求已由生存变为生活，由奋斗变为享受。我认为：时代确实变了，现在我们不必再吃延安时代的粗米饭，穿延安时代的土布衣服来从事当今的社会主义现代化建设。可是如认为不经过艰苦奋斗就能轻易地取得各项事业的成就，那就全错了。在当今社会，不管是成功的政治家、企业家、艺术家、学者，只要他是成功者，就必须经历一番艰苦奋斗的精神历程。从这个意义上说，延安给我们留下的艰苦奋斗精神，正是我们奉之永久的最可贵的精神遗产，它理应化作民族基因积淀在当代每个有志者的心田。

是的，张景芬说得不无道理，对于当代大学生来说，艰苦奋斗在某种意义上有着超时空的意义。任何一种事业的成就有时需要奋斗者付出皮肉之痛，对知识分子来说，更多的则是来自精神的"煎熬"，在古今中外概莫为外。在当今的大学校园里，我们时常可以听到一些同学潇洒地对那些苦读者道上一句口头禅："干嘛呀？！何必活得那么累。"在部分大学生中更多的则是面对成才和人生所流露出的无可奈何、愁眉不展、怨天尤人、自暴自弃，以及无所事事的玩世不恭，等等。艰苦奋斗应该成为当代大学生成才过程中应有的一种意志品质。对于当代大学生，面对中华民族赶超世界发达国家的宏伟目标，应该说历史需要他们付出的艰苦奋斗绝不亚于他们的先辈。这不是故弄玄虚，所谓"锲而不舍，金石可镂"。

其三，关于实事求是与改革开放、"魂"与"体"的新阐释。

讨论会，是在宝鸡师院、咸阳师专、南昌航院、烟台大学师生住地的地铺上展开的，时值午夜而大家谈兴正浓。

问题是从目前改革开放之风劲吹，许多同学都向往东南沿海，同学们选择到延安来是否合时宜而展开的。到会者一致否定了这一设问，相反他们认为奔赴延安与目前改革开放是统一的。

咸阳师专历史系一位女同学说得好：延安精神的本质是实事求是，改革开放在全国的全面展开，正是我们党基于对中国国情的科学认识和分析之后，作出的正确决策，应该说它是实事求是光芒的智慧结晶。我们也听到一些人议论我们延安行的选择，对此我们不以为然。到实事求是的故乡，参观学习先辈创造的实事求是的"大厦"，寻找改革开放和个人成才的方法论，学习传统迎接挑战，这是我们战略选择，事实必将证明我们是对的。不可想象一个没有科学方法作指导的人，能够迎接改革开放的大潮，我们的成功需要科学的方法论。

个人的成才道路，始终是大学生关心、关注的热点。

在王家坪毛泽东与毛岸英谈话的大树下，常常有许多同学凝视着那张珍贵的照片：毛泽东和他的儿子。

1946年，当毛岸英从苏联学成归来，兴冲冲地正准备大显身手的时候，毛泽东就是在这里和儿子一席长谈，使他认识到虽然自己在国外的大学已经毕业，但自己在中国的劳动大学并没有毕业，于是欣然奔赴农村。

中南政法学院的同学认为：作为当代大学生要成熟，就要有信仰；要创业，就要有追求；要进步，就要有道路。三者缺一不可。我们的唯一选择，就是将自身融于时代、融于人民。

张景芬认为：知识属于意识形态范畴。从某种意义上讲，它是一种"灵魂"，"魂"只有附"体"，才能有效地推动历史发展。在革命战争年代，广大年轻的知识分子勇于实践，附民主革命之"体"，走与工农结合的道路，促进了革命斗争的胜利。在当今社会主义建设时期，知识分子作为工人阶级一部分，仍须勇于实践，当改革开放大潮之"体"。不光要实践延安精神，还须通过新时期的实践不断发扬充实和发展它。

陕西师大中文系的宋传东同学说："知识分子是一种思想的载体，今天的大学生只有把自己附在延安精神之上，理想才会有依托，道路才能明确坚定。"

在中国现代史上，延安曾出现过3次以知识青年为主体的延安潮。这3次有什么异同，对历史和现实曾经和将要产生什么影响？这应该成为社会学家的一个课题。

延安潮，在某种意义上讲是一个很有趣的社会现象。而这一现象又发生在社会生活的晴雨表——大学生身上，颇耐人寻味！

当改革开放的大潮在中国大地惊涛拍岸，东南沿海异军突起，高等学校"托福热""出国潮""海南深圳热"历久不衰之际，又出了个延安潮，而且也有些历久不衰的意思，意味深长。

是大学生赶另一种时髦时的盲目选择？是游山玩水的一时兴起？还是到黄土地看看它的风情与贫困？或者说是一种组织上的要求？这些似乎均有失之偏颇之嫌。

大学生们回答的好："作为一名中国人，学习自己祖国那段辉煌的历史有什么不好？！"。

有人说："这些年在高等学校可以从潘晓、弗洛伊德、尼采、萨特勾勒出大学生的另一种思想变化轨迹。可否把持续3年的延安潮，看作大学生思想变化的新走向，而这种走向是大学生参加社会实践、学马列的延续。这种看法很有见地、不同凡响，但对一个复杂的问题我们不急于下简单的结论。"

让我们还是把视角拉开。

在中国现代史上，延安曾出现过3次热：一次是20世纪三四十年代大批有志青年奔赴延安投身民族革命解放战争；一次是"文化大革命"中大批青年长途跋涉到延安（这中间也包括后来2万余名知识青年到延安插队落户）；第三次热，就是从1990年夏天起始至今的以大学生为主体的延安潮（据有关方面的不完全统计约有4万多名大学生）。

我们有必要对这3次"热"进行一下纵向比较。这3次热的主体都是青年，而且都是知识青年，都是发源于社会的"大变革"时代。

从追求看：20世纪三四十年代的青年是怀着拯救中华民族于水火的热望，投身代表当时中国的未来和希望的旗帜之下的。而六七十年代之交的青年则是怀着宗教般的虔诚、冲动和盲从，带着朝圣的心态而来。这次延安潮之中的大学生可能心态要复杂一些，他们有较强的自我意识，甚至有些许独特思想，但几代人相同之处是怀着向往、追寻，研究继承和开创的目的，寻找振兴中华、激励自我的精神渊源而来。窑洞大学"继承传统，开创未来，迎接挑战"的办学宗旨之所以在同学中间产生共鸣，大约可以说明一些问题。

从参与方式看：20世纪三四十年代的青年如毛泽东所指出的，他们到延安要上三课，第一课从西安到延安800公里长途跋涉；第二课在窑洞里学习几个月马列主义；第三课受长期的革命战争考验，在战争中学习战争。六七十年代的知识青年，一部分怀着盲目的兴奋经过一番考察之后迅速地返回了各自的岗位。而另外一批北京知青随之则在延安插队落户，接受贫下中农的再教育。此次延安潮中的大学生利用暑期大学生社会实践奔赴圣地，他们往往进行5到7天的学习考察（有的更长一些），用他们自己的话说："延安给我们留下了终生难忘的记忆。"

从历史影响看：20世纪三四十年代的青年经过民族革命斗争的洗

礼，完成了从朴素的爱国主义者向坚定的共产主义战士的转变，最终成长为新中国的一代精英。而当时以钱学森为代表的一批留学国外的爱国青年，最终与他们汇聚在共和国的旗帜下，托起新中国的大厦。"文化大革命"中奔赴延安的一代，常常称为被耽误的一代。据了解，当年在延安插队接受再教育的2万余名知青，为推动当地的物质和精神文明发挥过重要作用，至今仍有数百人扎根当地工作。在那一批人中，不乏 77、78级的大学生、作家、学者、艺术家和各条战线挑大梁的骨干。

那么，这次延安潮中的大学生呢？我们深信，他们有责任也有能力和其他志同道合者托起祖国明天的太阳。一位朋友曾提出这样一个命题：当今延安潮的弄潮儿有朝一日会和出国潮的弄潮儿齐聚在振兴中华的潮头。我们希望！然而，这是一个有待历史回答的问题，还是留给历史吧！

本文就要结束了，我们的透视是不完全的，由于篇幅所限甚至是肤浅的。大学生在延安几天的学习收获毕竟是有限的，本人所涉及的也仅仅是几个侧面。但我们深信延安精神所包含的一代共和国英才的信念与追求，实事求是的方法论，艰苦奋斗的意志品质，把知识之魂附于实践之"体"的成才道路，为人民服务的价值追求，等等，是会对大学生们产生潜移默化的深远影响的，因为她毕竟托起了新中国的太阳，造就过共和国的一代精英。

因为她曾影响了一代人。

正如陕西师范大学李瑞秦同学所说："我们在本来属于我们自己的精神家园门外徘徊得太久了。"

（原载于《延河》1993年第7期）

在延安窑洞大学里

　　延安有一所特殊的学校——窑洞大学，是由陕西省教工委、省教委、团省委联合创办的一个特殊的教育机构。1991年暑期，来自20多个省市的120多所高校的2000多名大学生，在这里通过报告讲座、走访座谈、参观考察、咨询劳动等多种形式，接受延安精神的教育。

　　"此次到延安，我们是来寻找一条属于自己的人生之路。"在杨家岭一间会议室里，陕西师大同学们的这席话很有代表性。参加学习的同学大都有过一段共同的生活经历。他们面对西方文化思潮的冲击，面对一度倾斜的社会价值天平，产生过种种困惑和迷茫、惆怅和苦闷。

　　他们带着理想与现实、个人与社会的种种矛盾，带着种种希冀和渴望来到窑洞大学。从延安革命纪念馆到杨家岭、枣园；从宝塔山头到延水河畔；从毛泽东挥洒鸿篇巨制的小油灯下，到冼星海谱写《黄河大合唱》的小茅屋旁；从南泥湾与老农共洒汗水烈日下辛勤耕耘，到在八一敬老院与红军老战士共话今昔……这一切，在他们的心灵深处引起了一连串的震颤。"在我步入大学以后，为什么心中仍若有所失，对生活缺乏信心和热情？我们同那些在极端艰苦的环境中努力奋斗的革命先辈相比，到底缺少什么？"

7月25日，西北林学院的几名同学徒步走向枣园的途中，遇到两位农民打扮的老人——1938年以前参加革命的老赤卫队员。学生问："国家现在给你们有什么照顾？"老人不解地答道："抗日战争、解放战争我们牺牲了那么多人，他们有什么照顾？我们活着的还有双手，怎能向国家要什么照顾？！"听了这掷地有声的话，同学们不禁热泪盈眶。

安徽师大几名同学走访房干村。这个小山村长期以来"花钱靠救济、吃粮靠统销"，10年没娶进一房新媳妇，1975年，人均收入仅48元。房干人并不甘于那样穷下去，新上任的党支部书记韩增旗带领全村共产党员和乡亲，多方筹集资金，劈山开路、兴修水利、绿化荒山、兴办企业，终于使房干村变成了今日山清水秀、林茂花香、人均收入3800多元的富裕村。村里建有电视转播台、闭路电视，有70多种鸟类在房干山林落户，联合国生态保护组织、日本农业考察团、国家农牧渔业部等纷纷派员前来考察，都称房干村是当今的"世外桃源"。离开这片神奇的土地后，同学们在一本本挂职实践日记中，在一篇篇社会调查报告中，写下了这样的感受："社会主义好不是空口讲出来的，房干村的事实摆在那里，是靠广大干部群众艰苦创业干出来的。"

邱斌和另两名同学在桓台县起凤镇挂职期间，先后7次到村里搞调查研究，探索当地农村经济发展的路子。这个镇的华沟村和辛泉村的群众，在党支部带领下，都由原来的贫困村走上了致富的道路。然而，两个村走着两种不同的经济发展路子。华沟村靠建立、完善村级社会化服务组织，增强服务功能，壮大集体经济；辛泉村则利用当地能工巧匠多的优势，发展村办企业，培植集体经济新的生长点。学生们通过认真研讨，撰写了两篇近万字的调查报告交给镇领导同志参考。他们认识到，建设具有中国特色社会主义，各地还要因地制宜，从各自的实际出发，不可这模式那模式的生搬硬套。

通过社会调查活动，"社会主义"在百名学生心目中不再是抽象概念，而是丰富的现实生活，是由亿万人民参加的伟大实践。

走出校门，来到群众中间，同学们感到兴奋，但也有感到尴尬的时候。88级政治系亓惠亭同学，在莱芜市高庄镇挂职镇长助理。他和另两名同学向镇长提出要在高庄镇大集上搞义务咨询活动，领导很支持。在人头攒动的集市上，前来咨询的农民提出许多问题，然而，他们万万没有料到，竟被一些小事问住了。

谈起这段经历，学生们感慨地说："以前我们总觉得自己有知识有理论，往往满足于一知半解，自鸣得意。然而实践是一面镜子，通过挂职锻炼，不仅了解了社会，认识了国情和民意，也重新认识了自我。这些话道出了大家的心声。过去，大伙聚在一起，总好讨论这个领导如何不行，那个干部怎样无能，并自信地说"要是我当县长、市长、省长……"，一副老子天下第一的神气。而经过一段实践的磨炼，特别是参与某些实际工作以后，才知道在基层解决一个具体问题、完成一项任务并不那么简单，当个新时期的基层干部真不容易！

"纸上得来终觉浅，绝知此事要躬行。"经过挂职看到了自己的差距。这是可喜的。因为只有看到差距的人才可能不断前进。

同学们走访一位年逾七旬的老红军，谈及生死观，这位老人激动地说："生为人民死，死为人民死。为让大家都过上好日子，我死了也值得！"中南政法学院的于永波同学说："这不是出现在电影里的故事中，这就在我们身边。听了这话我犹如经受了台风的冲击。"一名师大的同学说："接到师大的录取通知时，我哭了，我不愿一生做人梯。看了延安的历史，想到老人的言行，我无地自容。作为师范生，我一定从平凡做起，做一个普普通通而全心奉献的人民教师。"

西北纺院、西北林学院的欧阳文军等几名同学在总结会上感慨地说："在窑洞大学，我们充实、乐观。究其根本原因是我们走出了'小小的我'的精神误区。革命先辈的价值追求就是为了最广大人民群众。我们看到并感到了奉献的幸福、光荣和伟大。"

延安的山沟里、窑洞里有马列主义。从在延安的见闻中，同学们逐渐领悟到一批又一批热血青年为何放弃优裕的城市生活从海内外奔赴延安，投身到伟大斗争的实践。从这些青年的经历中，参加学习的同学普遍感到自己过去对党的认识的肤浅。西北纺院的倪锐同学说："在窑洞大学的这几天比我在学校上一学期党课的教育还深刻。"在短短的时间里，窑洞大学先后收到40多名同学的入党申请。

宝鸡师院廖武平同学在给窑洞大学"党委"写的一封信中说："通过这些天的所见所闻，我才深深理解了没有共产党就没有新中国的真正内涵……我真正高兴的是：我终于找到了自己的精神家园。人是需要精神的，人活着总是为了追求一种东西。这种追求我终于找到了，它就是共产主义。"

松柏苍苍，草木含悲。埋葬着王若飞、叶挺、张思德等一大批为中华民族的解放事业英勇献身的先烈的四八烈士陵园坐落在延安市郊。在窑洞大学开办的日子里，每天都有成百上千的同学来这里吊唁。

"先辈们，我们来了。……虽然你们现在沉默着，但这沉默是这样的充实，震撼天地。面对你们的英灵，我们庄严宣誓：我们一定忠诚先辈的光荣事业，为继承先辈开创的光荣业绩，为了中华民族的灿烂前程，奋斗！奋斗！！"陵园中回荡着同学们铿锵有力的声音。

窑洞大学的收获不仅是这誓言，还有同学们思想深处的变化和切实行动。一名陕西师大的女生，在学习生活即将结束时，讲述了一个她自己的故事。她生长在关中一个落后的农村，幼年丧父，家境困窘。她和男友一起长大，先后考上大学。上大学后，她朝思暮想到大城市工作。来延安前，她的男友毕业分配不顾她的劝阻，毅然到新疆工作。她曾发誓再也不理背道而驰的男友了。"可今天，我为男友的选择而骄傲。毕业后，我也打算到新疆去，和他开拓我们共同的事业。"

南京邮电学院的一名女生说："我曾以'我'为中心，为实现自我价值而奋斗，招来无穷无尽的烦恼，此刻我清醒了，要想使自己个人价值得到实现，就必须与实践、与工农结合，让人民当评判员。"西北大学的几名同学也认为："认识只有运用于实践才有用，只有贡献于人民才有意义。这就决定了我们必然与工农相结合。"

是的，对革命先烈的纪念，莫过于对历史对现实清醒的认识，走一条当代大学生正确的成长道路。

窑洞大学的学习是艰苦的，不但自带行李，参观访问往往都是徒步跋山涉水。由于条件所限，有一半以上的同学只能住在校外，每天往返8公里走读。上大课一半以上的同学没凳子，只能坐在地面上。即使如此，有时3个小时的报告，也没人迟到早退。

为什么面对艰苦的生活，同学们能自觉地表现出昂扬振奋的精神？为什么一些政治性很强的教育内容，同学们能产生强烈的共鸣？为什么一些习惯于对社会品头论足的学生，在这里能联系自己实际进行深刻的自我认识？

大学生们是一个文化素养较高、思想极为活跃的青年群体。他们一方面对各种社会现象和思潮广泛关心，一方面又容易被来自各方的社会思潮所困扰。同样，对于政治思想教育，他们一方面表现为精神上的渴望，另一方面又有程度不同的逆反心理。而他们在窑洞大学看到了中国那一段辉煌的历史，看到中国共产党人高尚的情怀和与人民生死与共的行动，还有理论联系实际、实事求是的体现，这一切都是在许多大学校园里难以学到的。因此大家对上窑洞大学都有一种"过年过节般的感觉"。

几天的学习收获毕竟是有限的，而"延安精神"中包含的一代共产党人的共产主义政治信念，艰苦奋斗的意志品质，为人民服务的价值追求，实事求是的方法论，都将对同学们产生潜移默化的影响。

（原载于《瞭望》1992年第2期）

透过山城轻柔的晨雾……

　　那天清晨，当我们挥臂送走最后一批同学，熹微中透过山城轻柔的晨雾，我恍然从持续10多天的窑洞大学的紧张、热烈和收获后的喜悦之中回到现实。望着延安的山、延河的水；望着清凉山、凤凰山、嘉岭山间星星点点的灯火，一种成功之后的愉悦充溢胸间。

　　窑洞大学的两期教学终于圆满地结束了。揣在心头长达半年之久的一块"石头"终于落地了。我不由得长出一口气。

　　同伴们不无感慨地说："我们很有些后怕！"的确，看着身边的战友们——窑洞大学的教务长、总务长、宣传部部长（他们基本都是光杆司令）那憔悴的面孔，布满血丝的双眼，黑黑的皮肤，真让人感动。10多天夜以继日、通宵达旦地工作，近2000人的生活、教学、参观、讨论的安排；以"窑大杯"命名的篮、排、足球比赛；众多的文艺活动等都组织得井井有条。

　　我忽然想起一位名人说的一段话：在有些情况下，人可以发挥出超乎寻常的能量和作用。我的确有些后怕！然而，窑洞大学成功了！写到这里，我想起了中共陕西省委一位负责同志在窑洞大学对延安地、市及延安大学有关领导同志讲的一席话："几个年轻人能办一所几千人的'大学'，这是一件实实在在的好事，不容易啊！你们要配合搞好后勤，搞好伙食，尤其注意安全……"字里行间充满了信任、关心和支持，有这样的理解和爱护，足矣！

窑洞大学是成功的。

这不仅在于我们有1990年暑期创办陕西省大学生延安精神讲习班的成功经验，还在于我们有省委、省教工委、省教委领导的支持，也在于有全省各大专院校领导、团干部和大学生的信任，尤其是有延安地市和延安大学的配合和支持。

记得，1991年1月，陕西团省委召开全省高校共青团工作会议，当我们把苦思冥想长达两个月，先由"圣地大学"后为"延河大学"，最终定为"窑洞大学"的办学思想、办学模式、办学宗旨，代表团省委学校部向与会的全省48所高校团委书记汇报时，当即得到了大家的认同和支持。

记得，1991年2月，当我们把创办窑洞大学的设想向省委教育工委的领导同志汇报后，当即得到他们的支持。

记得，1991年5月下旬，省委教工委、省教委、团省委3家召开联席会，商定把创办"窑洞大学"作为我省大学生暑期社会实践活动的一项重要内容，3家联合创办，由团省委具体组织。

记得，省委领导同志对窑洞大学给予深切期望，不仅多次听取汇报，而且明确提出具体要求。在窑洞大学创办的最紧张的日子里，中共陕西省委副书记、窑洞大学名誉校长牟玲生同志3次来到窑洞大学看望工作人员和同学们，并与同学们促膝谈心到深夜。还亲自协调有关方面，安排了"延安市欢迎窑洞大学学员文艺联欢会"，演出盛况空前。

我依然清晰地记得，窑洞大学首期开学典礼那天，学生饭厅朴素、干净、简洁，气氛异常热烈，来自全国各地数十所高校的同学们齐聚一堂。鲜红的窑洞大学的校旗，象一团炽热燃烧的火焰，点燃着一颗颗年轻的心，场内口号声、笑声、昂扬的歌声此起彼伏。狭窄的主席台上，高朋满座。中共陕西省委副书记、窑洞大学名誉校长牟玲生，中国延安精神研究会秘书长李剑，省委宣传部部长王巨才，省委教育工委常务副书记、省教委副主任石大璞，团省委书记蒲长城，延安地委书记逯靠山，还有延安大学的领导同志，总之，有关各方的领导都来了。此情此景至今历历在目。这是无形的然而却是巨大的支持。

窑洞大学成功了。有关各方领导、同志们、省内外的同学们，谈及此事均予以高度评价。在不到两个月的时间里，先后有40多篇文章专题报道了窑洞大学，仅中央各新闻单位就有17篇文章专题报道。《人民日报》评论指出："窑洞大学的创办者，为国家、为人民、为青年做了一件大好事。"《瞭望》周刊指出："窑洞大学是当今世界上学制最短、教学内容最独特的一所大学。"而《中国教育报》则认为："这是一所新型的大学。"美国广播公司北京办事处对此异常关注，他们从北京多次打电话到窑洞大学询问情况，要求采访，终因"该校不对外"而作罢。参加窑洞大学学习的同学们的感受更使我们备受鼓舞，他们纷纷表示"我们在窑洞大学经历了一段终生难忘的日子"，"过了一个终生难忘的'年'"。他们甚至自豪地创作了校歌《我们是光荣的窑洞大学学员》，在校内传唱。所有这些，作为窑洞大学的策划者和具体组织者的我们，是始料不及的。

成功之余，细细思忖，窑洞大学的成功不仅是我们几个具体组织者的成功。它是各方重视，大家齐心协力共同努力的结果，我们仅仅做了自己应该做的一份工作。最后，请允许我们代表窑洞大学的全体师生，向关心、支持窑洞大学的领导和有关方面，向为我们提供办学基本条件的延安地委、市委、市政府、延安大学表示衷心的感谢！

（原载于《思考的轨迹》，《思考的轨迹》编写组编，西安电子科技大学出版社1992年7月出版）

窑洞大学的收获与启示

　　延安窑洞大学，是1991年暑假期间，由省委教育工委、省教委、团省委共同创办的对青年学生进行革命传统教育的一所假期政治学校。在省委领导的关心和指导下，学校以"学习延安精神，继承革命传统，明确历史责任"为宗旨，通过听报告、参观、讨论等多种形式，使来自省内外93所高校的1935名同学受到了深刻的教育。许多同学反映，他们在窑洞大学度过了一段终生难忘的日子。

生动的教育形式

　　延安作为中国革命历史宝库中一颗璀璨的明珠，有着极为丰富的教育资源。为了充分利用这些资源，对大学生进行有效的革命传统教育，在举办窑洞大学的实践中，我们主要抓了以下几个环节：

　　一、采取有效形式，增强教育的"力度"

　　在这次活动中，我们注意吸收以往对大学生进行革命传统教育确有实效的教育方式，把报告、讲座、参观、考察、座谈、讨论、走访、劳动及课间课余的文体活动有机地融为一体。根据人数多、生源广的情况，加强管理，致力于形成浓厚的教育学习气氛，力求形成较强的教育"力度"。为此，我们先后请老红军、延安党政领导、延安精神研究专家、教授以及扎根延安数十年的老知识分子为学生作了9场报告，帮助学生从历史和现实、理论与实践结合的高度来认识和理解延安精神。同时，还组织学生走访延安各界人士和干部群众，上街开展咨询服务，观看《延安生活散记》等资料片，祭奠凭吊四八烈士，以及在毛主席与毛岸英谈话的地方演讲当代大学生的成长道路，在张思德墓前重温毛主席的"为人民服务"等，丰富了教育内容。

二、联系学生实际，组织实施教学

针对当代大学生对中国革命史了解不多，在政治上、思想上困惑较多的实际，我们首先注意组织好几场大的报告。在报告内容的设计上，有老红军张清义的故事《跟随毛主席长征到延安》，有刘煜副研究员的纪实性研究报告《延安岁月》，有延安大学副教授郭必选、延安大学党委副书记申沛昌对延安精神的系统论述。这些报告从不同侧面介绍了延安精神及其历史和现实的作用，很受学生欢迎。学生们说，每听一场报告，心中就引起一次震动，带来一连串的反思。

三、加强学习引导，注重深化认识

为了避免出现"听了激动、看了感动、事后不动"的现象，我们每天印发一期《窑洞大学通讯》，通过刊物反映办学情况及一些院校的做法和学生的思想收获，引导各学员队向先进看齐。同时，大力倡导理论联系个人实际的学风，在每晚召开的各领队会上及每次报告会后，围绕教学向学生布置讨论题，促使学生把"我"放到讨论中，谈"我"的感受、收获、不足及今后的打算，使他们注意力和思路集中到正确的方面。

四、面向火热生活，深入工农群众

一是以学校为单位，根据专业特点，走访对口的专业单位，了解该单位的发展及对大学生的要求和需求；二是走访扎根延安并卓有建树的老知识分子，共同探讨延安精神与知识分子的成长道路；三是走访八一敬老院、枣园等处的老红军、老战士，追寻革命先辈的足迹；四是走访当地农户，与农民共同劳动，了解改革开放给延安带来的变化；五是走访延安的新型现代化企业，切实感受延安的发展；六是通过开展社会咨询便民服务，在为老区人民的服务中了解老区人民。据不完全统计，学员共走访各类人员400多人次，接待咨询人员3000多人次，还有相当一批同学参加了生产劳动，使学生把抽象的理论和火热的生活有机地结合起来，从理论与实践的结合上认识延安精神。

五、再现"抗大"生活，创造教育氛围

在生活上，要求所有参加学习的同学一律自带行李，自带碗筷和脸盆，学生大多住在延安大学10人一间的学生宿舍。在活动上，每一期均安排组织"窑大杯"篮、排、足球比赛，开展拉歌献歌活动。每一期学员结业均举办文艺联欢会，师生自编自演节目，气氛异常热烈。学生们说："窑大的生活真苦，我们是全天学习，但切身感受了团结、紧张、严肃、活泼的'抗大'生活，我们终生难忘。"

丰硕的收获

在窑洞大学学习的时间是短暂的，然而学生的收获是丰硕的。概括起来，主要有以下几个方面：

其一，老一辈无产阶级革命家对共产主义事业的忠贞不渝，以及他们在延安创造的辉煌业绩，坚定了学员的政治信念和走社会主义道路的决心。当同学们看到老一辈无产阶级革命家当年生活工作过的地方的条件是如此艰苦时，在思想上产生了强烈的震动。陕西师大化学系88级的李莉同学写道："站在毛主席等老一辈革命家住过的那一孔孔破旧、简朴的窑洞前，令人感慨不已，中国革命如此伟大的业绩竟然发生并发展于这里。"有的同学进一步提出："他们靠的是什么？"大家通过听、看、走访、座谈，深刻地认识到："靠的是一种为了解放全人类，解放全中国的坚定的共产主义理想和信念。正是靠着这一信念，在他们周围聚集了一批具有钢铁意志的共产主义战士，实现了光照千秋的宏伟大业。"老红军张清义同志，以自己身经百战、跟随毛主席长征到延安，几十年出生入死，从一个13岁的小孩成长为一个坚信共产主义的革命者的经历，告诉同学们只有社会主义能够救中国，精辟地指出人没有正确的政治信仰，就等于没有灵魂，如同行尸走肉，使同学们的思想认识得到升华。西北政法学院的同学在总结中写道："共产主义伟大，中国共产党光荣，在学校说起这些，不仅别人，我们自己也感到是说假话。但是，今天却是发自我们内心的感受，中国革命的胜利是共产主义的胜利，是实事求是的胜利，是科学的胜利，用共产主义思想武装起来的人将无往不胜。"西北建院的一位同学在座谈会上讲道："在学校我是被人称为品学兼优的好学生，老师曾不止一次地向我提示写入党申请，但我总有意无意地回避。今天，我郑重地向党组织表示要加入党的行列，我感到成为一名中国共产党党员是非常光荣的。现在，我有一种前所未有的渴望。"在短短的时间里，我们先后收到宝鸡师院、西农、西北建院、山东师院等院校的40多名学生的入党申请书。

其二，一代中国共产党人全心全意为人民服务的价值追求，激励同学们走出"小我"，树立正确的人生观和价值观。参加学习的学员，大都经受过西方文化思潮的冲击，以唯心主义和个人主义为核心的萨特、马斯洛、尼采、弗洛伊德的各种学说对他们有过不同程度的影响，因而许多同学有过种种困惑、迷茫，常常陷入"小我"。然而，窑洞大学的教学实践，促使他们走出了"小我"。西北林学院的几位同学在赴四八烈士陵园的途中碰到了两位农民打扮的老人，没想到他们竟是38年前的老赤卫队员。出于好奇，学生问："国家现在给你们有什么照顾？"老人不解地答道："抗日战争、解放战争我们牺牲了那么多人，他们有什么照顾？我们活着的还有双手，怎能向国家要照顾？！"这简短有力的话语，使许多同学感动得热泪盈眶。安徽师大的几位同学走访了一位年逾七旬的老红军，当谈及他对生与死的看法时，老人说："生为人民生，死为人民死，让大家都过上好日子，我一个死了，也值得。"许多同学听了这些话后，非常感动。一位同学说："当我收到师大录取通知书时，我哭了，我不愿一生做人梯。看着延安的历史，想着老人的言行，我无地自容。面对百年大计之本的教育，作为师范生的我，一定从平凡的工作做起，做一个普普通通而又全心全意奉献的教师。多年以后，让我无愧地对祖国说，我是你御寒棉衣上的一朵棉絮，尽心尽力为你抵御寒风。"

其三，一部艰苦创业的革命斗争史，加深了学生对艰苦奋斗的全面理解，对艰苦奋斗在新形势下的作用有了新的认识，激发了他们为祖国"四化"大业奋斗的决心。来延安之前，有相当一部分同学片面地认为，延安精神就是一种吃苦、受苦精神，在20世纪90年代提倡这种精神未免过时。几天学习之后，同学们的认识发生了很大变化。西北建院安文清等同学说："把延安精神单纯地理解为受苦精神，这是很肤浅的。延安精神所倡导的自力更生、艰苦奋斗，讲的是为人民的幸福改变国家现状的一种拼搏奉献精神。不是被动的受苦，而是为了崇高的事业主动地克服困难的艰苦精神。它是在一种科学的信念指导下，表现出的一种坚强的意志。没有这样一种精神，中国革命就不会胜利。我们当代大学生如果不继承这种精神，将一无所成。"许多同学还联系自己的思想实际说："我们处于优裕的学习生活环境中，但缺乏崇高的政治信念，也缺乏一种实实在在的艰苦奋斗精神，我们常讲青年是祖国的未来，不可想象，祖国怎能靠一些没有理想，缺乏拼搏精神的人来建设。老一辈革命家身上显示出的钢铁般的意志和奋斗精神，是我们应当吸取的宝贵的精神食粮。"

其四，老一辈无产阶级革命家和老一代"窑洞大学人"与工农结合、与实践结合，成为"一代天骄"的成长足迹，使学员们进一步明确了当代大学生正确的成长道路。半个世纪以前，一批又一批有识青年怀着追求真理，拯救中华民族于水火的热望，在延安接受共产主义的洗礼，经受了革命斗争实践的考验，与工农结合，成为迎接中国革命胜利曙光的"一代天骄"。先辈的成长足迹对于大学生是充满魅力的。从纪念馆中反映抗大学生生活的图片旁，到冼星海创作《黄河大合唱》的小屋前；从在毛主席与毛岸英谈话的地方讨论大学生的成才，到在枣园学习毛主席的"青年运动的方向"，大学生的成才道路是学生讨论最热烈的议题。清华大学的一位同学在座谈中说："以毛主席为首的老一辈无产阶级革命家为什么深得人民拥戴，就是因为他们代表了广大人民群众的利益。人民是我们事业的成功之母。大学生要想有出息，必须投身实践，置身于人民之中，与工农结合，这是当代大学生唯一正确的成才之路。"西安石油学院陈春龙同学，此前曾有过毕业后去塔里木油田工作的念头，但拿不定主意，没有勇气表达。他在窑洞大学说："延安之行坚定了我献身祖国石油事业的志向。"表示毕业后坚决去塔里木工作，为开发大西北贡献青春。

有益的启示

窑洞大学的成功举办，对我们有着深刻的启示。

启示之一：进行以学习延安精神为主要内容的革命传统教育是解决大学生深层次思想问题的重要手段。大学生在人生观、价值观和政治观方面存在的问题，是近年来我们高等学校思想政治教育着力解决的重要问题。我们应当不断丰富教育的形式、内容和方法。革命传统教育是一种情感教育，一部延安革命斗争史，含有爱国主义教育、共产主义理想教育和艰苦奋斗教育，以及人生观教育的丰富内容，具有很强的感召力。窑洞大学的办学实践证明，充分利用延安丰富的革命传统教育资源，不失时机地实施教育，与校内的政治理论教育有机地结合起来，就能收到事半功倍的效果。

启示之二：窑洞大学是进行革命传统教育的有效形式。"集中学习，统一吃住"，将以往进行革命传统教育的有效活动形式融为一体实施教学，这是窑洞大学基本的办学方式。这种方式，便于进行现场教育，使学生身临其境，辅之以现实的、历史的、理论的、实践的教育引导。同时众多院校学生集中学习，易于形成浓厚的学习研究气氛，可以达到以景激情，寓理于情，情理交融的效果，从而促使学生思想升华，提高教学质量。

启示之三：掌握学生思想脉搏，对"症"下药，是提高教学质量的重要环节。进行革命传统教育，也应当有针对性地实施教育。大学生是一个思想较为活跃、敏感，但困惑又较多的青年群体。他们一方面表现为对各种社会现象和思潮的广泛爱好和关心，一方面又易被来自各方的社会思潮所困扰。这些困扰往往涉及政治的、人生的、价值取向的许多方面。对于思想政治教育，他们一方面表现为一种精神上的渴望，另一方面又表现为程度不同的逆反心理。窑洞大学在实施教育的过程中，从报告内容的组织、参观地点的选择、教育宗旨的提出，到各种活动的设计，都力求针对学生思想实际，注意"适度"，按"需"施教，为教育活动的圆满成功提供了重要保证。

为了进一步搞好对青年学生的延安精神教育，我们建议：第一，各地、各有关部门和高等院校应当把延安精神教育，作为我省高校坚持长年开展的一项经常性工作。第二，以窑洞大学为办学的基本方式，在延安建立一个立足陕西、面向全国的常设的革命传统教育机构，坚持长年开展活动。近年来，省内外每年均有大量师生赴延安学习考察，由于延安没有专门接待机构，有许多不便，难以保证学习质量。

窑洞大学的办学方式已受到各方面的欢迎。目前延安已初步具有创办基地的条件，不仅有一支质量较好的报告员队伍和一批资料，还有一批健在的老红军战士，省上可统筹考虑在延安建立基地。

（《思考的轨迹》，《思考的轨迹》编写组编，西安电子科技大学出版社1992年7月出版，本文是该书的后记）

我与窑洞大学

这是一所创办于1991年的以"窑洞"命名的大学。

当时的《人民日报》在《革命圣地的呼唤》一文中指出:"窑洞大学的创办者,为国家、为人民、为青年做了一件大好事!"

《瞭望》周刊在为《在延安窑洞大学》一文编配的编者按中指出:"窑洞大学是当今世界上学制最短、教学内容最独特的一所大学。"

两年后,时任国务院副总理的李岚清同志,到陕西考察时在专门听取了窑洞大学学员汇报后说:"送给同学们四个字'后生可喜'!"

这些年,在省内外的许多场合,不止一次地有人这样对我说:"我曾是咱们窑洞大学的学员。"他们中间既有大中学校的老师、编辑、记者、国家公职人员,也有大学校长、书记、县长、县委书记,还有外资企业的高管人员。他们几乎都有一个共同的结论:"我在窑洞大学度过了一段虽然短暂,但却难忘的火热的日子。"

噢,窑洞大学!尽管他们中的许多人我并不认识,一句不经意的话马上引起我们的共鸣！一个"咱们"，马上拉近了我们的心理距离。

教育活动的效果到底怎么样，不是以教育组织者的自我评价为标准的，受教育者的感受与收获是最权威的标准。

窑洞大学的由来

窑洞大学是1991年由中共陕西省委宣传部、省委教育工委、团省委联合主办，由团省委具体组织的大学生暑期教育机构。窑洞大学以革命传统教育为主题，以党中央在延安13年为素材，以延安的13处革命纪念地和延安革命纪念馆及延安山水为主课堂，融报告、讲座、走访、座谈、参观考察、咨询劳动等多种形式为一体，统一食宿住窑洞，集中教学上大课，分散组织去考察，是一所大学生在延安进行体验式学习的特殊学堂。报告者有跟随毛主席长征到延安的老红军、发扬延安精神建设新延安的干部群众代表、研究延安精神的专家学者，还有刚刚走进延安、学习延安、体味延安、感悟延安的窑洞大学学员。

窑洞大学是在这样的背景下应运而生的：1990年暑期，团省委在延安举办了"陕西省大学生延安精神讲习班"。作为当时团省委的学校部部长，我和学校部的同志们具体组织了这次活动。这次讲习班收到了很好的教育效果之后，我们就开始谋划怎样把大学生的暑期活动搞得更有特色、更有规模。大家认为：在当时大学生理想信念缺失的情况下，迫切需要对大学生进行有效的革命传统和理想信念教育。我们可以办一所别样的大学，吸收更多学员，扩大教育影响。那么，这所大学叫什么名字？我们也曾颇费心思。曾想过"圣地大学"，感到有些现代宗教的气息；叫"延河大学"吧？又觉得与延安大学雷同，最终定名为"窑洞大学"。其一，是因为窑洞是陕北的标志性建筑，有浓郁的地域特色。其二是战争年代在延安的窑洞中走出了一大批志士仁人，他们的后代成为新中国的栋梁。

1991年年初，在团省委召开的全省高校共青团工作会议上，我们提出了创办"窑洞大学"的设想，立即得到了参会的48所高校团委书记的认同和支持。按照我们提出的办学设想，大家集思广益，确定了办学思路、办学模式和办学方法。建议由省委宣传部、省委教育工委和团省委共同主办，团省委具体承办，教育对象以省内高校学生为主，学校租用延安大学的窑洞校舍，办学周期为5到7天。

我至今还记得窑洞大学首期开学典礼的情形。在延安大学的学生食堂里，来自全国各地数十所高校的同学们齐聚在鲜红的窑洞大学的校旗下。出席开学典礼的有中共陕西省委副书记、窑洞大学名誉校长牟玲生，中国延安精神研究会秘书长李剑，省委宣传部部长王巨才，省委教育工委常务副书记、省教委主任石大璞，团省委书记浦长城，延安地委书记递靠山等有关方面的领导。

让组织者没有想到的是，窑洞大学产生的轰动效应超出了我们的预期。窑洞大学开学典礼的消息在《人民日报》《中国青年报》披露后，赶来参加窑洞大学学习的不光有省内的学生，省外的清华大学、中国人民大学、黑龙江大学、华北电力学院、西南政法大学、上海海运学院、安徽大学等数十所高校的学生从全国各地纷纷赶来。华侨大学的14名同学，带着刊有窑洞大学开学消息的《中国青年报》从福建泉州出发，走了五天五夜赶到延安报到；华西医科大学、宁夏大学、山西经管学院、洛阳工学院、陕西师大分别组织了大学生自行车队长途跋涉骑行到达延安；南昌航院的学生们乘火车到铜川，步行拉练赶到了延安。

窑洞大学红了延安

窑洞大学的确让延安热了！这是我们当时的切身感受。

7月中旬，我们办班的一行从西安向延安进发途中，不断看到一支支以大学生为主体的车队从窗外驶过，从车体的标识上可以看到地质学院、邮电学院、金融学院、服装学院、林学院、医学院、机械学院等大专院校的名称。

汽车经过甘泉县城时，见到了一支有18名大学生的自行车队。我们停车询问："你们是哪个学校的？"

"洛阳工学院的。到延安上学去，我们听说延安有个'窑洞大学'。"

"你们走了多长时间？"

"今天是第十天。"

"离延安还有30公里，你们快到了。"我们告诉他们。

就在我们说话的时候，西安体院和北京体院的同学乘车路过这里，两辆车上同时响起了热烈的掌声和彼此的问候声。

前往延安参加窑洞大学学习的既有学校组织的，也有自费前来的，学员既有本科生、专科生、硕士生、博士生还有青年教师、汽车司机。当时原定1000人的集中学习规模一再突破，到学习结束时，共有1935名学生参加学习，分别来自我省的28所高校和京、沪16个省市自治区的65所高校。

当然，要办好这样一所学校也会遇到不少困难。教学课程的安排、考察地点的协调、大课交流的设计、"窑大杯"篮排球赛的组织、《窑洞大学报》的编辑、"窑大之声"广播站的创办、社会咨询服务场所的确定及参加院校的人员与服务项目的协调等等，都需事必躬亲。仅学员们的住宿就让我们煞费苦心。由于参加人数一再突破，学习活动原计划办2期，不得不增加到4期，每期人数都增加1倍。要让这些学生住下来，除了调剂现有的房源外，还需到附近的旅馆联系解决超编学生的住处。一切安排就绪后．还要为每一间宿舍写好住宿学校及人数的标志。近千名来自全国各地的同学安置好之后，我们才长出了一口气。

窑洞大学的办学条件是艰苦的。我至今依然清晰地记得：我们十几个办学的同志和帮忙的大学生，男女分住在延安大学招待所两个潮湿的大房间里。大家睡着大通铺，被褥潮得几乎能拧出水。这种状况，几天后才有改观。学员们同样艰苦。住宿紧张，8到10位学员住一间窑洞；吃饭没有足够的餐桌，学员们10人一组蹲在地上手端饭碗，围着一大盆菜各取所需；课前，工作人员手捧一沓旧报纸，站在充当报告厅的学生食堂门前，向鱼贯而入的学员发放，报纸当作凳子使用，食堂里满满登登地坐了一地人。课后，学员们以学校为单位，围坐在操场上热烈讨论。因人太多，讲堂不得不经常移到操场上，上千名学员顶着烈日席地而坐聚精会神。听讲者中还有一些院校未能加入窑洞大学的旁听学员。同学以膝盖当课桌，认真记课堂笔记，这种情形被同学们戏称为"窑大定理"：废报纸＝凳子、膝盖＝课桌、大操场＝小教室。尽管条件简陋却没有人提出异议。

窑洞大学的出现成了延安街头的一道壮观的风景线。印有"窑洞大学"的T恤成了延安街道的流行服，不知实情的延安人还以为延安大学改名了呢！精明的商人们却从中嗅到了商机，做起了窑洞大学T恤的生意，一时间，"延安，我回来了""延安，我爱你""学习工农、深入实践"成了延安街头出现频率最高的字眼。那个时候，凡是到延安考察的各地大学生第一件事就是先做一件"窑大"T恤穿上。就连延安的当地青年，也以穿一件窑洞大学的T恤为时髦。年过半百的著名作家、诗人曹谷溪先生正在延安大学创作，当即找到我，希望给他一件窑洞大学的"校服"，他富态的身上套了一件窑洞大学的T恤，并自豪地说："我也是窑洞大学的荣誉校友。"

思考在延安

7月25日，西北林学院的几位同学徒步到枣园。途中，他们遇到了两位农民打扮的老人，没想到老人竟是1938年以前参加革命的老赤卫队员。学生问："国家现在给你们什么照顾？"老人不解地答道：

"抗日战争、解放战争我们牺牲了那么多人，他们有什么照顾！我们还活着，还有双手，怎能向国家要什么照顾？！"话不多，声音不大，但掷地有声。同学们说："对我们的精神冲击，确实是震撼性的。"

安徽师大等校的同学走访一位老红军，当老红军谈及他的生死观时，他激动地说："生为人民生，死为人民死，让大家都过上好日子，我死了，值得！"听了这话，中南政法学院的于永波同学说："这不是出现在电影里、故事里，他就在我们身边，听了这话，我犹如经受了台风的冲击。"一位同学说："当我接到师范大学的录取通知书时，我哭了，我不愿一生做人梯，不得已进了师大。看着延安的历史，想起老人的言行，我无地自容。作为师范生，我一定从平凡做起，做一个普普通通而全心奉献的人民教师，多年以后，让我无愧地对祖国说，我是你御寒棉衣上的一朵棉絮。"延安人就是以这样质朴的语言和事例给这些来自四面八方的大学生们以心灵的洗礼。

社会各界、中央和省级媒体对窑洞大学的开办给予极大的关注。不到两个月的时间，全国各地的新闻媒体就先后刊发了40多篇介绍窑洞大学的文章。新华社和《人民日报》《光明日报》《中国青年报》《中国教育报》《瞭望》周刊等中央新闻媒体分别对窑洞大学进行了跟踪连续报道。媒体的宣传使窑洞大学在全国的影响越来越大。《人民日报》在《革命圣地的呼唤》的评论中指出："窑洞大学的创办者，为国家、为人民、为青年做了一件大好事！"《瞭望》周刊指出：窑洞大学是当今世界上学制最短、教学内容最独特的一所大学。美国广播公司北京办事处的记者也对窑洞大学表现出了极大的兴趣，他们多次从北京打电话到窑洞大学了解情况，要求采访。后来，我们确定了窑洞大学不对外宣传的原则，婉拒了美国记者的采访请求。

窑洞大学的成功举办，受到中宣部、国家教委和团中央的高度评价，还获得了1991年"全国大学生社会实践先进活动"的荣誉称号。

我这里所追忆的是1991年的窑洞大学，1992年暑期我们按照这种模式又办了好几期。记得那年的生源更好！清华、人大等参加了第一期学习的许多大学又派团队来学习，全国的五所师范大学、五所政法学院，齐聚在窑洞大学。参加的高校超过了110所，学员达到了4000多人。媒体也进行了充分的宣传。当时的窑洞大学，已有了点"品牌"的味道。1993年，我调离了团省委，窑洞大学后来的办学事宜就交给其他同志了。听省教工委的同志讲，1994年暑期，时任国务院副总理的李岚清同志到陕西考察，专门听取了窑洞大学学员的学习汇报，说："送给同学们四个字'后生可喜！'"无疑，这是对办学者的肯定与奖励。

窑洞大学结束后，我们精编了学员们从全国各地寄来的学习心得，出版了《思考的轨迹》一书，5000册书很快销售一空。这本书收录了参加窑洞大学的同学们的体会。书中还收了我在当时的《人民日报》、《中国青年报》（头版头条）发表的消息，以及在《瞭望》周刊发表的《信念，从这里升华》的长篇通讯和在《延河》上发表的报告文学《透视延安潮》。这些作品较全面地记述了窑洞大学学员的所见所闻、所感所思、所悟所得。为了给省委党史研究室编的《回望30年》一书撰写回忆创办窑洞大学的文章，我又翻读了这本书，仿佛回到了昨天。对于我来说，那是一段激情燃烧的日子。

曾经的启示

在纪念改革开放30年的今天，回望窑洞大学，我感到：她的创办对于今天的青年人进行理想信念和前途教育仍然具有重要的启示和指导意义。

启示一：进行以学习延安精神为主要内容的革命传统教育是解决大学生深层次思想问题的重要途径。革命传统教育是一种情感教育，一部延安革命斗争史，含有爱国主义教育、共产主义理想教育和艰苦奋斗教育，以及人生观教育的丰富内容，具有很强的感召力。窑洞大学的办学实践证明，充分利用延安丰富的革命传统教育资源，不失时机地实施教育，与校内的政治理论教育有机地结合起来，就能收到事半功倍的效果。

启示二：窑洞大学是进行革命传统教育的有效形式。"集中学习，统一吃住，将以往进行革命传统教育的多种活动形式融为一体实施教学"，这是窑洞大学基本的办学方式。这种方式，便于进行现场教育，使学生身临其境，辅之以现实的、历史的、理论的、实践的教育引导，同时众多院校集中学习，易于形成浓厚的学习研究氛围，可以达到以景激情、寓理于情、情理交融的效果，从而促使学生思想升华，提高教学质量。

启示三：掌握学生思想脉搏，"对症下药"是提高教学质量的重要环节。进行革命传统教育，也应当提高针对性。大学生是一个思想较为活跃、敏感，但困惑又较多的青年群体。他们一方面对各种社会现象和思潮广泛关心，一方面又易被来自各方的社会思潮所困扰，这些困扰往往涉及政治的、文化的、人生的、价值取向的诸多方面。对于思想政治教育，他们一方面表现为一种精神上的渴望，另一方面又表现为程度不同的逆反心理。窑洞大学在实施教育的过程中，从教育宗旨的提出、教学计划的制定、报告内容的组织、参观地点的选择，到各种服务活动的设计，都力求针对学生思想实际，注意适度，按需施教，处理好"引导"与"需求"的关系，这为教育活动的圆满成功提供了重要保证。

今天，窑洞大学的这种办学模式在实践上可能又有了新的发展，但以延安精神为主要内容的体验式革命传统教育的方式却越来越受到重视。记得就在我们创办窑洞大学不久，解放军西安政治学院就在延安建立了教学基地，对学员进行长年不断的革命传统教育。后来，中组部又在延安、井冈山和上海浦东建立了干部培训学院，其教学理念和办学模式就是窑洞大学当时的情景式教学。最近几年，中央在韶山、井冈山、延安着力打造的"一号工程"堪称革命传统教育的大手笔。目前，延安革命纪念馆的"一号工程"正在紧锣密鼓地进行。我相信，不远的将来，延安的革命传统教育将会以全新的面貌与大家见面，从革命圣地延安流淌出的红色记忆仍将浸润着今天的中国人。"延安热"仍然会保持旺盛的生命力。

10多年前，参加窑洞大学的学员犹如一台台精神的播种机，他们在延安接受了延安精神的洗礼，又把延安精神带到了四面八方。按年龄推算，当年参加窑洞大学的学员，已成长为各条战线的中坚。

我们这些创办者组织他人学习延安精神的同时，自己也不断地经受着延安精神的滋润。我以为，延安精神所洋溢的为了"主义"的崇高理想、为了人民的价值追求、实事求是的方法论、艰苦奋斗的意志品质、将知识之"魂"附于实践之"体"的一代知识分子的成才道路，至今仍对我及我的同伴们产生着深刻的影响。它赋予我们一种信念、一种责任、一种社会担当。我们的人生也发生着变化，当年窑洞大学的教务长顾群同志已成长为中国银行汉中支行的行长；窑洞大学的总务长张素丽同志现任陕西职业技术学院党委副书记；积极组织大学生参加窑洞大学学习的我省许多大学的团干部都已成为学校的教学科研骨干，相当一部分还担任了校院领导工作。就拿我来说，先后到省纪委、陕西日报社、省社科联、省委宣传部工作，但不管到哪里，每每回忆这段往事，我都为曾经参与过窑洞大学的创办而感到荣耀。

作为窑洞大学的一名普通工作人员，我和我的同志们只是做了一些应该做的工作。我深知，如果没有各级组织的大力支持，没有各级领导的高度重视，没有团省委领导的强有力的引领，没有省内外各高校团组织的积极参与，没有社会各界和媒体的广泛宣传，窑洞大学绝对不会那么"火"。

补记：在这里，我还要特别一提的是，我们的战友、窑洞大学的宣传部部长、陕西师范大学的杨波教授。用今天的话说，他是属于给我们帮忙的"志愿者"。我现在依然清晰地记得办学的日子里，每天晚上他光着脊梁编辑《窑洞大学报》的情景。他的敬业、他的认真、他的一丝不苟、他的精益求精、他扎实的学养，给我们留下了极深的印象。我记得，他今年应该53岁。可不久前突然得知，他因患绝症，几个月前已离开了这个世界。一个善良、执着而有担当精神的生命过早地离开了我们，让人不胜唏嘘。追记如上，带去我们深深的哀思。

（原载于《中国青运史辑刊》2009年第1期）

我在悉尼当"部长"

——听课随笔

　　"尊敬的伊丽莎白女王，尊敬的各位大臣：请接受本渔业部长的陈述……"在悉尼，我当了一回"部长"。当然，是在悉尼大学的讲台上。

　　澳大利亚高等教育在教学方法上的一个重要特点，就是注意案例教学，欢迎学生提问，鼓励学生参与。在这里，鼓励学生对其正在学习的知识的提问，本身就是启发式教学的一种有效形式。而学生的参与则落脚在巩固知识，着眼于运用知识能力的提高上。

　　那天上课，听讲的题目是：中国如何应对入世？请外国人讲中国，要洋人为中国把脉，行吗？

　　"各位先生：很高兴给你们讲课……"当年轻的伊丽莎白女士站在讲台上时，我们这些年长于她的学生，的确有些怀疑。几十分钟后，她便以流畅的语言、翔实的资料、缜密的论证、独特的方法展示了自己的讲台形象，我们认同了她。伊丽莎白博士是悉尼大学政府和国际关系系的高级讲师。她的研究方向是全球化及对东亚地区的影响，目前正在撰写一部关于全球化对亚洲经济和机构的影响的书。

让我们认同的，不仅在于她熟悉WTO的历史沿革、现状、作用以及公平与不公平，精通WTO 规则、条款及其运用；还在于她掌握了大量发展中国家如何应对入世的实例；更在于她对中国经济发展、政府财政、政府职能、金融体制、下岗职工、国有企业改革、私有企业发展等方面均有着较为全面的了解。尤其对中国入世条款的利弊分析、中国入世所面临的严峻形势、中国的承受力、可能出现的问题及必要的政府准备等一系列问题，提出了自己独到的见解。同时，用大量入世国家应对挑战的实例，进一步阐述论证。

讲授正在有声有色地进行，伊丽莎白戛然而止："我的讲课到此为止，下边进行实例分析课。"说着从教案中拿出一沓纸："我把题目发给你们，这是一个即将入世的国家所面临的课题。请你们以6人为一组讨论20分钟，选择一个代表在讲台上汇报。"

题目展现在我们面前：

"特兰西瓦尼亚正在申请成为世贸组织的成员，而且希望能够发展捕鱼业。政府现在对进口鱼类征收250%的关税，但是如果要加入世贸的话，按照世贸的规定，他们被给予4年的时间将鱼类的关税降到25%。在符合世贸规定的情况下，考虑积极帮助本国捕鱼业的发展，什么样的战略方针是特兰西瓦尼亚的渔业部长在今后4年中应该采取的呢？"

题目不长，但的确是一个大题目。这时伊丽莎白作补充："特兰西瓦尼亚是一个虚拟的国家。为了尽量使得你们的案例更加有说服力。可以假想你是这个国家的渔业部长，你正在向更高级别的官员阐述你的想法。这也是你唯一的可以将自己的想法变为国家政策的机会。"

天降大任于是人也。运用世贸规则，分析"本国"国情，参考别国的做法，各小组的讨论进行得紧张热烈。20分钟后，各组的发言人陆续走上讲台，提出各自不同的方案。我"不幸地"被本组的同学推举为发言人，众目睽睽，推托不便，恭敬不如从命。"不要辜负了大家的研究成果。"我暗自鼓励自己。

"尊敬的伊丽莎白女王，尊敬的各位大臣：请接受本渔业部长的陈述……"开场白被大家的笑声打断。伊丽莎白微笑着，她用双手做一个提起长裙的姿势，并且双膝微微一曲，显然接受了这个虚拟女王的桂冠："请讲。"

"本部经过3个月的反复论证，提出如下渔业入世应对方案。本部认为，我国渔业资源丰富，是具有潜在优势的产业，但目前技术落后，生产力水平低，是靠关税壁垒来维持低水平的生产。要保证渔业在入世的情况下不受损失或少受损失，我们必须制定4年的产业发展目标：技术升级、强化管理、提高效益，缩小与国际渔业产业的差距。要加强三方面的工作：一是合理制定减少关税计划。4年中分别按25%、50%、70%、80%逐年递减。二是加大政府扶植力度，给予必要的财政补贴，同时在4年间给予适当的国内税收减免，为企业的技术改造、开发新的高科技渔业产品创造必要的条件。三是发挥政府协调功能，促进捕捞业、加工业、销售业的合作与整合，提高整个产业链的管理水平和运行水平……"

为了增强说服力，老师还要求写了板书。10分钟过去了，当结束发言的时候，我自信地说："女王陛下：也许两三年后，您穿的衣服，您用的高级化妆品，很有可能就是我国渔业产业的新产品。""女王"一个劲儿地点头，笑了："你是一个称职的渔业部长，我希望国会能批准你们的方案。谢谢！"

在讲台上发言的共有4位"部长"，大家的方案各有千秋，老师总是给予及时的肯定，而后进行总评点。她说："感谢大家参与，我的目的是，要求大家将今天讲的原理运用到实例分析中，提高驾驭知识的能力。我相信我国的渔业近期将比较安全。"

"当然，"伊丽莎白提高嗓门，"同学们在方案中没有提到环保，没有提到我国渔业技术改造后达到的水平，没有提到政府如何帮助产业寻找商机，但这不影响同学们当'部长'。"老师的结束语不乏幽默，课堂里响起了热烈的掌声。

　　虽说这是一次参与式的教学活动，但这一学习知识、运用知识、参与教学的经历却给我们留下了深刻的印象。

　　中澳高等教育在教学方法上有什么区别？我不止一次地向旅澳中国学者和中国留学生请教。"老师特别欢迎学生提问，鼓励参与。"这几乎是一致的看法。在悉尼大学1个月的学习，我也深深地感受到这一点。我以为：提问仅仅是一种表现形式，鼓励学生对其正在学习的知识的提问，本身就是启发式教学的一种有效方式。而学生的参与则落脚在巩固知识，着眼于运用知识能力的提高上。有着灌输式教育传统的中国教育似乎应该从中汲取点什么。

　　（原载于《我在悉尼当"部长"》，薛保勤著，陕西人民出版社2005年7月出版）

从"红色革命"到"绿色革命"

——来自延安的纪实研究报告

思考篇 一个沉重的话题

这里，曾经是一块孕育英雄并"生产"英雄的土地。

这里，曾经是中国共产党历尽艰辛、创造奇迹、展示辉煌的"福地"。

半个世纪前，"毛泽东们"点燃的"星星之火"在这里真正"燎原"了，它照亮了世界东方，迎来了新中国的曙光。

然而，这里却荒凉，贫瘠，偏僻，闭塞……

这，就是延安，为此，她名满中外。

奇迹，往往是在恶劣的环境中结出丰硕果实的代称。于是中国产生了一门"延安学"。

24年后，当周恩来回到这块令他魂牵梦绕的土地时，他哭了，含泪帮助制定延安的脱贫计划。严酷的现实促使我们提出这个命题：武装革命与我们今天所进行的"革命"有着不同的内涵，应有不同的"斗争"方式和评价标准。

历史，有时古怪得令人难以捉摸，当年为了中国革命作出巨大贡献和牺牲的延安人民，以赶毛驴送公粮、抬担架运伤员的质朴和忠诚，为重建家园、改变生存环境，为新中国添砖加瓦的时候，奇迹却再没有出现。而他们的要求太简单、太朴素了：解决温饱。历史有些不近人情。

现实促使我们不得不换一个角度来思考。

在中国经历了由"实践是检验真理的唯一标准"和"生产力标准"两个历史性大讨论之后，面对当今世界的两大难题——人口膨胀和生态平衡，我们提出这个问题：如果我们把那场引以为自豪的以武装夺取政权为目标的斗争称之为红色革命的话，那么，新中国成立以后，在农村以发展经济、改善生存环境而与大自然的斗争，又应该称作什么"革命"呢？我们姑且不下定义。显然，这是两个截然不同的概念，它们有着截然不同的内涵和外延。自然，也应有着不同的评价标准、奋斗目标和"斗争"方式……

带着这些思考，我们来到了延安。

"毛泽东挨骂"与大生产运动的伟大壮举。这一壮举是以加剧生态平衡的破坏为代价的，然而，这是历史应该付出的代价。

在南泥湾，我们久久地伫立在这块英雄的土地上，耳畔回响着那首唱红大半个中国的令人回肠荡气的歌。

凝视着这块大生产运动的策源地，我们不禁想起了那个著名的"毛泽东挨骂"的故事，以及著名的大生产运动。

1941年夏天，陕甘宁边区政府在延安南关礼堂开会，突然狂风骤起，雷电交加，随着一声巨响，坐在会场窗口的洛川县代理县长被击中，不幸死亡。延安市一时哗然，有位老乡竟在延安街头出言不逊："咋不把毛泽东劈死呢。"正打算拘留他时，毛泽东知道了此事。他制止了，并派人到民间"寻根问底"。当他得知骂声源于当地人民负担太重、公粮连年增加难以承受时，感慨地说："边区只有150万人，人民负担20万石公粮，负担确实太重。"他毅然决定把公粮压缩4万石。但是，10多万红军官兵，面对敌人的封锁如何生存又成了一个严峻的问题。于是，一场自己动手、丰衣足食的大生产运动由此展开。当时有关部门制定的垦荒计划为60万亩。毛泽东斩钉截铁：必须100万亩！大生产运动结出了丰硕的果实，到1943年，全边区产粮184万石，当年消费后还剩22万石。

毫无疑义，以南泥湾的大规模垦荒为代表的大生产运动，为中国革命立下了汗马功劳，这是一个伟大而实事求是的、应载入史册的壮举。

今天，当我们珍视并学习继承这笔宝贵的精神财富的同时，用另一种"眼光"来审视这一壮举，不应该忽视这样一个严酷的事实：大生产运动，也是以加剧延安的绿色植被和生态平衡的破坏、加剧水土流失为代价的。

养育中国革命的，与其说是延安人民，不如说是延安的青山绿水。很久以来，延安人没有走出红色革命的光环，完成应有的一系列转折。

延安，历史上曾森林繁茂、水草肥美。

《延安志》曰："牛马衔尾，群羊塞道。"这里历史上虽曾几经战争的破坏，但到20世纪初，全市境内仍形成了大面积的次生林，生态环境较好。大生产运动，把密布延安的森林成万亩"垦"掉了，连张思德烧炭的木材也取自山上。

我们在延安的大山里进行了长时间的寻访。老人们指着延河浑浊的细流说："红军到延安时，延河水是清的，还可游泳呢。"在记载红军当年生活的历史资料片《延安岁月》中，我们看到了这一景观。为此，我们请教研究延安革命史近39年的刘煜副研究员，他说："20世纪30年代延安城四周10里以外都是密布的树林，常有狼群出没。"

历史的前进，往往是以某些方面的牺牲为代价的，甚至不可避免地伴之以某种破坏。在这个意义上，与其说是延安人民养育了中国革命，不如说是延安的山山水水养育了中国革命。当然，这是历史必须付出的代价。否则，中国可能仍然徘徊在黑暗之中。

问题的关键不在这里。很久以来，延安人过多沉醉在这历史的贡献和旧有的辉煌之中，没有清醒地认识这贡献背后的生态代价，进而给予应有的生态补偿；没有从红色革命的"思路"中走出，真正完成新的历史阶段所必须完成的从"革命"目标到思维方法、行为方式的科学转变。

"大跃进"冷落了植树造林；饿怕了的农民毁林开荒；单打一式的"改造山河"；"以粮为纲"的单一农村经济结构。延安人隐隐认识到，精神不是万能的，靠蛮干不行，要发展必须靠科学。

我们有必要对这一段历史作以简单的回顾。

20世纪50年代，胡耀邦在延安主持拉开了西北五省区青年植树造林的大幕，然而，好景不长，1958年"大跃进"、大炼钢铁，不仅冷落了植树造林、治理山河，而且农业生产下滑。到1962年，延安的粮食产量已大大低于1949年的水平，国家不得不调动上千辆汽车为延安运粮，于是饿怕了的农民大肆毁林开荒、种地打粮，生态平衡进一步被破坏，不少地方成为秃山。

"文化大革命"期间，延安在农业学大寨的高潮中，以修梯田、打坝为中心，劈山填沟、改天换地，可谓气壮山河，到1978年全市梯田坝地、墕地、水地已达19万亩多。但是由于把水土保持的全部精力集中到打坝修梯田上，缺乏综合的、全面的规划，致使水毁工程多，不少工程成了包袱。1977年，一场百年罕见的洪水不知冲坏了多少土坝，至今人们仍能见到其残留的痕迹。

民以食为天，对此，延安人民感受太深了。在"以粮为纲"思想的指导下，农村经济结构极度单一，"重粮、轻林、挤牧"现象十分严重。到1978年，延安市人均产粮比1950年下降了27%，林、牧、副的产业产值仅占农业总产值的29.8%。森林锐减，天然次生林由1949年的328万亩，降至1985年的163万亩，草场由198万亩降为169万亩。1988年，延安人均占有粮食比1949年少28斤。

这的确有些悲剧色彩，但对历史的发展而言，无论是成功的探索，还是失败的努力，都是有意义的。守着自力更生、艰苦奋斗这一精神法宝，奋斗了几十年，严酷的现实使人们不得不对这搞了几十年的"革命"进行反思。山大，沟深，缺水，少雨，沟壑密布，植被稀少，水土流失严重，地形支离破碎，生存环境恶劣，这是延安，也是黄土高原丘陵地带的共同特点。多少年来，延安人民一次次奋争，一次次失望。人真能胜天吗？于是，有人说陕北没有希望，有的外国人甚至断言：这里不具备人类生存的基本条件。

党的十一届三中全会以后，延安虽然实行了联产承包责任制，一定程度地解放了生产力，但仍不能从根本上摆脱贫困。在别的地区，往往通过调整生产关系就可以解决贫困问题，但在这里，恶劣的自然条件，使得脱贫与发展不能仅仅靠这些，而他们又无现实的路子可循。

延安人隐隐认识到，精神不是万能的，要发展还需要科学，延安精神中还有科学的方法论，叫作实事求是，理论联系实际。

探路篇　来自庙沟村的"神话"与"神话效应"

毛泽东说："路线是个纲。"用今天的眼光审视，它仍有着深刻的理论意义和实践意义。路走对了，才能纲举目张。

延安人奋斗了几十年为什么摆脱不了贫穷？他们创造了红色革命的奇迹，难道战胜不了贫穷？延安的出路在哪里？延安人始终没有放弃这艰难的探索。

庙沟人"疯了"，进行了"背叛式"的选择。退耕还林5500亩，人均粮田由12亩减到4亩，仅3年，山绿了，路通了，林成了，果熟了，人富了。

庙沟，这是一个应该载入黄土高原开发史上的名字。今天它的发展模式已被科学家们誉为"庙沟模式"，然而，这个模式却是庙沟人自己走出的。

这是一个穷山村，坐落在曾是中共中央驻地的枣园后拐沟里。"三山八峁五面坡"便是全村的所有土地。全村109户、467口人，全是20世纪60年代初落户到这里的逃荒者。村里人均耕地16.1亩，但土地并未给他们带来富裕。直到1979年，人均口粮仅仅150公斤，每个劳动日值4角钱，生产费用70%借贷款，年年吃返销粮，还有半数以上的农户常常要逃荒要饭。

庙沟人没有认命，面对"屡战屡败"的局面，他们大胆地进行了与当地多年脱贫思路大相径庭的"背叛式"的选择。

1983年，庙沟人率先"创造性"地调整生产结构，走"退耕还林，以果致富"的路子。

被饿怕了的庙沟人，当时做出这样的选择实在难能可贵。有人说他们"疯"了。从1984年起，他们在短短两年的时间里，退耕5500亩，3年内种植苹果2100亩、用材林3400亩，使全村林果面积发展到7500亩，人均12.2亩，人均粮田由12亩减到了4亩。汗水白白流了多少年的庙沟人，这次没有白流汗。耕地少了，产量却高了。山绿了，路通了，林成了，果熟了，人富了。

同样的披星戴月，他们收获了希望。

到1989年，全村苹果总产量达到30万公斤，粮食总产量达50万公斤，分别比1984年增长了10倍和3.3倍，人均纯收入由170元增长到1022元，人均产粮由300公斤增长到502公斤。

1989年9月江泽民总书记视察了庙沟，他不仅对庙沟人予以高度评价，而且盛赞庙沟的苹果可以和美国的蛇果媲美。江泽民总书记在离开庙沟时留话：等你们人均收入达到5000元时，我再来看你们。如今庙沟人均纯收入已突破5000元大关。当我们在庙沟采访时，一座颇具现代气息的村委会办公大楼正拔地而起，乡亲们说，他们盼望江泽民总书记的再次到来。

延安市领导的"鉴赏力"是难能可贵的。但他们没有盲目乐观、急功近利……于是，有了"白崀的速度"，有了62个庙沟村……

让我们还是把视角拉回到1988年：

当庙沟这个当时最为贫困的、不起眼的小山村，以花团锦簇般的形象崛起在延安的黄土沟峁中时，无异于给这里的人们带来了一道希望的曙光。

这里应该提及的是周万龙。这个与黄土地苦斗了几十年的中年汉子，作为延安市生态农业的倡导者、组织者与实施者，时任延安市常务副市长，他为之兴奋不已。他没有把庙沟作为一个偶然的退耕还林的致富典型，更没有让其一闪而过。

说起这些，面对我们的周万龙陷入久久的深思，继而打开了话匣："自然条件差、起点低，是庙沟的特点，也是陕北丘陵沟壑区村庄的共同特点。庙沟的出现，促使我们开始重新审视自己脚下的这片黄土地，重新审视我们所走过的改造山河的路……"

延安市委、市政府的一班人敏锐地抓住了庙沟，把它放在是否是黄土高原致富方向的高度来认识和思考，进而来剖析这个典型在这认识层面上对人们的启示。

庙沟人的探索是难能可贵的，"周万龙们"的"鉴赏力"也是难能可贵的。

还是老方法，让实践说话。他们注意了实践的科学性、实用性及普遍性。从1989年起，选择了全市最贫困、条件最差的村子进行试点，开展建设62个"庙沟式村"的活动，市委、市政府几大班子成员，每人包1到3个村，投入到这一实践活动中。

顺着川口乡后沟，蜿蜒南行。汽车时而从两山的夹缝中穿过，时而从临沟的悬崖边挪过。30公里路走了近2个小时，我们来到了白峁村。

这个白峁，曾经穷得远近闻名，以至于干部不敢来下乡。32户人家，120口人，人均耕地20多亩，98%是山坡地。大集体时1个劳动日值7分钱，人们形容它是："红绿补丁烂衣衫，全家没有一条毡，广种薄收无钱粮，家家出的光棍汉。"

白峁成了试点村，一次性退耕115亩，栽植经济林650亩，用材林500亩，同时大力推广并狠抓科学种田。短短3年，不但一甩贫困帽子，而且实现了人均钱粮双过千。

如果说庙沟的经验使人们看到了黄土地的出路，那么白峁的速度则无疑为黄土地尽快摆脱贫困添加了"催化剂"。

于是，庙沟、白峁的经验迅速推广开来，62个"庙沟村"相继飞速建成。"庙沟的方向"引出了"白峁的速度"，带来了"飞马河的效益""罗沟的质量""王岔沟的气魄"等大批具有明显生态、社会、经济三大效益的典型。

历史的选择有时显得很平常，但平常的背后却有着不寻常的蕴含，延安市的生态农业战略"千呼万唤始出来"。

在充分实践的基础上，延安市的领导适时加以总结。庙沟、白峁的基本经验就在于打破了就粮抓粮、就土抓土、就林抓林的格局，建立了人同土地合理的投入与产出关系，实质上走的是一条"生态农业"的路子。"生态农业"提了多少年，在延安怎么搞？就是这样搞。

延安的农业振兴之路由此进一步清晰、明了并理性化了。即以土地资源为依托，以退耕还林、控制水土流失为突破口，以建设高标准基本农田和高效益林果宝库为重点，坚持山、水、田、林、草、路综合治理，生物、工程、技术措施一起上，经济、生态、社会效益一起抓的系统工程建设。

于是，1991年7月7日，具有历史意义的"延安市1991年至2000年生态农业建设总体规划"出台了——退耕77万亩陡坡耕地，搞好100万亩人工造林、100万亩人工种草、100万亩高产农田，建成50万亩苹果基地，改造好163万亩天然次生林。他们形象地称之为"退耕七十七，抓好三个百，建成一个五，改造一六三"的"735"工程。这虽然是一堆平常的数字，却容纳了"生态农业"战略在延安市实施的全部内涵。

历史的选择有时显得很平常，但平常的背后却有着很不寻常的蕴含。"生态农业"的战略选择似乎也是如此。

路，就在脚下，黄土地希望之路就在脚下的这片黄土地。

创业篇 把文章"写"在大地上

时值初秋，阳光明媚，天际寥廓。

站在延安市张天河、枣花、贺家沟、芦草湾等流域最高处极目远望，连片的梯田里旺盛生长的林果、庄稼、牧草一片翠绿，从沟底涌到山顶，一坡连一坡，一山挨一山，令人叹为观止。

当一群群鸽子拖着哨音在蓝天白云间翱翔时，当一阵阵爽风闪烁起漫山遍野的绿色光芒时，谁都会涌起难抑的激情。

在这几十年不遇的大旱之年，本来就荒凉干旱的黄土高原能有如此景象，谁都会感慨万分。

这是"生态农业"战略实施以来，延安人用5年时间所创造的奇迹。5年，仅仅5年！

奇迹不会凭空产生。在此，我们无须描述延安市的"父母官"们带领延安人民进行了怎样艰苦的创业。延安人有艰苦奋斗的传统。涌起笔者激情的并不在这里，而在于创造奇迹过程中把"文章"扎扎实实写在大地上的"大手笔"。

面对3556平方公里的穷山恶水，871个穷困村庄。仅向人们指出一条路是不够的，更需要它们"沸腾"起来的大气魄、大动作，要像当年"闹红"一样。

某种意义上，"点燃"一场革命不难，难的是如何使之"燎原"。

"735"工程前景是诱人的。但它是一项庞大复杂的系统工程。面对3556平方公里茫茫无际的穷山恶水和荒山秃岭中871个自然村庄，仅仅向人们指出一条可行的路是不够的，还必须有切实可行、行之有效的具体办法以及配套的社会"工程"。用他们的话说，要让整个延安"沸腾"起来，像当年"闹红"一样。

这一切的确需要"大手笔"。

为此，延安市委、市政府制定了颇有创见的"四动"方针。

第一个"动"是用舆论鼓动，组织发动，以强有力的行政手段作为组织领导措施。

第二个"动"是用市场牵动，利益"激"动，以直观的效益作为经济激励措施。

第三个"动"是用政策调动，机制促动，以大规模拍卖四荒地、变革土地产权制度作为机制保障措施。

第四个"动"是用科技引动，实践带动，以大力推广农林耕种技术作为科学保护措施。

延安市组成强有力的生态农业建设工程指挥协调系统，统一组织和操作。几大班子领导一起出动，分片包干，亲抓实干。

集中时间、资金和人力，整山、整沟连片开发，全流域山、水、田、林、路、草综合治理，规划一步到位，治理一次成功，质量一次达标。推土机、架子车、人力、畜力一起上。大到数万人参加的"大会战"，小到以户为单位的"游击战"。

在"明确所有权、搞活使用权、强化管理权"基本原则下，实行土地所有权和使用权"两权"分离，将"四荒地"的使用权公开拍卖。谁投入，谁治理，谁受益；可继承，可转让，期限50—100年不变。

组织强大的科技队伍，形成从市到乡到村的科技服务网络。大抓科学种田，走高产、高效、优质的"两高一优"农业之路，重点推广保土、保水、保肥的"大沟垄种植"。同时大抓造林种草，突出以各类果树为主的经济林建设。

正确的方法、适当的手段就是成功的一半。为此，当我们问及马富雄书记和周万龙市长何以如此策划组织时，他们如数家珍般道来：

农民同土地是血肉的关系，只有觉得土地属于自己，才感到有信心。农民要的是吃饱肚子，肚子踏实才能看得远。不要责怪农民目光短浅，见不到实实在在的直观利益，怎可能义无反顾？正因为如此，土地产权制度的变革给农民吃了一颗"定心丸"，大力种植果树使农民有了稳定的收入来源，走"两高一优"农业之路，则使农民看到了科学的力量，有了坚实的后盾。

我们向农民提问。农民说："我们购买四荒地是'花钱买放心'，精心种植林木'是为自己干哩'，谁不重视科技，'谁就是憨汉'。我们不怕苦干，就怕白干。"话是质朴的，但蕴含了耐人寻味的道理。

"大手笔"写出的是"大文章"。陕西省省长程安东俯视芦草湾："治理规模和深度远远超过了当年的大寨。"世界银行行长沃尔芬森惊叹这是"创造了不可思议的世界奇迹"。

"大手笔"写出的是"大文章"。

于是，一场宏大的绿色革命在整个延安"燎原"了，千家万户治理千沟万壑的壮观情景出现了。"绿潮"涌向山山峁峁、沟沟岔岔。

我们来到了创造高标准、快速度治理奇迹的芦草湾流域。站在高处极目，24个山峁被一层层具有国际标准的宽幅梯田连在一起，面积达17平方公里，折合2.5万亩。这个乡的贺乡长骄傲地说："我们仅用了8个月时间，就完成了计划3年完成的任务。当年治理当年受益！"看着一排排、一层层漫山遍野硕壮翠绿的玉米，贺乡长说："这是今春修的梯田，今年亩产就可达800斤以上。"

对此，世界银行官员富格勒惊叹："犹如在梦中。"世行行长沃尔芬森称赞这里"创造了不可思议的世界奇迹！"1995年春，陕西省省长程安东来这里视察，他望着一排排梯田，兴奋地说："治理规模和深度远远超过了当年的大寨。"

10多天的采访中我们看到，面对几十年不遇的大旱，延安人不惊不慌，而且对丰收充满希望。因为这里呈现的是一派郁郁葱葱、充满绿色生机的景象。

采访途中，我们偶遇两位慕名远道而来参观高标准梯田和"大垄沟"种植的老农。他们抚摸着身边齐胸的谷子感叹："山上的谷子、玉米比川坝地的还好。"

1995年，延安市虽遭受了长达260多天的特大旱灾，粮食生产仍获大丰收，创历史最高纪录，荣获1995年度全省粮食生产和玉米生产"先进单位"称号。"生态农业"工程实施5年以来所取得的成绩已经经受住了严酷的考验。

兴起在延安的这场绿色革命重要性不仅仅在于经济指标的全面增长，更在于"绿"是建立在人与大自然合理关系之上的科学抉择。

如果直观的印象还不具有说服力，那么，"生态农业工程"实施以来翔实的统计数字则是最好的注脚。

先看经济效益：

1995年，延安市农业总产值达2.6亿元，比1990年的1.39亿元增长87%；农村经济总收入达4.61亿元，比1990年1.26亿元增长2.7倍；粮食总产量由1990年的8.3万吨提高到10.1万吨，农民人均产粮首次突破千斤大关；农民人均纯收入达1137元，比1990年增长了1.7倍；果品总产量突破4000万公斤，比1990年增长了4倍。

再看生态效益：

原来光秃秃的6万个山峁已有一半绿化。10条大川已形成300多公里的绿色林带，全市森林覆盖率达50.8%，高于全国、全省平均水平。完成流域治理面积650平方公里，全市水土流失治理程度达55%。初步形成了"户成园，村成片，乡成带，市成网"的生态格局。

我们无法统计到小气候、干湿度、河水泥沙含量、降雨量等方面的权威性的变化数字，但肯定是有变化的，延安人已隐隐感受到了。

延安市的"大手笔"引起了从中央到地方各有关部门的高度重视。1993年，延安市被农业部等部门列为全国50个生态建设重点县市之一，并引来了众多参观考察的人们。

这的确是一场深刻的绿色革命。

重要的是，这场"革命"不仅仅在于用绿染出生机勃勃的延安，更在于它是建立在人与大自然关系之上的科学抉择和实践。联合国副秘书长托尔巴博士曾指出："通过发展经济使人们富裕起来也许并不难，但是在发展经济的同时又保护和改善了环境，就不是一件容易的事了。"在保持生态平衡的前提下，经济持续发展，以保护大自然、恢复生态平衡为出发点，实际上是"养精蓄锐"，其结果是生态与经济"皆大欢喜"。

对此，作为延安生态农业的组织者之一周万龙有形象而独特的见解：**政府需要"盖被子"（绿色植被），而老百姓需要"挣票子"。要搞好生态农业必须处理好"被子"与"票子"的关系。只有让老百**

姓在"盖被子"的实践中"挣了票子"，"盖被子"才会成为老百姓千军万马齐上阵的自觉行动。

这一见解充满了辩证法。

启示篇　路、科学、实干与希望

在这篇文章中，我们无法对兴起在延安的这场绿色革命进行精雕细刻地描述，但我们试图勾勒出这场革命的大轮廓。

如果说，半个世纪前的红色革命解决了老百姓在政治上翻身的问题，那么，在延安，老百姓在经济上翻身（摆脱贫困），则依赖于这场绿色革命。

延安人从苦干、蛮干到反思探索，进而实事求是研究、实践，最终找到了走延安式的生态农业这条路的历程，对我们的启示是广泛而深刻的。

这不仅在于，他们用了几年时间，取得了过去几十年所梦寐以求的成果；还在于他们锲而不舍地、科学地寻找符合黄土地发展实际的探路精神；更在于他们走出红色革命的光环，重新科学地确立了绿色革命的目标，以及围绕这一目标，从思维方式、指导思想、评价标准、工作途径、行为态度上的转变。这是一个堪称"伟大"的转折。这种转变或转折是耐人寻味的，对我们有着深刻的借鉴意义。

启示之一："路"的意义。

路线是个纲，纲举目张。

道路的正确与否，对于社会的任何一种发展都有着至关重要的意义。政治斗争、经济斗争、农业革命、工业革命都是如此。

然而，道路的选择并不是轻而易举的。毛泽东当年选择红色革命的道路，历尽艰辛，是付出了巨大的代价的；延安人从事社会主义经济建设，用了几十年时间，终于走出了一条生态农业式的绿色革命道路。这场从红色革命到绿色革命的转折，其意义不仅仅是一个简单的走出贫困的问题，它远比这深刻而广泛得多。

中国是一个农业大国。中国的振兴有待于农业的振兴。黄土高原大多是贫困地区，应该选择一条什么样的发展道路？延安市生态农业道路的开辟和所取得的成就无疑是希望之光。正如陕西省省长程安东所言：延安生态农业的成功实施，其意义涉及整个国土的整治。

也许，被科学家们称作"庙沟模式"的延安生态农业的运作方式可能对某些地区不具备直接照搬的意义。但延安人这种从实际出发、遵循自然规律的科学探路精神，则是意味深长的。延安人几十年苦干的教训和确定正确道路后所取得的喜人成就，生动地告诉我们，寻找一条科学道路的重要性。所谓"失之毫厘，谬以千里"。

应该指出的是，发生在延安市的这一转折，不是那种简单的、片面的、口号的、非本质式的转折；而是一种从"革命"目标、"斗争"方式，到思维方法、观念形态上的全面、系统的转折，是一个庞大的社会系统工程。这种转折本身也是一场革命。它涉及政治的、经济的、科学的、文化的、理论的和实践的诸多层面。在我们面临着社会主义建设的历史性转折的今天，其意义非同寻常，它不仅仅是一个简单的解放生产力，发展经济的问题。

我们应该充分而清醒地认识转折的内涵……

启示之二：实干——走出解放思想的"误区"。

"解放思想"是我党提了多年的一个口号，这一口号在过去和今天都发挥着重大的作用。但这些年，却有这样一种让人担忧的现象：一些同志思考问题、研究工作，往往习惯于从观念到观念，从思想到思想，从问题到问题。有的人成天泡在会里，会开完了工作也往往进入尾声，谁来干的问题似乎不那么重要了；科学的精神往往与创造性的工作和卓有成效的实践不配套；闪光的思想常常与不到位的实践相伴随。这不能不说是滑入了"解放思想"的一种误区。

实践是检验真理的唯一标准。解放思想的本质是实事求是和实践。其目的是最大限度地解放生产力。它不仅仅是一个理论问题，也应该是一个实践问题。如果说理论上思想"解放"的问题解决了（当然这是一个长期的问题），那么首先应该是创造性的工作和卓有成效的实践。任何正确的口号、理论最终都要通过实践来外化或物化，否则，这种理论是没有意义的。

我们的时代是一个需要实干家的时代。延安市的干部群众通过卓有成效的实践，干出了名堂。对于那些藐视思想解放的空谈家们，是否是一剂良药？！走出解放思想的误区，实干是唯一途径。

启示之三：科学的魅力。

在延安采访的日子里，我们深刻地感到了生态农业在延安实施的科技含量。在绿色革命的背后，有着科学决策、科学规划、科学实施、科学指导的巨大的无形劳动。"生态农业"，这充满"经院气"的学术名词，在这里几乎家喻户晓。

农民和乡村干部一下子可能说不清这中间的更多道理，但说起"两高一优"农业，说起"旱作保墒种植技术""大垄沟耕种法"，说起膜技术、宽幅高标准梯田，说起果树栽培、剪枝、嫁接及销售和深加工，说起退耕还林、山水田林路的综合治理，说起林、草、牧、粮之间的生态转换，他们常常滔滔不绝。我们深深感到了全民大念草水经，共奏山水田林路交响曲的那么一股热流。在这巨变的山水间，我们深深感到的是科学的魅力。

科学技术是第一生产力，它一旦被人民群众所掌握，就会迸发出无限的生命力。然而，科学不是漂亮的标签，不是不费吹灰之力的捷径。科学需要努力地学习、执着地探索，需要全身心地投入实践。对科学的追求，是属于全社会的，而不是属于一两个人或某几个人的。

启示之四：要给老百姓以希望。

理想是人类前进的灯塔，希望常常产生奋斗的动力。对一个人是这样，对一个地区、一个国家同样如此。

民主主义革命，我党从小到大、从弱到强最终赢得胜利，靠的是什么？靠科学理论的指导，靠与人民群众同呼吸共命运水乳交融的关系；更靠中国共产党代表人民利益、代表中华民族的未来和希望所产生的凝聚力、向心力。正是这样，人民群众才全心全意跟党走，打出了一个新中国。

在改革开放的今天，我们的人民仍然需要"希望"，他们希望生活得更好。党和国家已经勾画出了希望的蓝图，但作为一个地区的领导者能否给所辖的人民以实在的希望，让人民群众在实践中能感到、能看到，并为了新的希望而奋斗，这是一个古老而常新的课题。

在延安贺家沟的山峁上，我们曾碰到一位锄地的十五六岁的农村小伙，交谈中得知小伙子因家庭人口多、负担重，初中毕业就随父耕作了。"以后的日子会怎么样？"我们问道。小伙子颇自信地说："会好的！一定会好的！"然后便介绍起他家的致富经。在庙沟江总书记探望过的那户人家，我们问家中老二，今年收入多少，答曰："收入8000元，还不行，在村里只能算中等。明年就好了，大约可收入2万元。"问他为什么不外出打工。他说："在村里干，比在外边有干头。"

在延安采访的日子里，我们深深感到了这种"希望"在老百姓中间产生的力量。

要给老百姓以希望，不是计划中、口头上的，而是老百姓感受到的。希望产生认同、信任和凝聚力，这是我们的各级组织都需要的。

1945年，中共"七大"在延安召开，陈毅元帅曾满怀激情地写下了这样的诗句："百年积弱叹华夏，八载干戈仗延安。试问九州谁作主？万众瞩目清凉山。"那时，延安是中国人民的主心骨，是中国革命的红色丰碑，是中国的希望！

半个世纪后，我国著名环保专家、全国人大环保委主任曲格平先生在视察了延安后，发出这样的感叹："希望确实还在这里！"他说得非常自信。

延安是有希望的，尽管刚刚踏上致富的路。因为延安人正在完成着一种具有历史意义的科学转折。

我们期待着这座不同于"红色"的"绿色丰碑"的崛起！

（原载于《中国质量万里行》1996年第6期及《当代陕西》1996年第4期）

建造致富的绿色家园

——延安实施"生态农业"工程5年纪实

缺水少雨、沟壑密布、植被稀少、水土流失严重，是延安人身处的恶劣生存环境。他们40多年靠毁林开荒改天换地，却没有实现温饱。直至1991年，他们转而实施"生态农业"战略工程，梦寐以求的致富希望才逐步变成现实。

这个以既发展农村经济又改善生存环境为根本目标的工程实施到1995年底，已使当地经济和生态环境发生了空前的变化。与1990年比：全市农村经济总收入达4.61亿元，增长了2.7倍。农民人均纯收入达1137元，增长了1.7倍。粮食总产量达10.1万吨，增长了1.2倍。果品总产量达4万吨，增长了4倍。全市森林覆盖率达50.8%，高于全国平均水平。水土流失治理程度达55%，完成流域治理面积650平方公里，初步形成了"户成园，村成片，乡成带，市成网"的生态格局。

延安"生态农业"实施的最大意义，
在于科学地把握了人与大自然的合理关系

半个世纪前，延安曾作为中国共产党领导革命的"心脏"，孕育了无数的人民英雄，迎来了新中国的诞生。然而，随着这个领导核心的转移，延安一度失去了革命圣地的辉煌。1973年，周恩来总理再次踏上这块魂牵梦绕的土地时，禁不住为它的依然贫困哭了。甚至到改革开放后的1988年，实行联产承包责任制的延安人仍没有从贫困中走出来。

如果说战争年代，以南泥湾的大规模垦荒为代表的大生产运动，是延安的山山水水为中国革命作出的巨大贡献，那么进入和平时期，就应对由此付出的破坏了植被、加剧了水土流失的代价，给予应有的生态补偿。20世纪50年代，胡耀邦曾在延安主持拉开了西北五省青年植树造林的帷幕。可是好景不长，1958年的大炼钢铁，"文化大革命"10年的劈山填沟，以及30多年"以粮为纲"的单一农业经济结构，不仅使森林草场面积锐减，生态环境进一步恶化，而且使农业生产不断下滑，1978年，延安市人均产粮比1950年降低了27%，林牧副业的产值不及农业总产值的1/3。

延安人苦苦追求了几十年，他们脱贫致富的出路在哪里？在枣园，一个名叫庙沟的穷山村，终于大胆地作出了与上述思路大相径庭的选择。1983年，庙沟人率先调整生产结构，力求通过退耕还林，以果致富。5年过去，庙沟的粮田减少了2/3，可山绿了、路通了、林成了、果熟了，苹果总产增长了10倍，粮食总产增长了3.3倍，人均纯收入由170元增长到1022元。

1989年9月，江泽民总书记到庙沟视察，不仅对庙沟人的选择予以高度的评价，而且盛赞庙沟的苹果可以与美国的蛇果媲美。江泽民总书记在离开庙沟时说："等你们的人均收入达到5000元的时候，我再来看你们。"如今，这个目标在庙沟已经实现，一座颇具现代气息的庙沟村委会大楼拔地而起。乡亲们说："为了总书记的到来。"

当庙沟村第一次以绿意盎然、粮果丰登的形象，出现在延安一处不起眼的黄土沟崾时，时任延安市常务副市长的周万龙，并没有把它单纯作为一个退耕还林的典型，而是开始重新审视脚下的这片黄土地，进而从把握黄土地致富方向高度，来剖析这个典型的科学性、实用性及普遍意义。

从1989年起，延安市委、市政府选择了自然条件最差的62个村，做建设"庙沟式村"的试点。经过3年，62个村通过退耕、栽植经济林和用材林、推广科学种田并举的办法，实现了人均钱、粮双过千。"庙沟的方向"一举引出了诸如"白崾的速度""飞马河的效益""王岔沟的气魄"等大批具有明显社会、经济及生态效益的典型。

延安生态农业战略，包容了如何
卓有成效地开发黄土地的现代化丰富内涵

在实践的基础上，延安市的决策者们及时总结经验，逐步理清了振兴本地区农业的根本途径。"庙沟模式"的基本经验，在于打破就粮抓粮、就土抓土、就林抓林的格局，在科学地确认人同土地的合理投入与产出关系的基础上建立起遵循生态规律和社会发展原理，进行综合建设和全方位发展的大农业体系的雏形。其实质就是因地制宜地走生态农业之路。

由此，整个延安市发展生态农业的基本思路进一步清晰：以土地资源为依托，以退耕还林、控制水土流失为突破口，以建设高标准基本农田和高效益林果宝库为重点，坚持山、水、田、林、草、路综合治理。在这项系统工程建设中，必须生物、工程、技术措施一起上，经济、生态、社会效益一起抓。

1991年7月7日出台的"延安市1991年至2000年生态农业建设总体

规划"，就包括了上述思路的全部内涵。即退耕陡坡田77万亩，造林100万亩，种草100万亩，建设高产农田100万亩，建成50万亩苹果基地，改造好163万亩天然次生林。

然而，面对延安市的3500多平方公里穷山恶水和荒山秃岭中的870多个村庄，仅仅有这样一个规划还不够，必须要有一系列切实可行、行之有效的具体办法和举措。为此，延安市委、市政府又创造性地制定了"四动"方针：以舆论鼓动和组织发动的强有力的行政手段为组织领导措施。以市场牵动和利益"激"动的直观的农、林、牧、副的典型及其效益为经济激励措施。以政策调动和机制促动的大规模拍卖荒地、变革土地产权制度为机制保障措施。以科技引动和实践带动的推广农林耕种技术为科学保护措施。

围绕"四动"方针，延安市各级党政部门大刀阔斧地组织开展了生态农业的实施：组成生态农业建设工程指挥协调系统，统一组织和操作。集中时间、资金和人力，整山沟、全流域地连片综合治理，规划一步到位，治理一次成功，质量一次达标。在明确所有权、搞活使用权、强化管理权的原则下，实行土地所有权和使用权相分离，将荒地的使用权公开拍卖，谁购买谁投入，谁治理谁受益，可继承，可转让，期限50年至100年不变。组织强大的科技队伍，形成从市县到乡村的科技服务网络，大抓减地夺高产的科学种田，大抓造林种草和以各类果树为主的经济林建设。

"正确的方法和适当的手段就是成功的一半。"市委书记马福雄谈到何以如此策划组织时说："农民同土地是血与肉的关系。农民只有觉得土地属于自己，才感到有信心，吃饱了肚子才可能看得远。没有实实在在的直观利益，他们怎么会义无反顾？所以，土地产权制度的变革使他们有了定心丸，大力种植果树使他们有了稳定的经济收入，而走'两高一优'农业之路，则使他们看到了要不断增加收入，必须科学种田。"

延安的决策者们的这种思考和实践，兼顾国家和个人利益、长远和眼前利益，既能充分调动群众的积极性，又能保证实效性，加上它从组织、政策机制，经济、科技等方面的全方位立体运作，无不有着改革开放的时代特色，表现出振兴黄土地的信心和胆略。

延安生态农业实施5年，
所带来的是经济发展与生态改善的"皆大欢喜"

千家万户治理千沟万壑，已经使延安人在漫山遍野涌动的"绿潮"中，尝到了丰收的甘甜。在创造了高标准、快速度治理奇迹的芦草湾流域，24个山峁被一层又一层具有国际标准的宽幅梯田连在一起，面积达17万平方公里。据芦草湾乡的贺乡长介绍，全乡仅用8个月，就完成了3年计划任务。在年初修的梯田上种植的玉米，秋天就达到亩产400多公斤，真正实现了当年治理当年受益。1995年春，陕西省省长程安东到那里考察时称赞说："治理规模和深度远远超过了当年的大寨。"

1994年冬季开始，延安经历了一场持续260多天的特大旱灾，降雨量仅为常年同期的30%，10条较大河流全部断流，秋季又遭受了多年少有的早霜冻。但由于生态农业的实施，1995年全市粮食生产仍获得了大丰收，并创下了历史最高纪录，由此还荣获了全省粮食生产和玉米生产"先进单位"称号。

在实施生态农业工程的5年中，延安市共退耕70万亩，种草53万亩，其中集中连片的万亩人工草场就有10多个。造林75.4万亩，超过前10年的总和，其中以果树为主的经济林达43万亩。50万亩苹果基地的建设计划已全部完成。生态农业村由8个增加到200多个，占全市行政村总数的35%。10个乡镇基本实现了灭荒，占乡镇总数的42%。

这些成就，引起了从中央到地方各有关部门的高度重视。1993

年，延安市被农业部等列为全国50个生态农业建设重点县市之一，并吸引了众多参观考察的人们。联合国副秘书长托尔巴博士曾指出："通过发展经济使人们富裕起来也许并不难，但在发展经济同时又保护和改善了环境，就不是一件容易的事了。"以保护大自然、恢复生态平衡为出发点，实际上就是潜在而长远地为发展农业"养精蓄锐"，其结果必将是生态与经济的"皆大欢喜"。

对此，周万龙作为延安生态农业的组织者之一，也有其形象而独到的见解：政府需要"盖被子"（指绿色植被），百姓需要"挣票子"。要搞好"生态农业"就必须处理好"被子"与"票子"的关系。只有让百姓在"盖被子"的实践中"挣了票子""盖被子"才会成为他们千军万马齐上阵的自觉行动。应该说，这一见解是充满了辩证法。

从苦干、蛮干到反思、探索，延安人终于走上了符合黄土地发展实际的生态农业之路。其中包含了科学地确立发展经济与保护环境并举的目标，以及围绕这一目标的思维方式、指导思想、评价标准、工作途径和行为态度的转变。这一切，无不具有耐人寻味的启示作用。

半个世纪前，中共"七大"在延安召开时陈毅曾满怀激情地写下了"百年积弱叹华夏，八载干戈仗延安。试问九州谁作主，万众瞩目清凉山"的诗句。那时的延安是中国的希望。半个世纪后的今天，我国著名环保专家、全国人大环保委主任曲格平视察延安后，同样充满自信地发出感叹："希望确实还在这里!"

（原载于《瞭望》1996年第23期）

黄土高原农业的振兴之路

地处黄土高原腹地的延安市宝塔区在探索农业持续发展新思路时，区委、区政府在广泛深入调查研究的基础上，创造性地提出了建设生态农业区的目标与规划。短短6年，生态农业建设取得显著成效。1996年，全区初步形成"户成园、村成片、乡成带、区成网"的绿化格局，森林覆盖率达到46.7%，高于全国、全省的平均水平；完成流域治理面积1766平方公里，水土流失治理度达56%，跑水、跑土、跑肥现象初步得到控制，延河、洛河等主要河流泥沙含量明显降低；小气候开始改善，与1990年前相比，年均降水量增加9.4毫米，空气相对湿度上升12%，旱、涝、雹、干热风等灾害的发生次数和程度减少。全区农民走上了致富路。1996年，全区粮食总产量达1.31亿公斤，农业总产值2.9亿元，农民人均纯收入1320元，分别比1990年增长了57.7%，109.4%，215.4%。总结宝塔区发展生态农业的思路与实践，使我们得到了有益的启示。

按可持续发展的思路调整人与自然的关系

科学地审视过去的发展思路是形成发展生态农业新思路的基础。多年来，宝塔区与其他地方一样，奉行"以粮为纲"的信条，向荒山要粮，向林地要粮，投入大量的人力、物力，却成效甚微。1988年，实行联产承包责任制已近10年，但粮食生产仍不如人意，全区人均占有粮食299公斤，只比1978年增长了15公斤，每亩耕地创造产值仅30多元。寻找农业发展的新出路成为区委、区政府的首要任务。在深入调查研究区情的基础上，区委、区政府的领导发现造成全区农业生产徘徊不前、效益低下的根本原因是生态环境恶化、自然灾害频繁。20世纪80年代与70年代以前相比，全区年均出现的干旱由3.6次上升到3.8次，暴雨由0.8次上升到1.3次，冰雹由2次上升到2.6次，干热风由5.7天上升到6天。严重的自然灾害加剧了水土流失，威胁着农业生产。20世纪80年代末，全区水土流失面积由新中国成立之初的1300平方公里扩大到3154平方公里，占全区总面积的88%，大量肥土随水流入黄河，地越种越薄。为什么年年组织群众植树造林筑坝修田，而没有收到改善生态环境的效果呢？经过深入分析，区委领导认识到：一是过去植树造林没有解决长远生态效益与当前经济效益的矛盾，缺乏利益驱动，群众植树是一种被动行为。一些人、一些地区为了眼前吃饱肚子，经常毁林开荒，因此年年栽树不见林；二是筑坝修梯田缺乏连片治理的规模，且工程质量低，在暴雨增多的情况下变成了水毁工程，难以发挥应有的作用。认识提高了，区委、区政府组织农林牧专家"会诊"，在科学论证的基础上，决定按照因地制宜的原则，大面积退耕还林还草，增加植被，优化生态环境，建设高标准基本农田，实现少种高产的目标，发展"林果草牧粮农"型生态农业，使全区经济步入可持续发展的轨道。

正确的决策带来了显著的经济效益。位于枣园乡的庙沟村，是一个只有百余户的小山村，7500亩耕地散落到三山八峁五面坡上。1978年以前，人均口粮只有150公斤，劳动日值4角钱，村民生产靠贷款，吃粮靠返销。1984年，村党支部毅然决定调整产业结构，走"退耕还林，以果致富"的路子。全村两年退耕还林5500亩，三年发展苹果2100亩，用材林400亩，人均林果面积12亩多，使森林覆盖率达54.4%，农民收入大幅度增加。1989年，全村产粮50万斤，人均超千斤，产苹果30万公斤，人均年纯收入1022元，是1984年的6倍。

区委、区政府从这个村的变化看到了建设生态农业的光明前景。为了保证决策的科学性，区委选择62个条件最差的村，进行了建设"庙沟式村"的试验。仅仅两年，罗沟、白峁、飞马河等一批试点村都获得了显著成效。实践使干部群众进一步坚定了建设生态农业的信心和决心。

以实事求是的科学态度制定生态农业建设规划。认识明确并取得初步经验后，1991年7月，区委、区政府作出建设生态农业区的决定，制定了《生态农业建设总体规划》，形成了"以退耕还林还草、控制水土流失为突破口，以建设高标准基本农田和高效益林果绿色宝库为重点，坚持山水田林路草综合治理"的总体思路。在治理方略上，确定生物、工程、科技措施齐上，经济、生态、社会效益一起抓，整山、整川、整沟、整流域地集中连片治理。预计到2000年，全区建成100万亩高标准基本农田，50万亩苹果基地，100万亩人工林，100万亩优质草场，牧养80万只羊规模的畜禽场，形成林（果）多—草多—畜多—肥多—粮多—收入多"的良性、高效、持续发展的农业生产体系。

用市场机制调动群众持久的积极性

建设生态农业是一项全面改造山河的浩大工程，必须动员全区干部群众自觉自愿地投身于这一工程之中。要达到这一目的，仅靠行政手段远远不够。因此，区委、区政府将市场机制引入生态农业建设之中，激发了干部群众持久的积极性。

面向市场优化结构，以经济利益调动群众退耕还林还草的积极性。解决植树造林中生态效益与经济效益的矛盾，关键在于改变过去的树种结构。在退耕还林过程中，区委、区政府以市场需求为导向，从当地的区位优势及气候条件出发，提出以经济林特别是苹果树为主、经济林与用材林结合的思路，确定在阳坡栽果树，背坡种其他经济林和用材林，以苹果树、仁用杏树、甜桃树及杨树、洋槐等复合树种覆盖昔日的荒山秃岭，以短期即可见效的经济林充实群众的"钱袋子"。在发展畜牧业上，区委、区政府下气力推广放牧经济价值高且不破坏林草的安哥拉山羊，解决了发展养羊与造林种草的矛盾，获得了生态效益与经济效益双丰收。

在调整产业结构的基础上，为使干部群众保持长久的治理荒山的积极性，区委、区政府以邓小平同志提出的"三个有利于"的标准为指导，解放思想，进一步改革与完善了农村土地的产权制度。1991年至1992年先后出台了"关于承包拍卖治理"四荒地"的决定"和一系列配套文件，决定对荒山、荒坡、荒沟、荒滩的使用权公开拍卖承包，承包期限延长到50年；同时对认购承包后的治理标准、治理目标提出明确要求。这些政策出台后，不但当地农民踊跃承包，而且吸引了机关和企事业单位的干部职工前来承包。到1994年底，全区120万亩"四荒地"全部以拍卖的方式承包。这一举措发挥了积极的作用：一是承包期相对延长，有利于承包者进行长期绿化治理，生态效益显著；二是治理投入与收益相结合，调动了承包者投入的积极性，提高了治理程度；三是拍卖承包的收入壮大了集体经济，加快了高标准基本农田建设的速度。截至目前，拍卖承包的"四荒地"全部得到不同程度的治理，有些承包大户投入40万—50万元，进行高标准的治理和绿化。

坚持互惠互利原则，调动集中连片治理的积极性。生态农业建设是对全区国土全面根本的治理，必须统一规划，坚持高标准、高质量。为了做到"规划一步到位，质量一次达标，治理一次成功"，区委、区政府按照工程规模经常组织数村参与、全乡镇参与甚至跨乡镇的"大会战"。这种会战与过去"一平二调"式的"大会战"的根本区别在于组织工作中坚持互惠互利的原则。在以村为单位的治理工程中，区委、区政府合理规定每个劳动力的出工数量，将实际投工算作劳动积累，采取"出工记账、折价入股、按股受益"的办法，把农民在治理中的投工与治理后的收益联系起来，调动了农民投工的积极性。在跨村跨乡镇的"大会战"中，采取"出工记账，以工还工，大体平衡"的方法，使参加会战的村各种治理工程中的劳动变为自己村的治理积累劳动。互惠互利互助的治理方式，调动了农民建设生态农业的积极性，加快了治理的速度。

以自力更生、艰苦奋斗的精神激励干部群众

　　自力更生、艰苦奋斗是我们党的光荣传统。今天，宝塔区正是依靠这种精神取得了生态农业建设的重大成就。

　　依靠群众的力量克服资金不足的困难。在全区进行生态农业建设，是一项需要巨大资金投入的工程，据测算，仅其中44个较大项目就需资金11亿元。但当时的区财政是"吃饭财政"，没有资金保证投入；大多数群众又刚刚解决温饱，投入能力有限；靠上级拨款，也很难满足需要。在资金少、工程大的情况下，区委、区政府坚持"两手抓"。一方面，坚持"好钢用在刀刃上"，将各级政府，社会各界每年用于宝塔区农业发展的资金，统筹安排，配套使用，解决突出问题，提高资金使用效益。另一方面千方百计调动群众的积极性，少花钱，多见效；植树种草需要购买苗木、种子，区委、区政府发动全区干部群众义务采集树种草籽，坚持自己育苗，自己嫁接，既节约了一

大笔资金，又提高了树苗的成活率；治理"四荒地"需要大量资金和劳力投入，区委、区政府制定了拍卖承包的政策，激励群众自觉投入，同时将收回的资金用于建设基本农田。经过几年实践，初步形成"以政府投入为导向、农民投入为主体、社会各方面投入为补充"的生态农业的投入模式。

实施生态农业工程的一个重要方面，就是要依靠先进的科学技术，建立高科技含量的产业，需要大量的技术人才。区委、区政府眼睛向内，坚持自力更生，利用区内的力量培养多层次的农林牧技术人员。一是办好农业职业中学，按照区内主导分设专业，为乡镇和专业村、专业户培养技术骨干。二是在乡镇和村一级办好技术学校与技术夜校，根据生产需要，适时培训主要劳力，辅导有关技术。三是在农村中学增设实用技术课，使多数学生成为适应生态农业需要的新型劳动者。几年来，共培训农民技术员1200余名，其中287人获得了专业技术职称，形成了区级有专家、乡镇有技术员、村村有技术骨干、户户有技术明白人的技术推广网络。

正是依靠广大干部群众的自力更生、艰苦奋斗，美好的规划变成了实实在在的现实，总面积17平方公里的芦草湾流域，数万劳动大军与数十台推土机一齐上山，8个月组织了7次会战，修建高标准农田2700亩，造林1800亩，种草2700亩，治理程度达到61%；依靠干部群众的连续奋战，仅用两年时间，就使55万平方公里的上桥流域的综合治理程度达到59%；张天河流域的24平方公里山川，经过1994年3次大会战，治理程度即达到42%。6年里，像这样"规划一次到位、治理一次成功、质量一次达标"的万亩以上的流域治理区，建成50多个，最大的连片治理区达103平方公里。为提高造林质量，宝塔区一改过去"挖一镢头栽一棵树"的粗放式方法，采用沿水平线挖通壕的办法，硬是靠一锹一镐，在一座座山坡上开挖了一条条1米宽、1米深的通壕，然后填秸秆、还表土、栽树苗。宝塔人用自己的智慧和艰苦奋斗，换来了一片片高标准基本农田，换来了一座座绿荫盎然的山头。

（原载于《求是》杂志1997年第21期，该文曾获第七届全国"五个一工程"优秀理论文章入围奖）

延安宝塔区发展生态农业的思路及实践

前　言

　　生态农业是一场新的农业技术革命。延安市宝塔区近6年的生态农业实践证明，生态农业的生产方式符合自然界的发展规律，并能较好地协调经济建设与环境保护的矛盾，保证农业持续稳定地向前发展。它为建设有中国特色的现代化农业找到了一条切实可行的途径。

宝塔区发展生态农业思路的形成

　　黄土高原腹地的延安市宝塔区（原县级延安市），境内山峁相连，沟壑纵横，农业人口占大多数，以农业生产为主。多年来，这里与其他地方一样，奉行"以粮为纲"的信条，向荒山要粮。然而，铁的自然规律把人们推到了尴尬的境地：1988年，实现生产责任制已6年，但是粮食生产仍不如人意，全区人均占有粮食仅598斤，只比1978年增长了30斤，每亩耕地创造产值仅30多元。面对如此现状，寻找农业发展的新出路成了区委、区政府领导的主要任务。他们一方面进沟上山，下乡访村，深入调查研究区情；一方面求教于专家学者，从科学知识中寻找新思路。终于，他们认识到，造成全区农业生产徘徊不前、效益低下的根本原因是生态环境恶化，自然灾害频繁。20世纪80年代末，全区水土流失面积由新中国成立之初的1300平方公里扩大到3154平方公里，占全区总面积的88%，大量肥土随水流入黄河，地越种越薄。与此并存是自然灾害增多，80年代与70年代以前相比，全区年平均出现的干旱由3.6次上升到3.8次，暴雨由0.8次上升到1.3次，冰雹由2次上升到2.6次，干热风由5.7天上升到6天。这些灾害严重地威胁着农业生产。那么，新中国成立以后政府年年组织群众植树造林，筑坝修梯田，为什么没有取得应有的效果？经过深入分析，他们找到了答案：一是过去植树造林没有解决长远生态效益与当前经济效益的矛盾，缺乏利益驱动，群众植树是一种被动行为，并且为了眼前"吃饱肚子"，经常毁林开荒，所以年年栽树不见林，难以产生生态效益；二是筑坝修梯田缺乏连片治理的规模效益，且工程质量低，加上缺乏生态措施配套，所以在暴雨增多的情况下往往变成水毁工程，也难以发挥应有的作用。有了这些明确的认识，在农林牧方面专家的指导下，他们产生了一个大胆的想法：大面积退耕还林还草，增加植被，优化生态环境，建设高标准基本农田，实现少种高产的目标，用"林果、草牧、粮农"型生态农业模式使全区农业步入可持续发展的轨道。

宝塔区发展生态农业的措施及步骤

以实事求是的科学态度制定生态农业建设规划。认识明确并取得初步经验后，1991年7月，区委、区政府作出建设生态农业区的决定，制定了"生态农业建设总体规划"。他们从区内土地面积广阔、地形多样、光照充足、雨热同季、林草覆盖率低、水土流失程度高的现状出发，按照农业可持续发展对生物共生、资源配合、生态平衡等方面的要求，形成了"以退耕还林还草、控制水土流失为突破口，以建设高标准基本农田和高效益林果绿色宝库为重点，坚持山水田林路草综合治理"的总体思路。在治理方略上，确定生物、工程、科技措施一齐上，经济、生态、社会效益一起抓，整山、整川、整沟、整流域地集中连片治理。预计到2000年，全区建成100万亩高标准基本农田，50万亩苹果基地，100万亩人工林，100万亩优质草场，牧养80万只羊规模的畜禽场，形成"林（果）多—草多—畜多—肥多—粮多—收入多"的良性、高效、持续发展的农业生产体系。

面向市场优化结构，以经济利益调动退耕还林还草的积极性。解决植树造林中生态效益与经济效益的矛盾，关键在于改变过去的树种结构。多年来以杨树、洋槐为主的造林之所以不能调动群众的积极性，就是由于这些树成材期长，经济效益低。这次退耕还林，区委、区政府以市场需求为导向，从当地的区位优势及气候条件出发，提出以经济林特别是苹果树为主、经济林与用材林结合的思路，确定在阳坡栽果树、背坡选其他经济林和用材林，以苹果树、仁用杏树、甜桃树及杨树、洋槐等复合树种覆盖昔日的荒山秃岭，以短期即可见效的经济林充实群众的"钱袋子"。他们把这形容为，荒山需要"盖被子"（绿化），群众需要"挣票子"，只有让群众在为荒山"盖被子"的同时挣到票子，才能有持久的积极性。比如，宝塔区枣园乡庙沟村，是一个只有100余户的小山村，7500亩耕地散落在三山八峁五面坡上。1978年以前，人均口粮只有300斤，劳动日值仅4角钱，村民生产靠贷款，吃粮靠返销。1984年，村党支部毅然决定调整产业结构，走"退耕还林，以果致富"的路子。全村两年退耕5500亩，3年发展苹果2100亩，用材林3400亩，人均林果面积12亩多。经过调整，庙沟的森林覆盖率达54.4%，农民收入猛增，1989年，全村产粮50万公斤，人均超1000斤，产苹果30万公斤，人均年纯收入1022元，是1984年的6倍。区委、区政府的领导们由此看到了山区生态农业可持续发展的希望，看到了建设生态农业的光明前景。为了增加决策的科学性，他们选择62个条件最差的村，进行了建设"庙沟式村"的试验。仅仅两年，罗沟、白崾、飞马河等一批试点村都见到了显著的效益，干部群众由此坚定了建设生态农业的信心和决心。在发展畜牧业上，他们推广放牧经济价值高且不破坏林草的安哥拉山羊，以此解决了发展养羊与造林种草的矛盾，获得了生态效益与经济效益双丰收。

苦干实干建绿宝库。把美好的规划变成实实在在的绿色宝库，要靠全区干部群众的辛勤劳动。今天的宝塔人，就是凭着当年延安人的那么种热情，那么一股干劲，大打生态农业建设的硬仗。总面积17平方公里的芦草湾流域，数万劳动大军与数十台推土机一齐上山，8个月时间组织7次会战，修建高标准农田2700亩，造林1800亩，种草2700亩，治理程度达到61%；55平方公里的上桥流域，仅仅两年时间，依靠干部群众的连续奋战，综合治理程度达到59%；张天河流域的34平方公里山川，经过1994年3次大会战，治理程度即达到42%。6年里，像这样"规划一次到位、治理一次成功、质量一次达标"的万亩以上的流域治理区，他们建成50多个，最大的连片治理区达103平方公里。为提高造林质量，他们一改过去"挖一镢头栽一棵树"的粗放式方法，采用沿水平线挖通壕的办法，硬是靠一锹一镐，在一座座山坡上开挖了一条条1米宽、1米深的通壕，然后填秸秆、还表土、栽树苗。宝塔人用自己的智慧和艰苦奋斗，换来了一片片高标准基本农田，换来了一座座绿荫盎然的山头。面对如此变化，程安东省长高兴地表示，宝塔区发动群众进行大规模的黄土高原流域治理和生态农业开发，无论广度和深度都远远超过了当年学大寨时的农田基本建设，其意义涉及整个国土整治和环境建设。这样大的规模，这样深的治理程度，单靠政府，用5倍、10倍的财力和时间也办不到。

短短6年时间，宝塔区生态农业建设取得显著成效，这里的山在变绿，水在变清。1996年，全区初步形成"户成园、村成片、乡成带、区成网"的绿化格局，森林覆盖率达到46.7%，高于全国、全省平均水平；完成流域治理面积1766平方公里，水土流失治理度达56%，跑水、跑土、跑肥现象得到初步控制，延河、汾川河等主要河流泥沙含量明显下降；小气候开始改善，与1990年前相比，平均降水量增加9.4毫米，空气相对湿度上升12%，旱、涝、雹、干热风等灾害的发生次数和程度减少，全区农民开始迈上致富路。

1996年，全区粮食总产量达13.1万吨，农业总产值2.9亿元，农民人均产粮1344斤，农民人均纯收入1320元，分别比1990年粮食总产量增长57.7%，农业总产值增长109.4%，农民人均产粮增长47.4%，农民人均纯收入增长215.4%。宝塔区发展生态农业的思路及其实践，为山区特别是黄土高原山区农业的持续发展展示了希望之路。

（原载于《陕西环境》1997年第2期）

延安的那片绿色

在延安，郭志清是一本有着浓厚传奇色彩的"书"。

他1939年参加八路军，久经战火考验，至今腿部仍留有敌人的子弹，走路一瘸一拐；他给毛泽东送过信，给彭德怀做过通讯员。1950年复员回乡后，他普通一兵的本色不变，当过队干部，领过民工，打坝、修地、淤地、造林、修路，几乎什么都干过，他依然是个战士，尽着战士的职责。

1984年政府号召农民承包治理小流域。此时，郭志清已经58岁了，在农村这已是该颐养天年的年龄了，况且他已儿孙满堂。没想到，老郭主动要求承包治理距村3公里多路的韭菜沟。韭菜沟是一片由两山一峁二道沟组成的荒凉之地，杂草丛生，水土流失严重，人迹罕至。

一个人怎么能"治"得了？！那是两架荒山呀！况且是一个老人！老伴不赞成，儿女不支持，亲戚担心，但老郭不为所动。他独自一个人把家搬到韭菜沟的小土窑里。他吃在荒沟，住在荒沟，用伤残的身躯和双手，山里上沟里下，地一锹一锹地挖、一块一块地治，树一棵一棵地栽，坝一寸一寸地打。十年寒来暑往，十年孤"军"作战，十年汗洒荒沟。

在艰难的劳作中，他共计打坝2座，填沟造地15亩，栽植用材林5.1万株，种果树6000多株，把一个荒无人迹的山沟，变成了一个面积达1500亩，人见人称赞、花果满山坡的"世外桃源"。

"这两架山，山顶上全是用材林。一面是杏树、梨树、桃树……一面是刺槐、漆树、钻天杨……"老人声如洪钟，指点着坡头的成片密林说，俨然一位指挥战斗的将军。

来之前我听说，10多年来，老郭边创业边收获，把赚来的钱连同有关方面的资助全部投到这条沟里，树木成材了，日子好过了，每年的收入都在几万元。

可是等进了老郭家，坐在他待客用的两条长凳上，好一会儿我们才缓过"神"来。靠里是炕，炕上只铺着一张席，放着两床薄而简单的被褥，所有的家当中最值钱的大约数那两个已褪色的半截柜了。

"老郭，也该治治家了。"

"这几年，钱是有几个了，挣多少，我就把它往沟里'填'多少。这山，这沟，就是我的家，还要什么家当呢？今年县政府给我奖励了1万块钱，老伴说，你腰腿有病，用这钱治一治。我说，人老了，在这里活动活动，扛扛就过去了。沟里用钱紧，还是投在沟里。我从不攒钱，也不给儿女留钱，只想让我这儿的山更美、水更清……人还是要留下点东西嘛！这青山绿水就是我的遗产、我的碑。"

说着，他打开了半截柜，从柜底费力地提出一个精致的塑料包。他笑着自言自语："老婆又要骂我'人来疯'。拿自己的那个牌位了。""你们看，谁还有这么光荣的牌位！这是我在香港领的。"他从包里拿出了奖牌、影集、奖状、证书等，对我们说："这是亚洲农业发展研究基金会颁发的'绿色功勋'金牌。我们中国一共有5个人获奖，其中有山东的玉米大王李澄海，另外3个是专家教授，就我是个受苦的（农民）。"

好一个郭志清！这是你的光荣，是黄土高原的光荣，是一个老八路的光荣，也是中国农民的光荣！你受之无愧——看着这颤颤巍巍的老人，看着这满目青山，我强烈地感到了一种震撼和理解。

（原载《人民日报》1997年4月28日）

附文：

喜读三篇短文章
高　扬

除了党的文件和内部资料之外，我每天还读订阅和赠阅的报刊。可是年老体衰，无力尽读，对其中缺乏新意，而且空泛冗长的文章，只是看看标题和文内的黑体字，算略知大意。这类文章与新时代的政治要求和人们社会生活的快节奏也不合拍，因此时常使我产生无奈的感叹。

读了1997年4月28日《人民日报》副刊"大地"专栏的三篇文章，不禁拍案称快。这三篇文章都"为时而著"，其短小精悍，也是少见的。读之，引起了我的时代沧桑感和对战时革命精神的追怀，甚至激发了我已经逐渐沉静下去的"壮心"。

孙为刚的《寻访三元里》写了"今天三元里是什么模样"，共1100多字。作者是坐公共汽车去的，没有人陪同。他看了挂着木牌和铜牌的楼房，算是找到了三元里村现在的党政机关、合作社机关和民兵组织的办公楼。"村里负责人都忙活业务去了，只有传达室的一位老大爷值班"。从老大爷口中了解了该村的一些情况："村里有6个村办企业，12个经济合作社，从事个体经营的很少，绝大多数人还是靠集体收入致富。"村民的人均收入情况，大爷说不准，他只知道自己退休后，村里每月还给他六七百元的退休金。作者看了三元古庙，现在是"三元里人民抗英斗争纪念馆"。最后，作者写道："在苍茫暮色中，我又踏上了高高的立交桥，仿佛站在历史与现实的交叉点上，再回望三元里，进入视野的是钢筋混凝土浇筑的丛林，是人与车汇成的激流，回响耳畔的是人声的鼎沸，是马达如雷般的轰鸣。古老三元里淹没在现代城市的喧嚣中，然而无法淹没的是三元里人民那同仇敌忾、反抗侵略的民族精神。"

"寻访"是平民式的。作者没有见到三元里的任何领导，但是他却写出了与150年前对比的现代化了的三元里的概貌。不像流行的"范文"，它具有多么特异的风采啊！

薛保勤的《延安的那片绿色》写的是现代"愚公"郭志清的故事，只有1400多字。"他1939年参加八路军，久经战火考验，至今腿部仍留有敌人的子弹，走路一瘸一拐；他给毛泽东送过信，给彭德怀做过通讯员。1950年复员回乡后，他普通一兵的本色不变，当过队干部，领过民工，打坝、修地、淤地、造林、修路，几乎什么都干过，他依然是个战士，尽着战士的职责。"1984年政府号召农民承包治理小流域，58岁的郭志清不顾妻儿的劝阻，承包治理距村3公里多路的韭菜沟。"在艰难的劳作中，他共计打坝2座，填沟造地15亩，栽植用材林5.1万株，种果树6000多株，把一个荒无人迹的山沟，变成了一个面积达1500亩、人见人称赞、花果满山坡的'世外桃源'"。郭志清"日子好过了，每年的收入都在几万元"，可是他家"炕上只铺着一张席，放着两床薄而简单的被褥"。郭志清说："我从不攒钱，也不给儿女留钱，只想让我这儿的山更美、水更清……人还是要留点东西嘛！这青山绿水就是我的遗产、我的碑。"郭志清接受我党我军的革命教育，发扬了我国农民战天斗地的传统，是榜样，是标兵，值得重视。

在人口日繁、耕地渐减的条件下，保证我国粮食的持续自给是经国之大计。某些敌视我们的外国人，以幸灾乐祸的心理大肆喧嚷我们将造成世界食用粮的饥荒，意在挑拨我国与缺粮国家的关系，也企望以他们的余粮卖高价。基于国情和时势，我党新中国成立之初就确定农业是我们的基础产业，采取一切可能的措施，促进其尽快发展。近几年又树立了"大农业"的思想，广大农村在工商企业遍地开花的同时，林牧副渔各业也异军突起；东部各省农村的多余劳动力，出现了向西部地区流动的苗头。但是，一段时期以来，不安于做农民的思想在农村逐渐泛滥，说农民是"修球地球的"，是"面向黄土背朝天的"，好像当农民是"操贱业"不光彩。这当然是若干政策缺陷造成的，但党的宣教工作不足，也是重要的原因。所以现在不但应该调整农村工作的有关政策，千方百计增加农民的收入，同时也应该引导农民在本地或有待开发的地区艰苦创业。据此，我建议一些报刊转载《延安的那片绿色》这篇短文，连同其他已经见诸报刊的类似文章，广为宣传，使事业心强的农民加快向国土开发的深度和广度进军。

程良方的《"地毯"与"地坎"》写的是"某乡农民有事去找乡长，都习惯地站在办公室门外与乡长说话。何故？脚上有泥的农民自爱、知趣，怕进去会弄脏了地毯。乡长大人的办公室不姓'乡'，不姓'土'，而姓'否'，姓'洋'：桌是老板桌，椅是老板椅，地上铺地毯，室内装空调……于是，就有了农民与乡长隔门说话的'风景'。"此文更短，只有 400 来字。

这种"地毯成了地坎，办公室成了隔离室"的现象，在新中国成立初期，甚至到改革开放以前，是不会有的。那时候，乡里即公社型，无钱搞办公室的"现代化"。乡干部也没有追求"现代化"的思想，而且他们偶有所谓"资产阶级生活方式"的追求，会立即遭到党的指责和人民群众的反对。时移势异，诱人的办公室"现代化"现在却居然成为一"景"，上了报纸了。但是像作者所谈的"风景"，我看就全国而言，恐怕还只是较少见的"风景"点。因为有些乡依然拿不出钱来搞这种办公室的"现代化",有些乡干部还不去追求这种现代化。而有些乡的上级领导和乡所属的人民群众也不允许搞这种"现代化",所以像作者所斥责的"现代化"还不可能全国成风。然而,有形的"地坎""隔门"不多,相对而言,还有无形的"地坎"和"隔门",随处可见,不然为什么党中央、国务院近来不断发指示,下命令,号召反官僚主义,号召反腐倡廉,又不断公布查处"大案要案"的材料,让人们感到震惊,也让人们有些振奋呢?

若问战争年代和建国初期党与群众的鱼水关系遭到不同程度的破坏,原因何在,恢复党的传统的途径,又在哪里,那得认真总结近年来党的建设的教训。但"兹事体大",非这篇短文所能议,所应议,在适当场合,我自然是"知无不言"的。

（《人民日报》1997年8月14日转载《北京日报》1997年7月27日文章,

本文作者系中共中央党校原副校长）

愧对渭河

题　记

　　以上游水源枯竭，中游水体污染，下游淤积堵塞为特征的渭河，越来越受到全社会的关注。渭河的生态危机，已经严重制约了整个流域的经济发展。渭河的综合整治，引起陕甘两省和国家的高度重视。2004年始，陕西省几位怀着强烈责任感的学者、作家、记者，对渭河进行全程综合考察，并撰写了这组纪实性系列研究报告《愧对渭河》。

污染的悲哀

　　沿着渭河河谷，我们溯流而上。追寻 800公里来到沟壑纵横的渭河源头，甘肃省渭源县的鸟鼠山。我们顺水而下，千里踏访，最终停留在陕西潼关吊桥村东的土崖畔，目送着浊浪翻腾的渭河融入黄河，内心深处升起一种难言的自责，我们愧对渭河！

一

"八水绕长安"时代，渭河滋养着渭河冲积平原为主体的关中平原，众多支流汩汩流淌，沃野千里，万物竞长，曾经富甲一方。"关中文明"在这里滋生、成长、壮大、辉煌。

在古长安曾经的辉煌里，秦都咸阳的城市人口达50万以上，汉长安城城区人口有40万之众，包括郊区陵邑远远超过100万；唐长安鼎盛时城市人口过百万。从汉代起，长安建立了完善的城市地表蓄水引水供水系统。汉代修凿昆明池蓄水，开挖了昆明渠等引水入城进宫，隋唐时先后建造兼有漕运、灌溉及城市供水等多重功能的渠系网络。这是与水相关的我们引以为荣的另一种城市文明。

因为有了渭河，关中平原成为中华农耕文化的发祥地。西周王朝在此奠定了我国古代"以农立国"的国策。4000多年前，周始祖后稷在关中的杨凌（今名）"教农稼穑，树艺五谷"。盛唐时，京辅地区呈现一派"秔稻漠漠，黍稷油油"的兴旺。引水灌溉是农业进步的标志。秦始皇曾在渭河最大的支流泾河建郑国渠，《史记》载："用注填阏之水，溉泽卤之地四万余顷，收亩皆一钟，于是关中为沃野，无凶年，秦以富疆，卒并诸候。"由此，郑国渠成为与广西的灵渠，四川的都江堰齐名的秦朝的三大水利工程。汉武帝引泾河水入白渠，此时的关中，六辅渠、白渠、龙首渠、成国渠、灵轵渠、漕渠连同郑国渠已经构成了完善的灌溉网络，灌溉面积居全国之首，"天下一石，关中八斗"。关中因水而兴，农业经济在全国举足轻重。

如今，渭河仍以母亲般的爱与包容，养育和呵护着渭河流域2500万人口。渭河流域的灌溉面积由1949年的13.4万多公顷，增加到2003年的113.9万多公顷，其中关中平原增加到现在的73.7万多公顷。关中仍然因水而兴，成为全国著名的粮棉油菜果基地。

新中国成立后的半个世纪里，经济社会发展日新月异，以西安为中心的现代化城市群，在渭水之滨拔地而起，成为中国西部的一串明珠。渭河流域集中了陕西省60%的人口，53%的耕地，70%的灌溉面积，68%的粮食产量，67%的大宗农产品，81%的工业产值，87%的国内生产总值；关中的人才资源技术资源在全国名列前茅，关中高新技术产业开发带已经成为陕西新的经济增长点。

然而，关中崛起了，"支撑"关中的渭河却面临日趋严重的危机。渭河负重而行。

二

请看一组数据：2000年渭河在定西段各监测断面水质均为劣V类，化学需氧量超标严重，陇西段断面超标率为100%，土店子段断面超标1.91倍。如果说造成渭河水源枯竭还有全球气候变暖等自然因素，有"天灾"有"人祸"的话，那么渭河全流域的污染则完全是人为的。

渭河甘肃段的1市5县（区），城市污水都是直接排入渭河。在甘谷县城郊，一股清澈中透着铁红色的水流直奔渭河河滩。当地人说："多好的水啊！刚出山就被污染了，这是油墨厂的工业废水。真是一家污染企业害了一条河。"渭河上游过去只有陇西一家造纸企业，当地环保部门说，两年前被省上明令关闭了。关了一家厂，并不意味着人们的环保意识就提高了，污染仍在无孔不入。感受一下陇西城边的北河河床，看看它的污秽，体味一下河床上成堆垃圾和弥漫的臭气，就全明白了。在上游，沿河城镇附近及大小河流的河滩大多成了生活垃圾堆放场。

渭河上游的污染虽然普遍，但毕竟人口少、城镇小、工业欠发达，似乎还没有超出渭河自身的净化能力。渭河进入天水段，按地面水水质的标准要求，25项监测指标中有16项超标，河流实际水质为劣V类。渭河出天水市进入峡谷，一路上多有支流补充，流出甘肃时，水质仍保持在Ⅲ类以下。天水市环保局的同志不无自豪地说，从我们地盘上流出的渭河水是干净的。

渭河污染的重点在中下游的陕西段。渭河流域陕西段共有8个设市城市、杨凌农业高新产业示范区和36个县（区），城市污水直接排入渭河的设市城市6个、县区11个，还有杨凌示范区，其余的市县区城市污水间接排入渭河。截至2002年底，陕西渭河流域城市污水排放量为6.51亿立方米，占全省污水排放总量的93.5%。另有资料表明：渭河每年接纳陕西全省78%的工业废水和86%的生活污水。渭河干流陕西段的370公里，大部分为Ⅴ类和劣Ⅴ类水质。

在杨凌示范区小韦河，散发着浓烈臭味的黑水令人窒息。当地老乡说："小韦河像龙一样，在我们这里弯来弯去，好看得很。从前，水清见底，有鱼有螃蟹，自从上游扶风县有了一家造纸厂，河水就变得又臭又黑了。"杨凌示范区管环保的同志谈到，当地有位海外华侨回乡探亲，目睹了伴随幼年时光的小韦河的污染，忍不住致信国家有关方面，表达一位海外赤子对家乡环境问题忧虑之情。

在铜川市赵氏河玉皇阁水库，我们看到：水库库底已成一片怪味冲天的黑色沼泽，水库已名存实亡。当地群众说，都是被一家造纸厂祸害的。

河流是流动的生命。河流接纳污水，稀释污水自我净化，是自然界的规律，反映了河流的包容性。问题是渭河水体的污染，远远超出渭河纳污的承受力。让人痛心疾首的是在断流的情况下，渭河已经成了沿岸名副其实的排污渠。

人们在不断地品尝着污染的恶果。渭河是关中的交口抽渭灌区的唯一水源，灌区内地下水矿化度高，6.7万多公顷农田全靠渭水灌溉，灌区的人畜饮用从前也靠渭河。长期污水灌溉，土壤耕层中的含盐量，氯化物、砷、铬等含量已高出允许值，无奈的农民心有余悸。灌溉如此艰难，饮用更成问题。

三

渭河污染持续了20余年，渭河污染的治理至少也持续了十几年。渭河的污染省上有条例，国家有法律，遗憾的是"治理效益"太低，从各地的多年治理情况看，成百上千的"十五小"尤其是"小造纸"要么被关闭，要么建了污水处理设施。然而，排污依旧、污染依旧。

据悉，2008年北京奥运会时，黄河小浪底水库将向北京提供水源，这等于为渭河的综合整治设定了时间表。渭河的综合整治是限期治理。到2008年北京奥运会之前的有限时间里，把渭河流出陕西的水质降至Ⅳ类以下，对我们来说是挑战也是机遇。

渭河污染不治，我们既无法向全国人民交代，也无颜面对渭河流域的2500万父老。

枯竭的警示

一

我们走向历史深处……

距今100万年前的公主岭蓝田猿人同样生活在渭河流域；距今3.8万年的武山人头骨化石的发现，印证了人类在渭河上游生活繁衍的史实。

渭河，曾经是一条多么浩荡而神气的河啊！隋大业年间，隋炀帝西巡，从渭河源头的浊源河浩浩摆渡，留下"惊涛鸣涧石，澄岸泻崖楼"的诗句。明洪武年间，明代将领徐达率军西征，在渭河源头的清源河修了灞陵桥方才通行车马。

曾经的渭河水系水源充裕，水流丰沛。作为干流的渭河连接黄河，内河航运相当发达。除了用于农业灌溉，主要承担着漕运，是千年古都重要的交通生命线。秦穆公十三年（前647），就曾"以船漕车转，自雍相望至绛"，输粟济晋救灾，史称"泛舟之役"。此后，历代都以渭河为贡道，输送漕粮、木材。漕渠凿通后，把昆明池与渭河、黄河连通，船只可由水路直入都城。史载宋代秦岭北麓的斜峪关曾经是造船业中心，年产木船600余艘。足见那时的关中平原，水天一色，不是江南，胜似江南。

而今，站在渭河源头，你有一种没有想到的失望！

当年浩浩荡荡的渭河正源浊源河，已成为大半年无水的季节河。我们面对的是一条空空荡荡的河谷。在河畔的朱家老庄，上岁数的老年人们，回忆起新中国成立前后沿河一溜儿摆开的水磨坊津津乐道，但说及现在河水不时断流，又是一脸的惆怅。

我们手头有一组陇西水文监测站的数据：从渭河源头到渭河流出陇西境内的180多公里河道里，每年有180多天无水。

渭河水源枯竭首先是上游径流量锐减。宝鸡峡林家村，渭河流至关中进入中游的第一站。林家村水文站记录着渭河上游径流量变化的数据：20世纪50年代以前年均径流量为25.6亿立方米；从50年代到80年代平均年径流量22亿立方米；而90年代年平均径流量下降到13亿立方米。新中国成立以来最大年径流量为1964年的78.55亿立方米，最小的年径流量为1997年的5.63亿立方米。

二

渭河水源日渐减少的成因是复杂的，也是简单的。

历史上的渭河流域上游森林密布。由来已久的毁林、垦荒、滥樵，使得上游具有水源涵养功能的森林植被破坏严重。13个王朝建都大兴土木取材于秦岭；宋朝建都开封，逆黄河而上在秦岭伐运巨木；后来京师所需的巨树良木又从西秦岭伐运，说明秦岭主脉已经无巨木可伐。宋代以后伐木东运，明清垦荒屯田日盛。尤其是近百年来人口递增，伐木垦荒愈演愈烈。

"民国初年，森林犹存"的武山县，新中国成立之初出现了一批闻名全国的植树造林乡村，一片片与新中国共成长的幼林，为这个曾经森林茂密的地方带来了荣誉和希望。可惜葱郁幼林，竟毁在"大跃进"的刀斧之下。"文化大革命"前后，武山县的森林又多次遭到破坏。仅1978年到1989年，全县毁林2173公顷，林线持续后移，林相严重破坏。20世纪80年代中期时，武山县森林覆盖率（有林地和灌木林地）仅为10.95%。在陇西县，我们听说了一个关于铲草皮的故事。当地人解释说，人口成倍增加，干旱少雨，土地贫瘠，粮食不够吃，从20世纪60年代开始，在"以粮为纲"的大气候下，这里经历了3次有组织的大规模开荒。开荒种地缺少肥料，便铲草皮烧山灰当肥料，这对灌木及植被几乎是毁灭。不难想象，陇西占全县99.6%的水土流失面积，大概与当年铲草皮不无关系。

渭河流域的人们，习惯把渭河以南的秦岭称之南山。"采菊东篱下，悠然见南山"，而今的南山已经难以让人悠然自乐了。

东秦岭的乱砍滥伐并不比西秦岭逊色。《渭南市志》记载：民国时期，秦岭森林被任意典当，典当者实行"剃光头""拔大毛"式的采伐，使得东秦岭的森林遭到毁灭性的破坏。秦岭为新中国建设贡献了数百万立方米的木材，仅陕西森工企业到1981年省政府把秦岭划为水源涵养林时，已累计生产木材320万立方米。新中国成立后到20世纪90年代，秦岭的乱砍滥伐自西而东极为普遍。有人砍伐，有人收购，有人闯山口运输，形成"灰色一条龙作业"，曾被林业部称为"小毛细血管出血"。

三

在武山县渭河畔，有个百泉村，从前村外有片沼泽地，密布着上百眼水泉。百眼水泉曾经是百泉村的福祉。甘洌的泉水汇聚流淌，供村民饮用，浇灌着村里的土地。村民幸福地回忆着往日的盛景：

流泉周围到处是百年古树，站在山上朝下看，茂密的树木罩着村子，罩着流泉，一直延伸到渭河边。沼泽与树林是鸟儿的天堂，这里的丹顶鹤成群结队，与村民和睦相处，敢在人手里吃食。20世纪80年代以前，百泉村还种水稻，亩产近千斤。现在的百泉村，树木砍伐了，植被破坏了，水泉枯竭了，生态环境恶化了，丹顶鹤飞走了。水浇地无水可浇，村民饮用水靠打井，井越打越深。百泉村已空有其名。

天水市麦积区的东岔乡，是渭河流经甘肃的最后一个乡。这里历史上就是林区。新中国成立后，甘肃小陇山林业局在这里设立东岔林场。全乡除了670公顷耕地和河道，几乎全是森林，面积37520公顷，人均3.35公顷。20世纪80年代以前，这里水资源丰富，一向风调雨顺。1982年和1990年，东岔乡两场大雨两次山洪暴发，冲毁了村庄冲毁了农田，群众损失惨重。当地人回忆说，那两次都不是渭河干流发洪水，洪水来自周围的高山。原因很简单，林场把周围山上的树砍光了，山上存不住水，加上山大沟深坡陡，一下大雨山洪就劈头盖脸地冲下来。1990年以后，痛定思痛的东岔人，封山禁伐，植树造林，后来抓住天保工程的机遇保护森林，林区生态才得以改善，现在的东岔乡，又渐渐回到风调雨顺的环境里。

渭河的水源问题及生态平衡问题，归根结底是人与自然关系失衡的问题。渭河，让我们看到人类的渺小、无知、贪婪。人类愚弄大自然，结果反被大自然所愚弄。人类遵循自然规律，尊重自然、善待自然，自然也将善待你。

东岔乡青翠与苍黄的嬗变，福兮祸兮！验证了森林与河流与人相依而存的关系。

水患的忧思

一

历史是一面镜子。人与自然的和谐共处，一旦失去平衡，后果是难以料想的。

渭河下游华阴境内的南山支流遇仙河上，有座遇仙桥。1961年建成后，1969年加高3.05米，1974年加高3.35米，人称桥上桥。在渭河下游尚有多处的"桥上桥"奇观，很耐人寻味。桥上桥，是渭河下游生态危机的真实写照。

渭河中下游的频繁成灾的问题，并不是渭河的水大了，事实是渭河径流量在减少。1981年的大洪水，华县段流量为5380立方米/秒，没有多少灾情。2003年的大洪水，华县段流量为3570立方米/秒，却出现大洪灾。20年如此巨变，说明地上河的形势越来越严峻。

专家介绍，三门峡水库运行以来的40多年里，洛河下游淤积泥沙2.7亿立方米，渭河泥沙淤积已延伸到咸阳市区，总量约13亿立方米，下游河床抬高约5米。

40多个年份里，库区有24个年份河堤决口75处。令人触目惊心的2003年特大洪水8处决口，92326公顷农田受淹，其保护区内淹没农田20100公顷，受灾人口56.25万人，迁移撤离人口29.22万，经济损失巨大。

2004年4月27日，我们走进"二华"灾区。洪水退去快1年了，这里却还是一片狼藉。大片的因浸泡而死的果树还在淤泥里竖着；低洼地仍存有不少积水；许多倒塌的房屋正在翻建中，有人仍住在救灾的帐篷里，蓝色的救灾帐篷到处可见。温家宝总理视察过的奇王小学还在帐篷里上课。校长说，新校舍马上就竣工了，下学期就可搬进去。去年和他们一起搬进帐篷的学校有45所，现在都陆续搬进新校。洪水淹过的房屋都在墙上标明"03洪水线"的字样，像是打在人们心头的烙印。

二

三门峡水库高程导致的一系列问题，已经引起国家足够的重视，正在寻找解决途径。可是，单靠降低高程会不会解决渭河下游的问题呢？诸多专家的回答是否定的。一是渭河径流量锐减甚至断流，严重影响了渭河拉沙的能力；二是渭河流域水土流失加剧，平时无沙可积，汛期水量大、含沙量大、下游淤积量大，降低了河道断面泄洪能力，加剧了下游淤积堵塞的问题。

水库是人建的。自然，渭河河道随水而来的淤积泥沙也是人为的。

现在的渭河已经变成季节性多泥沙河流。现在的渭河，平时南山水清而北山水浊，清浊分明；降雨时，清流则浊，浊流则更浊。渭河水变浑浊之日，就是渭河流域水土流失之时。水文资料显示，新中国成立以来渭河含沙量明显上升，年均含沙量52.8公斤/立方米，最小含沙量为0（1951年4月21日），最大含沙量905公斤/立方米（1997年8月7日），年均输水量4.05亿吨，汛期约占80%。

渭河水含沙量增加，主要是水土流失加剧了。渭河流域是黄土高原水土流失严重地区之一，水土流失面积3.6万平方公里，约占总面积的65%。其中甘肃省渭河流域的水土流失面积1.97万平方公里，约占流域水土流失面积54%。有人测算过，仅渭河定西流域段年平均流失泥沙5044亿吨，每年流失的土层泥沙足可装84万节60吨的火车皮。每公顷耕地年损失氮、磷、钾1815公斤，流失量大大超过了当年化肥的施用量。泥沙和养分就这样随水而下，变利为害，年复一年，恶性循环。上游切肤之痛，渐成下游心腹之患。

三

尊重渭河的自然规律，必须保证渭河常年有足够的生态活水，给渭河以设身处地的现实关切。要高峡平湖，更要长河奔流。人为地让渭河断流，断了渭河给地下补充水源的后路，毁了渭河稀释净化污水的前程，就等于断送了渭河的生命。

有关专家表示，即使三门峡的高程降至建库以前，眼下河道里

40年淤积的泥沙，未必能在40年内一泻而空。三门峡库区是黄河、渭河、洛河大中小三条多泥沙河流的汇聚区；黄河在潼关以上，河床宽20—30公里，三河汇聚过了潼关，两山相夹，河床变窄，不足1公里。这大概是三门峡水库降低高程的艰难所在。水利专家感叹：黄河是世界上最复杂、最难治的一条河。渭河神似黄河，自然也属最复杂、最难治理的河流之一。历史留下的三门峡后患问题，事实上有关方面已经在积极地采取着措施。

绿色的希望

一

生态的平衡需要绿色，生态的伦理呼唤着绿色。

国内外大量研究证明：森林的林冠层，可截留雨雪的20%；每公顷森林枯叶落枝层最大持水量可达50多吨，相当5毫米多的雨量。整个森林生态系统中，森林植物系分布的土壤层较好、透水性强，既是水分的主要贮存库，又是水文的重要调节器。森林水源涵养功能就在于拦蓄大量雨水，减少地表径流，增加地下水含量。素有天然水库之称。

事实上，从20世纪90年代后期开始，从山川秀美工程实施到西部大开发的生态工程建设，从天然林保护工程到"禁伐令"，整个渭河流域的 "绿色治理"已陆续起动，并且初显成效，积累了一定的经验。

我们沿渭河一路踏勘，为之振奋不已，我们看到了渭河由浊变清、水源地好转的希望。渭河源头的甘肃渭源县，1998年被列为全国首批生态建设重点县以来，5年治理水土流失面积336平方公里，占全县水土流失面积的20%。3年建成了3条小流域治理精品示范沟，开始了一条沟接着一条沟治理的水土保持攻坚战。

请看这一组组让人欣慰的数字：

在甘肃省甘谷县，1999年10月至今，3886公顷坡耕地退耕还林，19095公顷森林资源得到有效保护，6331.5公顷宜林荒山披上了绿装。

在陕西省宝鸡市，1998年10月以来，在不同项目中共完成68条小流域治理，面积678平方公里，其中绝大多数是在渭河流域进行的。

秦岭森林资源的保护，自20世纪90年代以来取得长足的进展。

在甘肃省小陇山林区，1998年以来，森林覆盖率由44.8%提高到55.7%。天然林保护揭开了新的篇章。

在陕西秦岭深处，森工企业转产建保护区，林场转产建森林公园；辟出一块块山水建生态保护区，建植物园，秦岭北麓自西而东的森林公园一下子发展到23个。林业企业调整产业结构发展森林旅游，发展森林特色经济，渭河南山支流的水源地保护形势出现了前所未有的好局面。

二

绿色的希望还体现在全流域对已在实施和正在实施的污染治理上。

公正地说，陕西这些年对渭河治理是付出艰辛努力的。经济总量翻番了，而污染的总量维持在原来的水平线；城市化城镇化快速发展，生活污水量剧增，而污染总量不增，虽然结果不尽如人意，但也体现着这些年陕西渭河治理的力度和成绩。仅仅造纸企业，全省800多家造纸厂关闭得剩下不足200家。这样的力度，在全国也不多见。在渭河污染治理的实践中，陕西摸索出"干流一段一段治理，支流一条一条治理"的经验。

宝鸡的市区段渭河防洪暨生态保护工程，实际上拉开了渭河干流分段综合整治的序幕。

咸阳市渭河段的综合整治进展如火如荼，一处新建成的咸阳湖与渭滨公园相依相伴。

浐河综合整治3年，省人大常委会实施监督，现在浐河水变清了，河道干净畅通了，还整出402公顷的水面，两岸开发热了，地价也跟着增值。

古城西安，对渭河贡献最大的，莫过于兴庆湖与护城河的清淤改造工程了。7000万立方米的淤泥清理了，秦岭山里鲜活的水开始循环在我们的城市心脏，有什么还能比这变化更让市民们感受水利与环保事业的实惠呢？

在我们的身边，一切都在发展之中悄悄地发生着变化。

西安的纺织、钢铁、机械、化工等传统的重污染产业不景气了，可高新技术产业悄然无声地崛起了。经济的总量翻番，"十年时间"再造了一个新西安，这就是产业结构调整在起作用，人们的环保意识在起作用，科学发展观在起作用，这就是和谐发展的魅力。无疑，这种发展为陕西的环保事业带来了新的机遇。

三

就渭河的综合整治而言，"节水、治污、调水、清淤"的八字措施，来自实践，符合实际。如何统筹兼顾，专家们献计献策，仁者见仁、智者见智。

渭河的综合整治，迎来了前所未有的机遇。国务院已经批准了渭河流域重点治理规划，国家将斥资205个亿，启动水资源配置保护、防洪工程和水土保持三大工程，在2010年前解决渭河流域面临的水资源短缺、水污染严重、下游防洪形势严峻和水土流失等突出问题。渭河陕西段的投资占了总投资3/4。不少专家学者建议，渭河的综合整治，就像国家对淮河的治理一样，陕西、甘肃、宁夏三省区联手合作，在全流域的天然林保护、植树造林、水土保持、小流域治理、水体污染治理等方面统一规划、统一立项，争取国家更多的政策倾斜，更多的资金投入；统一治理标准分头组织实施，全流域建立监督管理机制。

各方面专家都呼吁：组建全省的渭河流域水资源的管理机构。对短缺的水资源实行统一调配，统筹兼顾。国务院领导也曾批示"水利部门和环保部门要探讨形成共同治污的机制"，部门合作迫在眉睫。如何统筹兼顾，处理好农业灌溉、城市供水和河流生态活水的关系，要进行认真的探讨和实践。

　　还有垃圾处理，仍然是全流域城镇的薄弱点，垃圾堆放处理也得列入城镇建设管理的议事日程。

　　专家们的思考，是科学理性的深层次觉悟，而老百姓的觉悟，则标志着绿色时代的到来。在人们的环保意识不断提高的今天，越来越多的老百姓关心自己身边的污染问题，关心渭河的综合整治，甚至学会了运用法律手段解决污染纠纷，以维护自己的权益。各种媒体都把综合整治当作热点焦点，渭河的报道宣传声势之大前所未有。渭河的问题能有今年这样的共识，与这些年媒体的作用分不开。群众的监督，媒体的监督，全社会参与环境保护，参与渭河的综合整治，有理由相信，渭河问题从根本上得以解决只是时间问题。

　　当然，关注渭河的未来，还要从现在开始对我们的下一代进行关爱母亲河的教育。让生活在渭河流域的孩子们了解渭河的生态演变史，了解渭河与中华文明的历史渊源，更要组织青少年参加有益的母亲河保护活动，在他们心灵深处播种绿色，给渭河的未来以终极的人文关怀。

　　只要人人心中都有一片绿，我们坚信这世界一定会变得郁郁葱葱！

（原载于《中国环境报》2006年5月10日）

后　记

　　生活是一本五颜六色的书，一本酸甜苦辣的书，一本嬉笑怒骂的书，一本一言难尽的书；是一本枯燥无味而又博大精深的书，一本常读常新、剪不断理还乱的书。

　　生活充满诱惑和魅力，交织着真善美与假恶丑。它可以使你高尚，也可以让你丑恶；使你因高尚而庄严，因丑恶而堕落。它可以是通行证，也可以是墓志铭。生活是丰饶的，我们有汲取营养，让自己丰满成熟的任务；有张扬高尚、传承崇高的使命；有鞭挞丑恶、杜绝没落的责任。尽管我们也是芸芸众生。

　　文章千古，笔墨春秋。这是我勉励自己的一句话。

　　收到这本书里的文章，是我从发表的千余篇文章中所梳理的一部分。有的是与自己职业相关的思考，有的是为生活所动的记录，有的是应约而作的命题作文，有的是审视生活的感想。这些文章是我阅读生活、反思生活、感悟生活、提炼生活、表达生活的记录；是我置身生活的所见所闻、所思所感、所悟所得。岁月承载生活，记录过往。这也是我将本书定名为《岁月·八记》的初衷。

　　我是记者出身，办过报，办过刊，后来又从事社会科学、新闻出版、意识形态的管理工作。上大学前，我曾是文学青年，上山下乡，在大漠孤烟、食不果腹的漫漫岁月里，文学曾是引领我前行的一盏灯，滋养了我的身心。恢复高考后，我如愿以偿地考进了大学中文系。大学毕业以后，职业换了很多种，但写作始终伴随着我。收入本书的文章，除了少部分是职业需要的文章，大部分是生活的感动、感慨与感想。有新闻体的人物札记，有散文体的山水札记，有言论体的评论、随笔、阅读笔记。还有几篇报告文学、研究报告……碰到啥写啥，有啥写啥，做不了专家，就当杂家。当然，也获过一些新闻奖、文学奖、全国和省级"五个一工程"入围作品奖。这些奖，都是生活额外的馈赠。

本书不是专论式的专著。在编辑过程中，我始终有一种拉拉杂杂、不够系统的感觉。散发文章的"集聚"大约就是这样。我大致做了一个梳理。人物札记读人；山水札记读自然；阅读札记读书；诗歌札记是创作的认知；思想札记是对社会问题和社会现象的有限思考；职场札记是对工作对象的透视；教育笔记，是我关注教育、思考教育、研究教育的一组文章；生态笔记是我长期关注生态、研究生态所发表的一些报告文学、研究报告、调查报告、人物速写。《岁月·八记》是一个文字工作者，关注社会、关注生活、关注人文的劳动成果。

10多年前，我和北京的一位文友通电话，"企图"与他分享我两年来的创作成果。我告诉他，我在《人民日报》《人民文学》《诗刊》《光明日报》等报刊发表的诗歌、散文随笔以及评论文章。没想到电话那头的朋友笑了，说："保勤，傻啊！谁现在还写文章呢？"这话说得挺真诚，挺刺激我的。我知道，他不是恶意。前几年，他退休了，来电话，说他也在写书，我说："你不是说我傻，你怎么也犯傻了？"他笑着说："让我们一起傻！"

我的写作无功名之欲，无利禄之求，读者喜欢就是满足，行家鼓励就是奖励。我是一个没有"理想"的作者。

感谢我的好朋友，著名学者、历史学家、原国家清史编纂委员会常务副主任、中国图书评论协会副会长卜键先生！他退居二线后，任同济大学、中国海洋大学特聘教授，科研与讲课任务甚重！感谢他百忙中热情洋溢的鼓励！感谢著名文化学者、原陕西师范大学高等教育研究院院长李继凯教授点石成"金"的表扬！他的表扬让我脸红！感谢帮助我整理书稿的冯秋生、梁冰淼、张茜、李红燕同志！感谢陕西师范大学出版总社刘东风社长、焦凌女士热情支持，使这本放在出版社3年多的书稿得以出版！

薛保勤

2024年6月